HEYNE
BÜCHER

SCIENCE FICTION

Herausgegeben
von Wolfgang Jeschke

Ein Verzeichnis weiterer Bände dieser Serie
finden Sie am Schluß des Romans.

STAR TREK
DEEP SPACE NINE

DAFYDD AB HUGH

GEFALLENE HELDEN

Roman

STAR TREK®
DEEP SPACE NINE
Band 5

WILHELM HEYNE VERLAG
MÜNCHEN

HEYNE SCIENCE FICTION & FANTASY
Band 06/5322

Titel der Originalausgabe
FALLEN HEROES
Übersetzung aus dem Amerikanischen von
UWE ANTON

Redaktion: Rainer-Michael Rahn

Erstausgabe bei Pocket Books/Simon & Schuster, Inc., New York

Vorabdruck unter gleichem Titel als gebundene Ausgabe bei
vgs verlagsgesellschaft, Köln
Printed in Germany 1997
Umschlagbild: Pocket Books/Simon & Schuster, New York
Umschlaggestaltung: Atelier Ingrid Schütz, München
Technische Betreuung: M. Spinola
Satz: Schaber Satz- und Datentechnik, Wels
Druck und Bindung: Ebner Ulm

ISBN 3-453-13314-5

1

Major Kira Nerys war erstaunt, daß das unbekannte Schiff es überhaupt durch das Wurmloch geschafft hatte.

Alle Bildschirmanzeigen auf der OPS schlugen bis zum Maximum aus. Gleichzeitig spürte sie, wie sich eine Gänsehaut auf ihrem Rücken ausbreitete, als Lieutenant Jadzia Dax erklärte: »Ein Schiff kommt durch.«

Kira betrachtete den Hauptbildschirm mit blutunterlaufenen Augen. Normalerweise genoß sie es, wenn das Wurmloch zu seiner Existenz aufblühte, ein Schiff ausspie und dann wieder verschwand, als hätte es sich selbst verschluckt. In diesem Augenblick jedoch war ihr nur wichtig, daß das, was auch immer geschehen würde, *leise* geschah und das Hämmern in ihrem Kopf nicht verstärkte.

Es war ein ruhiger Tag auf der OPS gewesen, was Kira nur recht war. Dax saß an ihrer Wissenschaftskonsole und sah so makellos wie üblich aus. Die Strähnen ihres Haars waren zu dem obligatorischen Pferdeschwanz zurückgebunden, das Gesicht wirkte wie frisch geschrubbt, ihre Uniform funkelte geradezu, und die Pigmentierung am Hals hob sich deutlich von der übrigen Haut ab.

Im Gegensatz dazu klebte Kiras Haar hartnäckig am Kopf, obwohl sie geduscht hatte, und ihr Spiegelbild hatte nach dem Aufstehen finsterer als üblich dreingeschaut, was zu ihrer allgemeinen Stimmung ›am Morgen danach‹ durchaus paßte. Auf ihren Wunsch hin war die Beleuchtung auf der OPS gedämpft worden.

Commander Benjamin Sisko hatte sein Büro seit ihrem Dienstantritt nicht verlassen – tatsächlich hatte sie ihn während ihrer gesamten Wache noch nicht einmal gesehen. Von Chief Miles O'Brien konnte sie von ihrem Standpunkt aus nur dessen Hinterkopf sehen, während dieser im Kerngehäuse unter dem Hauptbildschirm des Systems herumhantierte.

Das seltsame Schiff, das gerade mit Ach und Krach durch das Wurmloch gekommen war, erregte ihre Aufmerksamkeit trotz des hartnäckigen Nebels in ihrem Schädel. Dax tippte anmutig auf ihre Konsole und erhöhte die Vergrößerung, noch bevor Kira sie darum bitten konnte.

Die Hülle des fremden Schiffes war an mindestens einem Dutzend Stellen gebrochen. Ein blasenförmiges Warp-Gehäuse war leckgeschlagen und zog einen dünnen Strom Kühlflüssigkeit hinter sich her; ein weiteres war völlig abgerissen. An einigen Stellen war die Metallhülle vom Schiff abgeschält worden wie die Haut eines Unfallopfers.

Chief O'Brien sah kurz von seiner Reparatur der Luftaufbereitungsanlage der OPS auf und sagte: »Mein Gott!« Dann verlor er das Interesse und wandte seine Aufmerksamkeit wieder den Schaltkreisen zu. Sein Haar war zerzauster als sonst, und auf seiner Stirn perlte Schweiß; im Innern des Schachtes war es heiß und feucht.

»Lebt auf diesem ... Ding überhaupt noch jemand?« fragte Kira, die hinter dem Lieutenant stand. Obwohl sie versuchte, leise zu sprechen, verursachte jedes Wort in ihrem Kopf ein so heftiges Hämmern, daß sie zusammenzuckte.

Verflucht sei dieser untertassenohrige Quark und sein Ferengi-Wein! fluchte sie insgeheim, wütend auf sich selbst. Sie war am Vorabend in Quarks Bar gegangen, um ein paar Gläschen harmloses Synthehol zu trinken; aber der Ferengi hatte ihr statt dessen in dem für ihn typischen, abscheulichen Versuch, sie so betrunken zu machen, daß er sie herumkriegen konnte, üblen Ferengi-Wein eingeschenkt.

Echten Wein ... mit *echtem* Alkohol. Zum Glück hatte Odo bemerkt, daß sie angetrunken war, und sie in ihr Quartier zurückgeschleppt, noch bevor sie auf den Tischen tanzen oder jeden Mann in dieser Spelunke zu einer Schlägerei herausfordern konnte.

Der Haken an der ganzen Sache war jedoch, daß Odo (wie anscheinend alle anderen auch) einfach nicht glauben wollte, daß es *Quarks* und nicht ihre Idee gewesen war, sie den ganzen Abend über mit Ferengi-Wein abzufüllen. Zumindest taten sie so.

»Kaum zu glauben, nicht wahr?« erwiderte Dax munter. Kira hatte den Eindruck, daß sie noch lebhafter als sonst war, als spürte sie irgendwie, daß Kira unter einem Kater litt. »Aber der Pilot scheint am Leben und unverletzt zu sein. Und keine Leichen an Bord. Entweder war er allein, oder er hat sie aus der Luftschleuse geworfen, bevor er das Wurmloch passierte ... Er ruft uns.«

Dax drückte energisch auf den Knopf der Kommunikationsanlage. Kira fuhr angesichts des Lärms zusammen.

»Lonatischer Frachter *Biete viel*«, krächzte eine Stimme. »Treibt steten Handel, bringt wichtigen Wandel. Captain Biete-viel Djonreel; Andockrechte ich haben will.« Nur Audio; Dax versuchte, ein Bild auf den Schirm zu bekommen.

Der Major sah Dax an, die ihr Lächeln kaum unterdrücken konnte. »Major Kira. Deep Space Nine«, meldete sie sich schließlich. Ihr Hals war wund, und ihre Stimme krächzte fast so schlimm wie die des Captains.

»Wenn Sie andocken wollen ... na fein«, fügte Dax überflüssigerweise hinzu.

O'Brien griff den Ball auf, ohne auch nur den Blick

vom Transporterschaltkreis zu heben. »Solange unter Ihren Waren ist kein Wein.«

Kira funkelte zuerst die eine und dann den anderen an. »Lassen Sie das gefälligst sein«, sagte sie. Dann zuckte sie zusammen und ließ insgeheim einen bajoranischen Fluch los. »Halten Sie sich da raus«, hatte sie sagen *wollen.*

»Das war ein Schüttelreim«, bemerkte Dax grinsend.

»Welch Witz, welche Anmut, das ist toll«, erwiderte die Stimme überrascht. »Sagen Sie mir, wie ich vorgehen soll?«

In diesem Moment gelang es Dax, die bildliche Darstellung zu synchronisieren. Biete-viel Djonreel, falls das wirklich sein Name war, sah aus wie eine bajoranische Festtagslampe mit Ohren. Er hatte einen zwiebelförmigen Kopf, der von innen heraus so strahlend erhellt wurde, daß es Kira weh tat, ihn anzusehen. Im oberen Teil seines Schädels befand sich ein großes, rundes Loch, wahrscheinlich die Nase. Der Mund wurde von zwei Läppchen aus ›Zwiebelhaut‹ bedeckt, die unterhalb zweier hellrosa Kreisen hervorsprossen und herabbaumelten. Bei diesen Kreisen mochte es sich um die Augen handeln, die ähnlich wie Zielscheiben von konzentrischen Ringen umgeben waren. Kira hatte noch nie einen Vertreter dieser Rasse gesehen.

Schon wieder einer dieser verdammten Freaks aus der Föderation. Warum können die nicht ganz normal aussehen, wie Bajoraner?

Als Kira antwortete, achtete sie sorgsam darauf, daß ihre Worte sich nicht reimten. »Legen Sie an Dockingmast fünf an, Captain Biete... Captain Djonreel, und lassen Sie Ihre Hän... Ihre Greifwerkzeuge von den Kontrollen. Lieutenant Dax wird Sie mit einem Traktorstrahl zum Mast bugsieren.« Das war die sicherste Vorgehensweise, denn Biete-viel Djonreels Schiff machte den Eindruck, als könne es jeden Augenblick den Kontrollen entgleiten.

Soll ich Sisko stören? überlegte Kira. *Und soll ich meinen Stolz herunterschlucken und Bashir bitten, mich von meinem Kater zu kurieren? Oder soll ich fröhlich mit einem Schnitzmesser über die Promenade stürmen und jeden Ferengi umbringen, der mir über den Weg läuft?* »Dax«, sagte sie schließlich, »behalten Sie das Wurmloch im Auge. Wer auch immer ihn beschossen hat, er könnte noch hinter ihm her sein.«

Major Kira beendete ihren Gang durch die Zentrale und begutachtete alle Kontrollpulte. So erstaunlich es auch war, alles funktionierte einwandfrei. Dann kehrte sie zu ihrer Konsole zurück, schloß die Augen, rieb ihre Schläfen und dachte sich phantasievolle Strafen für Quark und den unbekannten Erfinder der Knittelverse aus.

Ein Objekt von Kiras Zorn saß unterdessen in einer Holo-Kammer und ahnte glücklicherweise nicht, daß sein Leben an einem äußerst dünnen Faden hing, der lediglich aus Kiras Selbstbeherrschung bestand. Quark, Ferengi und Besitzer des Spielkasinos, jenes ›heißen Schuppens‹, in dem das gesellschaftliche Leben auf DS Nine stattfand, starrte gebannt in die reich verzierte, antike Ferengi-Schatztruhe, die seinen Vorrat an in Gold gepreßtem Latinum enthielt, den er im Lauf vieler Jahre mit dem Verkauf von Drinks – und anderen Dingen – angehäuft hatte.

Da das Geschäft schlecht lief, hatte Quark sich entschlossen, drei Stunden blauzumachen – ungewöhnlich für ihn, aber er hatte die Erholung wirklich nötig. Er hatte in einer der Holo-Kammer ein ganz besonderes Programm aufgerufen – ein Programm, dessen Kode nur er kannte –, saß nun in einem feuchten, schimmeligen Kerker, der nach dem Verfall von Jahrhunderten roch, und ergötzte sich an seinem Latinum.

Quark fühlte sich sicherer, wenn er seine Schatztruhe in solch einer Umgebung öffnete.

Plötzlich erschien mitten in der ›uralten Steinwand‹ ein Lichtspalt, der sich vergrößerte und schließlich zu einer Geheimtür öffnete.

»Das ist nicht Bestandteil des Programms«, murmelte Quark verwirrt. Dann wurde ihm zu seinem Entsetzen klar, daß jemand das BESETZT-Zeichen einfach ignoriert, die Tür der Holo-Kammer geöffnet hatte und nun jeden Augenblick seinen Schatz sehen würde!

Hektisch preßte der Ferengi die Barren an seine Brust, wobei einer von ihnen zu Boden fiel. Doch noch bevor er ihn aufheben konnte, steckte Quarks furchtsamer älterer Bruder Rom seinen unglaublich häßlichen Kopf durch die Tür und begaffte anzüglich Quark und dessen Latinum. Dieser schlug den Deckel der Truhe zu, sprang dann auf einen Holztisch und drehte sich so, daß Rom das Ferengi-Artefakt nicht sehen konnte.

»Ah. Quark. Ich dachte, daß ich dich hier finden würde.«

»Was für eine scharfsinnige Schlußfolgerung, Rom. Zumal der einzige Hinweis, den du hattest, darin bestand, daß ich dir *gesagt* habe, ich sei in Holo-Kammer zwei. Und ich habe dir auch gesagt, ich will nicht gestört werden.«

»Oh. Störe ich dich?«

Quark verdrehte die Augen. Geld sei Dank war Roms Sohn Nog intelligenter und ließ auf einiges mehr hoffen, als es bei seinem Vater der Fall war. »Was ist los, du unnützer, ohrloser kleiner *Philanthrop?*«

Rom schnappte angesichts der Beleidigung nach Luft. Dann griff er hinter sich und zerrte eine weitere Person in Quarks höchstprivate Phantasie: eine seltsame, strahlend helle Zwiebel auf Beinen. »D-D-Das ist Captain Biete-viel Djonreel. Er sagt, er muß mit dir sprechen. Dringend. Ich … ich … ich …«

»… sollte in die Bar zurückkehren«, beendete Quark

den Satz für ihn. Er konnte kaum seine Wut darüber im Zaum halten, daß man ihn während seiner Pause gestört hatte.

»Ich sollte in die Bar zurückkehren«, wiederholte Rom und schlich mit einem unterwürfigen Katzbukkeln (Nummer vier – ›Katzbuckeln vor Verwandten‹) rückwärts hinaus.

»Was wollen Sie?« fragte Quark; dann wurde ihm klar, daß es sich um einen wichtigen Kunden handeln konnte. »Sir.« Er setzte zu einem halbherzigen Katzbuckeln an (Nummer eins – *allgemeines Katzbuckeln aus Prinzip; also raus damit, was wollen Sie?*). Er war noch immer wütend wegen der Störung durch Rom.

»Biete eine Kiste, und was sie enthält«, begann Captain Biete-viel Djonreel. »Ist natürlich wert eine Menge Geld. Biete Handel – sehr guter Wandel.«

Des Captains Brust platzte auf, und ein Körperglied fuhr heraus. Es hielt eine große Kiste, die mit dem Siegel des cardassianischen Reiches versehen war. Obwohl Quark nun schon viele Jahre alle möglichen abscheulichen Rassen in seiner Bar bedient hatte, besonders die Cardassianer, drehte sich ihm der Magen um, als er sah, wie die anderen Gliedmaßen des Captains in einem gelben Schleim zuckten und sich krümmten. Biete-viel Djonreel war erst der zweite Lonat, den Quark je gesehen hatte. Bei der Begegnung mit dem ersten war er ohnmächtig geworden und hatte damit eins der brillant unaufrichtigen Geschäfte seines Vaters platzen lassen. Als Quark sich an die anschließende ›Diskussion‹ mit seinem alten Herrn erinnerte, rieb er unbewußt seinen Hintern.

Warum können die nicht ganz normal aussehen, wie Ferengi? dachte er.

Ohne seinen Hochsitz zu verlassen, streckte Quark die Hand aus und ergriff die Kiste. Sie stammte eindeutig von Cardassia und schien sogar älter zu sein als seine Ferengi-Schatztruhe. Das Siegel ging auf die Uta-

Dul-Dynastie zurück, war über ein Jahrhundert alt und *nicht gebrochen.*

Der Ferengi betrachtete die Truhe eingehend, die schon für sich mehr wert war als sein gesamtes persönliches Vermögen, und hätte gern einen Blick durch die Seiten aus Kuluk-Metall auf den geheimnisvollen, verlockenden Inhalt geworfen.

Leider konnte man ein cardassianisches Siegel nicht einfach aufhämmern oder mit einem Rührstäbchen für Cocktails knacken. Die Cardassianer sicherten ihre wertvollsten Besitztümer mit ›Kraftfeld‹-Siegeln, die man nur mit einer präzise abgestimmten Impulsfolge von Funksignalen öffnen konnte. Eine falsche Frequenz führte dazu, daß das Siegel explodierte und den Inhalt der Truhe und vielleicht auch Gesicht und Hände des unerfahrenen Schlossers zerstörte.

Nur wenige Ferengi wußten, wie man ein cardassianisches Siegel knacken konnte, und Quark war einer von ihnen. Zumindest war es verhältnismäßig einfach gewesen, als er es zum letztenmal versucht hatte.

Die Truhe war schwer. Quark schüttelte sie behutsam und hörte ein zufriedenstellendes Scheppern. »Was ist in der Truhe?« fragte er und versuchte (erfolglos), gelangweilt und uninteressiert zu klingen. »Äh … äh … wie ich hoffe, keine Schuhe«, fügte er eilig hinzu, merkte aber sofort, daß der Reim ziemlich lahm war.

Lonaten sprachen aus irgendeinem verrückten Grund stets in Reimen. Sie behaupteten, ihre Dichtkunst sei in ihrer eigenen Sprache feinsinnig, geschmeidig und anmutig, werde aber durch den Universal-Translator in nichts weiter als plumpe Kinderreime verwandelt. Wie dem auch sei, wenn man ebenfalls in Reimen mit ihnen sprach, konnte man oftmals ein besseres Geschäft machen.

»Ich weiß es nicht. Bin sehr erpicht. Hab ungesehen sie gekauft. Der Inhalt ist noch ungetauft.«

Quark sah von der cardassianischen Truhe auf und

stellte fest, daß der Captain auf den in Gold gepreßten Latinum-Barren hinabsah, der zu Boden gefallen war, als er den Rest zusammengerafft hatte. »Äh… äh, Biete-viel Djonreel«, sagte der Ferengi und versuchte, den Captain von dem glänzenden Barren abzulenken. »Ich bin doch kein… Philanthrop. Hatten Sie kein… Periskop?«

Der Lonat glühte auf, als er endlich begriff, worauf Quark hinauswollte. »Uraltes außerirdisches Artefakt. Mehr zu sagen verbietet mein Takt.«

»Ich bin arm, das ist ein Fakt. Aber ich biete Ihnen, äh, und sei'n Sie nicht dumm, zwei strahlende Barren Latinum.«

»*Zwei?* Sie Schurke! Welch ein Witz! Sogar für fünfzig treffe Sie der Blitz!«

»Fünfzig! Das ist wohl ein Scherz! Ich biete zehn, denn ich hab Herz.« Quark griff sich an die Ohren und rieb sie, während er nachdachte und dann fortfuhr: »Selbst dieses wäre noch ein Hohn, drum nehm ich sie in Kommission.«

Biete-viel Djonreel schien zu überlegen, leuchtete auf, wurde wieder dunkler und klatschte mit seinem Zwiebelhaut-Mund. »Das Ganze will mich zwar zerreiben, doch ich kann hier nicht ewig bleiben. Zu klären wär noch der Quotient. Wer also kriegt wieviel Prozent?«

Quark leckte sich über die Lippen. Das Spielchen machte ihm allmählich Spaß. »Mein Angebot ist wirklich würzig. Teilen wir doch sechzig-vierzig.«

»Vierzig Prozent? Ist das mein Schnitt? Sie sind ein richtiger Bandit!« Der Captain trat drohend näher.

Das war nichts, dachte Quark. Djonreel würde auf mindestens fünfzig Prozent bestehen.

Begünstigend auswirken mochte sich der Umstand, daß Lonaten ausgemachte Nieten im Kopfrechnen waren… und kein wahrer Ferengi davor zurückschrecken würde, sich diese Tatsache zunutze zu machen. »Schon gut!« meinte Quark. »Mein gutes Herz ist noch vorhanden. Mit sechzig-fünfzig einverstanden?«

Biete-viel Djonreel verdunkelte sich beträchtlich. Etwas kam ihm verdächtig vor, doch er kam nicht dahinter. Lonaten konnten es allerdings noch weniger als Menschen ausstehen, bei einem Handel zögerlich oder unsicher zu wirken.

So holte Biete-viel das Beste für sich heraus. »Schluß mit den Ferengi-Tricks. Unter ... sechzig-sechzig läuft hier nix.«

Quark grinste hinterhältig und berührte mit der Zunge seine spitzen Zähne. *Tricks* und *nix?* Wenn ein Lonat auf derart schlappe Reime zurückgreifen mußte, stand er quasi mit dem Rücken zur Wand. Er setzte sich aufrecht, streckte seine Hand aus und ergriff die ›Hand‹ des Captains. »Unser Handel wurde dokumentiert. Die Vereinbarung ist sehr ... äh ... zivilisiert.« Quark hatte natürlich vor, sechzig Prozent vom Erlös zu behalten und den Rest Djonreel zu geben; und da eine sechzig-sechzig-Aufteilung ja unmöglich durchzuführen war, würde jeder Ferengi-Gerichtshof in diesem Sektor Quarks Interpretation des Geschäfts anerkennen.

Biete-viel Djonreel verdunkelte sich fast zur Helligkeit eines normalen Wesens. Er schien nicht zufrieden mit seiner Leistung beim komplizierten Tanz auf dem Parkett der Geschäftswelt. *Wahrscheinlich hat er zumindest einen Barren Latinum als Vorschuß erwartet*, dachte Quark.

»Länger verweilen kann ich kaum«, sagte der Captain, »es zieht mich hinaus in den tiefsten Raum.« Er warf einen letzten, sehnsüchtigen Blick auf den Barren Latinum unter Quarks baumelnden Füßen, seufzte (wobei er sich gelblich verfärbte) und drehte sich um. Verwirrt betrachtete er die Kerkerwand, in der sich eben noch eine richtige Tür befunden hatte.

»Programm beenden«, sagte Quark mit hämischer

Freude. Er hatte die Worte kaum ausgesprochen, als er auch schon auf Luft statt einem schönen Ferengi-Tisch aus Kerkerholz saß. Er schlug hilflos um sich und stürzte schwer zu Boden.

Als Biete-viel Djonreel sich durch die Tür zwängte, rieb Quark sich erneut den schmerzenden Hintern und fragte sich, welche geheimnisvolle Verbindung zwischen Lonaten und diesem Teil seiner Anatomie bestand.

Constable Odo starrte fassungslos auf den Wandbildschirm. *Der elende kleine Ferengi hat es endlich geschafft,* dachte er. *Er hat sich mit seinen Ausschweifungen in den Wahnsinn getrieben.*

Odo saß hinter dem schweren, aber zweckmäßigen Schreibtisch in seinem Sicherheitsbüro und betrachtete einen von mehreren Bildschirmen, die ununterbrochen verschiedene Abschnitte von Deep Space Nine zeigten. Odo hatte eine feste Regel: ganz gleich, wer oder was ansonsten überwacht wurde, auf mindestens *einem* Bildschirm mußte ständig der Staatsfeind Nummer eins der Raumstation zu sehen sein – Quark.

In diesem Augenblick hockte Quark in einer seiner Holosex-Kammern, ließ ein abscheuliches Gefängnisprogramm ablaufen und sprach auf höchst bizarre Art und Weise mit dem kürbisköpfigen Lonat.

Während das Gespräch seinen Verlauf nahm, fragte Odo sich kurz, ob er die seltsamen Kinderreime zum Anlaß nehmen konnte, Dr. Julian Bashir zu überzeugen, Quark zu dessen eigenem Schutz in eine psychiatrische Anstalt auf Bajor einzuweisen.

Odo war gerade erst in seinem Eimer erwacht und noch ein wenig benommen, während er sich allmählich orientierte. Doch der Vorgang war – sogar wenn der widerwärtige Quark involviert war – so seltsam, daß er eine Untersuchung rechtfertigte. Odo erhob sich, vergewisserte sich, daß weder seine Kleidung noch seine Gesichtszüge zerlaufen waren, und machte sich auf den Weg zum Spielkasino.

Oder aber der kleine Gauner versucht, mich hereinzulegen. War es möglich, daß der Ferengi Odos verborgenes ›Spion-Auge‹ in der Holo-Kammer entdeckt hatte und nun versuchte, Odo zu verleiten, sich zum Narren zu machen?

Der Constable hatte die Wanzen installiert, nachdem Dr. Bashir ihn darum gebeten hatte, ohne ihm allerdings einen Grund dafür zu nennen. Bevor der Arzt sich an ihn gewandt hatte, wäre es Odo nie in den Sinn gekommen, das seiner Meinung nach abartige Treiben in den Kammern zu beobachten.

Doch Bashir hatte auf die Anbringung der Abhörgeräte bestanden und in einem völlig widersinnigen Gemurmel hinzugefügt, Lieutenant Dax und Major Kira würden ihm ewig dafür dankbar sein, selbst wenn sie es nie erführen. Und Odo könne auf diese Weise ›die Dinge im Auge behalten‹, selbst wenn er nicht körperlich anwesend war, getarnt als Möbelstück, Teppich oder eine Flasche von Quarks üblen Alkoholika.

Nein, dachte der Constable; *Quark mag zwar klug sein, doch selbst er wird wohl kaum die privaten Holo-Kammern routinemäßig nach verborgenen Wanzen absuchen.* Schließlich war er ja kein Cardassianer.

Odo drängte sich auf die Promenade und mußte einer Menschenmenge ausweichen, die darauf wartete, an der Gokto-Lotterie teilzunehmen. Der Constable runzelte die Stirn; er konnte sich nicht daran erinnern, einen Antrag der Bajoraner auf Erteilung einer Glücksspiel-Lizenz gesehen zu haben. *Muß mit dem Commander darüber sprechen. Oder noch besser mit Kira.*

Die Station war bis zum Bersten voll mit Touristen, die mit Passagierschiffen angereist waren, um sich das Wurmloch anzusehen. Mit ihnen waren natürlich jede Menge zwielichtige Händler, fanatische Missionare aller Glaubensrichtungen und kleine Betrüger gekommen – wie auch die unvermeidlichen Taschendiebe und andere Gauner und Perverse (von Blitzern bis hin zu Ferengi).

Die politischen Wirren, die über Bajor hinweggefegt waren, hatten auch auf DS Nine übergegriffen: Bei jedem zweiten Schritt mußte Odo sich unter einer Fahne hinwegducken oder bajoranischen Fundamentalisten oder Antifundamentalisten (Tolerationisten?) ausweichen, die ihre Schilder schwenkten und Protestgesänge anstimmten. Die derzeitigen Modefarben der orthodoxen ›Bajor den Bajoranern‹-Gruppe waren Dunkelblau, Grau und Schwarz, während die progressive Fraktion Hellblau bevorzugte.

Aus irgendeinem Grund war Rot im Moment bei keiner der bajoranischen Gruppierungen besonders beliebt, dafür aber bei den Touristenhorden, die sich sowohl das Wurmloch als auch die Krawalle ansehen wollten.

Die brodelnden Massen bewirkten, daß Odo sich wand und nach den Tagen der cardassianischen Herrschaft sehnte. Damals hatte es zumindest noch eine gewisse Ordnung, Anstand und vor allem gelegentlich *Stille* gegeben.

In den Gefängniszellen drängten sich zudem dermaßen viele ›Untersuchungshäftlinge‹, die auf ihren Prozeß oder eine Fahrkarte nach Hause warteten, daß drei von Odos Leuten rund um die Uhr damit beschäftigt waren, die Gefangenen davon abzuhalten, sich gegenseitig umzubringen. Der Constable hatte bereits eine Frachtkammer zu einem Behelfsgefängnis umbauen und von Chief O'Brien mittels tragbarer Kraftfelder aufteilen lassen.

Als Odo immer wütender über dieses Meer aus intelligenten und fastintelligenten Wesen wurde, dessen Wellen fast über ihm zusammenzuschlagen drohten, legte er seine Arme zusammen und verwandelte sie in einen Keil, der wie ein ›Cowcatcher‹ an einer altmodischen irdischen *Lokomotive* aussah, jener Zugmaschine auf Rädern, die Fracht über eine Schiene beförderte. Er drängte die Leute beiseite und kämpfte sich zu Quarks Spielkasino durch.

Als Odo die Lasterhöhle erreichte, stellte er amüsiert fest, daß Quark von den Besucherströmen kaum profitierte. Mittlerweile hatten nämlich zahlreiche Händler ihre Stände auf der Promenade errichtet, und da diese kaum Kosten hatten, konnten sie Quarks Preise bei praktisch allen Angeboten – vom Synthehol bis zum legalen Glücksspiel – unterbieten. Der Ferengi war daraufhin sogar zum Tugendwächter geworden und hatte gefordert, daß Odo, Kira oder Sisko selbst ›irgend etwas‹ gegen die abscheulichen Marketender unternahmen.

Sogar Quarks berüchtigte Holo-Kammern standen die meiste Zeit über leer, da die meisten Bewohner, die dieser Tage auf DS Nine waren, derart prosaische und langweilige sexuelle Bedürfnisse hatten, daß sie nicht einmal im Traum daran dachten, für ein ausgeklügeltes Holodeck-Programm zu zahlen.

Quarks Spielkasino mit angeschlossener Bar war eine große, dreistöckige Anlage, das größte Privatunternehmen auf DS Nine. Während auf der ›äußeren‹ Promenade Jubel und Trubel herrschte, schien das ständige Gemurmel und Grollen des Pöbels, der Bettler, Bergleute und anderen Irren in Quarks Bar aus einem ganz anderen Universum zu stammen. Das Kasino zog zwar weniger Abschaum aus dem Sektor an, galt aber als *noch* sittenloser, gefährlicher und ungesetzlicher als die Promenade selbst.

Die Bar war vom Boden bis zur Decke mit funkelnden, blitzenden Lampen, gutgekleideten Besuchern und unzähligen Kilos unechter Juwelen angefüllt.

Kam jemand herein, dessen Zugehörigkeit zum Pöbel auf den ersten Blick ersichtlich war, wurde er diskret zu einem Dabo-Tisch in der Ecke geleitet, fort von den anderen Gästen, die ›gebügelt und geschniegelt‹ den Rest des Kasinos für sich beanspruchten. Zu jeder beliebigen Tages- und Nachtzeit herrschte hier ein solches Farbengewirr, daß es in Odos Augen, die noch an spartanischere Verhältnisse gewöhnt waren, schmerzte. Die exotischsten Farben waren natürlich die der syntheholischen (und wohl auch alkoholischen, obwohl Odo den Ferengi noch nie auf frischer Tat ertappt hatte) Drinks, die Quark zumeist persönlich, gelegentlich auch mit Roms Hilfe mixte.

Quark hatte sich mehr als einmal damit gebrüstet, daß in seiner Bar jeder *alles* bekommen könne, und der zwergenhafte Ferengi war nicht besonders erheitert gewesen, als Odo dem zugestimmt und eine Reihe exotischer Geschlechtskrankheiten aufgezählt hatte. »Meine Holosex-Kammern sind die saubersten in diesem Sektor!« hatte Quark getobt, während er dunkelrot angelaufen war.

Odo betrat das Spielkasino in genau dem Augenblick, in dem der Ferengi aus der Holo-Kammer und die Treppe hinab zu seinem Safe hastete, die cardassianische Truhe unter den rechten Arm geklemmt.

»Guten Abend, Quark«, sagte Odo und schürzte die Lippen zu einem, wie er hoffte, drohenden Lächeln. »Was haben wir denn da? Ein paar Barren Latinum? Brekkianische Drogen? *Gestohlene kulturelle Artefakte?*«

Quark fuhr zusammen und musterte Odo argwöhnisch. »Das geht Sie überhaupt nichts an. Eine rein geschäftliche Angelegenheit. Kann ich etwas für Sie tun, Odo? Vielleicht eine schöne Holosex-Sitzung mit einem Ferengi-Harem?« Sein anzügliches Grinsen war ein eher lüsternes Sabbern.

Odo streckte sich und erhöhte die Wirkung, indem er sich ein paar Zentimeter größer machte. »Ich habe kein Interesse an Ihren abscheulichen Perversionen, Quark. Aber ich habe ein legitimes Interesse an versiegelten cardassianischen Truhen, die alles mögliche enthalten könnten – etwa einen neuen Seuchenvirus oder eine Bombe.«

Quark bog und wand sich, um die Truhe zu verbergen. »Wie kommen Sie darauf, daß es eine versiegelte cardassianische Truhe ist?« fragte er argwöhnisch.

»Wegen des cardassianischen Siegels natürlich.«

Quark warf einen erstaunten Blick auf die Truhe. »Ach. Jetzt sehe ich es auch. Tja, ich werde Sie natürlich wissen lassen, was drin war. Und jetzt leben Sie wohl.«

»Quark, ich verstehe ja, daß Ihnen an Ihrer weiteren Existenz nichts liegt. Schließlich liegt ja auch sonst niemandem etwas daran. Aber wir müssen die Sicherheit dieser Station gewährleisten, und Sie werden diese Kiste *nicht* öffnen, bevor wir sie nicht vollständig gescannt haben. Chief O'Brien und Dr. Bashir werden die Untersuchungen vornehmen.«

»Aber … dann weiß doch jeder, was in der Truhe ist!«

»Herrje, und Sie müßten sie dann tatsächlich auf ehrliche Art und Weise verkaufen und könnten nicht mehr die Katze im Sack anbieten. Ja, ich sehe das Problem.«

»Gott sei Dank, Odo. Jagen Sie mir doch nicht einen solchen Schrecken ein! Einen Augenblick lang dachte ich schon …«

Schneller, als sogar der gierige Ferengi sich bewegen konnte, streckte Odo seine wie Greiferzangen geformten Hände aus, packte die Truhe und riß sie an sich.

»Sie *Dieb!* Ich lasse Sie verhaften und in Ihre eigene Zelle werfen, Odo!«

»Hören Sie auf zu jammern, Quark. Sie bekommen Ihre kostbare Truhe ja zurück, sobald O'Brien und Bashir mir bestätigt haben, daß sie keine Gefahr für die Station darstellt.« Er drehte sich zur Tür um und machte drei Schritte, wobei er sogleich den Atem des Ferengi in seinem Rücken spürte.

Odo blieb abrupt stehen, und Quark prallte gegen ihn. »Und wohin wollen *Sie,* wenn ich fragen darf?«

»Wenn Sie glauben, ich würde einem Gestaltwandler erlauben, meine Besitztümer anzufassen, ohne ihn auf Schritt und Tritt zu beobachten, müssen Sie mich für einen leichtgläubigen Idioten halten.« Odo öffnete den Mund, doch bevor er etwas erwidern konnte, fuhr Quark bereits fort. »Überlegen Sie sich gut, was Sie sagen. Schließlich haben Sie sich schon genug Schwierigkeiten eingebrockt, indem Sie völlig rechtmäßig erworbene Besitztümer anderer Leute stehlen. Soll am Ende auch noch Verleumdung zu der Anklage hinzukommen?«

Odo verdrehte die Augen und begab sich zur Krankenstation. Er versuchte erst gar nicht, den starrköpfigen Ferengi abzuschütteln, der dichter als sein eigener Schatten hinter ihm blieb.

2

Odo stand im Kontrollraum, hatte die Hände hinter dem Rücken verschränkt und sah stirnrunzelnd zum Leiter der technischen Abteilung, Chief Miles O'Brien, hinunter.

Der Constable war schlechter Stimmung. Dr. Bashir hatte die cardassianische Truhe gescannt und erklärt, sie enthalte keine bekannten gefährlichen Verseuchungsstoffe, woraufhin O'Brien gemeint hatte, daß es sich wahrscheinlich um nichts Bedrohlicheres als eine Kiste mit altem Schrott handelte. »Möglich, daß sie ein paar gefährliche (weil unbekannte) Geräte enthält, aber nichts, was beim Öffnen der Truhe explodieren oder beträchtlichen Schaden anrichten würde.«

»Sind Sie sicher, Chief?« fragte Odo und dachte bei sich, wenn ich keinen vernünftigen Grund anführen kann, muß ich Quark die Truhe zurückgeben, und der kann dann damit machen, was er will.

O'Brien fuhr zornig hoch, verbarg seine Verärgerung dann aber hinter einem irischen Lächeln. »Wissen Sie, ich habe schon mal einen Tricorder in der Hand gehalten«, sagte er bissig. »Die Kiste ist ungefährlich, aber über ihren Inhalt kann ich erst dann etwas Genaueres sagen, wenn ich die Gegenstände einzeln untersucht habe.«

»Können Sie nicht sagen, worum es sich eigentlich handelt?«

»Es befinden sich ein paar unbekannte Gegenstände darunter. Bei dem einen handelt es sich wahrscheinlich um eine uralte cardassianische Energiewaffe ...«

»Um eine Waffe!«

»... deren Ladung restlos erschöpft ist. Sie liegt schon seit über hundert Jahren da drinnen. Ein anderer Gegenstand scheint von einer Kultur zu stammen, von der ich noch nie gehört habe. Aber ich glaube nicht, daß er gefährlich ist; ich kann praktisch keine Energie anmessen.«

»Ein unbekanntes Artefakt?« Odos Augen funkelten. Das könnte ausreichen, Commander Siskos Interesse zu erregen.

»Sie haben den Chief doch gehört«, murrte Quark. »Die Truhe ist nicht gefährlich. Vielen Dank für Ihre Expertise, Chief O'Brien. Und wenn Sie nichts dagegen haben ...«

Diesmal war Quark schneller. Odo wollte nach der Truhe greifen, doch der Ferengi kam ihm zuvor, und er griff ins Leere.

Mitsamt der Truhe stürmte Quark die OPS entlang in Richtung Turbolift, als der Constable praktisch vor ihm aus dem Boden wuchs. »Weshalb verfolgen Sie mich, Odo?«

»Ich sollte Sie wegen der illegalen Entgegennahme von Artefakten einer unbekannten Kultur verhaften.«

»Ein einfaches, ehrliches Geschäft ist kein Verbrechen.«

»Ein *ehrliches* Geschäft? Wenn ein Ferengi daran beteiligt ist?«

»Diesmal will ich Ihnen das noch durchgehen lassen, Gestaltwandler. Und jetzt lassen Sie mich vorbei und ...«

Odo trat Quark erneut in den Weg. »Leider haben Sie recht. Ich habe nicht genug Beweise, um die Truhe zu beschlagnahmen. Aber ich werde dabei sein, wenn Sie sie öffnen, falls Sie das cardassianische Siegel knacken können. Und wenn mir irgend etwas zweifelhaft vorkommt, werde ich Sie sofort hierher zurückbringen und Chief O'Brien noch einmal belästigen.«

»Ach, das macht doch nichts«, ließ sich O'Brien vernehmen, ohne von seinem Diagnosedisplay aufzublikken. »Das macht doch überhaupt nichts. Dafür bin ich doch Tag und Nacht hier. Und wenn ich schon mal dabei bin, kann ich auch gleich Ihre Möbel abstauben, die Fenster putzen und mal eben mit dem Mop durch Ihr Büro gehen.«

»Abstauben? Putzen? Chief, wovon *reden* Sie? Sie wollen mir doch nicht sagen, daß die Putzservos schon wieder ausgefallen sind?«

O'Brien seufzte laut. »Nein, Odo. Schon gut. Gehen Sie ruhig.« Er deutete auf den Turbolift. Quark betrat ihn, gefolgt von seinem Schatten.

Kurz darauf stritten Quark und Odo geschlagene fünfzehn Minuten lang darüber, ob der Ferengi die Truhe nun allein öffnen durfte oder nicht. Sie waren in Quarks Büro, das zwar klein, aber nach Ferengi-Maßstäben durchaus komfortabel war, wenngleich die vergoldeten und juwelenverzierten Säulen für Odos Geschmack zu protzig waren.

Schließlich sah Quark ein, daß es hoffnungslos war. In Wirklichkeit kam die Situation ihm bei weitem nicht so unerhört vor, wie er behauptete; er war selbst ein wenig nervös, weil das Artefakt aus dem Gamma-Quadranten so fremdartig war, daß selbst Chief O'Brien nicht herausgefunden hatte, worum es sich dabei handelte.

Dessenungeachtet mußte Quark sein unveräußerliches Recht auf absolute Zurückgezogenheit in dem Tonfall des moralisch Entrüsteten verteidigen, der eines Anwalts am Vertragsschlichtungsgericht der Ferengi würdig gewesen wäre.

Schließlich öffnete er eine Schublade seines reich verzierten, weißen und silbernen Schreibtisches im klassisch gemäßigten Barockstil der Erde (natürlich ein Replikat) und holte einen ›Ohrstecher‹ hervor, ein tricorderähnliches Miniaturgerät der Ferengi, mit dem man Schlösser knacken konnte – selbstverständlich nur gedacht für völlig legitime Arbeiten dieser Art. Dann inspizierte er das cardassianische Siegel.

Das Siegel verlief um die gesamte Truhe und umgab sie mit einem Kraftfeld, das bei gewaltsamer Manipulation – Energiestrahlen oder physische Gewalt – unvorhersehbar reagieren würde. Theoretisch konnte man es nur mit dem entsprechenden cardassianischen Schlüssel öffnen; doch da Garak, der einzige Cardassianer, der auf DS Nine geblieben war, wohl kaum einem Ferengi helfen würde, eine cardassianische Stahlkassette zu öffnen, mußte Quark sich auf seinen eigenen Einfallsreichtum verlassen.

»Geben Sie es auf, Quark«, seufzte Odo. »Sie können ein cardassianisches Siegel nicht öffnen, ohne die Truhe zu zerstören. Das wissen Sie doch genau.«

»Unsinn, Odo. Wo bleibt Ihr Sinn für Abenteuer?«

»Abenteuer sind für Kinder und Erwachsene mit unterentwickeltem Verstand. Ich akzeptiere die Welt, wie sie ist.«

Das Ferengi-Werkzeug strahlte in zufriedenstellendem Blau in dem nur schwach von Ersatz-Kerzenlicht erhellten Raum, während Quark die komplexe Geometrie des Feldes aufzeichnete. Da das Siegel darauf programmiert war, ein unbefugtes Öffnen zu verhindern, vertraute er den Meßergebnissen jedoch nicht. Quark zog es vor, sich auf seine Erfahrung und die angeborene Cleverneß der Ferengi zu verlassen.

Er stellte die Frequenz des ›Ohrstechers‹ genau auf eine halbe Phase *überhalb* des Frequenzzyklusses ein, den er angab, und sondierte vorsichtig den Energiestrudel, der zu dem ›Schlüsselloch‹ paßte. Noch bevor der Ohrstecher warnend piepste, spürte Quark, daß hier etwas nicht stimmte, und ließ den Berührungsknopf los. Er trat schnell zurück, doch das Siegel reagierte nicht.

Quark drehte den Phasenregulator ein viertel Hertz auf neunzig Grad zurück und versuchte es erneut. Diesmal fühlte er, daß der Ohrstecher das Kraftfeld genau richtig erfaßte. Er ließ den Energiestrudel sanft rotieren, bis der Ohrstecher bernsteinfarben aufblinkte – eine Warnung vor dem unmittelbar bevorstehenden Zusammenbruch des Feldes – und dann erlosch.

»Die erste Zuhaltung«, erklärte Quark. Odo hatte den Mund leicht geöffnet und musterte ihn fassungslos.

Plötzlich spürte Quark eher, als daß er es hörte, eine verstohlene Bewegung an seiner Bürotür. Er hatte die strikte Anweisung gegeben, nicht gestört zu werden, ganz gleich, aus welchem Grund.

»Rom!« rief er, ohne sich umzuwenden oder den Ohrstecher aus der Hand zu legen, »wenn DS Nine nicht gerade ins Wurmloch stürzt, verschwindest du lieber, bevor ich bis eins zähle. Eins ...« Schritte stampften schnell den Gang entlang und die Treppe hinab.

Quark griff nach dem Spanner, aktivierte ihn und justierte ihn auf den Strahl des Ohrstechers, womit er die erste Zuhaltung geöffnet hielt. »Muß jetzt schnell machen«, sagte er, halb zu sich und halb zu Odo, »gleich wird das Kraftfeld begreifen, daß es geknackt werden soll.«

Er dachte an seine Lehrjahre, als er noch für seinen Vater gearbeitet und vor einer Auktion lebenswichtige Informationen über den Inhalt verschlossener Behälter gesammelt hatte. Wie sonst sollte man als ehrlicher Ferengi wissen, wieviel man bieten durfte? Und in dieser Zeit hatte er auch zum ersten Mal mit einem cardassianischen Siegel zu tun gehabt.

Damals hatte die zweite bis fünfte Zuhaltung den Noten eines obskuren cardassianischen Volksliedes entsprochen ... wahrscheinlich eine Eselsbrücke, die der Besitzer benutzt hatte, damit er die Kombination nicht vergaß.

»Computer«, sprach Quark schnell, aber sorgsam bedacht in seine Schreibtischkonsole, »zeige die beliebtesten cardassianischen Volkslieder, die die Note mit der Frequenz von« – er warf einen Blick auf das Ablesefeld des Ohrstechers – »vierhundertachtundvierzig Hertz enthalten, in aufsteigender Reihenfolge der Beliebtheit.« Quarks Kehle war wie zugeschnürt, setzte er doch sein wunderschönes Ferengi-Gesicht wegen des unbekannten Inhalts einer cardassianischen Stahlkassette aufs Spiel. Doch dieses Risiko mußte der Handelsprinz nun einmal eingehen.

Augenblicklich erschienen die Noten von sechs Liedern auf dem Display.

Die sechs beliebtesten Volksweisen, die die cardassianische Note ›Divak‹ enthielten, 448 Hertz. Nur eins war nach Divak selbst benannt: *Divak 82*.

Ich habe nur einen Versuch, dachte Quark und wischte sich den Schweiß von den Ohren.

Er justierte den Ohrstecher auf 671 Hertz, die nächste dominante Note in *Divak 82* (›Daka-nan‹, die achte Note auf der Cardassianer-Tonleiter mit ihren insgesamt neun Noten, auf der ›Divak‹ die vierte war). Quark verzog das Gesicht, wandte den Blick ab und drückte auf den Kontaktknopf. Er spürte, daß das Feld flackerte, und sein Herzschlag hätte fast ausgesetzt. Dann faßte der Strahl, und der Ferengi hatte die zweite Schicht des Kraftfelds überwunden.

Die nächste Note, das ›erhöhte Daka-tul‹, war von 576 Hertz auf 588 erhöht. Nun trat sein Versuch in die kritische Phase, denn *Divak 82* war das einzige Lied, in dem das ›erhöhte Daka-tul‹ vorkam. Wenn das Feld nicht explodierte, hatte Quark das Siegel geknackt, außer, der Kode basierte auf einem so obskuren Lied, daß es noch nicht einmal der Computer kannte.

Er stellte den nächsten Spannton so ein, daß er die

zweite Zuhaltung blockierte, und wollte den Ohrstecher gerade auf 588 Hertz einstellen, als ihm plötzlich siedendheiß einfiel, daß die cardassianische Tonleiter vor einem Jahrhundert größere Intervalle gehabt hatte als die heutige. Kaiser Sowieso hatte sie seinerzeit verringert, um allen anderen seinen barbarischen Musikgeschmack aufzuzwingen.

Demzufolge hatten sich alle Melodien leicht verändert.

Schweiß tropfte auf seine Schulter, und mit trockenem Mund stellte Quark eine zweite Frage. »Computer, welches cardassianische Volkslied enthielt vor einhundert Jahren die beiden Noten mit den Frequenzen vierhundertachtundvierzig und sechshundertzweiundsiebzig Hertz?«

Diesmal wurde nur ein Stück angezeigt, das einen veralteten Akkord mit der Bezeichnung ›Divak 45 erhöht‹ enthielt. Die Note von 588 Hertz kam darin nicht vor; hätte er weitergemacht, hätte das Siegel gemerkt, daß es geknackt werden sollte, und die Selbstvernichtung eingeleitet.

Es war reines Glück gewesen, daß die von Quark eingestellte zweite Note von 671 Hertz nicht schon denselben Effekt nach sich gezogen hatte.

Der Ferengi schluckte hart und stellte den Ohrstecher auf die nächste Frequenz des ein Jahrhundert alten Liedes ein; die dritte Schicht des Kraftfeldes glitt sanft zurück.

Die beiden letzten Frequenzen waren kein Problem, das Siegel zog sich in sich selbst zurück und glitt von der Truhe auf Quarks Schreibtisch.

»Das ist doch nicht zu fassen«, schnaubte Odo, der wegen des Erfolgs des Ferengi eindeutig stinksauer war. Quark öffnete die Kiste.

»Augenblick mal«, rief Odo. Ihm war ein neuer Einwand eingefallen. »Ist diese Truhe eigentlich Ihr Eigentum?«

Quark musterte Odo nachdenklich und versuchte zu ergründen, ob der Constable tatsächlich über Insider-Informationen verfügte oder nur einen Schuß ins Blaue gewagt hatte. »Nein, aber sie wurde meiner Obhut übergeben. Ich führe den Verkauf auf Kommissionsbasis durch. Und ich muß wissen, was ich verlangen kann... das ist meinem Klienten gegenüber nur fair.«

Odo brummte leise vor sich hin, konnte jedoch nicht auf seinem Einwand beharren, wollte er nicht verraten, was er durch die geheime Überwachung des Ferengi wußte.

Quark wandte sich wieder dem Truheninhalt zu und schob den veralteten cardassianischen Disruptor beiseite, er hatte nur Schrottwert; er konnte ihn allenfalls in einen Replikator schieben und bekam dafür ›Massekredit‹ gutgeschrieben.

Des weiteren befanden sich drei untersetzte Statuen in der Truhe, von denen eine grotesker war als die andere: bei zweien handelte es sich um religiöse cardassianische Ikonen, die dritte war unbekannter Herkunft, wies aber zahlreiche Ähnlichkeiten mit den beiden anderen auf. »Werden vielleicht einen cardassianischen Anthropologen interessieren«, murmelte Quark unzufrieden. Er konnte sich nicht vorstellen, daß sie alles in allem mehr als 400 Gramm in Gold gepreßtes Latinum bringen würden (Biete-viel Djonreels Anteil schon abgezogen).

Die Truhe und das Siegel waren natürlich sehr wertvoll, aber Quark würde es wohl vorziehen, sie selbst zu kaufen, nachdem er einen fairen Preis festgesetzt hatte (und dem lonatischen Captain dann, wie vereinbart, seinen Anteil von vierzig Prozent zu zahlen).

Nur der letzte Gegenstand erwies sich als vielversprechend, wenn auch nur, weil er eher geheimnisvoll als wirklich wertvoll aussah.

Das unbekannte Gerät einer fremden Spezies war etwas größer als ein Phaser, aber kleiner als ein Tricorder. Es hatte in etwa die Form einer handgroßen Gürtelschnalle und lief scharf zu. Seinem Entwurf zufolge stammte es eher von Cardassia als von irgendeinem Planeten der Föderation. Aber es wies nicht die bemühte Ungeschliffenheit auf, die seit über zweihundert Jahren im cardassianischen Reich in Mode war.

Statt dessen wirkte das Gerät kompliziert und fragil. Winzige Saugnäpfe bewirkten, daß es an der Truhe haftete wie auch an Quarks Hand und auf dem Tisch, als er seine Hand wegzog. Es bestand aus einem dunkelgrauen Material, das offensichtlich eine alchemistische Ehe zwischen Metall und Plastik eingegangen war, sowohl leicht als auch stark – und formbar.

Es schien sogar eine Art Gedächtnis zu haben: Quark drückte hart auf die Oberfläche und verursachte so eine Delle. Doch nach einem Augenblick glättete sich das Material und nahm seine ursprüngliche Form an.

»Nun, Odo, was könnte das sein?«

»Ich habe nicht die geringste Ahnung, und ich kann damit auch keine Zeit mehr verschwenden. Ich muß eine Station voller nicht ganz so erfolgreiche Verbrecher wie Sie ins Gefängnis bringen. Geben Sie her.«

»Das gehört mir!«

»Ich will es *testen* lassen«, erklärte der Constable müde.

»Und was, wenn dieser Ochse O'Brien es bei seinen Untersuchungen unabsichtlich zerstört?«

»Dann geben Sie diesem Piratenkapitän eben die Hälfte von dem Nichts ab, was Sie dafür bekommen werden!«

»Sie *haben* mich belauscht!« Quark sprang auf, das Artefakt in der Hand, und sah sich wild in seinem Büro um. »Als was haben Sie sich diesmal verkleidet? Wo waren Sie, Sie Gestalt… Augenblick mal! Wir haben den Handel ja gar nicht hier abgeschlossen…

sondern *in der Holo-Kammer.*« Er drehte sich ungläubig zu Odo um. »Also wirklich, Constable«, schnurrte er, »Sie schmutziger alter Gestaltwandler!«

»Ich habe Ihre Holodeck-Sexeskapaden nicht beobachtet, wenn Sie das meinen!« brüllte Odo.

Quark wirbelte wieder zu Odo herum, wobei er das seltsame Gerät in der einen und den Ohrstecher in der anderen Hand hielt, den er nun mit einer dramatischen Geste auf das unbekannte Artefakt richtete. »Und jetzt lassen Sie sich verblüffen«, winselte er mit der typischen Ferengi-Mischung aus Schwülstigkeit und Angst vor dem Unbekannten.

»Nein!« gebot Odo. »Legen Sie es wieder hin! Ich lasse nicht zu, daß Sie die Station in Gefahr bringen, nur weil Sie ein paar armselige Barren ...«

Quark drückte auf den Kontaktknopf und sondierte den Kraftfeldwirbel. Der Ohrstecher erfaßte sofort eine Frequenz von 914 Hertz; es gab keine weiteren Sicherungsmechanismen. Der Wirbel war kein Schloß, sondern irgendeine Art von Schalter.

Deep Space Nine machte unter den Füßen des Ferengi einen Satz, bis er glaubte, er stünde auf einer vertikalen Trennwand und nicht mehr auf dem Boden. Das Licht flackerte zweimal und erlosch; dichte Dunkelheit umgab eine sich kräuselnde Blase aus relativer Normalität.

Quark stand im Mittelpunkt der Blase, doch sie dehnte sich gerade so weit aus, daß sie auch Constable Odo umschloß.

Der Ferengi machte einen Schritt nach rechts, doch sein Magen machte einen Satz nach links. Quark quietschte wie ein Greeka-Welpe am Spieß, ließ sowohl den Ohrstecher als auch das Artefakt fallen und fühlte, wie sein Körper flach wie Kuchenteig ausgerollt wurde. Dann blinzelte er und stellte fest, daß er in unheimlicher Stille auf dem Boden lag. Ein trübes, blaues Licht erhellte das Büro; es war die Notbeleuchtung, die er nach dem riesigen Fiasko mit dem Poker-Turnier im Kasino hatte einbauen lassen.

Das Licht war matt, als würde es schon tagelang brennen. Eigentlich hätte es so hell wie die reguläre Beleuchtung sein sollen.

Quark kam zitternd auf die Knie und rieb seine schmerzenden Ohren. Neben ihm schwappte eine Pfütze auf dem Boden und erfüllte den Ferengi mit namenlosem Schrecken. Ihm war augenblicklich klar, daß es sich hierbei um Odo handeln mußte. Die Lache zog sich zusammen und schäumte hoch, wurde zu einer Säule und verdichtete sich dann zu dem vertrauten, merkmallosen Gesicht des Gestaltwandlers. Ein Gesicht, das Quark finster anblickte, als wollte er sagen: *Ich habe Sie ja gewarnt.*

Irgend etwas stimmte nicht, doch für den Moment konnte Quark das Problem nicht identifizieren. Dann bemerkte er, daß ihm seine empfindlichen Ohren eine alarmierende Meldung sandten: Stille! Stille! Stille!

Die übliche Geräuschkulisse der Station, das allgegenwärtige Lachen, Gröhlen und Singen seiner Kunden schien wie mit einem Schalter abgestellt worden zu sein. Er vernahm noch nicht einmal das stetige, gedämpfte Grollen der Kernfusionsreaktoren.

Der Ferengi starrte den Constable an, und ein entsetzlicher Gedanke stieg in ihm empor. »Odo!« keuchte er. »Ich bin taub! Rufen Sie Dr. Bashir! Schnell, machen Sie schon!«

Odo seufzte erleichtert und lehnte sich gegen den Schreibtisch. »Gott sei Dank«, sagte er. »Einen Augenblick lang habe ich gedacht, ich hätte vergessen, wie man Ohren bildet.«

Quark watschelte zur Bürotür und lauschte in die Stille. »Äh ... wenn wir nicht taub sind, Odo ... was ist dann mit den anderen passiert? Was ist aus dem Rest der Station geworden?«

Er drehte sich wieder um. Odo betrachtete ihn

aus regungslosen, unbarmherzigen Augen. »Vielleicht haben Sie sie alle *verschwinden* lassen«, sagte er so leise, daß der Ferengi ihn fast nicht verstanden hätte ... und sich wünschte, er hätte ihn tatsächlich nicht verstanden.

Quark bückte sich und hob das seltsame Gerät auf. Den geliebten Ohrstecher ließ er liegen; warum, konnte er nicht sagen. Als er sich wieder aufrichtete, legte sich eine Metallklammer um seinen Bizeps. Es war Odos Hand, die er zu einer Fessel umgewandelt hatte.

Der Constable berührte seinen Kommunikator. »Odo an OPS.« Stille ... »Odo an OPS. Major Kira, sind Sie erreichbar?« Stille ... »Hört mich irgend jemand? OPS, technische Station, Sicherheit? Chief O'Brien, können Sie in Quarks Spielkasino die Energieversorgung wiederherstellen?«

Er sah auf seinen Kommunikator hinunter und runzelte die Stirn. Noch ein Ausfall. Die Cardassianer hatten die Station zumindest in gutem technischem Zustand gehalten. »Na schön, machen wir einen kleinen Spaziergang«, sagte der Constable verkniffen.

»Ist das wirklich nötig?«

Odo schob Quark zur Tür hinaus und die Treppe hinab. Die grellen Lampen des Kasinos waren trüb und flackerten; sogar die rotierende Laser-Kuppel, von der der Ferengi überzeugt war, daß deren hypnotisierende Strahlen es seinen Gästen erschwerte, sich auf ihr Spiel zu konzentrieren, stand still.

Etwas lag auf dem Boden, ein Bündel, eine Decke. Quark verspürte eine irrationale Furcht und wandte den Blick ab, doch Odo zerrte ihn darauf zu, blieb stehen und betrachtete den Gegenstand.

»Das sehen Sie sich lieber auch mal an!«

Von morbider Neugier getrieben, aber noch immer so zögerlich wie zuvor, drehte Quark langsam den Kopf, bis er das Bündel sah. Es war ein Lebewesen. Ein Ferengi. Es war Rom.

Rom war tot, bedeckt mit getrocknetem Blut von einem Dutzend Verletzungen. Quark spürte feuchtkalten Schweiß auf seinen Ohren, und Blut schoß in sein Gesicht. Ein Schuldgefühl durchsickerte ihn, als hätte er Rom eigenhändig getötet.

Vielleicht habe ich das …, dachte er.

Nein! Ich bin ein Ferengi, kein Mensch. Wir geraten nicht in Panik. Wir katzbuckeln nur unterwürfig, wenn die Vernunft es gebietet. Mach das Beste aus der Sache, Quark, du elender Trottel!

Er bückte sich langsam und sah Odo über die Leiche seines Bruders hinweg an. »Sie wissen, daß es nicht meine Schuld ist. Ich habe nichts damit zu tun. Sie sind mein Zeuge!«

»*Ich* habe gar nichts gesehen, Quark. Hoffen Sie nicht darauf, daß ich Ihnen ein Alibi gebe. Oder haben Sie schon vergessen, daß ich eine Pfütze war?«

In Roms Rücken befanden sich vierzehn kreisrunde Einschußlöcher, von denen zwei tödlich gewesen waren.

»Sie müssen von einer Waffe mit beträchtlicher Energieentwicklung stammen«, sagte Odo, verlängerte zwei Finger und steckte sie vorsichtig in eins der Löcher.

Quark preßte die Lippen zusammen und kämpfte gegen eine aufsteigende Übelkeit an. Er glaubte, ohnmächtig zu werden.

»Na also«, sagte der Constable mit professionell unbeteiligter Stimme. Er zog die Finger wieder heraus und ließ sie zu normaler Größe schrumpfen. Sie umschlossen einen abgeflachten Zylinder aus weichem Metall von etwa zehn Millimetern Durchmesser. »Haben Sie so etwas schon mal gesehen, Quark?«

»Das gehört mir nicht!« protestierte der Ferengi, schlug die Hände vors Gesicht und wich geduckt auf angemessene Art und Weise zurück. (Nummer acht: *Sie haben mich mit den Fingern in der Keksdose erwischt, aber die Gesellschaft ist schuld.*)

»Das habe ich nicht gemeint. Erkennen Sie, um was für eine Waffe es sich handeln könnte?«

Quark lugte zwischen seinen Fingern hervor. »Um eine chemisch angetriebene Gewehrkugel«, quiekte er. »Wahrscheinlich eine vollautomatische Waffe, wenn man von der Zahl der Einschußlöcher ausgeht.«

»Ganz meine Meinung. Aber seit wann sind Sie Experte für historische Waffen, Quark?«

Der Ferengi richtete sich wieder auf. »Manche Leute bezahlen für antike Kampfgeräte viel Geld«, sagte er verärgert. »Wie soll ich die Gewinnspanne berechnen, wenn ich nicht den Preis einer klingonischen Chordat-77 oder einer irdischen 30-06 schätzen kann?«

Odo warf die Kugel vor Quarks Füße. »Na schön. Dann schätzen Sie die hier doch mal.«

Die magischen Worte zerstreuten Quarks Entsetzen und seinen Schmerz. Er hob die deformierte Kugel vorsichtig auf, holte eine starke Lupe aus seiner Tasche und untersuchte das Beweisstück. Schließlich schüttelte er den Kopf. »Ein seltsames Kaliber. Hab ich noch nie gesehen. Vier Komma elf Millimeter, hat sich beim Aufschlag auf etwa neuneinhalb ausgedehnt. Die Spitze ist hart und blieb erhalten; dieses Ding wurde dazu geschaffen, Panzerungen zu durchschlagen, Odo.«

»Und warum hat man es benutzt, um den Angestellten einer Bar zu töten?«

Als Quark daran erinnert wurde, wozu die Kugel gedient hatte, ließ er sie fallen, als wäre sie ein giftiges Insekt. »Rom«, flüsterte er und streichelte die Wange seines Bruders. »Was hast du getan? Ich habe dir doch gesagt, daß du keine Zusatzprämie bekommst, wenn du bei einem Raubüberfall Widerstand leistest.«

Er sah zu Odo auf, um ihn zu fragen, ob Rom einen Phaser gehabt hatte, doch der Constable schaute quer durch den Raum. »Da drüben liegen weitere Leichen«, sagte er ruhig.

Sie fanden insgesamt vier; alle waren von derselben Munition getötet worden, chemisch angetriebene Kugeln. Quark erkannte drei der Toten als Stammkunden wieder und glaubte sich zu entsinnen, den vierten zuletzt an einem Dabo-Tisch gesehen zu haben.

»Fehlt etwas, Quark?«

»Wie bitte?«

»Haben die Mörder etwas entwendet?«

»Entwendet?« Quark sah noch immer auf seinen toten Bruder hinab und verstand die Frage nicht. »Entwendet? Ach, Sie meinen, gestohlen.« Plötzlich entsann er sich wieder der Prioritäten, die ein Ferengi nun einmal hatte, lief zum Safe und gab die Kombination ein. Er enthielt noch immer die sechs Barren in Gold gepreßtes Latinum und Tausende von Chips, die er als ›Hausbank‹ in Reserve hielt. Dann überprüfte er das Regal hinter der Bar; sein erfahrener Blick verriet ihm rasch, daß keine einzige Flasche des teuren importierten Synthehols oder quasilegalen Alkohols fehlte. Auch die automatische Registrierkasse hatte man nicht geöffnet.

Selbst die kylarghischen Feuersteine auf dem Dabo-Tisch waren nicht angerührt worden. Kein einziger Wertgegenstand fehlte.

»Wie eigentümlich«, kommentierte Odo den Sachverhalt mit der für ihn typischen Untertreibung.

Quark war entsetzt. »Sie meinen… die haben das nicht getan, um *Beute* zu machen?« Sein entrüsteter Tonfall ließ vermuten, daß er den Mördern in diesem Fall vielleicht verziehen hätte.

Odo aktivierte erneut seinen Kommunikator, wieder ohne Ergebnis. »Das gefällt mir nicht«, sagte er. »Jemand muß doch die Waffenentladungen gehört haben. Wo sind die anderen nur?« Erneut verwandelte er seine Hand in ein flaches Band, legte es um Quarks Arm, verschmolz die Finger und schuf auf diese Weise enge Handschellen. »Kommen Sie. Ich sperre Sie in eine Zelle und finde dann heraus, was hier passiert ist.«

»In eine Zelle!« Quark war so schockiert, daß er nicht einmal protestierte, als Odo ihn zur Tür und hinaus auf die Promenade zerrte.

Sowohl der Gesetzeshüter als auch der Ferengi blieben verwirrt stehen: Die Promenade bot ein entsetzliches Bild der Verwüstung. Doch was noch schlimmer war: Dutzende von Leichen stapelten sich vor den Trennwänden.

Obwohl Odo seinen Arm fest gepackt hielt, gelang es Quark, sich zu ducken – ein bemerkenswerter Beweis seiner Gelenkigkeit. »Das ist nicht meine Schuld! Das war ich nicht! Sie waren es – Sie haben das getan!«

Odo betrachtete das Schlachtfeld, das einmal das Hauptstockwerk der Promenade gewesen war. Fensterscheiben waren eingeschlagen, ein Teil einer Trennwand war nach innen gedrückt, ein anderer geradezu abgeschält worden, als hätte jemand nach etwas gesucht und es danach mit dem Aufräumen nicht mehr besonders genau genommen. Die Beleuchtung flakkerte und setzte immer wieder aus; an einigen Stellen war sie völlig ausgefallen.

Warum hat die Sicherheit nichts wegen dieser Leichen unternommen? Wer hat sie bloß einfach wie Frachtgut aufgestapelt? Lebt auf dieser Station denn überhaupt noch jemand?

Er blieb ganz ruhig stehen und brachte den unentwegt vor sich hinmurmelnden Ferengi zum Schweigen. Außer den Geräuschen, die sie selbst erzeugten, hörte er rein gar nichts … nicht einmal die Luftumwälzungsanlage.

Wenn sie ausgefallen ist, bleiben uns nur fünf Tage, bis der Sauerstoffgehalt unter die für Bajoraner und Menschen erträglichen Toleranzgrenze fällt. Falls die Hitze uns nicht vorher umbringt.

In der Tat schien es wärmer als üblich zu sein. Da Temperaturschwankungen Odo kaum etwas ausmachten, wenn die Werte nicht extrem hoch oder niedrig waren, hatte er es bislang noch nicht bemerkt.

Seine Notfallausrüstung funktionierte glücklicherweise noch und informierte ihn, daß die Lufttemperatur fünfzig Grad Celsius betrug.

Sie gingen langsam über einen aufgerissenen und deformierten Boden und wären mehrmals fast gestolpert. Odo sah auf sein Chronometer; mit der Zeit schien alles zu stimmen, es war erst etwa eine Stunde vergangen, seit er die OPS verlassen hatte.

Der Constable schüttelte den Kopf. »Aber etwas – hören Sie auf zu jammern, Quark – etwas stimmt nicht.« Er zerrte den Ferengi mit sich zu einem Stapel von zehn oder zwölf Leichen, bückte sich und untersuchte sie.

Er zog einen der Toten herunter und legte ihn auf das aufgerissene Deck. Odo hatte zwar keine besonders umfangreichen Kenntnisse über die menschliche Biochemie, doch selbst bei der derzeitigen Temperatur hätten die Leichen noch nicht in Verwesung übergehen dürfen. Seiner oberflächlichen Untersuchung zufolge war der Tod dieser Leute vor mindestens zwei oder drei Tagen eingetreten.

»O nein«, sagte er so fassungslos, daß Quarks Schuldgefühl von einer noch stärkeren Emotion durchdrungen wurde. Von Furcht.

»O nein? Was ist *los*, Odo?«

»Quark, besitzen Sie ein Chronometer, das nicht mit dem Stationscomputer verbunden ist?« Der Ferengi wühlte in seinen Taschen. »Nein, nein«, sagte Odo, »irgendwo in Ihrem Etablissement, meine ich.«

»Ach so. Ja, ich habe eine uralte klingonische Uhr in meinem Büro. Batteriebetrieben. Wieso?«

»Gehen wir.« Als sie Quarks Spielkasino wieder betreten hatten, blieb der Constable plötzlich stehen. »Und eine Lampe.«

»Eine Lampe? Eine Taschenlampe, meinen Sie doch.«

»Das habe ich doch gesagt«, erwiderte Odo. »Eine elektrische Taschenlampe. Haben Sie eine?«

»Machen Sie Witze? Nachdem die Beleuchtung ausfiel, als ich das große Pokerturnier austragen wollte ...«

»Ja oder nein?«

Quark sah ihn wütend an. »Hinter der Bar.«

Odo ging mit ihm hinüber, und der Ferengi holte seine wunderschöne, teure neue Taschenlampe hervor. Der Constable beschlagnahmte sie sofort.

»He! Die gehört mir!«

»Ich brauche sie vielleicht für die Untersuchung.«

»Für welche Untersuchung?«

Odo sah zu Quark hinab. Die Lippen des Constable waren fest zusammengepreßt. »Ob ich noch jemanden erreichen kann oder nicht ... selbst, wenn wir die einzigen sein sollten, die auf dieser Station noch leben ... *ich bin noch immer der Constable.* Und ich *werde* eine Untersuchung durchführen. Noch Fragen?«

Quark wich erschrocken zurück und blinzelte. »Nein. Keine.«

»Wo ist die klingonische Uhr? Ich habe das schreckliche Gefühl, daß ich weiß, was hier passiert ist.«

Quark deutete nach oben, zu seinem Büro. Odo nahm jeweils vier Stufen auf einmal, während der Ferengi hinter ihm her stolperte; sein Arm wurde noch immer von Odos Handschellen umschlossen. In Quarks Büro suchte und fand der Constable die Uhr, betrachtete sie eine Weile und versuchte, sich an das klingonische Zeitmeß- und Datumssystem zu erinnern.

»Quark ... würden Sie bitte bestätigen, was dieser Mechanismus uns verrät?«

»Können Sie nicht mal eine Uhr lesen? Da steht ... nein, das stimmt nicht. Die Batterien müssen erschöpft sein.«

»Was steht denn da?«

»Da steht ... äh, zehn Uhr fünfunddreißig, Sternzeit

47137,8. Aber die Uhr geht falsch … das ist erst in drei Tagen …«

Es paßte alles zusammen: die Temperatur, die Zersetzung der Leichen, das Ausbleiben einer Antwort auf den Kommunikatorruf, das klingonische Chronometer.

»Nein, Quark«, sagte Odo. Hätte der Gestaltwandler einen Magen gehabt, er hätte sich umgedreht. »Die Uhr geht *richtig*. Ihr verdammtes Gerät hat uns drei Tage lang mit einer statischen Zeitblase umgeben! Und irgendwie hat während dieser Zeit etwas oder jemand Deep Space Nine angegriffen und zerstört.«

Er bückte sich und schob das Gesicht dicht vor das des Ferengi; der Ausdruck in seinen Augen ging über bloße Wut hinaus. »Wir sind die einzigen, Quark! Die einzigen Überlebenden! Und da uns bislang noch niemand zu Hilfe geeilt ist, bezweifle ich, daß überhaupt jemand kommen wird.«

Kira saß an ihrer Konsole in der OPS und summte leise vor sich hin. Ihr ging es wesentlich besser als am Vortag, und fast hätte sie sich völlig vergessen und laut eine Strophe von *Das schöne grüne Land* gesungen. Sisko war in seinem Büro, und mit der Station war alles in Ordnung.

Aus irgendeinem Grund hielt Quark sich versteckt; seit über einem Tag hatte ihn niemand mehr gesehen. Seltsamerweise war es Kira aber auch nicht gelungen, Constable Odo ausfindig zu machen.

»Wurmloch«, sagte Dax zum sechstenmal in genauso vielen Stunden. Hier herrschte wesentlich mehr Betrieb als damals, als Bajor die cardassianische Station übernommen hatte.

»Ein Cardassianer?« vermutete Kira.

»Nein.«

»Die Borg?«

»Diesmal nicht.«

»Die Propheten sind aus ihrem heiligen Reich gekommen, um uns bei unseren Bemühungen zu führen?«

»So viel Glück haben wir leider nicht.« Die Trill stocherte an ihrem Kontrollpult herum, bis es ihr gelang, das Schiff auf den Schirm zu bringen.

Es war in der Tat ein Sternenschiff, das lediglich in der Schwerelosigkeit des Weltraums stabil war und auf keinem Planeten landen konnte. Acht kleine, schwarze, rechtwinklige Körper, keiner größer als ein Flitzer, waren mit spaghettiähnlichen Röhrensträngen verbunden, die sich wie in einem komplizierten Tanz um sie schlangen. Einige dieser Schläuche waren so groß, daß sie von Humanoiden passiert werden konnten, bei anderen handelte es sich zweifellos um Energieleitungen.

Mehrere der Röhren erstreckten sich ins All und endeten in weiten Öffnungen oder Mündungen. Kira verspürte eine Vorahnung von Gefahr. Ihre Kampferfahrung verriet ihr, daß es sich bei ihnen um Waffen handelte, Waffen eines Typs, den sie noch nie gesehen hatte. Dies waren nicht die runden Feststoffkontakte, die man an den entsprechenden Enden von Phasern oder Disruptoren sah.

»Ich kenne so etwas nicht«, sagte Dax. »Major, es könnte sich um Besucher *aus* dem Gamma-Quadranten und nicht um Rückkehrer von dort handeln.«

»Wirklich?« Major Kira drückte mit dem Daumen auf ihren Kommunikator. »Commander.«

Sisko antwortete augenblicklich. »Ja, Major?«

»Monitor drei. Sehen Sie sich das mal an.«

Eine kurze Pause. »Um wen handelt es sich, Major?«

»Dax vermutet, daß sie aus dem Gamma-Quadranten stammen.«

»Ich komme sofort.«

Hoch über ihnen öffnete sich die Tür von Siskos Büro, und der Commander von Deep Space Nine trat heraus. Kira fragte sich – nicht zum erstenmal –, wieso seine Uniform immer so korrekt gebügelt war, daß man mit den Falten Brot schneiden konnte, und seine Stiefel dermaßen glänzten, daß ein Laserstrahl von ihnen abprallen würde.

Sie versuchte, ihn nicht zu unverholen zu beobachten, als er, geschmeidig wie ein Berufstänzer, die Treppe hinabkam. *Zum Glück ist seine Nase so abscheulich glatt,* dachte sie; *ansonsten verspürte ich eine gewisse Versuchung …*

»Wieso glauben Sie, daß es sich um ein Schiff aus dem Gamma-Quadranten handelt, alter Knabe?« fragte Sisko die Trill, nachdem er hinter seiner Kommandokonsole Platz genommen hatte.

»Erstens«, erwiderte sie und zählte die Indizien an den Fingern ab, »entspricht das Schiff keiner Bauweise, die bei der Föderation, den Cardassianern, Romulanern, Borg oder Bajoranern bekannt ist. Zweitens verfügt es nicht über einen Impuls- oder Fusions-, sondern über einen verbesserten Partikelbeschleuniger-Antrieb. Und drittens«, kam sie zum Schluß, »hat es das Wurmloch erreicht; also muß es Warp-Geschwindigkeit erreichen, aber es befindet sich keine Antimaterie an Bord. Also müssen sie etwas benutzen, das wir niemals entwickelt haben.«

»Keine Antimaterie?« wiederholte Chief O'Brien und sprang hinter seiner technischen Station auf.

»Öffnen Sie einen Kanal«, befahl Sisko.

Dax tat wie geheißen und musterte dann ihr Display. »Ich glaube, sie gehen sämtliche Funk- und Subraum-Kanäle durch, um mit uns Kontakt aufzunehmen. Ah, sie haben unsere Bandbreite gefunden. Nur eine Funkverbindung, ich bekomme kein Bild.«

»Legen Sie sie auf den …« Bevor Sisko ›Schirm‹ sagen konnte, speiste Dax das Signal in das OPS-Interkom ein.

»Sie werden Ihren Gefangenen ausliefern oder vernichtet werden«, ertönte eine nüchterne, gefühllose Stimme.

»Schilde hoch!« befahl Kira. O'Brien führte die Schaltungen persönlich durch.

»Sie sprechen Cardassianisch«, sagte Dax, »aber sie sind keine Cardassianer.«

»Öffnen Sie einen Kanal, Lieutenant – Hier spricht Commander Sisko von der bajoranischen und Föderations-Station Deep Space Nine. Wir haben keinen Gefangenen aus dem Gamma-Quadranten.«

Die Antwort der Fremden kam sofort und war kurz und bündig. »Bereiten Sie sich darauf vor, geentert zu werden.«

3

Einen Augenblick lang rührte sich niemand auf der OPS; alles hielt den Atem an. Dann redeten alle durcheinander.

»Dax – besorgen Sie uns Hilfe«, befahl Sisko. Im gleichen Augenblick tippe Kira auf ihren Kommunikator: »Odo! Odo, melden Sie sich!«

Weder auf Dax' Subraum-Funkspruch noch auf Kiras Notruf reagierte jemand.

»Sie haben einen Schild um die Station gelegt«, erklärte O'Brien. »Er verhindert jede Subraum-Kommunikation.«

»Können Sie ihn durchbrechen, Chief?« fragte Dax.

»Sicherheit! Hier Kira, Dringlichkeitsstufe eins!«

»Chief«, fragte Sisko, »halten unsere Schilde?«

»Nein, Sir. Ja, Sir«, sagte der Chief, indem er zuerst Dax' und dann Siskos Frage beantwortete. »Wir können ihren Schild nicht durchbrechen, sie unsere bislang aber auch nicht.«

»Kira«, sagte der Commander, »dieses Vorgehen stellt einen Angriff dar. Feuern Sie die Phaser ab und verbrennen Sie ihnen ein wenig die Nasenspitze.«

Kiras Finger huschten so schnell über ihre Konsole, daß man es kaum verfolgen konnte. Sie bekam jedoch keine automatische Zielerfassung; also mußte sie visuell feuern und konnte sich nur auf die trigonometrischen Berechnungen des Computers aus mehreren Blickwinkeln verlassen.

Sie gab zwei kurze Phasersalven ab, je eine auf die Triebwerkhülsen des fremden Schiffes, das anscheinend über keine Schilde verfügte – beide blauen Phaserstrahlen trafen ihr Ziel.

Doch so unglaublich es war, die Phaserstrahlen wurden reflektiert wie Laserstrahlen von einem Spiegel.

»Commander«, rief Kira, die ihre Verwunderung kaum unterdrücken konnte. »Haben Sie das gesehen...?«

»Ich habe es gesehen«, sagte Sisko. Seine ruhige Stimme durchbrach ihre Anspannung, und sie gab ein kurzes Sperrfeuer über die gesamte Länge des Schiffes ab; erneut mußte sie visuell feuern, da die Phaser einfach kein Ziel erfassen wollten.

Wo die Phaser trafen, wurden sie reflektiert; ein Schuß wurde sogar genau auf DS Nine zurückgeworfen.

Kira duckte sich unwillkürlich, aber der reflektierte Treffer verfehlte die OPS um Haaresbreite. »O'Brien!« rief sie.

»Etwas nähert sich!« warnte Dax. »Groß, metallisch – Kira, es ist... irgendein Torpedo.«

Kira versuchte, das Geschoß zu erfassen, hatte damit jedoch genauso wenig Erfolg wie zuvor. Sie versuchte es aufs Geratewohl, doch das Ziel war zu klein, als daß Aussicht auf einen Treffer bestanden hätte. »Sisko!« rief sie. »Ich erwische das verdammte Ding einfach nicht!«

»Keine Sorge!« rief O'Brien von seiner Station. »Wenn es auf die Schilde trifft...«

Alles starrte auf den Schirm. Der Torpedo flackerte kurz grün-blau auf, als würde er eine Buntglasscheibe durchdringen. Dann flog er weiter, als hätte er die Schilde der Station nicht einmal wahrgenommen.

Sisko beugte sich über seine Konsole. »Festhalten«, sagte er und lächelte grimmig.

»Was haben Sie vo...« wollte Kira fragen; dann verrieten ihr ihre Instrumente, daß der Commander den Traktorstrahl aktiviert hatte. Doch er versuchte gar nicht erst, die Rakete zu erfassen, sondern lenkte den Traktorstrahl einfach durch einen Bereich, der den Kursvektor des Torpedos kreuzte.

Das Geschoß prallte von dem Traktorstrahl ab und wurde über die Station geschleudert. »Verdammt«, sagte Sisko, »ein Aus-Schlag!«

»Was, zum Teufel«, sagte Chief O'Brien, »ist das für ein Ding?« Er sah auf seine Sensoranzeiger. »Ein chemischer Treibstoff... und der Torpedo flog durch unsere Schilde, als gäbe es sie gar nicht. Zum Glück hat der Commander ihn...«

Weißes Licht blitzte auf dem Schirm auf, unerträglich hell, bis die automatischen Filter es dämpften. Gleichzeitig fielen sämtliche Anzeigen aus, um unmittelbar darauf wieder aufzuflackern. »Hier Sicherheitsdienst – Major Kira, *sind Sie wohlauf?*«

»Was? Oh, tut mir leid.« Kira wurde klar, daß der Sicherheitsdienst mehrmals auf ihren Ruf geantwortet hatte, sie aber so gefesselt von dem Kampf gewesen war, daß sie es nicht mitbekommen hatte. »Suchen Sie sofort Odo. Es ist dringend.«

»Aye, Sir.«

Sisko runzelte die Stirn; anscheinend war er die ruhigste Person auf der OPS. »Wie konnte ihr Torpedo glatt durch unsere Schilde fliegen?«

Er sah nacheinander O'Brien, Dax und Kira an, aber alle erwiderten lediglich verdutzt seinen Blick.

»Sir«, sagte der Chief, »ich glaube, wir haben ein schlimmeres Problem als das.«

»Da kommt noch ein Torpedo!« rief Kira im gleichen Moment. Diesmal wartete sie nicht auf den Commander, sondern bediente den Traktorstrahl selbst. Sie verfügte zwar nicht über Siskos jahrelange Erfahrung mit einem Baseball-Schläger, hatte aber genug Zeit, um den Computer bei der Kursberechnung zu Hilfe zu nehmen. Sie erwischte den Torpedo sauber und trieb ihn vor dessen Explosion weit von der Station weg.

»Was meinen Sie, Chief?« fragte Sisko.

»Sir, als das Ding explodierte, sind unsere Schilde etwa eine halbe Sekunde lang ausgefallen. Während dieses Augenblicks habe ich einen Energietransfer gemessen.«

»Was ist passiert?«

»Sir, ich glaube, sie haben ein paar Leute an Bord gebeamt...«

»Wohin?«

»Auf die Promenade!«

»Da kommt der dritte!« Kira war ein paar Minuten lang beschäftigt, während das fremde Schiff einen Torpedo nach dem anderen abfeuerte. Jeder durchdrang die Schilde, als gäbe es sie gar nicht, doch Kira gelang es, alle von ihrem Kurs abzubringen.

»Jemand muß sie aufhalten«, sagte der Commander, »sie beschäftigen, bis wir wissen, was sie überhaupt wollen. Wo ist Odo?«

»Verschwunden«, sagte Kira, ohne den Blick von der Konsole zu wenden. Sie hatte eines der Geschosse nur gestreift, und es explodierte so dicht neben der Station, daß sie durchgeschüttelt wurden. »Er reagiert nicht auf meine Rufe. Ich habe den Sicherheitsdienst angewiesen, ihn zu suchen.«

»Ich brauche jemanden, der weiß, wie man mit Störfällen auf der Station umgeht... entweder Sie oder O'Brien.«

Sisko sah von der einen zum anderen und überlegte, wen er am ehesten auf der OPS entbehren konnte. Kira wußte jedoch, daß die nächste Bombe, die der Invasor abfeuerte, vielleicht die Station erreichen würde, wenn sie ihre Konsole verließ.

Andererseits konnte Dax notfalls kurzfristig die technische Abteilung übernehmen. Daher war O'Brien im Augenblick am entbehrlichsten.

Kira sah Sisko an und schüttelte den Kopf.

»O'Brien«, befahl der Commander, »beamen Sie sofort in die Sicherheitsabteilung und machen Sie die Invasoren ausfindig.« Sisko tippte auf seinen Kommunikator. »Sicherheit! Feindliche Streitkräfte sind in die Station eingedrungen. Chief O'Brien beamt zu Ihnen hinüber… er macht die Invasoren ausfindig, und Sie schalten sie aus. Und suchen Sie Odo. Ende. Sisko an Bashir.«

»Hier Bashir, Sir«, erklang die stets eifrige Stimme des Arztes.

»Wir werden angegriffen.«

»Angegriffen? Das war es also?«

»Vielleicht kommt es zu Opfern. Es könnte hart werden, Doktor… wir scheinen von einer Einsatzgruppe geentert worden zu sein. Sie sind auf der Promenade.«

Eine Pause. Dann: »Verstanden, Sir. Ich bereite alles vor.«

»Ich hätte Verständnis dafür, wenn Sie sich an einen sichereren Ort zurückziehen wollten.«

Diesmal ohne Zögern: »Nein, Sir. Alle Geräte befinden sich hier, und ich kann sie wohl kaum verlegen. Ich komme schon klar.«

»Es ist Ihre Entscheidung. Sisko Ende.«

Während der Commander sprach, schaltete Dax alle technischen Funktionen auf ihre Konsole um. O'Brien lief zum Transporter und verharrte gerade lange genug an seiner Konsole, um die Einstellungen vorzunehmen. Er verschwand im Funkeln des Transporterstrahls.

Dann erhob sich Siskos Stimme über den Tumult. »Dax, versuchen Sie es mit Photonentorpedos. Kira, testen Sie mal, ob Sie eine ihrer eigenen Bomben zu ihnen zurückschicken können – dann kann Dax unmittelbar nach der Explosion ein Torpedo abfeuern. Wie du mir, so ich dir.«

Über Kiras Gesicht perlte der Schweiß, doch sie konnte nicht einmal ihre Hände von den Kontrollen nehmen, um sich mit dem Ärmel über die Stirn zu wischen. So blinzelte sie die brennenden Tropfen einfach aus ihren Augen. »Drei, zwo, eins, halten Sie drauf, Dax.«

Kira warf den Torpedo zu dem fremden Schiff zurück, während Dax eine volle Breitseite abfeuerte. Plötzlich sprang eine sonderbare Röhre aus dem fremden Schiff hervor und feuerte in so schneller Folge einen steten Strom winziger Kügelchen auf die Bombe ab, daß es aussah wie ein Wasserstrahl.

Die seltsame Fontäne verfehlte zwar die Bombe, wurde aber sofort auf einen neuen Kurs ausgerichtet und schnitt ihr den Weg ab. Der Torpedo verschwand in einem Hagel aus Kügelchen.

Doch in dem ganzen Durcheinander glitten Dax' Photonentorpedos an dem Strom vorbei. Sie explodierten in unmittelbarer Nähe des Raumschiffs.

»Hab sie erwischt!« rief Dax. »Und auch einen gewissen Schaden angerichtet. Da kommt der nächste Torpedo, Kira.«

Das neue Geschoß war nicht gut gezielt; wahrscheinlich war es vom Kurs abgekommen, als das Raumschiff, während es gerade den Torpedo abgefeuert hatte, erschüttert worden war. Kira erwischte ihn jedoch nicht genau genug, um ihn gänzlich vom Kurs abzubringen. Er explodierte viel zu nah, und erneut erzitterte DS Nine unter dem Aufprall. Die Schilde flackerten und brachen erneut kurz zusammen.

»Zweiter Schildausfall«, meldete Dax und dann besorgt: »Ein weiterer Entertrupp wurde an Bord gebeamt.«

Sisko tippte auf seinen Kommunikator und informierte O'Brien und die Sicherheit über die neuen Eindringlinge. »Dax«, fügte er hinzu, »haben Sie eine Möglichkeit gefunden, die Kommunikationsblockade zu durchbrechen?«

»Tut mir leid, ich habe alle Subraumkanäle und

sogar die normalen Funk- und Kurzwellenfrequenzen durchprobiert. Nichts.«

»Major«, wandte der Commander sich an Kira, »programmieren Sie eine Sonde darauf, Kontakt mit Bajor aufzunehmen, sobald sie die Schilde durchbrochen hat, und schicken Sie sie auf den Weg.«

Kira runzelte die Stirn. Es ärgerte sie, daß sie nicht selbst darauf gekommen war. Dreißig Sekunden später hatte sie die ungewöhnlichen Instruktionen programmiert. Nervös behielt sie die Instrumente im Auge, befürchtete einen weiteren Angriff, während sie mit der Sonde beschäftigt war. Doch das fremde Schiff verhielt sich ruhig – vielleicht eine Folge ihres letzten Angriffs.

»Alles klar«, verkündete sie schließlich.

»Dann los.«

Kira schoß die Sonde ab, die sich auf der anderen Seite von DS Nine von dem fremden Schiff entfernte. Sie hoffte, daß die Station die Sonde vor den Angreifern abschirmen würde.

Doch die Invasoren schienen sich lediglich tot gestellt zu haben; sie feuerten nun eine Breitseite von sechs Bomben auf die Station ab. Hektisch schwang Kira den Traktorstrahl herum und warf die vier gefährlichsten Torpedos zurück. Die beiden anderen, die vom Kurs abgekommen zu sein schienen, mußte sie vernachlässigen.

Sie waren nicht vom Kurs abgekommen, sondern explodierten zu beiden Seiten der Sonde und zerquetschten sie, als wäre sie zwischen einen Hammer und einen Amboß geraten. Sie wurde zerstört, noch bevor sie die Kommunikationsblockade durchbrochen hatte.

Dax feuerte eine weitere Salve Photonentorpedos ab; zwei davon trafen das Schiff und erschütterten es.

Einen beträchtlichen Augenblick lang geschah nichts; sowohl DS Nine als auch der Aggressor schienen sich erholen und die Lage neu einschätzen zu müssen. Dann entfernte sich das fremde Schiff langsam von der Station.

»Feuer einstellen«, befahl Sisko. »Sie ziehen sich zurück.«

Kira konnte sich endlich die schweißnasse Stirn abwischen. »Was ist mit den Enterkommandos auf der Station?«

»Sie bleiben hier«, erwiderte er. »Warten wir ab, wie sich O'Brien und die Sicherheitsabteilung schlagen. Und treiben Sie endlich diesen verdammten Constable auf!« Sisko sah sie an und grinste. »Ich kann Sie als Schlagmann nicht entbehren, Major.«

»Was?«

»Schon gut. Bleiben Sie, wo Sie sind. Dax, fordern Sie Schadensberichte an und schicken Sie Wartungsmannschaften raus. Kira, öffnen Sie einen stationsweiten Kanal.«

»Aye, Sir.« Sie tat wie geheißen und nickte dem Commander dann zu.

»Hier spricht Commander Sisko«, sagte er mit noch immer völlig ruhiger Stimme. »Ich muß Sie leider darüber informieren, daß Deep Space Nine von einer noch nicht identifizierten aggressiven Macht angegriffen wurde. Im Augenblick sind die Feindseligkeiten eingestellt. Aber es befinden sich Enterkommandos auf der Station. Die Promenade muß *sofort* evakuiert werden. Begeben Sie sich in den Habitatring. Und vor allem … *behindern Sie den Sicherheitsdienst nicht.* Kehren Sie in den Habitatring zurück – das ist ein direkter Befehl. Sisko Ende.« Er drehte sich zu Kira um. »Major, schalten Sie mir eine ständige Verbindung zu O'Brien; ich will über alles informiert werden, was passiert, *bevor es passiert.*«

Chief Miles O'Briens Herz hämmerte wie eine Fusionspulswelle. Er fragte sich, ob und wann es explodieren würde; bei einem Fusionsreaktor war dieses Symptom jedenfalls ein sicheres Zeichen dafür.

Er war Ingenieur geworden, weil er nach seinen Erlebnissen im Cardassianischen Krieg den Gedanken nicht mehr ertragen konnte, ein anderes Lebewesen zu töten ... nicht einmal einen Cardassianer.

Er war ein freundlicher Mensch, ein Familienvater; er wollte nichts weiter als eine Frau, die er lieben, ein Kind, um das er sich kümmern, und eine feste Anstellung, in der er mit den Händen arbeiten konnte – *na ja, vielleicht dann und wann ein winzig kleines Abenteuer,* aber nichts, was Keiko und Molly in Gefahr brachte.

Er ging schnell an der technischen Konsole vorbei zum Transporter und mußte dabei gegen den Drang ankämpfen, einfach loszulaufen. An der Transporterkonsole gab er die Koordinaten des Sicherheitsbüros ein und schob den Schalter auf *Energie.*

Er trat auf die Plattform und fühlte das vertraute, angenehme Vibrieren, als sein Körper Molekül um Molekül zerlegt, gespeichert, abgestrahlt und dann mitten in einem großen Raum wieder zusammengesetzt wurde.

Der spartanisch eingerichtete Raum neben Odos Büro war voller grimmiger, entschlossener Sicherheitswächter. Schreibtische waren an die Wände geschoben worden, um Platz für eine Bestandsaufnahme der verfügbaren Waffen zu schaffen. Ein Bajoraner lief mit mehreren Phasergewehren unter dem Arm an ihm vorbei, ein anderer trug eine Kiste voller Handphaser.

Gott steh mir bei, dachte O'Brien. *Ich bin Familienvater, kein Kämpfer!* Ehemann, Vater, Techniker, Amateurzauberer, Märchenerzähler ... aber kein Krieger!

Lieutenant Moru, der nach Odo höchstrangige Sicherheitsoffizier, sicherte die ungeschützten Glastüren, indem sie die inneren Druckschilde senkte, schwere Metallplatten, die die Sicherheitsabteilung theoretisch vor jedem Angriff schützten.

»O'Brien?« fragte sie. Er nickte. »Hier.« Moru warf ihm einen Tricorder zu. »Suchen Sie die verdammten Mistkerle.«

»Ja, Sir.«

In diesem Augenblick wandte sich Commander Sisko an die Station und wies alle an, die Promenade zu verlassen und sich zum Habitatring zu begeben. O'Brien legte den Tricorder auf einen Schreibtisch und programmierte ihn auf die Suche nach unbekannten genetischen Mustern.

Er drehte sich langsam um die eigene Achse und warf einen verstohlenen Blick auf den bajoranischen Lieutenant. Sie schien härter als Kira zu sein, vielleicht sogar noch härter als Tasha Yar, der ehemalige Sicherheitsoffizier der *Enterprise.* Wahrscheinlich hätte sie Lursa und Bator, die Schwestern des Klingonen Duras, allein mit Blicken in die Flucht schlagen können.

»Es sind insgesamt zwölf, Sir«, sagte er und deutete auf die seitliche Trennwand. »Sie halten sich wahrscheinlich in der Nähe von Quarks Spielkasino auf.«

Die Schule! Er sah kurz in die andere Richtung, in der sich Keikos Unterrichtsräume befanden. Dann kam er zu dem Schluß, daß er seine Frau und Tochter am besten schützen konnte, indem er den Fremden dort gegenübertrat, wo sie sich zur Zeit befanden, bevor sie Gelegenheit hatten, sich auf die andere Seite der Promenade zu begeben.

»Dann los«, befahl Moru, die sich mit einem großkalibrigen Phasergewehr bewaffnet hatte.

Sie stürmten zur Tür des Sicherheitsbüros hinaus und ließen die Hälfte der Mannschaft zurück, damit sie es notfalls verteidigen konnte. Im Laufschritt strebten sie Quarks Spielkasino zu.

Auf der Promenade herrschte heilloser Aufruhr. Zivilisten gingen oder liefen zu den Verbindungstunnels zum Habitatring. Bajoranische Flaggen wurden unter ihren Füßen zertrampelt, doch einige religiöse Protestler gaben noch nicht einmal angesichts des Evakuierungsbefehls ihre Bekehrungsversuche auf.

Ladenbesitzer schoben trödelnde Kunden hinaus und verschlossen sodann ihre Türen; einige der Flüchtenden hatten sich unersetzliche ›Schätze‹ unter die Arme geklemmt oder schoben sie auf Gravplatten vor sich her.

Moru lief voraus; O'Brien und die zwanzig weiteren Mitglieder der Sicherheitsabteilung folgten ihr auf dem Fuß. »Halt… warten Sie«, sagte der Chief. Moru hob die Hand, und der Trupp blieb stehen.

»Direkt hinter der Biegung«, flüsterte O'Brien. »Fünfzehn von ihnen befinden sich zwanzig Meter vor uns dicht beieinander auf der Promenade.«

Moru nickte und legte einen Finger an die Lippen. Dann machte sie ein paar komplizierte Handbewegungen, der Zug schwärmte fächerförmig aus und ging langsam weiter.

Sie erkannten die Invasoren sofort. Sie sahen aus, als wären sie einem Holoschauspiel über extragalaktische Sturmtruppen entsprungen.

Die Eindringlinge trugen grau und schwarz gepanzerte Schutzanzüge mit leuchtenden, schwarzen ›Blasen‹helmen und waren mit seltsamen Waffen ausgerüstet. Waffen, die O'Brien noch nie gesehen hatte. Moru streckte die Hand aus und zog O'Brien zurück; er kam der Anweisung nur zu gern nach.

Lieutenant Moru sprach durch das Universal-Translator-System in ihrem Helm: »Keine Bewegung! *Keiner rührt sich von der Stelle,* oder er wird erschossen!« Die Hälfte der Zivilisten erstarrte; die anderen warfen sich entweder zu Boden und rissen die Hände über die Köpfe oder flohen schreiend.

Die Sicherheitswächter rückten im Gleichschritt vor; alle Phaser waren auf die Invasoren gerichtet.

Die Fremden machten sich gar nicht erst die Mühe,

verbal zu reagieren, sondern richteten ihre Waffen sofort auf den Zug.

Im gleichen Moment eröffneten Morus Leute das Feuer, und jeder Schuß war ein Treffer.

Das hellrote Phaserlicht durchschnitt die Luft und traf auf die Schutzanzüge der Invasoren. Doch die Strahlen wurden in einem kaleidoskopischen Wirbel aus Hochenergiestößen zurückgeworfen und schossen in alle Richtungen davon, je nachdem, in welchem Winkel sie auf die gepanzerten Anzüge getroffen waren.

In die angrenzenden Trennwände wurden Löcher gerissen; die umliegenden Schaufensterscheiben zerborsten unter Glasschauern. Eine Sicherheitswächterin wurde von einem reflektierten Strahl höchster Intensität in den Leib getroffen und brach zusammen. Sie war auf der Stelle tot.

Die Eindringlinge bekamen nicht einmal einen Kratzer ab.

Dann erwiderten sie das Feuer, und Miles O'Brien glaubte, die Pforten der Hölle hätten sich weit geöffnet. Die Projektile ihrer Waffen wurden von chemischen Explosionen angetrieben, wie die Schießpulver-Feuerwaffen, die vor Jahrhunderten auf der Erde gebräuchlich gewesen waren, und sie waren *laut*. O'Brien preßte die Hände auf seine Ohren und ging hinter den Sicherheitswächtern in Deckung.

Die Invasoren schossen unentwegt und feuerten die Salven so schnell ab, daß man fast hätte glauben können, es handele sich um Energiewaffen mit Zielsuchautomatiken.

»Computer!« rief Moru. »Kraftfeld neun-eins hoch!«

Zwischen den Sicherheitsbeamten und den Invasoren baute sich schützend ein leuchtendes Energiefeld auf.

»Zurückziehen, neu gruppieren«, befahl Moru. O'Brien blieb hinter dem Lieutenant und beobachtete die Eindringlinge genau, um festzustellen, wie sie reagierten. »Kraftfeld neun-drei hoch«, fügte Moru hinzu. Ein weiterer Energieschirm baute sich hinter den Invasoren auf und schnitt ihnen den Rückweg ab.

Die Invasoren bewegten sich auf die Sicherheitskräfte zu. Ihr Anführer war nur mit einer kleinen, handgroßen Feuerwaffe ausgerüstet, im Gegensatz zu seinem Gefolge, das mit großen Gewehren bewaffnet war.

Als sie das Kraftfeld erreichten, blieben sie kurz davor stehen. »Sie untersuchen es«, sagte Moru. »Zuerst werden sie versuchen, es zu durchdringen, und dann, sich den Weg freizuschießen.« Sie drehte sich zu O'Brien um und grinste. »Danach werden sie plötzlich ihre Vorliebe für die Diplomatie entdecken.«

»Hoffentlich haben Sie recht, Sir«, sagte der Chief.

Wie Moru vorausgesagt hatte, schritt der Anführer der Invasoren vor und direkt in das Kraftfeld hinein. Der Schirm knisterte, und Elektrizität entlud sich um den gepanzerten Schutzanzug des Eindringlings, der sich unter dem Flackern deutlich abhob. Doch der Invasor wurde von dem Schild nicht im geringsten behindert und ging einfach weiter; seine Gefährten folgten ihm und hielten auf die Sicherheitsleute zu.

Für einen kurzen Moment schien Moru fassungslos, dann rief sie: »Feuer! Schießt mit allem, was ihr habt!«

Ihre Leute taten wie geheißen, doch ihre Phaserstrahlen wurden nach wie vor von den Panzerungen der Eindringlinge reflektiert, die unbeeindruckt vorrückten. Dann brachten sie ihre Waffen in Anschlag und deckten die Sicherheitskräfte mit ihrem Schnellfeuer ein. Links von O'Brien brachen mehrere von den Hochgeschwindigkeitsgeschossen Getroffene zusammen.

Einer der Invasoren in der Mitte der Gruppe benutzte seine Gefährten als Deckung, hob eine O'Brien ebenfalls unbekannte Waffe in die Höhe und feuerte ein großes Projektil in den Trupp der Sicherheitskräfte.

Eine plötzliche Offenbarung verriet Miles O'Brien, dem Veteranen des Cardassianischen Krieges, daß es sich bei dem Geschoß um eine Sprengbombe handelte. Er warf sich flach zu Boden und robbte zurück hinter die Biegung der Promenaden-Trennwand.

Die Erschütterung riß ihn noch in zehn Metern Entfernung hoch und schleuderte ihn über das Deck. Er blieb benommen, aber unverletzt liegen.

Die Sicherheitswächter hatten nicht so viel Glück. O'Brien warf einen Blick zurück und sah noch, daß drei von ihnen flohen; sie waren verletzt und schossen wild um sich.

Dann rappelte er sich auf und lief zum Sicherheitsbüro zurück. Hinter ihm explodierte eine weitere Sprengbombe. Er kam sich wie ein Feigling vor, weil er nicht blieb und sich umbringen ließ, obwohl er wußte, es war viel wichtiger, daß jemand überlebte und den Commander warnte.

Als er durch die Tür des Büros torkelte, wurde er von zwei bulligen Sicherheitswächtern aufgefangen. »Tot«, keuchte er, »sie sind alle tot.«

»Wer hat wen getötet?« fragte ein Sicherheitswächter.

O'Brien sog Luft in seine brennenden Lungen und zuckte zusammen, als seine geprellten Rippen sich bitter beschwerten. »Sie… sie haben uns erwischt. Uns alle. Ich bin der einzige Überlebende.« Er sah dem Sicherheitswächter in die Augen. Auf seinem Namensschild stand C. EWIN. »Wir haben gewaltige Schwierigkeiten, Ewin. Sie verfügen über irgendeine Panzerung… Phaserschüsse machen ihnen nichts aus.«

»Überhaupt nichts?« fragte Ewin, dem diese Vorstellung unbegreiflich zu sein schien.

»Sie schirmen sie nicht vor Phaserstrahlen ab, sondern *reflektieren* sie. Handphaser, Gewehre ... wahrscheinlich könnte nicht mal das gesamte Phaseraufgebot der Station einen von ihnen auch nur verletzen. Wir brauchen etwas mit mehr Durchschlagskraft, einen wirklichen Hammer – wie irischen Whisky zum Beispiel.«

»Verdammter Mist«, schnaubte Chief Ewin. »Toborhan! Treiben Sie in der Waffenkammer einen großen Vorschlaghammer auf – wir müssen sie noch auf der Promenade aufhalten. Wenn sie in die OPS oder in den Habitatring vorstoßen, können wir die gesamte Station gleich aufgeben!«

O'Brien tippte auf seinen Kommunikator. »Sisko.«

»Hier Sisko«, erwiderte die Stimme des Commanders.

»Sie haben ...«

»Ich weiß«, sagte Sisko. »Ich habe mitgehört. Chief, können Sie auf mein Stichwort eine Phaserüberladung herbeiführen?«

»Ich ... eine Phasergranate?« O'Brien dachte einen Moment lang nach, und Rißzeichnungen von Phasern blitzten wie Holos in seinem Kopf auf. »Klar, ich glaube schon.«

»Dann kommen Sie hoch und basteln uns ein paar. Sicherheit ... wer hat da unten jetzt das Kommando?«

»Cory Ewin, Sir«, meldete sich der stämmige Waliser.

»Suchen Sie irgendeine Waffe, die ihnen etwas anhaben kann, *und halten Sie sie auf der Promenade fest,* Ewin. O'Brien wird so schnell wie möglich mit diesen Phasergranaten zurückkommen.«

»Aye, Sir.« Ewin betrachtete zweifelnd einen Handphaser. »O'Brien«, fragte er ruhig, »können Sie so ein Ding wirklich explodieren lassen?«

»Klar, das ist doch ganz einfach«, erwiderte Miles O'Brien. »Sie adjustieren einfach die ...«

»Verraten Sie es mir nicht«, sagte Ewin und hob eine

Hand. »Ich *will* es gar nicht wissen.« Fröstelnd legte er den Phaser auf den Tisch zurück.

In der Station war es absolut still. Die völlige Abwesenheit der üblichen Geräuschkulisse schockierte Odo noch immer. Der Constable hätte sich nie vorstellen können, daß er den Lärm der Minenarbeiter, Touristen, religiösen Fanatiker und lauten Föderationsmitglieder, die Deep Space Nine normalerweise bewohnten, tatsächlich vermissen würde.

Drei Tage später. Wie war es möglich, daß diese drei Tage ihm einfach ›fehlten‹? Und was war während dieser Zeit auf DS Nine geschehen und hatte so vielen Intelligenzen das Leben gekostet?

Und wo war der Sicherheitsdienst, wo die kommandierenden Offiziere?

Odo hatte sich schon fast an das blauweiße, flakkernde Licht auf der Promenade gewöhnt. Zumindest reichte seine Helligkeit aus, um den schlimmsten Glas- und Metallsplittern auf dem Boden auszuweichen.

Er kniete neben einer Toten nieder, bei der die Leichenstarre schon eingesetzt hatte. Es handelte sich um seine frühere Stellvertreterin. Auch sie mußte vor ungefähr zwei Tagen gestorben sein, zu einem Zeitpunkt, als Quark und Odo etwa einen Tag in der ›Zeitblase‹ verbracht hatten; dann waren noch zwei weitere verstrichen, bevor sie wieder zu sich gekommen waren.

Das kann einen in den Wahnsinn treiben, dachte Odo. *Es ist schlimmer, als im Gefängnis zu sitzen. Im Gefängnis hat man zumindest einen gewissen Eindruck davon, wieviel Zeit verstrichen ist.*

»Ihre Verletzungen befinden sich alle auf der Brust«, sagte er und fügte hinzu: »Ich möchte Ihnen nur mitteilen, daß es mir aufgefallen ist.« Er versuchte, die Augen der Toten zu schließen, doch sie waren so ausgetrocknet, daß sich die Lider nicht bewegen ließen.

Lieutenant Moru war seit zwei Tagen tot, und in dieser Zeit hatte niemand ihre Augen geschlossen.

Diese Taktlosigkeit störte Odo fast genauso sehr wie ihr Tod an sich.

Sie hatte auf dem von Blitzen erhellten Korridor, direkt vor Quarks Spielkasino, sehr viel Blut und den rechten Arm verloren. Aber es war ihr trotzdem noch gelungen, sich ein paar Meter zurückzuziehen, und sie hatte die ganze Strecke über geschossen. Ihr Phasergewehr verfügte nicht mehr über die geringste Energie. Der Constable fragte sich, ob sie es leergeschossen hatte oder ihre Mörder die Waffe später entladen hatten. Sie war als Heldin gestorben, bei der Verteidigung von DS Nine gegen … ja, gegen was? Wer hatte angegriffen, und warum?

Der Angriff erschien so völlig sinnlos und dermaßen ungerecht, daß Odo buchstäblich eine Gänsehaut bekam. Er wurde so wütend, daß er fast die Kontrolle über seine Gestalt verloren hätte.

Offensichtlich fehlten keine Wertgegenstände, und die Invasoren schienen nicht mehr an Bord der Station zu sein. Und nach drei Tagen (falls man der klingonischen Uhr Glauben schenken konnte) war noch niemand gekommen, um auf einen Notruf zu reagieren, der *automatisch* ausgestrahlt worden sein mußte, selbst wenn alle Offiziere in der OPS getötet worden sein sollten.

Odo ging langsam zu dem Ferengi zurück. Die Biegung der Promenade war in dem flackernden Licht nicht auszumachen, wodurch die Illusion einer unendlichen Weite geschaffen wurde.

Quark war in der Zwischenzeit nicht untätig gewesen; alle Leichen lagen ordentlich nebeneinander aufgereiht, und er hatte sie mit Tüchern und Laken bedeckt. Der kleine Barkeeper und Gauner saß auf dem Boden und blickte den Korridor entlang zu seinem Etablissement, bei dem es sich einmal um das schönste

Spielkasino und Holosexhaus im ganzen Sektor gehandelt hatte.

»Ich war es«, flüsterte er, »nicht wahr?«

»Wie bitte? Was haben Sie gesagt?«

Quark wandte seinen Blick zu Boden. »Das wollen Sie doch, oder? Ein Geständnis? Große Überraschung, Odo, Sie haben richtig gehört … ich gestehe.«

Der Constable war so verblüfft, daß er keine Worte fand.

»Es … es *muß* das fremde Artefakt gewesen sein«, fuhr Quark fort. »Was sonst hätte … o nein, ihr Götter des Handels, ich habe sie alle getötet, Odo!«

Der Ferengi schlang die Arme um seine Ohren. Es war kein normales Ferengi-Katzbuckeln; schockiert begriff Odo, daß es sich um gute, altmodische, ehrliche Schuld handelte. Eine echte Gefühlsregung.

»Hätte man mir gestern erzählt«, begann Odo, »ich würde jemals hören, daß ein Ferengi …«

»Ist noch jemand am Leben? Sisko, Kira … Dax? Lebt Jadzia Dax noch, oder wurde auch diese Schönheit von Hochgeschwindigkeits-Projektilen zerfetzt?«

»Ich weiß es nicht, Quark.«

»Bashir? Rom? Garak? N-Nog?«

»Ich weiß es nicht.« Seltsamerweise verwandelte sich der Geschmack des Triumphes über Quarks Geständnis auf Odos Lippen in Asche. Es war belanglos geworden. »Rom ist tot, Quark.«

»Das hatte ich vergessen.«

Der Constable beobachtete den Ferengi und verspürte eine sehr ungewohnte Regung: Mitleid. Seit Odo auf der Krankenstation erwacht war, hatte er noch nie Mitleid für einen Kriminellen empfunden, bis zum heutigen Tag nicht. Und nun brachte er diese Regung ausgerechnet Quark entgegen, der vielleicht ein Massenmörder war!

»Ich muß den Verstand verlieren«, wunderte er sich. »Oder die Nerven.«

»Ich ... ich«, begann der hilflos auf dem Boden sitzende Quark. »Ich ... übernehme ... die volle Verantwortung für meine Taten, Odo.«

Odo sah ihn erstaunt an. Zögernd berührte er ihn an der Schulter, wollte ihm einen Klaps geben.

»Ich verlange, daß Sie mich verhaften ... wegen Mordes.« Der Ferengi sah Odo an. Seine Augen lagen tief in den Höhlen, die Ohren waren gerötet und so weit zurückgezogen, daß sie fast parallel am Kopf lagen.

»Höchstens wegen fahrlässiger Tötung, Quark. Vielleicht nicht einmal das.«

»Sie haben gesehen, was passiert ist. Ich habe das Feld eingeschaltet, und dann plötzlich ... das hier!« Der Ferengi deutete auf die mit Laken bedeckten Leichen, auf die zerstörten Geschäfte, die eingestürzten Galerien.

Plötzlich sah sich Odo der seltsamen Lage ausgesetzt, den Ferengi von dessen Unschuld überzeugen zu müssen. »Aber wie hätten Sie denn wissen können, was geschehen würde? Quark, ich setze mich für die Gerechtigkeit ein, nicht für den Grundsatz Auge um Auge! Außerdem ... wer soll mir herauszufinden helfen, was von der Station übrig ist, was überhaupt passiert ist und was wir jetzt tun müssen, wenn ich Sie einbuchte?«

»Odo, warum ist noch kein Schiff gekommen, wenn dies alles wirklich schon drei Tage her ist? Wie lange dauert es, bis jemand auf einen Notruf reagieren würde?«

»Sehen Sie?« sagte Odo. »Es gibt zu viele ungeklärte Fragen, um schon jemanden zu verdächtigen. Ich schlage Ihnen einen Handel vor, Quark, eine Abmachung auf Ehrenwort. Sie erklären sich für nicht schuldig, und ich entlasse Sie gegen eine Kaution von ... äh ... einem Barren in Gold gepreßtes Latinum. Einverstanden? Abgemacht?« Odo streckte die Hand aus.

Quark starrte den Constable an, als hätte er ihn noch nie zuvor gesehen. »Auf Kaution?«

»Ja. Das heißt, Sie können sich in der Station frei bewegen.«

»Ich weiß, was eine Kaution ist, Sie gerissenes cardassianisches Relikt! Was haben Sie gesagt, ein Barren?«

»Ein Barren.«

»Das ... das ist weit übertrieben! Eine Kaution soll verhindern, daß Kriminelle flüchten. Wohin sollte ich denn fliehen? Nein, Odo, Sie werden mich auf mein bloßes Ehrenwort hin entlassen müssen!« Um seinem Einspruch Nachdruck zu verleihen, schlug Quark mit der Faust auf den Boden, schrie auf und rieb sich die Hand.

»Tja, es sieht so aus, als wäre der alte, vertraute Quark wieder bei uns«, meinte Odo.

»Hmm, na ja ...« Der Ferengi sah zu den aufgereihten Leichen und wandte den Blick schnell wieder ab. »Also los, worauf warten wir? Vielleicht können wir ja einen Teil dieses Schrotthaufens noch retten.«

Sie erhoben sich und brachen zu ihrem ersten Erkundungsgang über die Promenade auf.

»Wissen Sie«, sagte Quark aus reiner Gewohnheit und ohne wirkliche Überzeugung, »wenn wir beide tatsächlich die einzigen Überlebenden auf DS Nine sind, könnten wir vielleicht die Bergerechte beanspruchen. Wir müßten lediglich einen Ferengi-Anwalt finden, der den Richter überzeugt ...«

4

O'Brien schwankte, als die Station erneut schlingerte. Nach einer längeren Ruhepause schien das Schiff der Invasoren wieder erwacht zu sein. Fast dreißig Minuten waren verstrichen, seit die Fremden DS Nine ohne Provokation angegriffen hatten.

Er schaute auf seinen Tricorder und stellte fest, daß die Invasoren an Bord sich wieder in Marsch gesetzt hatten.

»Sie bewegen sich wieder!« O'Brien fixierte die Daten und vollzog im Geiste den Weg nach, den die Angreifer über die Promenade nahmen. »Gott im Himmel«, flüsterte er, »sie entfernen sich von uns – sie halten auf die Schule zu.« Dann sah er mit blutleerem Gesicht zu Ewin auf. »Keiko!«

Der Sicherheitswächter hörte einen leisen Donner. In einem weit entfernten Teil der Station war etwas explodiert.

»Keiko? Die Lehrerin? Was ist mit …«

»Sie ist meine Frau.«

Ewin sah ihn einen Augenblick lang verwirrt an. Dann begriff er. »Sie sind *der* O'Brien?« rief er. »Na schön, bleiben Sie ganz ruhig. Sie wurde wahrscheinlich schon evakuiert. Welche Richtung müssen wir einschlagen? Nach rechts oder links?«

Einen schrecklichen Augenblick lang konnte O'Brien sich nicht einmal den Aufriß der Station in Erinnerung rufen. Dann schüttelte er den Kopf und vertrieb die Spinnweben der Furcht. »Weder, noch«, sagte er. »Sie haben auf der Hauptpromenade Späher in beide Richtungen ausgeschickt. Aber wenn wir in die neunte Etage hinaufgehen, können wir die Schule durch die Schächte der Notstromleitungen erreichen. Falls die nicht schon in Betrieb genommen wurden, heißt das.«

»Nun magst dich wehren, Macduff«, sagte Chief Ewin.

O'Brien lief über den Gang zur Notleiter; die Vorhut der Fremden war den beiden nächsten Turboliften schon zu nahe gekommen. *Es heißt: Nun magst dich* WAHREN, *Macduff du illiterater Waliser,* dachte er; *und Macduff war Schotte, nicht Ire.* In der Tat war Miles O'Brien erst vor einer Woche derselbe Fehler unterlaufen, und Keiko hatte ihn mehr oder weniger ausgelassen verbessert. Sie hatte sich darüber amüsiert, daß sie Shakespeare besser kannte als ihr irischer Ehemann.

Dies war eine jener Gelegenheiten gewesen, bei denen er mit den Zähnen knirschte und ... sie liebte.

Die Station erzitterte und schlingerte unter einem weiteren Angriff. »Commander«, fragte O'Brien, »was geht da oben vor?«

Doch er bekam Antwort von Kira. »Wir haben zu tun«, sagte sie kurz und bündig. »Machen Sie weiter, ich überwache Sie, so gut ich kann.«

Ein Dröhnen kam über den Kommunikator, so laut, daß der Chief zusammenfuhr. Die Explosionen ihrer eigenen Photonentorpedos schickten ein trommelfellzerreißendes Rauschen durch den Kom-Kanal.

Trotz seiner rundlichen Statur erklomm O'Brien die Leiter so behende, daß er den körperlich austrainierteren, aber nicht so beweglichen Sicherheitswächter weit hinter sich ließ. Er öffnete ein Wandgitter und wartete, bis Ewin so weit aufgeholt hatte, daß dieser ihn hineinkriechen sah.

Vor ihm lag ein enger, weißer Tunnel. In der Mitte des Schachtes verlief ein grob zylindrisches Gitter aus Ferrotitstangen, das magnetische Versorgungsnetz, das den Kurzwellenfluß lenkte, aus dem die Station ihre Energie bezog.

Selbst außerhalb des Gitternetzes, in dem schmalen Raum zwischen der Wand und der eigentlichen Leitung, spürte er das Wogen der Kurzwellen (obwohl die technischen Lehrbücher der Starfleet darauf bestanden, daß Menschen sie nicht wahrnehmen konnten), und die Härchen auf seinen Händen und im Nacken richteten sich auf. Er zog einen Schraubenschlüssel aus dem Gürtel und zögerte kurz vor dem Stromkreis-Block. Hinter ihm drängte sich der Sicherheitswächter durch die Öffnung.

»Sie benutzen den Notstrom«, erklärte er Ewin. »Sie müssen die Schilde, Phaser und noch etwas, wahrscheinlich den Traktorstrahl, gleichzeitig einsetzen.«

»Und wenn wir hineinkriechen, werden wir gebraten?«

»Wahrscheinlich. Fassen Sie das Gitternetz ja nicht an.« Er atmete tief ein. »Ich kann den Energiefluß umleiten, aber...« Er dachte daran, was passieren würde, wenn die Station plötzlich kurz die Energieversorgung verlor, während er die Energiekupplungen neu ausrichtete. Er dachte an Keiko, Molly, die Schule.

»Commander?« fragte er.

»Ich bin auf dem laufenden«, ertönte Siskos Stimme, von einem Knistern begleitet. Aufgrund der Nähe zu den Megajoules der fließenden Energie war die Übertragung sehr schlecht.

»Wenn ich die Energie umleite, werden Sie sie ein paar Sekunden lang verlieren, bis ich die Kupplungen umgestellt und auf den neuen Fluß justiert habe.«

»Negativ«, erklang Major Kiras Stimme noch schwächer. Sie sprach durch die OPS und hatte anscheinend keine Hand frei, um ihren Kommunikator zu berühren. »Das Schiff der Invasoren hat bislang fünfzehn Torpedos auf uns abgefeuert; wir brauchen die Schilde, Phaser und den Traktorstrahl *ununterbrochen.*«

»Dax«, meldete sich Siskos körperlose Stimme, »ist die Schule evakuiert worden?«

»Nein, Sir«, sagte der Lieutenant. »Mrs. O'Brien hat mich benachrichtigt, daß sie sie noch nicht verlassen konnte. Mehrere Kinder sind noch bei ihr, darunter auch Jake.«

»Und Molly?« fragte O'Brien.

»Schalten Sie die Energie in genau zwanzig Sekunden um«, befahl Sisko. »Lieutenant, feuern Sie eine volle Salve Photonentorpedos ab. Sie müssen in achtzehn Sekunden direkt zwischen den Sensoren des Angreifers und der Station explodieren. Vielleicht können wir sie zwingen, kurz zu blinzeln.«

Chief O'Brien hörte, wie Ewin hinter ihm leise murmelte: »Ein Hippopotamus, zwei Hippopotamus, drei Hippopotamus ...« Er sah auf den Chronometer an seinem Handgelenk; der Sicherheitswächter zählte die Sekunden *so* exakt ab wie ein Metronom.

Bei zehn Hippopotamus schlug O'Brien die Abdeckhülle auf und entfernte sie, wobei er sorgsam darauf achtete, das ›heiße‹ Gitter nicht zu berühren.

Bei fünfzehn schob er den Schraubenschlüssel in die obere isolineare Abdeckung und legte ihn um den Verteilerknoten.

Bei sechzehn Flußpferden verkündete Dax' Stimme: »Torpedos abgefeuert.«

Zwei Sekunden später hallten mehrere Donnerschläge durch den Kom-Kanal und zwangen alle Zuhörer, die Hände auf die Ohren zu pressen. Ewin zählte ungerührt weiter.

In dem Augenblick, in dem Ewin das zwanzigste Hippopotamus verschluckt hatte, drückte O'Brien auf den Kontaktknopf des Schraubenschlüssels und drehte den Verteiler. Sofort fühlte er, daß die Energie schwächer wurde und dann erstarb.

»Runter«, rief er. Die Sicherheitswächter setzten sich in Bewegung, doch O'Brien hob eine Hand und gebot ihnen, noch zu warten.

»Energie wieder da!« rief Kira. O'Brien atmete tief aus. Wäre die Energieversorgung nicht wiederhergestellt worden, hätte er die Umleitung sofort wieder rückgängig machen müssen.

Er glitt vorsichtig zwischen den Ferrotitstangen des Gitternetzes in die eigentliche Röhre, wobei er sorgsam darauf achtete, sie ja nicht zu streifen. Selbst bei abgeschalteter Energie verfügte das Gitternetz noch über eine so ›heiße‹ elektrische Ladung, daß sie jeden Menschen getötet hätte, der nicht die vorschriftsmäßige Schutzkleidung trug – und die trug keiner von ihnen.

Als Ewin und seine Leute mit Erleichterung feststellten, daß sie nicht gebraten werden würden, folgten sie ihm schnell, wobei sie ebenso sorgsam jede Berührung des Gitters vermieden. Die Glücksgötter waren ihnen wohlgesonnen, und niemand stolperte.

»Mir nach«, sagte O'Brien und spurtete nun, da er wußte, daß Keiko sich auf jeden Fall noch in der gefährdeten Zone befand, mit neuer Kraft über das Laufgitter.

Gelegentlich mußten sie sich bücken, um nicht die Ferrotitstangen zu berühren, was sie beträchtlich aufhielt. Dennoch erreichten sie die andere Seite der Promenade viel schneller, als hätten sie sie weiträumig umgangen.

Plötzlich warf ein weiterer knapper Fehlschuß die gesamte Station auf die linke Seite. O'Brien schwankte und fiel zu Boden. Im letzten Moment konnte er sich am Laufsteg festhalten, und seine Beine baumelten kurz in der Luft, bis er sich wieder hochziehen konnte.

Kurz darauf rutschte Maat Dahnu aus und prallte gegen die Ferrotitstange. Der Lärm der elektrischen Entladung machte den Chief fast taub. Entsetzt starrte er den toten Bajoraner an, den er nie kennengelernt hatte. Dahnus Züge waren zu einem stummen Schmerzensschrei verzerrt.

Ewin drückte ungeduldig gegen O'Briens Schulter. »Na los, Mann, bewegen Sie sich! Die Zeit wird knapp, oder?«

Zitternd schlüpfte der Chief zwischen den Ferrotitstangen des Gitternetzes hinaus, wobei er mit schon fast paranoider Besorgnis darauf achtete, das Metall nicht zu berühren. Als die anderen Männer und Frauen ihm folgten, robbte O'Brien leise weiter zu dem dahinterliegenden Wandgitter und spähte hindurch, ohne es zu entfernen.

Was er sah, zog ihm den Magen zusammen; unter ihnen schritten etwa zehn der Invasoren arrogant über die Promenade aus, die Waffen im Anschlag, während ihre Kameraden in Zweiergruppen die Ladenbesitzer heranschleppten, die zu spät versucht hatten, zum Habitatring zu gelangen.

Abgesehen von den Kreaturen unter ihnen war die Promenade völlig verlassen. Die Invasoren bedienten sich eines seltsamen Universal-Translators; er übersetzte das Gesprochene zwar durchaus zutreffend, doch ihre Stimmen erklangen in einem barschen, mechanischen Tonfall – nicht wie die der Borg, aber durchaus wie die eines Henkers.

Jedem Promenadenhändler wurde die gleiche Frage gestellt, die aufgrund des Translators wie eine feststehende Aussage klang: »Wo ist der andere, der so ist wie wir!«

Während O'Brien starr vor Entsetzen zusah, exekutierte der Fragesteller jeden Händler, der die Frage nicht beantworten konnte, also alle, da niemand dieser Unglücklichen auch nur ahnte, wovon die Rede war.

O'Brien beobachtete drei Hinrichtungen. Zuerst die eines Ferengi-Gewürzhändlers, der sich vor seinem Tod unablässig duckte, verbeugte und katzbukkelte.

Dann kam die Reihe an eine Bajoranerin, die wie eine etwas ältere und dickere Version Kiras aussah. *Ob sie mit ihr verwandt ist?* fragte er sich. Sie war trotzig und weigerte sich, der Furcht nachzugeben, die sie empfunden haben mußte. Eine tapfere Frau. Der Großinquisitor schoß ihr ungeduldig eine Kugel in den Kopf.

Der Schuß hallte noch in O'Briens Schädel, als schon eine dritte Person der Befragung unterzogen wurde. »Wo ist der andere, der so ist wie wir«, fragte der Inquisitor mit genauso barscher und mißtönender Stimme wie zuvor.

Plötzlich erkannte Miles O'Brien den Mann, ebenfalls ein Bajoraner; es handelte sich um den mürrischen Händler, der das beliebte ›Glop am Stiel‹ verkaufte, eine bajoranische Spezialität, an der auch O'Brien Geschmack gefunden hatte. Wie hieß er noch? Doran, Loran oder so ähnlich.

»Sie suchen nach dem anderen, der so aussieht wie Sie, nicht wahr?« Der Inquisitor antwortete nicht und wartete darauf, daß Doran fortfuhr. »Ich habe ihn gesehen… sie haben… er wurde versteckt. Sie haben ihn von der Station gebracht.« Doran sah von dem Gewehr zu der Rüstung mit dem glänzenden schwarzen Helm.

O'Brien erkannte an Dorans Gesicht, daß er log, wenn er den Mund aufmachte.

»Er ist nicht mehr hier«, fuhr der Bajoraner fort und leckte sich nervös die Lippen, »und wenn Sie nicht sofort aufhören, uns zu töten, werden Sie *nie* herausfinden, wo er ist.«

Noch immer stand der Inquisitor schweigend da; und er machte keine Anstalten, den Mann zu erschießen. Er wartete.

»Odo hat ihn weggebracht«, erklärte Doran weiter. »Hat mit ihm die Station verlassen.«

Jetzt wo er es sagt... wo ist Odo überhaupt? O'Brien fragte sich, ob der bajoranische Glop-Verkäufer die Wahrheit sagte. Vielleicht hatte Odo ›den anderen‹ tatsächlich weggebracht.

Auf jeden Fall war die Geschichte so gut, daß die restlichen Invasoren damit aufgehört hatten, die Promenaden-Händler zu befragen und exekutieren.

Langsam hob der Inquisitor die Hand mit der Feuerwaffe und drückte sie gegen Dorans Schädel.

Doran fuhr erneut mit der Zunge über seine Lippen. Seine Stimme war trocken und kratzig. »O-Odo, der C-Constable. Er hat Ihren Freund. Hat ihn... von der Station gebracht. Nicht nach Bajor! Nein, nach... in die andere Richtung.« Dorans Gesicht hellte sich plötzlich auf. »Durch das Wurmloch. Ja, er hat ihn durch das Wurmloch in den Gamma-Quadranten gebracht. *Dort* ist er jetzt.«

Nein! O'Brien preßte die Lippen zusammen, um nicht laut aufzuschreien: *Nein, du Idiot, sag ihnen doch nicht so was! Von dort kommen sie doch!*

Doran hatte seinen Fehler nicht erkannt. »Vor ein paar Tagen«, fuhr er fort, »ja, vor zwei Tagen hat Odo Ihren Freund durch das Wurmloch in den...«

Der Knall des Schusses aus der Waffe des Inquisitors klang lauter als die anderen, wahrscheinlich weil er zugleich unerwartet, aber auch völlig erwartet kam. Miles O'Brien fuhr zusammen und robbte von dem Wandgitter zurück.

»Es ist hoffnungslos«, murmelte er. »Sie haben einfach keine Gefühle. Wir sind für sie wie Fliegen.« Er nickte Chief Ewin zu, gab ihm drei der ›Phaser-Granaten‹, die er montiert hatte, und behielt die beiden restlichen selbst. »Nun magst dich wahren«, flüsterte O'Brien, »wer Halt! zuerst ruft, soll zur Hölle fahren.«

Doch ihm kam noch ein anderes Zitat in den Sinn, eins aus *König Lear,* gegen das Keiko die größte

Abneigung hatte. Seit Tagen mußte er schon daran denken:

> Was Fliegen sind dem müß'gen Knaben,
> das sind wir den Göttern;
> sie töten uns zum Spaß.

»Odo!« rief Quark. »Hier, sehen Sie sich das an!«

Der Constable richtete sich auf und schritt schnell auf den Ferengi zu, der um die Krümmung der Promenade lugte. Es bestand eindeutig keine Gefahr; der übervorsichtige Quark wäre nicht so dumm gewesen, Odo laut zu rufen, hätte er in der Nähe einen Feind bemerkt.

Was auch immer hier geschehen war, es hatte vor zwei Tagen begonnen und geendet, bevor Quark und Odo aus der Zeiterstarrung entlassen worden waren.

Der Gestaltwandler ging an Quark vorbei und passierte die Biegung der Promenade. Dann blieb er abrupt und sprachlos stehen. Nicht einmal in den dunkelsten Tagen der cardassianischen Besatzung Bajors hatte er solch ein beiläufiges Gemetzel gesehen.

Mindestens dreißig Leichen, allesamt Promenaden-Händler, lagen auf dem Boden; einige dort, wo sie zusammengebrochen waren, andere hatte man achtlos aus dem Weg geräumt. Eine jede wies eine einzige Schußwunde im Kopf auf, die den sofortigen Tod herbeigeführt hatte.

Die Läden selbst waren auseinandergenommen worden und viel schlimmer beschädigt als Quarks Spielkasino. Odo hatte den Eindruck, als hätte ein Verrückter mit einem Asteroiden-Schürf-Phaser bizarre geometrische Muster in die Wände, Böden und sogar Decken der Promenade gemeißelt. Jemand hatte nach etwas gesucht … oder nach *jemandem* …

Mitten auf dem Boden lagen die sterblichen Überreste weiterer Sicherheitswächter.

Odo war so verblüfft über den Anblick, daß er für einen Augenblick in sich zusammenschrumpfte, sich aber kurz darauf konzentrierte, um wieder seine ›Odo-Gestalt‹ anzunehmen. Quark konnte den Blick nicht von der morbiden Faszination der Zerstörungen abwenden und bemerkte den Vorfall gar nicht.

Odo ließ sich auf Hände und Füße hinab und untersuchte das Schlachtfeld.

Es gab keine Überlebenden; doch zwischen den Leichen lagen die Kugeln zahlreicher Fehlschüsse, was darauf hindeutete, daß die Sicherheitskräfte die Widersacher überrascht und vielleicht sogar einige von ihnen verwundet hatten. Als Odo in die Richtung schaute, aus der das Feuer der Sicherheitskräfte vermutlich gekommen war, stellte er fest, daß sich dort Phaserschüsse in jede einzelne Oberfläche tief eingebrannt hatten. In der direkten Schußlinie gab es allerdings weniger Treffer.

»Quark, stellen Sie Ihre analytischen Fähigkeiten unter Beweis. Welche Schlüsse ziehen Sie daraus?«

Der Ferengi hatte sich merklich blauweiß verfärbt. Er schaute von den niedergemetzelten Sicherheitswächtern zur anderen Seite des Schlachtfelds hinüber und runzelte die Stirn. Plötzlich schnappte er nach Luft. »An den Wänden, vor denen die bösen Buben gestanden haben müssen, sind fast keine Phasereinschläge zu sehen.«

»Und das bedeutet?« Odo wußte ganz genau, was es bedeutete, wollte seine Vermutung aber bestätigt wissen; und da Quark außer ihm anscheinend der einzige Überlebende auf DS Nine war, war er dazu ausersehen.

Der Ferengi erwiderte den Blick des Constables. »Sie … sie waren mit irgendwelchen Schilden ausgerüstet, die die Phaserstrahlen irgendwie … reflektieren?«

Odo nickte; diese Schlußfolgerung hatte er ebenfalls gezogen. Sogar die Schilde der Station *absorbieren* Phaserenergie und strahlen sie als Kurzwellen wieder ab. Sie *reflektieren* sie aber nicht.

»Wo liegt der Unterschied?«

»Um solche Energien zu absorbieren, ist wiederum *Energie* nötig«, antwortete Odo ungeduldig. »Jeder Treffer schwächt unsere Schilde, und schließlich brechen sie zusammen und lassen einen Schuß durch. Aber wenn diese ... Attentäter Phaserfeuer reflektieren können, ohne es vorher absorbieren zu müssen, sind sie praktisch ...«

»Unverwundbar?«

Odo erhob sich und schüttelte den Kopf. »Ich glaube nicht an Unverwundbarkeit. Aber es gibt gewisse Legenden ...«

»Legenden? Von unverwundbaren Attentätern?«

»Die Cardassianer erzählen sich Geschichten, Märchen von ... nein, vergessen Sie es. Es handelt sich nur um einen Mythos. Geschichten vom Bösen Mann, um cardassianische Kinder zum Gehorsam zu zwingen.«

»Geschichten über *wen?*«

Odo drehte die Leichen um. Der höchstrangige Sicherheitswächter war Chief Ewin, der einzige Offizier, nachdem die beiden anderen bei den ersten Kampfhandlungen umgekommen sein mußten. Nachdem sowohl Ewin als auch Moru getötet worden waren, war das Kommando an Lieutenant Turnan übergegangen. Abgesehen von Fähnrich Turnan-Dai gab es keinen Sicherheitsbeamten mehr, dessen Rang über den eines Stabsbootmanns hinausging.

Odos Sicherheitsabteilung hatte in zwei kurzen Kämpfen, die, der räumlichen Nähe nach zu urteilen, wahrscheinlich innerhalb weniger Minuten stattgefunden hatten, sämtliche höheren Offiziere verloren, alle Abteilungsleiter bis auf einen, und die vier höherrangigen Unteroffiziere. Sie waren geradezu niedergemacht worden.

Quark ging langsam zu den Leichen der Händler. »Ich kannte diese Leute«, sagte er mit zitternder Stimme. »Ich konnte sie nicht ausstehen. Sie haben sich immer über das Kasino beschwert; haben behauptet, es würde üble Elemente nach DS Nine locken. Aber ich ... ich habe immer erwidert, das Kasino würde die schlechten Subjekte aufsaugen, die sich auf der Station aufhalten, und verhindern, daß diese zweifelhaften Gestalten ihre wunderschönen Läden mit ihrer Anwesenheit beschmutzten.

Ich konnte sie nicht ausstehen, aber ... ich habe sie alle *gekannt*. Verstehen Sie, was ich meine?«

»Ich verstehe. Sie müssen wissen, Quark, es gab auf dieser Station nicht viele Leute, die ich als Freunde bezeichnet hätte oder die das gleiche über *mich* gesagt haben würden. Ich habe ihre Leichen noch nicht gefunden, abgesehen von der von Lieutenant Moru; sie und ich, wir beide haben uns sehr gut verstanden. Aber ich muß davon ausgehen, daß die anderen ebenfalls tot sind, oder sie hätten sich um die Leichen gekümmert und die Promenade wieder betriebsbereit gemacht.«

»Auch wenn Sie sie nicht ausstehen konnten, Sie haben sie *gekannt*«, sagte Quark, der nicht genau wußte, ob er mit Odo oder sich selbst sprach. »Sie hätten nicht gewollt, daß ihnen *so etwas* zustößt.«

»Ich hätte nicht gewollt, daß *irgend jemandem so* etwas zustößt. Aber ich verstehe, was Sie meinen. Ich habe so etwas noch nie gesehen. Trotz allem, was Major Kira Ihnen vielleicht erzählt hat, pflegten die Cardassianer ihre Gefangenen im allgemeinen nicht einfach wie Weizen niederzumähen.«

Constable Odo preßte grimmig die Lippen zusammen und fuhr damit fort, den Schauplatz des Verbrechens zu untersuchen – das *Schlachtfeld*.

»Explosionsspuren«, sagte er und fuhr mit den Fingern über die tiefen Dellen in der Wand. »Ich habe gar nicht gewußt, daß diese Station über solche Bomben verfügt. Aber es ist offensichtlich, daß unsere Sicherheitskräfte sie eingesetzt haben.«

»Hat aber nichts genutzt«, stellte Quark überflüssigerweise fest.

»Vielleicht doch. Vielleicht konnten sie ein paar der Feinde töten, und die anderen haben die Leichen mitgenommen oder von der Station gebeamt.«

Odo ging in die Hocke und tastete den Boden neben dem Einschlagkrater ab. Schließlich fand er, was er gesucht hatte: winzige Splitter, wahrscheinlich von der Bombe. Als er etwa ein Dutzend eingesammelt hatte, wog er sie in der Hand und versuchte im Geiste, sie wieder zusammenzusetzen.

Die Erleuchtung kam ihm sofort. »Clevere Menschen«, sagte er beeindruckt. »Quark, wissen Sie, was das ist?«

Der Ferengi schüttelte den Kopf, und Odo beantwortete die Frage selbst. »Das war einmal ein Handphaser. Jemand hat ihn zu einer Bombe umgebaut.«

»Einer der Sicherheitswächter?«

Diesmal schüttelte Odo den Kopf. »Der einzige, der dazu imstande wäre, ist Chief O'Brien. Na ja, vielleicht auch noch Lieutenant Dax. Sie müssen erkannt haben, daß die Invasoren oder Meuterer über eine Panzerung verfügen, die Phaserstrahlen reflektiert, und daraufhin versucht haben, eine starke Explosion herbeizuführen.«

Stille; Odo sah auf. Quark hörte ihm gar nicht zu. Statt dessen sah er den Gang entlang. Der Constable schaute ebenfalls in diese Richtung und sah, was die Aufmerksamkeit des Ferengi erregt hatte.

Die Schule, die Chief O'Briens Frau Keiko gegründet hatte, war ebenfalls angegriffen worden. Und sie war wesentlich schlimmer beschädigt worden als damals, als Vedek Winns Terroristenfraktion eine Bombe gelegt hatte.

»Nog!« rief Quark und lief den Korridor zu dem zerstörten Klassenzimmer entlang. Odo setzte ihm nach.

Ein herabhängender Balken blockierte den oberen Teil der Türöffnung und hielt Odo auf. Der kleinere Ferengi wurde dadurch nicht behindert. Odo schrumpfte um dreißig Zentimeter und duckte sich unter dem Balken hinweg. Sie durchsuchten die Trümmer und fanden die Leichen von zwei bajoranischen Kindern, doch von Nog oder Jake Sisko fehlte jede Spur.

Das Klassenzimmer erinnerte an die Spielzeugkiste eines sehr zerstörerischen Kindes. Es hatte die Form eines perfekten Vierecks, in dem nun schier undurchdringlicher Schutt eine Explosionsstelle umgab, wo etwas unter enormer Energieentwicklung detoniert war. Doch zwischen den zerborstenen Trennwänden und zerschmetterten Pulten gab es immer wieder Stellen, die völlig unbeschädigt geblieben waren – zum Beispiel die drei Computer-Terminals an der hinteren Trennwand, die keinen einzigen Kratzer abbekommen hatten.

»Vielleicht war er gar nicht hier«, sagte Odo. »Sie wissen doch, daß er oft den Unterricht schwänzte.«

Quark sah Odo an; beide wußten, daß Keiko Rom erst vor kurzem einen strengen Vortrag darüber gehalten hatte, welche Vorteile es für Nogs berufliche Zukunft mit sich brächte, wenn er über eine vernünftige Schulausbildung verfügte, und Quarks älterer, etwas einfältiger Bruder hatte den Jungen daraufhin praktisch zum Unterricht geprügelt.

Jake hingegen schwänzte die Schule natürlich nur selten.

Quark fand einen Durchgang in den Trümmern und kroch hindurch, um den hinteren Teil des Klassenzimmers zu untersuchen. Odo fand eine nicht von Schutt bedeckte Stelle, wuchs, bis sein Kopf an die Decke stieß, und sah von oben hinab.

Die teuren Föderations-Computer, an denen die Kinder gearbeitet hatten, waren in der Tat unbeschädigt. Die Tatsache, daß sie sich noch an Ort und Stelle befanden, war ein weiteres Indiz dafür, daß Piraterie wohl kaum die Ursache des Überfalls gewesen war. Ein Display war noch aktiviert, aber die Schrift auf dem Bildschirm war so schwach, daß man sie kaum noch lesen konnte.

Das ist seltsam, dachte Odo. Er sah wieder in Richtung Promenade und bemerkte nun, daß auch dort die Beleuchtung schwächer war, als es eigentlich der Fall sein sollte.

Wenn die Fusionsreaktoren normal funktionierten, müßte auch die Beleuchtung so hell sein wie immer. *Sie müssen irgendwie abgeschaltet worden sein,* schloß er. Doch selbst bei Batteriebetrieb hätten die normalen Stationsfunktionen noch jahrelang genügend Energie gehabt.

Etwas mußte demnach *sehr viel* Energie abgezogen haben, so viel, daß die Batterien nun, nach nur drei Tagen schon fast leer waren. Aus dem Stegreif fiel Odo nur eine Vorrichtung mit einem *so* hohen Energiebedarf ein: der Schild der Station. Aber wenn der Schutzschild noch aktiviert war ... wie waren die Eindringlinge dann an Bord gekommen? Oder hatten sie sich von Anfang an auf der Station befunden, und es handelte sich tatsächlich um eine Meuterei?

Er schüttelte den Kopf, schaute nach unten und sah *sie.*

Das hieß, zuerst sah Odo nur ein Paar Füße, die zu klein für die eines Mannes und zu groß für die eines Kindes waren. Er trat mit den noch nicht zurückgebildeten Riesenbeinen über einen zusammengebrochenen Stützbalken und schrumpfte dann auf normale Größe.

Unter einer eingestürzten Trennwand war eine Frau eingeklemmt. Sie bewegte sich nicht und gab kein Geräusch von sich.

»Quark«, rief Odo, »helfen Sie mir mal.«

Gemeinsam gelang es den beiden, den Stützbalken von ihrem Körper zu wuchten. Odo warf ihn zur Seite und kniete nieder, um die Leiche zu untersuchen.

Es handelte sich eindeutig um Keiko O'Brien. Trotz der klaffenden Schußwunde in ihrer Stirn erkannte Odo sie an ihrem pechschwarzen Haar und den japanischen Gesichtszügen. Ein glasiges Auge starrte ihn mit anklagendem Blick entgegen: *Wo waren Sie? Weshalb haben Sie mich und die Kinder nicht beschützt?* Das andere Auge war zugeschwollen.

»Es tut mir leid«, sagte Odo. Quark wandte den Blick ab. »Es tut mir leid, Mrs. O'Brien. Ich habe versagt. Ich war nicht hier.« Er zog den toten Körper aus dem Schutt, der sofort in sich zusammenbrach, und bettete ihn auf den Boden.

Wortlos nahm Quark ein bemaltes Stofftuch von einer Wand ab und reichte es dem Constable. Es hatte das Innere und Äußere von DS Nine zum Motiv und war von den jüngeren Schülern angefertigt worden. Odo breitete es über Keikos Leiche aus; doch es war zu kurz, um sie vollständig zu bedecken, und so ließ er die Beine frei.

»Versagt?« fragte der Ferengi. »Und was hätten Sie getan, wenn Sie hiergewesen wären, Odo? Wären Sie mit den anderen gestorben?«

»Wenn es nötig gewesen wäre. Wenn ich nicht mehr hätte tun können.«

»Und wer soll dann die Bajoraner und die Föderation warnen und über den Angriff informieren?«

Odo schnaubte. Eine typische Ferengi-Argumentation, mit der ein Scheitern gerechtfertigt werden sollte. »Ich war nicht hier und hätte es sein sollen, um die Station zu verteidigen.« Er musterte den Ferengi ausgiebig, als wolle er ihn zu einem Einwand herausfordern.

»Keiko wurde von einer Kugel getötet«, fuhr der Constable fort, als dieser ausblieb. »Abgesehen von dem geschwollenen Auge hat sie keine andere Verletzung davongetragen. Der Schuß wurde vermutlich aus kürzester Entfernung abgegeben. Die Einschußwunde ist von Pulverkörnern umgeben, bei denen es sich wahrscheinlich um Rückstände der Treibladung handelt.

Das wirft eine interessante Frage auf: Warum wurde das Klassenzimmer von mehreren Bombeneinschlägen zerstört?«

Quark zuckte die Achseln. »Jemand hat Widerstand geleistet?«

»Die Explosionen müssen *nach* ihrem Tod stattgefunden haben.« Odo deutete auf eine klaffende Wunde in Keikos Schenkel. »Sie hat hier einen Splitter abbekommen, aber es hat sich kein Schorf gebildet, nicht einmal ein Krampf im Bein.«

»Dann also Rache«, vermutete Quark.

»Natürlich. Aber von wem? Die Sicherheitskräfte waren bereits dezimiert. Wenn den Zivilisten noch ein Rest von Verstand geblieben ist, werden sie sich in die Verbindungstunnels zurückgezogen haben, um den Habitatring zu verteidigen.« Der Constable runzelte die Stirn. »Quark, das war kein gewöhnlicher Angriff oder terroristischer Anschlag. Die Invasoren haben praktisch die gesamte Sicherheitsmannschaft ausgeschaltet. Und ohne Sicherheitskräfte läßt sich DS Nine nicht halten.«

»Aber wollten sie die Station nun vernichten oder übernehmen?«

»Jemand hat einen rücksichtslosen Angriff durchgeführt. Und es waren nicht die Cardassianer, die Romulaner oder die Borg. Quark, jemand aus dem Gamma-Quadranten ist durch das Wurmloch gekommen und hat die Station zerstört.«

Trotz seiner Furcht wollte Chief O'Brien den Sicherheitskräften folgen, als sie aus dem Notstromschacht sprangen, doch Ewin hielt ihn auf. »Sie sind kein Soldat mehr; Sie haben nicht mal ein Gewehr. Außerdem brauchen wir Sie noch. Sie müssen noch ein paar Phasergranaten herstellen.«

Cory Ewins Einwand rettet O'Brien das Leben.

Der Plan ging auf; die Sicherheitswächter überraschten die Invasoren und nahmen sie unter Beschuß.

Dutzende von Strahlen schossen aus den auf die Höchststufe eingestellten Phasergewehren der Sicherheitskräfte. Doch jeder dieser Schüsse prallte an der Panzerung der Invasoren ab und spaltete sich in Mehrfachstrahlen aus intensivem rotem Licht auf, die für jeden tödlich waren, nur nicht für die beabsichtigten Ziele.

O'Brien zog den Kopf ein. Ein scharfer Ozongeruch brannte in seiner empfindlichen Nase. Entgeistert mußte er beobachten, wie sich nun die Invasoren unter dem Phaserbeschuß gelassen umdrehten und ihre chemisch betriebenen Projektilwaffen gegen die Angreifer richteten.

Als sie das Feuer eröffneten, warf er sich flach auf den Bauch. Die Schüsse hallten donnernd in dem Korridor und übertönten die Schmerzensschreie der Männer und Frauen der Sicherheitsabteilung, die von den Kugeln zerrissen wurden.

Blut spritzte, wie O'Brien es noch nie zuvor gesehen hatte, besudelte alles und jeden. Er schnappte nach Luft, als ein Schwall ihn direkt ins Gesicht traf. Nichts von alledem, was er im schrecklichen Cardassianischen Krieg erlebt hatte, hatte ihn auf dieses brutale Gemetzel vorbereiten können.

Neben den Menschen zerfetzten die Waffen der Invasoren auch Zwischenwände, Kontrollpulte und alles andere, was sich in der Schußlinie befand. Die weiche, indirekte Beleuchtung der Promenade, die zum Wohlbefinden der Zivilisten beitragen sollte, wurde plötzlich grell und unerbittlich, als Glühfäden freigelegt wurden und überall Funken sprühten. In O'Briens

Ohren dröhnte es dermaßen, daß er die Schreie der Sterbenden kaum hören konnte; und er war dankbar dafür.

Ewin überlebte den ersten Angriff und schleuderte eine ›Surprise a la O'Brien‹ in die Reihen der Invasoren. Sie explodierte mit einem Donnerschlag, der O'Briens Trommelfelle fast zerriß, und einem Blitz, der jeden geblendet hätte, der ihn mit ungeschützten Augen betrachtete. Der Chief hatte einen Arm vor sein Gesicht gelegt, und die Sicherheitskräfte trugen Augenfilter.

Die Invasoren wurden von den Füßen gerissen; einer von ihnen war anscheinend tödlich oder zumindest schwer verletzt worden, die beiden anderen sahen mitgenommen aus, waren aber noch einsatzfähig. Miles O'Brien jubelte insgeheim in seinem Versteck; war es der Besatzung der Station doch zum erstenmal gelungen, einen der Angreifer auszuschalten.

Dann beobachtete er angewidert, aber fasziniert und unfähig, den Blick abzuwenden, wie die restlichen Invasoren eine Salve nach der anderen abfeuerten, bis das gesamte Sicherheitspersonal ausgeschaltet war. Kein einziger Mann, keine einzige Frau entkam, und Ewin konnte auch keine Granate mehr werfen.

Soweit O'Brien es beurteilen konnte, waren damit sämtliche Sicherheitskräfte der Promenade getötet worden. »Commander Sisko«, murmelte er.

Nach einem Augenblick antwortete die Stimme des Commanders, wobei die Lautstärke so niedrig gestellt war, daß O'Brien ihn kaum verstehen konnte.

»Sie haben uns erwischt«, flüsterte der Chief. »Niemand hat überlebt. Es gibt keine Sicherheitsabteilung mehr! Der zentrale Bereich ist jetzt völlig schutzlos.«

Unterdessen schienen sich die Invasoren zu beraten. Doch sie waren zu weit entfernt, als daß O'Brien etwas hätte verstehen können. Dann trennten sie sich. Die eine Hälfte wandte sich nach rechts, die andere nach links.

Plötzlich kam O'Brien eine Idee. »Sir?« flüsterte er.

»Sisko«, sagte die Stimme.

»Können Sie sie nicht mit dem Transporterstrahl erfassen und in die Gefängniszellen beamen?«

»Tut mir leid, Chief. Kira hat es schon versucht. Wir können sie nicht erfassen. Sie blockieren den Strahl irgendwie, wahrscheinlich ...«

»Keiko! Erfassen Sie Keiko und die Kinder und beamen Sie sie auf die OPS!«

»... irgendein elektromagnetisches Unterbrechungsfeld«, fuhr der Commander fort. »Wir können im Augenblick überhaupt nichts erfassen.«

»Um Gottes willen, Commander, unternehmen Sie etwas – *sie halten auf die Schule zu!*«

Plötzlich erklang Kiras Stimme. »O'Brien, mir ist es fast möglich, *Sie* zu erfassen. Befindet sich in Ihrer Nähe etwas, das vielleicht Ihre EGM blockiert?«

Er sah sich um und wußte plötzlich, worum es sich handelte. Das magnetische Versorgungsnetz! Die statische Aufladung muß ihre elektronischen Gegenmaßnahmen blockieren.

»Klettern Sie in das Netz!« befahl Kira. O'Brien war kaum hineingeschlüpft, als sie auch schon fortfuhr. »Ich habe Sie erfaßt. Ich beame Sie in die Schule... Energie!«

O'Briens Magen zog sich zusammen, als er in einer Ecke des Klassenzimmers materialisierte. In jeder Hand hielt er eine Phasergranate – es waren die beiden letzten.

Das schlimmste Problem mit der Transportertechnik bei Kampfeinsätzen war, daß sowohl die Dematerialisierung als auch die Materialisierung *Zeit* brauchten. Während dieser Phasen befand man sich in einem Stadium zwischen Traum und Wachsein.

Während die Welt von Keikos Klassenzimmer langsam Gestalt annahm, konnte Chief Miles O'Brien nur ohnmächtig zusehen, wie der Inquisitor seine Waffe hob. Die Zeit schien sich mühsam dahinzuschleppen; O'Briens Gehirn konnte seinen trägen Körper nicht veranlassen, sich schneller zu verbinden.

Der Finger des Inquisitors betätigte den Abzug. Während sein Körper sich verdichtete, spannte O'Brien die Muskeln an, die er benötigen würde, um durch den Raum zu stürmen, sich gegen den Invasor zu werfen und Keiko gleichzeitig zu einer kleinen, geöffneten Versorgungsluke zu stoßen, die er im hinteren Teil des Raums bemerkt hatte.

Sie würde hineinpassen; die Invasoren in ihren massigen, gepanzerten Schutzanzügen nicht.

Fast verdichtet... fast...

5

Keiko O'Brien vernahm den Evakuierungsbefehl während einer Unterrichtsstunde über die Erste Direktive der Föderation. Sie wußte nicht, was vorgefallen war, schickte die Kinder schnell zur Tür hinaus und achtete darauf, daß sie ihre persönliche Habe zurückließen.

Die älteren Kinder setzten sich sofort in Bewegung, außer Jake Sisko, dem Sohn des Commanders, und Nog, Roms Sohn und Quarks Neffe; der erste blieb, weil sein Vater in dieser Situation auch geblieben wäre, und der zweite, weil Jake blieb.

Auch Molly O'Brien war noch im Klassenzimmer; mit drei Jahren war die Tochter von Keiko und Miles O'Brien zu jung, um allein den Weg zum Habitatring zu finden. Sie war ein sehr tapferes Mädchen und weinte überhaupt nicht.

Jake schritt nervös auf und ab und fuhr sich mit der Hand über das sehr kurze, schwarze Haar. Im Gegensatz zu seinem Freund, dem Ferengi Nog, hatte Jake schon einen brutalen Angriff der Borg überlebt ... den Angriff, bei dem seine Mutter Jennifer, Commander Siskos Frau, umgekommen war.

Keiko verspürte einen kurzen Stich der Schuld, als sie daran denken mußte. Captain Jean-Luc Picard von der *Enterprise* hatte damals, während er unter der Kontrolle der Borg stand, den Angriff als ›Locutus‹ geführt.

Die jüngeren Kinder bekamen es allmählich mit der Angst zu tun, und Keiko mußte sie in den Arm nehmen und beruhigen. Es war ihr gelungen, alle bis auf zwei kleine bajoranische Mädchen zur Tür hinauszubringen, als zwei Soldaten in schwarzen und grauen gepanzerten Schutzanzügen ins Klassenzimmer kamen.

Einer trat zur Seite und sicherte den Raum mit seiner Waffe. Der andere kam auf Keiko zu. »Wo ist der andere, der so ist wie wir«, fragte er mit einer so unpersönlichen Stimme, daß Keiko nicht einmal sagen konnte, ob es die eines Mannes oder die einer Frau war.

Keiko schob Molly hinter sich und betrachtete den Fragesteller erstaunt. »Ich... ich verstehe die Frage nicht.«

»Wo ist der andere, der so ist wie wir.«

Keiko glaubte, aus den Augenwinkeln eine Bewegung wahrzunehmen. Sie widerstand dem Drang, in diese Richtung zu schauen, was die Aufmerksamkeit des Fragestellers darauf gelenkt hätte.

»Ist denn ein anderer wie Sie an Bord der Station?« fragte sie.

Der Soldat überlegte lange. Keiko ließ ihren Blick durch den Raum schweifen und bemerkte plötzlich auf einem der Display-Terminals ein Spiegelbild. Jake Sisko war bäuchlings durch den Raum gekrochen; einige Pulte schirmten ihn vor den Blicken des Fragestellers ab. Irgendwie war es ihm gelungen, unbemerkt eine Versorgungsluke unmittelbar über dem Fußboden zu öffnen.

Sie war klein – zu klein für die gepanzerte Gestalt vor ihr, aber groß genug für die Kinder und vielleicht auch für sie.

»Auf dieser Anlage befindet sich jemand, der aussieht wie wir«, erklärte der Fragesteller. »Der andere hat vor achtundzwanzig Stunden ein Signal gegeben. Wo wird der andere festgehalten.«

Keiko spürte eher, als daß sie sah, wie Molly hinter ihr in die Hocke ging. Sie konnte auch Jake nicht sehen, nahm aber an – betete darum –, daß er Molly bedeutete, zu ihm unter das Pult zu kriechen.

Keiko hoffte, daß auch die bajoranischen Mädchen den Fluchtweg gefunden hatten; sie konnte sie nicht mehr sehen, und Nog auch nicht. Doch in diesem Augenblick war ihr nur eine Person wichtig: Molly O'Brien.

»Falls der andere gefangengehalten wird, befindet er sich bestimmt in einer Zelle der Sicherheitsabteilung.«

Der Fragesteller hob die Handwaffe und richtete sie auf Keikos Kopf. »Sie werden mich zu der Zelle der Sicherheitsabteilung bringen«, sagte er, trat vor und hielt sie am Hemd fest.

Keiko begriff einen Augenblick zu spät, daß *sie* hätte vortreten sollen; von seinem neuen Standpunkt aus konnte der Fragesteller nun die Versorgungsluke sehen.

Er sah über ihre Schulter und bemerkte die fliehenden Kinder. Der Fragesteller stieß ein Wort hervor, das sein Universal-Translator nicht übersetzte, und dann: »Kleine Tiere fliehen – töte sie.«

Diesmal zögerte Keiko nicht. Sie warf sich mit so unerwarteter Kraft auf den Fragesteller, daß sie ihn mit zu Boden riß.

O Gott, ich hätte nie gedacht, daß es so enden würde! Sie bemühte sich verzweifelt, den Helm des Fremden mit ihrem Körper zu bedecken, während dieser versuchte, sie abzuschütteln.

Keiko sah auf, schrie. Ihr geliebter Miles materialisierte gerade im Klassenzimmer. *»Flieht!«* rief sie. *»Flieht, flieht, flieht!«*

Dem Fragesteller gelang es, ihr Haar zu packen und ihren Kopf brutal zurückzuzerren. Das letzte, was sie sah, war der riesige Lauf seiner Waffe, der genau auf ihr Gesicht deutete.

Dann nahm Keiko O'Brien einige wenige verwirrende Lichtschimmer wahr, auseinanderfallende Fragmente. Doch die zerstörten Überreste ihres Gehirns waren nicht mehr imstande, die Reize zu verarbeiten, die ihr Sehzentrum in ihrem erhalten gebliebenen Hinterhauptlappen ausschickte.

O Gott …

Langsam verblich das Licht und erlosch dann völlig. Eine Stimme sagte, vielleicht ihre eigene …

»Miles …«

Miles O'Brien sah, wie der Kopf seiner Frau in die Schußbahn des Invasors ruckte, und dann, wie sie gegen ein Pult – *ihr* Pult –, das hinter ihr stand, geschleudert wurde und zusammenbrach.

Wie in einem entsetzlichen Alptraum war er wie gelähmt, konnte sich nicht bewegen, nicht einmal schreien.

Keiko war eindeutig tot. Kein Mensch konnte so eine Verletzung überleben. Keiko, seine einzige Liebe, sein schönes Mädchen, die das Leben für ihn lebenswert machte, würde nie wieder lächeln, lachen, lieben oder auch nur mit ihm schimpfen.

O'Brien starrte dumpf vor sich hin. Sein gesamter Körper war taub, als er die beiden Kontakte an den Phasergranaten gleichzeitig eindrückte und sie den Invasoren vor die Füße warf. Er versuchte nicht einmal, der Wucht der Explosionen zu entgehen.

Keiko rief ihn. *Ich komme,* antwortete er seiner Frau. Sie rief ihn immer; sie liebte ihn.

Einer der Inquisitoren erhob sich und drehte sich zu O'Brien um. In diesem Augenblick detonierte die Granate.

Der gepanzerte Körper prallte gegen den Chief und schleuderte ihn gegen eine Trennwand und ins Dunkel zurück.

Schwärze. Graues Zwielicht. Dämmerung …

O'Brien kam blinzelnd wieder zu sich. Das Klassenzimmer war verwüstet, noch schlimmer als seinerzeit nach dem Bombenattentat der Terroristen. Der eine Invasor half dem anderen, zur Tür hinauszuhumpeln.

O'Brien versuchte aufzustehen. Er hätte sie von hinten angesprungen, versucht, einem von ihnen den Hals zu brechen, falls sie überhaupt Hälse hatten. Aber sein Körper wollte ihm einfach nicht gehorchen.

Wie lustig, dachte er. *Der Mistkerl hat mir das Leben gerettet, indem er zwischen mich und die Explosion trat.*

Plötzlich fiel ihm wieder ein, was mit Keiko geschehen war. Mehrere Minuten lang war er lediglich imstande, fernen Schüssen und Explosionen zu lauschen, den Schreien der Sterbenden, während Tränen sein Gesicht hinabflossen. Er konnte sich nicht einmal bewegen, um sie wegzuwischen.

Schließlich gelang es O'Brien, wieder etwas Gefühl in seine Glieder zu bekommen und sie zaghaft zu bewegen. Dann rutschte er auf dem Bauch zu der geöffneten Versorgungsluke.

Ich darf noch nicht sterben. Ich muß leben und es den Mistkerlen heimzahlen. Ich werde dich rächen, mein liebes, schönes Mädchen.

Quark hielt Odos Arm fest und deutete stumm auf eine Versorgungsluke hinter Keikos Leiche. Im Staub und Schutt der Explosion war eine deutliche Spur zu erkennen. Ein schwerer Gegenstand oder Körper war durch die Luke geschleppt worden oder hatte sich selbst geschleppt.

Quark schluckte. »Vielleicht sollten wir ihr ... folgen«, sagte er.

Odo nickte. »Bleiben Sie hinter mir.«

»Ich dachte schon, Sie würden das nie sagen.«

Odo trat über die Trümmer eines Schulpults, das auf der Seite vor der Luke lag. Er zwängte sich hinein, und Quark folgte ihm. Als der Constable sah, daß die Luke in einen ziemlich langen Tunnel führte, wandelte er seine Glieder in Eidechsenbeine um, um besser voranzukommen.

Quark stieß einen leisen Schrei aus, verstummte aber sofort wieder. »Verdammt, Odo – Sie könnten mich wenigstens warnen, bevor Sie sich in ein Monstrum verwandeln!«

Odo hatte seinen Spaß daran, dem Ferengi einen Schrecken einzujagen, weshalb er nun seinen Kopf in den Hals zurückfließen ließ und ihn an seinem Hinterteil neu ausbildete. Dann verlängerte er den Hals, bis sein Gesicht das des Ferengi fast berührte. »Vielleicht würde sich Ihre monströse Seele in einem Körper wie diesem wohler fühlen«, sagte er.

Quark wich so erschrocken zurück, daß sein großer Kopf gegen die Tunneldecke prallte. Er starrte den Constable mit untertassengroßen Augen an, und der Ekel stand so deutlich auf seinem Gesicht geschrieben, daß er Odo fast leid tat.

Der Constable machte die Metamorphose rückgängig und setzte sich wieder in Bewegung.

Sie schienen stundenlang durch den Tunnel zu kriechen. Die Taschenlampe spendete das einzige Licht.

Schließlich blieb Quark erschöpft und keuchend liegen. »Ich bin Geschäftsmann, kein Minenarbeiter!«

»Ich dachte, Zwerge lieben Höhlen«, sagte Odo.

Zuletzt endete der Tunnel an einer Kreuzung: Gänge zweigten nach links und rechts ab, während eine Leiter nach oben führte. Allerdings versperrte ihnen ein paar Meter höher ein Notschott den Weg in diese Richtung.

»Wenn ich die Orientierung nicht völlig verloren habe«, fuhr der Constable fort, »führt diese Leiter in den oberen Kernbereich und zur OPS.« Er nahm seine normale Gestalt an, richtete sich auf und kletterte die Leiter hinauf. »Sicherheitsprioritätsorder«, sagte er, als er die Luke erreichte. »Constable Odo. Bestätigen.«

Keine Antwort.

»Verdammt, ich hatte ganz vergessen, daß der Computer ausgeschaltet wurde.« Er griff nach der in schwachem Grün leuchtenden Kontrolltafel und sah dann zu Quark hinab. »Schauen Sie nach unten«, befahl er.

»Warum?«

»Weil ich meinen privaten Zugangskode eingeben will und nicht möchte, daß Sie ihn erfahren.«

»Was für eine Rolle spielt das *jetzt* noch?« fragte Quark gereizt.

Odo warf ihm einen finsteren Blick zu. Quark stieß einen Ferengi-Fluch aus, drehte den Kopf zur Seite und starrte auf die gegenüberliegende Wand. Der Constable gab rasch den Kode ein und drückte auf den manuellen Notschalter. Als die Luke sich langsam öffnete, flackerte auf dem Display eine Mitteilung auf.

»Seltsam«, sagte er. »Vor zwei Tagen hat jemand versucht, sich hier illegal Zutritt zu verschaffen.«

»Wer?«

»Jake Sisko. Der Computer hat ihn ihm verweigert.«

Quark kletterte so schnell die Leiter hinauf, daß er Odo fast angerempelt hätte. »Nog? Jake und Nog waren hier? Dann muß er irgendwie aus der Schule rausgekommen sein!«

»Wir wissen nicht, ob Nog bei ihm war. Anscheinend hat Jake versucht, sich Zutritt zur OPS zu verschaffen. Wahrscheinlich wollte er zu seinem Vater, doch der Computer hat ihn nicht passieren lassen.«

»Wohin sind Sie danach gegangen?«

»Entweder nach rechts oder nach links, vermute ich. Ich müßte einen Tricorder auf ihre DNS-Werte programmieren. Aber wir klettern erst einmal hinauf.«

Quark sah die Leiter zu der Abzweigung unter ihnen hinab. »Vielleicht sollten Sie zur OPS gehen, und ich …«

»Denken Sie nicht einmal daran«, sagte Odo. »In diesen Röhren und Versorgungsschächten gibt es Hunderte von Abzweigungen. Genausogut könnten Sie versuchen, einem Kaninchen in seinem Bau zu folgen.« Die Luke hatte sich vollständig geöffnet. »Außerdem«, fügte Odo hinzu, »haben wir eine viel größere Chance, die beiden zu finden, wenn wir die Sensoren der Station benutzen … vorausgesetzt, wir können den Computer wieder hochfahren.«

Quark seufzte. »Ich gestehe es nicht gern ein, aber wahrscheinlich haben Sie recht. Geht voran, Macduff.«

Mk'doff? War das eine obskure Ferengi-Anspielung? Leicht verwirrt kletterte Odo weiter.

Die OPS war nicht so schwer mitgenommen, wie Quark es erwartet hatte. Hier und dort entdeckten sie ein paar fast zufällige Einschüsse, aber weder waren Geräte zerstört noch Displays aufgebrochen worden, und auch Commander Siskos Büro war nicht verwüstet.

Odo ging um die Kommandokonsole, betrachtete neugierig die Kontrollen und Instrumente und versuchte die Schäden abzuschätzen. Der Constable war zwar oft in der OPS gewesen, wußte aber praktisch so gut wie nichts über die Funktionsweisen der Geräte … was natürlich typisch für Odo war, dem lediglich an der Sicherheit der Station lag – und daran, Quark zu schikanieren.

Quark betrachtete die Hauptsensoren auf Lieutenant Dax' Wissenschaftskonsole. Dax! Lebte die schönste Frau von DS Nine noch? Er schüttelte den Kopf; alles wies darauf hin, daß niemand überlebt hatte.

Nicht einmal Nog, denn sonst wäre er zu Quarks Spielkasino zurückgekehrt, den Räumlichkeiten auf der Station, die er am besten kannte.

Quark blinzelte ein paarmal schnell und schob den Gedanken tief in sein Hinterstübchen zurück, wo ihn die höheren Gehirnzentren, in denen Gewinne und Verluste berechnet wurden, nicht erreichen konnte. Die Bilanz würde er erst später erstellen.

Die OPS verfügte über drei Stockwerke und war damit genauso hoch wie Quarks Kasino. Sie erstreckte sich vom zentralen Systembereich, in dem O'Brien einen Großteil seiner Zeit verbrachte, bis hin zu Commander Siskos Büro hoch über der Hauptetage. Zwischen dem Himmel und der Hölle befand sich die große Kommandokonsole, an der Dax, Kira, ein weiterer technischer Offizier und manchmal sogar Sisko selbst saßen und mit ihren Kontrollen spielten.

Mehrere Konsolen wiesen Einschüsse auf, darunter auch die von Dax, in der sich die Kontrollen für die Hauptsensoren befanden.

Die wichtigste Frage war … sind die Angreifer noch an Bord? Er ließ die Finger über die Bedienelemente gleiten und schwenkte die Sensoren einmal um die gesamte Station. Falls nicht jemand oder etwas über irgendeine Tarnvorrichtung verfügte, waren sie allein.

»He, fassen Sie das nicht an«, schnaubte Odo. »Diese Geräte gehören der Föderation und Bajor. Spielen Sie nicht damit herum, sonst machen Sie sie noch kaputt.«

»Ich mache sie *nicht* kaputt, Sie übereifriger kleiner Polizist.«

»Fassen Sie sie jedenfalls nicht an.«

»Ach? Und wer soll die Jungs suchen? Sie etwa?«

Odo schaute irgendwie besorgt drein, wenngleich sein wie in Stein gemeißeltes Gesicht nicht mehr Regungen als sonst auch zeigte. »Ich kann bestimmt genug über die Funktionsweise der Instrumente in Erfahrung bringen, um …«

Quark ignorierte den Rest des Satzes und nahm schnell eine Systemdiagnose der ersten Ebene vor. »Die Schilde sind noch oben, aber die Sensoren finden draußen nichts mehr. Ich schalte die Schilde jetzt ab, damit die Batterien nicht noch mehr entleert werden.

Die meisten sekundären Systeme, darunter auch die Sensoren, sind beschädigt worden, aber ich kann nicht genau sagen, welche oder in welchem Ausmaß.

Dem Logbuch zufolge sind – offensichtlich automatisch – dreiundzwanzig Millionen Funksprüche an Starfleet abgeschickt worden, aber wir haben nicht eine einzige Bestätigung empfangen. Anscheinend wurde ein Kraftfeld um die Station gelegt, das jede Kommunikation verhinderte.«

Odos Mund klaffte auf, und er starrte den Ferengi erstaunt an. »Wieso können *Sie* diese Geräte bedienen?« Sein Tonfall verriet, daß er nicht erstaunter gewesen wäre, hätte Molly O'Brien, Keikos kleine Tochter, ihm diese Auskünfte gegeben.

Quark lächelte boshaft. »Mein lieber Odo, Sie erinnern sich doch sicher daran, daß ich einmal Kommandant von DS Nine war.«

»Oh. Das.«

»Und ich habe schon Erfahrungen gesammelt, bevor ich das Kasino eröffnete. Ich bin mit meinem Onkel Rank ...«

»Was für ein passender Name.«

»Ich bin mit meinem Onkel Rank«, fuhr er fort, »auf einem Handelsschiff der Ferengi namens *Gewinnspanne* gefahren. Oder was glauben Sie, woher ich das Geld hatte, mit dem ich das Kasino gekauft habe?«

»Einbrüche und Erpressung?«

Quarks Ohren erröteten. »Die Instrumente der Ferengi«, fuhr er schnell fort, »sind denen der Föderation, der Cardassianer und der Romulaner zwar überlegen, arbeiten im Prinzip jedoch nach denselben Prinzipien. Schließlich gelten für sie ja auch dieselben Naturgesetze.«

»Hm.« Odo verschränkte die Arme vor der Brust und ließ den Ferengi nicht aus den Augen. Quark hantierte an einigen Instrumenten herum und versuchte hektisch, sich an alles zu erinnern, was über den freiwilligen Grundkurs in Instrumentenkunde hinausging.

Trotz seiner tapferen Worte wußte er genau, daß

seine Kenntnisse nicht ausreichten, um sie beide von der Station zu schaffen oder auch nur die Sensoren darauf einzustellen, eine bestimmte Person auf DS Nine ausfindig zu machen... besonders, wenn der Hauptcomputer nicht funktionsbereit war.

Quark stellte erfreut fest, daß Dax einige Makros geschrieben hatte, die die Routineaufgaben automatisch durchführten – zum Beispiel, Verbindung mit Bajor, der Föderation oder einem sich nähernden Raumschiff aufzunehmen. Nach einigen Versuchen gelang es ihm, dieses Makro zu aktivieren. Er trat zurück und las den Text des Subraum-Funkspruchs.

tx 28827.33.4123.A Bajor HoRat ➛ Geöffnet
Bestätigung abwarten....................

Die Punkte wanderten langsam über den Bildschirm. Als sie schließlich den rechten Rand erreichten, erschien eine neue Meldung.

tx 28827.33.4123.A Bajor HoRat ➛ Abgebrochen
Verbindung nicht hergestellt ➛ Diagnose? :J

Quark drückte die Bestätigungstaste. Kurz darauf erschien unter der Anzeige der Satz: *Diagnose des Problems nicht möglich. Natürlich. Der Computer ist nicht funktionsbereit, du Narr.*

Läge ein mechanisches Problem mit der Kommunikationsanlage vor, hätte es die Diagnose der Ebene Eins, die auf Hartleiter-Schaltkreise und nicht auf die Computer-Software zurückgriff, herausgefunden. Soviel war Quark klar. Daher lag entweder ein Logikfehler im Kommunikationssystem vor, oder aber – und das erschien ihm wahrscheinlicher – das Kraftfeld, das von den Angreifern errichtet worden war, war noch in Betrieb. Würde er sich mit den Sensoren besser auskennen, hätte er es wahrscheinlich aufspüren können, doch es würde zuviel Zeit kosten, sich mit dem System vertraut zu machen.

Er hatte eine wichtigere Aufgabe.

Während Quark sich alles in Erinnerung rief, was er über die Feineinstellung von Sensoren wußte, aktivierte er erneut Dax' Kommunikationsmakro.

tx 28827.33.4123.A Bajor HoRat ➛ Abgebrochen
Verbindung nicht hergestellt ➛ Diagnose? :N

tx 28911.05.1001.A FödStarSechsKom ➛ Abgebrochen
Verbindung nicht hergestellt ➛ Diagnose? :N

*tx 99401.99.7***.* StarFleetBeliebSchiff ➛ Abgebrochen*
Verbindung nicht hergestellt ➛ Diagnose? :N

Die Sensoren waren, wie alle Geräte der Föderation, auf einfache Bedienung ausgelegt. Doch ›einfach‹ war ein relativer Begriff. Auch die Cardassianer waren zweifellos der Ansicht, ihre Computer seien einfach zu bedienen. Doch Quark hatte tausendmal mitbekommen, daß Chief O'Brien sich bei einem Glas Synth darüber beschwerte, wie starr, widerspenstig und langsam die Systeme seien … und O'Brien war ausgebildeter Ingenieur.

Wenigstens glaubt die Föderation an die Nützlichkeit von ›Hilfe-Fenstern‹, dachte der Ferengi. *Tariff sei für kleine Gefallen gedankt.*

Die meisten angeblich hilfreichen Erklärungen über die Sensorfunktionen waren für Quark, der nie die Starfleet-Akademie besucht hatte, das reinste Kauderwelsch. Die Naturgesetze mochten für die Ferengi und die Föderation zwar identisch sein, doch das Produktdesign unterschied sich beträchtlich voneinander.

Quarks Ferengi-Abstammung erwies sich letztlich doch noch als nützlich. Durch beharrliche, unbarmherzige Vorstöße in Dateigruppen, in denen er nichts zu suchen hatte, gelang es ihm schließlich, die Sensoren von der Massesuche auf biologische Systeme umzustellen.

Er leitete einen stationsweiten Scan ein – er hatte noch immer nicht die geringste Ahnung, wie er den Suchbereich einengen sollte.

Quark starrte auf das Display und begriff zuerst gar nicht, was er dort sah. Dann stieß er einen Schrei aus, als hätte er gerade auf einer zweimal manipulierten Dabo-Drehscheibe einen Cluster gedreht.

»Was ist los?« fragte Odo.

Quark wirbelte erschrocken herum. Während er sich in das komplizierte System eingearbeitet hatte, hatte er tatsächlich ein paar friedliche Augenblicke lang vergessen, daß der lästige Constable noch bei ihm war.

»Das Display!« krächzte er und zeigte mit dem Finger auf den Bildschirm.

Odo schaute darauf. »Oh. Aha«, sagte er, ohne wirklich zu begreifen, um was es ging.

Quark erklärte es ihm. »Biologische Ortungen. Ich habe die Sensoren auf einen biologischen Scan eingestellt und die Station abgesucht. Sehen Sie selbst.« Er deutete auf Hunderte kleine spitze Stachel. »Die Sensoren zeigen Dutzende von Individuen an! Sie leben noch!«

Dann flackerte der Bildschirm, und die Stachel verschwanden. »Oh«, machte der Ferengi. Nun zeigte der Bildschirm eindeutig an, daß auf DS Nine *niemand* mehr lebte ... nicht einmal sie selbst.

Dann tauchten die Stachel wieder auf, doch diesmal standen sie auf dem Kopf und zeigten ein seltsames ›Anti-Leben‹ an, wobei sie von rechts nach links über den Bildschirm marschierten.

»Und was hat *das* zu bedeuten?« fragte Odo.

»Daß die Sensoren nicht richtig funktionieren«, quiekte Quark. Er spürte, daß sein Gesicht vor Verlegenheit hellrosa anlief. Ihm fiel ein, daß die Diagnose vor Problemen mit den Sensoren gewarnt hatte, und er entsann sich auch an die Löcher, die die Kugeln geschlagen hatten.

Dann kam ihm ein entsetzlicher Gedanke: Angenommen, auch die *Masse-Suchsensoren* funktionierten fehlerhaft, und das Schiff der Invasoren befand sich noch immer in der Nähe der Station?

Immerhin hatte er gerade die Schilde gesenkt!

Quark kam zum Schluß, daß in diesem Fall das Verschweigen der Offenbarung vorzuziehen war. Was Odo nicht wußte, könnte sie beide eventuell töten; wenn Odo jedoch herausfand, in welche Gefahr Quark sie gebracht hatte, starb der Ferengi vielleicht als einziger.

»Also«, sagte Odo und stellte erneut sein übliches und unheimliches Geschick unter Beweis, ausgerechnet die peinlichste aller Fragen zu stellen, »können Sie mit Sicherheit sagen, daß das Schiff der Invasoren sich nicht mehr in der Nähe der Station aufhält?«

»Äh ... n-nein, ich kann überhaupt nichts mit Sicherheit sagen. Äh ... mit absoluter Sicherheit, meine ich.«

»Hm. Wahrscheinlich sind sie zurückgeflogen, um ihren Sieg zu melden und Verstärkung für eine umfassende Invasion zu holen. Wie schön ... und das alles, weil Ihr abscheuliches Artefakt mich daran gehindert hat, an Ort und Stelle zu sein, um sie zu ...«

»Ja, was? Was für eine unglaubliche Heldentat hätten Sie denn begangen, wenn Sie an Ort und Stelle gewesen wären?«

»Um sie zu verhaften«, vollendete Odo den Satz lahm.

Quark beugte sich eifrig vor. »Hören Sie ... wir wissen, daß Nog und Jake aus der Schule entkommen sind ...«

»Nein, wir wissen, daß *Jake* entkommen ist.«

»Ja, ja, aber hängt Nog nicht immer mit ihm zusammen, obwohl ich das Kind immer ausgeschimpft habe, weil es sich mit einem Menschen herumtreibt? Also können wir doch zumindest davon ausgehen, daß sie ein Versteck gefunden und den Angriff überlebt haben, oder?«

»Quark, das war vor zwei Tagen. In zwei Tagen kann viel geschehen.« Er sah sich in dem menschenleeren Kontrollzentrum um.

In zwei Tagen kann eine Welt zugrunde gehen, dachte er.

»Na ja«, sagte Quark, »hier können wir wohl nichts mehr tun. Warten Sie, haben Sie das Stations-Chronometer überprüft?«

Odo nickte. »Er zeigt im Prinzip die gleiche Zeit an wie Ihre klingonische Uhr. Die geht allerdings elf Minuten vor.«

»Ja. Anscheinend habe ich sie in den letzten drei Jahren nicht mehr gestellt.«

»Gehen wir.«

»Wohin?«

»Zurück zu der Abzweigung, an der Jake nicht in die OPS gelangen konnte.«

»Aber Sie haben doch gesagt, das sei sinnlos! Da könne man genausogut einem Kaninchen in den Bau folgen.«

Der Constable zuckte die Achseln. »Zum Glück *habe* ich einen Tricorder, mit dem ich der DNS-Spur folgen kann.«

Der Ferengi sah ihn vorwurfsvoll an. »Sie haben gelogen!«

Odo erwiderte den Blick mit reptilienhafter Gleichmütigkeit. »Ich habe gesagt, ich *müßte* einen Tricorder programmieren, um Jakes Spur zu verfolgen, aber nicht, daß ich keinen *habe.*«

»Sie ...« Quark biß sich auf die Zunge. In seiner jetzigen Lage wäre es geradezu geschäftsschädigend gewesen, den Satz zu vollenden.

Chief O'Brien sah ungläubig auf sein Chronometer. Er zeigte 16.07 an. *Vier Stunden?* Wie konnten seit dem

Angriff der Invasoren erst vier Stunden vergangen sein?

Subjektiv war weniger als eine vergangen; schließlich war er eine Weile bewußtlos gewesen.

Gefühlsmäßig aber kam ihm die Zeitspanne vor wie vierzig Stunden.

Er kroch schnell das Versorgungsrohr entlang, stieg die kalte und klebrige Notleiter hinauf und identifizierte sich an der Luke gegenüber dem Computer, um Zugang zur OPS zu bekommen.

Dann stieg er zehn weitere Etagen hinauf und war zum erstenmal dankbar dafür, daß auf jeder Etage die Leiter darüber und darunter versetzt angebracht war – ansonsten wäre die Versuchung, sich einfach fallenzulassen und sich zu Keiko zu gesellen, unwiderstehlich gewesen.

Das Licht flackerte. *Muß ein paar Kupplungsknoten falsch justiert haben,* dachte er. Normalerweise hätte der Chief sich darüber geärgert; jetzt interessierte es ihn kaum noch. Nur eins war noch wichtig – die Invasoren zu töten.

Als O'Brien den Kopf in die OPS streckte, platzte er mitten in ein Gespräch zwischen Kira und Sisko. Die Bajoranerin zögerte kurz, als wolle sie einen so ungewöhnlichen Vorschlag machen, daß sie befürchtete, Commander Sisko damit zu verärgern. »Sir?«

»Ja, Major?«

»Wissen Sie, was eine Miliz ist?«

Der Commander rieb sein Kinn. »Natürlich. Im klassischen Sinn eine paramilitärische Streitmacht von Ortsansässigen, die sich zusammenschließen, um eine Invasion zurückzuschlagen.«

»Nun, auf dieser Station befinden sich viele Bajoraner, Sir.«

»Ja?«

»Und viele von ihnen haben während der cardassianischen Besatzung Kampferfahrung gesammelt.«

»Ja?« Sisko klang ein wenig verärgert. »Major, wenn Sie einen Vorschlag haben, spucken Sie ihn einfach aus.«

Sie nagte an der Unterlippe. »Erfahrung mit behelfsmäßigen Waffen und Kommandostrukturen oder sogar als Einzelpersonen.«

»Major Kira, wollen Sie vorschlagen, ich soll den Zivilisten dieser Station befehlen, sich selbst zu verteidigen, weil wir sie nicht schützen können?«

»Nein, Sir, lediglich *einigen* Zivilisten. Sie wissen, daß Colonel Bata Huri jetzt hier wohnt?«

Kira sprach den Namen mit großer Ehrfurcht aus. O'Brien ahnte, daß es sich bei Bata um eine große Heldin des bajoranischen Untergrunds handeln mußte.

Sisko nickte. »Wie lange würde Colonel Huri brauchen, um eine Miliz zusammenzustellen?«

Kira lächelte. »Ich nehme Kontakt mit ihr auf. Sie können dann selbst mit ihr sprechen.«

»Major ...« sagte Sisko. »Diese Bata. Ist sie ... gut?«

Kira funkelte ihn böse an. »Die Cardassianer haben ein Kopfgeld auf sie ausgesetzt. Zehn Millionen Barren in Gold gepreßtes Latinum.«

O'Brien beugte sich vor, schwang ein Bein von der Leiter und sprang auf das Deck der OPS.

»Hat jemand versucht, das Kopfgeld zu kassieren?«

»Klar«, sagte Kira und kräuselte verächtlich die Lippen. »Aber nur Cardassianer.« Sie wollte noch etwas hinzufügen, hielt aber inne, als sie den Chief erblickte und ihn anstarrte, als wäre er ein Geist. Die anderen sahen ebenfalls in seine Richtung, und schlagartig verstummten alle Gespräche.

Dann schrien alle gleichzeitig durcheinander. Ein OPS-Techniker rannte zu O'Brien und half ihm in seinen Sessel, während Dax, Kira und Sisko sich um ihn drängten.

»Wir hatten gedacht, wir hätten Sie verloren, Chief«, sagte der Commander.

»Als Ihr Signal unmittelbar nach der Explosion verstummte«, erklärte Kira, »haben wir natürlich angenommen …«

O'Brien berührte seine Brust. Von dem Kommunikator war nur noch die halbe Anstecknadel übrig.

»Was? Tut mir leid, Sir. Ich … ich war benommen … ich habe es gar nicht mitbekommen.«

»Ist …?« Dax vollendete die Frage nicht; sie mußte den Ausdruck auf O'Briens Gesicht bemerkt haben. »Es tut mir leid, Miles«, sagte sie leise.

Er war dankbar, daß er es nicht aussprechen mußte. Hätte er es laut gesagt, wäre es nur um so wirklicher geworden.

»Ich kann nicht hierbleiben«, sagte er.

»Das ist doch Blödsinn«, wandte Kira ein. »Wir brauchen Sie. Sie müssen die Station zusammenhalten, während diese Mistkerle versuchen, sie auseinanderzureißen.«

O'Brien drehte sich zu ihr um. Sie war der einzige Offizier auf der Station, der Erfahrung mit Guerillataktiken hatte. »Sir, die Phaser können ihnen nichts anhaben, Phasergranaten hingegen wohl. Zumindest können sie sie von den Füßen reißen und betäuben, und vielleicht können wir sie irgendwie ausschalten, während sie bewußtlos sind. Aber das heißt …«

»Daß Sie weitere Phasergranaten herstellen und in der Station verteilen müssen«, vollendete Lieutenant Dax den Satz für ihn.

Einen Augenblick lang war O'Brien verblüfft, daß ein junges Mädchen schneller begriff als Kira oder Sisko, die beide Kampferfahrungen gesammelt hatten. Dann erinnerte er sich daran, daß sie kein junges Mädchen, sondern ein uraltes symbiontisches Wesen war: Jadzia Dax hatte vielleicht noch nicht in einem Krieg gekämpft, Curzon Dax oder einer von dessen Vorgängern wahrscheinlich schon.

»Ja, Sir«, sagte der Chief und kniff die Augen zusammen; sie waren fürchterlich trocken. »Mit anderen Waffen können wir ihnen nicht einmal einen Kratzer zufügen.«

»Warum stecken wir so eine Bombe dann nicht einfach in den Replikator«, fragte Kira verwirrt, »und stellen tausende davon her?«

»Ja, warum nicht?« fragte O'Brien und fügte dann ein verspätetes ›Sir‹ hinzu, um den Tadel abzuschwächen. Schließlich war sie ja seine Vorgesetzte. »Haben Sie es schon mal versucht, Sir?«

»Nein, noch nicht.«

O'Brien lächelte grimmig. »Versuchen Sie es. Sie werden zwar eine Phasergranate herausbekommen, aber eine ohne Energie. Sie ist völlig nutzlos.«

»Ohne Energie? Handelt es sich um einen Sicherheitsmechanismus? Den können wir doch bestimmt ausschalten ...«

»Der Replikator kann keine Energie erzeugen, Major. Glauben Sie mir. Ich muß die Phaser per Hand umbauen.«

Major Kira knirschte mit den Zähnen, wandte sich ab und schlug sich mit der Faust wütend auf den Oberschenkel. Nicht zum erstenmal dachte O'Brien, daß sie ohne die Schrecken eines Lebens im Shakaar überwältigend hübsch aussehen würde.

Sisko legte die Hand sanft auf O'Briens Schulter und zog ihn respektvoll, aber beharrlich von den anderen fort. »Chief«, sagte der Commander leise, als sie nicht mehr belauscht werden konnten, »sind Sie sicher, daß Sie dem gewachsen sind? Sie können hier oder in der technischen Abteilung bleiben und die Phaser umbauen, und ich lasse sie von einem Sicherheitswächter verteilen.«

O'Brien betrachtete sein Gegenüber mit leerem Blick, den einzigen Offizier der Kommando-Crew, der wirklich verstand, wie er sich in diesem Augenblick fühlte. Sisko hatte so etwas auch schon durchgemacht. »Ich kann mich nicht verkriechen, Sir. Ich *will* es tun. Für sie.«

»Ich verstehe.«

»Das weiß ich. Außerdem will ich ein paar anderen Technikern zeigen, wie man die Granaten herstellt, für den Fall, daß die Invasoren mich erwischen oder ...«

»Sie haben doch nichts Spektakuläres vor, oder?«

»Vielleicht doch, aber nichts Sinnloses und Dummes. Wo sind sie jetzt?«

Sisko sah zu Kira hinüber. »Major? Scannen Sie sie gerade?«

»Ich kann sie nicht direkt scannen«, erwiderte sie, »aber ich muß lediglich feststellen, wo der Scanner aussetzt, und dort müssen sie sein ... Sie durchsuchen noch immer die Promenade, einen Raum nach dem anderen. Ich weiß nicht, warum sie noch nicht hier herauf gekommen sind, aber verfluchen wir nicht den Regen, der den Grenzfluß anschwellen läßt.«

»Zumindest beschießen sie uns nicht mehr mit ihren Torpedos.«

»Vielleicht sind sie ihnen ausgegangen«, warf Dax ein.

Kira sah O'Brien an. »Chief? Was hat diese Frage zu bedeuten ... ›der andere, der so ist wie wir?‹ Wen suchen sie?«

Er schüttelte den Kopf. »Soweit ich es mir zusammenreimen kann, Sir, sind sie der Ansicht, daß wir einen von ihnen irgendwo gefangenhalten. Das ist aber nicht der Fall, oder?«

Dax ergriff wieder das Wort. »Das habe ich schon überprüft, Chief. Bei allen Personen, die Odo in letzter Zeit verhaftet hat, handelt es sich ausschließlich um Bajoraner oder Angehörige von Föderationsrassen.«

»Aber wo, zum Teufel, *ist* Odo?« sagte Kira eher zu sich selbst.

Dax antwortete trotzdem. »Seit etwa einem Tag hat ihn niemand mehr gesehen. Ich habe den Computer befragt, und der behauptet, daß er sich nicht mehr auf der Station befindet. Aber es gibt kein Protokoll darüber, daß er DS Nine verlassen hat.

Übrigens«, fügte sie nachdenklich hinzu, »Quark ist ebenfalls verschwunden. Und niemand hat ihn mehr gesehen, seit er und Odo sich in Quarks Büro unterhalten haben.«

»*Quark*«, wiederholte der Major. O'Brien schauderte beim Klang ihrer Stimme unwillkürlich. Die Kälte des Todes durchdrang Kira Nerys bis in die Knochen; sie hatte ihm schon immer ein wenig angst gemacht.

Sie hat beim Kampf gegen die Cardassianer die Seele verloren, dachte er, *und ist jetzt so hungrig, daß sie jede andere essen würde, um sie zu ersetzen.*

»Geben Sie mir alle Phaser, die Sie haben«, sagte er. »Ich werde Ihnen Granaten zusammenbasteln. Kommen Sie, Lieutenant, ich zeige Ihnen, wie man es macht.«

»Informieren Sie mich sofort, wenn sie die Promenade verlassen«, sagte der Commander.

»Aye, Sir«, sagte Major Kira.

6

Major Kira stand noch immer an ihrer Waffenkonsole. Langsam drehte sie sich zum Commander um. »Sir … ich rate Ihnen dringendst, die Zivilisten aus der Station zu evakuieren.«

Sisko dachte kurz nach. »Einverstanden. Wir können sie später zurückholen, falls die Situation es zuläßt. Haben Sie eine Idee, wie wir es anstellen können, Major?«

»Ich würde vorschlagen, wir senken die Schilde und beamen …« Sie hielt mitten im Satz inne. »Chief, kann der Transporter seine eigene Stellfläche erfassen?«

Wortlos trabte er hinüber und stellte sich auf einen Transporter-Kreis. Kira nahm immer wieder Einstellungen an ihrem Display vor. Schließlich fluchte sie leise auf Bajoranisch und schüttelte den Kopf.

»Dann nehmen wir die Flitzer. Das ist sowieso besser; dann müssen die Zivilisten den Habitatring nicht verlassen. O'Brien, Sie werden sie zusammentreiben und auf die Flitzer verteilen.«

Der Chief zog ein grimmiges Gesicht. »Sir«, sagte er zu Kira, »ich zeige Ihnen, wie man eine Phasergranate herstellt.« O'Brien wollte einen Phaser öffnen, doch Kira hielt ihn mit einem finsteren Blick auf.

»Soll das ein Witz sein? Ich kann keinen Phaser umbauen! Ich kann nicht mal einen elektronischen Datenleser einbauen. Ich bringe Leute um und mache Gegenstände kaputt. Das ist mein Job. Der *Ihre* ist es, Phaser zu Granaten umzubauen.«

»Ja, Sir«, sagte der Chief. »Aber wenn ich Zivilisten

zusammentreiben soll, kann ich keine Phasergranaten herstellen. Also muß ich es Ihnen zeigen.«

»Oh«, sagte sie. Zweifellos kam sie sich blöd vor. Sie dachte kurz nach und zupfte an ihrem Ohr.

»Major«, sagte Sisko leise, »Sie werden Chief O'Brien begleiten und die Zivilisten evakuieren.«

»Ich! Und wer soll die Bomben werfen?«

Er sah sie schief an. »Major, als Sie noch aufs Töpfchen gingen, stand ich im alten Thomas-Sowell-Stadion schon auf dem Schlagmal.«

»Wirklich?« sagte sie ziemlich steif.

»Gehen Sie«, sagte der Commander. »Das ist ein Befehl. Treiben Sie so viele wie möglich zusammen, vor allem Kinder, wenn Sie welche finden. Dann marschieren Sie zum nächsten Flitzer und bringen sie nach Bajor.«

»Aber, Sir«, protestierte sie, »als wir die Sonde abgeschossen haben, haben sie sie wie eine Fliege totgeschlagen.«

Sisko nickte. »Na schön, dann geben Sie mir vor Ihrem Start Bescheid. Wir werden eine volle Breitseite auf die Invasoren abschießen und sie kurz blenden, damit das Schiff durchkommt.

Hören Sie«, fügte er hinzu, »sie haben seit ein paar Stunden kein Torpedo mehr auf uns abgeschossen. Vielleicht haben wir bei ihnen irgend etwas beschädigt. Oder Dax hat recht. Auf jeden Fall haben wir ein Patt.«

»Na schön«, sagte Kira zähneknirschend und legte die Kontrolle über den Traktorstrahl auf Commander Siskos Pult um. Dann drehte sie sich zu Dax um. »Wo sind sie jetzt?«

Der Lieutenant überprüfte es. »Leider haben sie die gesamte Promenade besetzt und die Schächte der Turbolifts blockiert. Sie müssen durch eine Verbindungsleitung vorstoßen.«

»Kein Problem«, sagte O'Brien. »Wir graben uns unter ihnen durch.«

Sie traten in den kalten, dunklen cardassianischen Turbolift. »Sind Sie sich auch völlig sicher, Commander?« versuchte Kira es ein letztes Mal. »Ich könnte sowohl die Photonentorpedos als auch den Traktorstrahl bedienen, während Dax ...«

»Raus!« donnerte Sisko. Er lächelte schwach und deutete auf den Turbolift.

»Sind Sie bereit, Sir?« fragte O'Brien. Sie nickte, und er sagte zum Lift: »Siebente Etage, maximale Geschwindigkeit.« Die Türen glitten zu, und dann schien die Welt unter Kiras Füßen in einen Abgrund zu stürzen.

Sie wäre gefallen, aber der Turbolift beschleunigte so schnell, daß sie ein paar Sekunden lang schwerelos war. Als sie begriff, was geschehen war, und sich festhielt, bremste der Lift schon mit ähnlichen Werten ab. Benommen taumelte sie hinter O'Brien hinaus. Es war die schnellste Turbolift-Fahrt, die sie je unternommen hatte. *Maximale Geschwindigkeit; das darf ich nicht vergessen.*

»Jetzt wird es kompliziert«, sagte der Chief. »Sie haben die Decks neun bis elf und die Promenade besetzt und die Liftschächte blockiert. Aber wir müssen runter zu den Verbindungsleitungen zum Habitatring auf der fünfzehnten Etage.«

»Dann nehmen wir die Notleitern?« fragte Kira.

»Machen Sie Witze? Damit begeben wir uns doch direkt in ihre Hände. Nein, wir werden an ihnen vorbeigleiten wie eine Schlange durch einen Garten.«

Die siebente Etage bestand unter anderem aus mehreren großen Räumen, die zur Zeit der cardassianischen Herrschaft auf DS Nine als Munitionslager gedient hatten. Nun befanden sich in ihnen die Speicher von Hilfscomputern, mit denen versucht werden sollte, die Computerkapazitäten auf den Starfleet-Standard zu bringen.

Der Turbolift öffnete sich auf eine Kreuzung von

sechs Korridoren, die zwischen provisorischen Trennwänden und Raumteilern entlangführten.

O'Brien lief zu einer kleinen, einen Meter vom Gang zurückgesetzten Tür und legte die Handfläche auf ein Kontrollfeld. Nach einem Augenblick glitt die Tür langsam zurück und enthüllte eine schräg nach unten verlaufende Röhre.

O'Brien nahm eine seiner Phasergranaten in die Hand und steckte vorsichtig den Kopf in die Röhre. »Die Luft scheint rein zu sein«, sagte er. »Nach Ihnen, Sir.«

»Wollen Sie nicht zuerst gehen?« fragte sie. Sie verspürte ein seltsames Zögern, in die Röhre zu klettern.

»Ich muß die Tür wieder schließen.«

»Hm. Na dann.« Kira Nerys schluckte ihre Furcht herunter, zog sich mit dem Gesicht zuerst in die Röhre und wand sich gerade so tief hinein, daß O'Brien ihr folgen konnte, aber nicht tiefer. Er zog sich ebenfalls hoch und legte dann die Handfläche auf das innere Kontrollfeld. Als die dicke Luke sich wieder schloß, knallte es in Kiras Ohren. Der Luftdruck war plötzlich gefallen.

»Wo sind wir?« flüsterte sie. Eine normale Lautstärke kam ihr in der glatten, geneigten Röhre etwas blasphemisch vor. Die Beleuchtung erlosch und flakkerte wieder auf, mehrmals, zufällig. Ihre Angst wuchs. *Wahrscheinlich nur eine Energiefluktuation im Zusammenhang mit Kampfhandlungen,* dachte sie, war aber nicht davon überzeugt.

»Ein Wartungsschacht in der Radnabe«, erwiderte der Chief genauso leise wie sie. »Sir, das wird Ihnen vielleicht nicht besonders gefallen. Es ist... na ja, Sie werden schon sehen.«

»Was?« Aber O'Brien schien nicht geneigt zu sein, ihre Frage zu beantworten. Also kroch Kira weiter. »Wird der Schacht schmaler?« fragte sie argwöhnisch.

»Was? Nein, soweit ich weiß, nicht«, sagte O'Brien.

Kira verharrte plötzlich.

»Was ist los, Sir?« rief O'Brien leise.

»Nichts. Ich bin nur ... Warten Sie, es dauert nicht lange.« Sie atmete ein paar Sekunden lang tief durch. *Die Wände kommen* nicht *näher* ... nicht *näher,* sagte sie sich immer wieder. Einen Augenblick lang war sie in die dunkelste Zeit des Krieges zurückgestürzt, der Besetzung, in die Zeit, die sie verbracht hatte in der ...

Mühsam setzte sie sich wieder in Bewegung. Die Neigung des Schachts betrug nur ein paar Grad, aber sie hatte den Eindruck, als hinge sie an den Füßen über einem Abgrund. »Ich hätte nie gedacht, daß ich das noch einmal tun muß«, flüsterte sie.

Immer öfter erzitterte die Station unter Erschütterungen und Explosionen. Kira bewegte sich immer hektischer. Als sie Kontakt mit der OPS aufnahm, unterbrach Sisko, der nun den Traktorstrahl bediente, während Dax die Photonentorpedos abfeuerte, sie so schnell, daß sie keinen weiteren Versuch mehr wagte.

Schließlich erreichten Kira und O'Brien das Ende des Schachts. Sie fanden sich vor einer ölverschmierten, manuell bedienbaren Luke wieder, die der ähnelte, die zum Andockring führte. O'Brien drängte sich an der Bajoranerin vorbei und versuchte, an nichts zu denken, das Keiko wütend gemacht hätte. Er gab seinen persönlichen Zugangskode in das Kontrollfeld ein.

Die Tür klickte laut, öffnete sich aber nicht. Kira wartete. »Nun?« fragte sie. »Und jetzt?«

»Jetzt kurbeln wir.« Der Chief griff hinauf nach der Handkurbel und drehte sie energisch. Langsam glitt die Luke auf.

Nach mehreren Minuten des Kurbelns war die Öffnung noch immer nicht groß genug, als daß sie hätten hindurchkriechen können. »Ich übernehme mal für eine Weile«, bot Kira sich an. O'Brien akzeptierte dankbar.

»Warum funktioniert das Schott eigentlich nicht?«

»Tut es doch. Es ist eine mechanische Luke. Keine Servos.«

Kira hielt inne und sah ihn an. »Warum?«

O'Brien zuckte die Achseln. »Wahrscheinlich wollten die Cardassianer nicht, daß jemand hindurchgeht.«

»Na ja, Sie hätten mich warnen können. Ich habe Arbeitshandschuhe.«

»Das wußte ich nicht.«

Sie runzelte die Stirn. »Waren Sie schon mal hier, Chief?«

»Nur in meinen Diagrammen.«

Endlich hatte das massive Schott sich so weit geöffnet, daß sie passieren konnten. Dahinter befand sich ein gewaltiger, zylindrischer Schacht von mehreren hundert Metern Länge. Die einzige Beleuchtung stammte von dem noch immer flackernden Licht, das aus dem Tunnel durch die Luke fiel, die sie gerade geöffnet hatten. In diesem Licht funkelte ein dünner Glühfaden, der höchstens den Umfang einer Haarsträhne hatte.

»Was, zum Teufel, ist das?« fragte Kira und musterte das Gebilde verwundert. »Ich habe noch nie von diesem Ding gehört.«

»Hat etwas mit dem cardassianischen Gravitationsgenerator zu tun. Es verläuft von der dritten Etage bis zum unteren Kern. Wir kriechen bis zur fünfzehnten Etage durch den Schacht und arbeiten uns dann unter den Invasoren zum Habitatring vor.« O'Brien lächelte grimmig. »Aber da ist etwas, wovor ich Sie warnen muß, Major. Der Schacht ist unten offen. Sie können hier buchstäblich aus der Station fallen.«

Kira sah O'Brien ungläubig an. »Chief, ich kann doch keine acht Etagen an einem Bindfaden hinabklettern – und Sie auch nicht!«

»Äh… da ist noch etwas, Sir. Dort herrscht Null-Gravitation.«

»Schwerelosigkeit?« fragte sie verwirrt. »Aber die Gravitationsgeneratoren ...«

»Dies *ist* der Gravitationsgenerator. Jedenfalls ein Teil davon. Wenn wir in dem Schacht sind, befinden wir uns *im* Generator, also *außerhalb* des Gravitationsfeldes.«

Sie steckte zögernd den Arm durch die Türöffnung; er fühlte sich sofort ein wenig leichter an, als triebe er in Wasser.

»Seien Sie vorsichtig«, sagte O'Brien. »Ein kleiner Ruck, mehr ist nicht nötig. Mit einer stärkeren Bewegung würden Sie den Glühfaden zerreißen. Lassen Sie mich vorgehen.«

»Bitte sehr.«

Miles O'Brien zwängte seinen massigen, aber gelenkigen Körper durch die enge Öffnung und drehte sich dabei. Er schwebte gelassen mit dem Kopf nach unten und wartete auf Major Kira.

Nervös glitt sie ebenfalls durch die Luke, was bei ihr wesentlich eleganter aussah. Doch unmittelbar darauf fiel sie. Sie klammerte sich an den Strang wie an den letzten Ast eines Baumes vor dem Abgrund, woraufhin sie sofort umhergewirbelt wurde. Ihre Füße scharrten leicht an den hitzevernarbten Wänden des Schachtes.

»Strecken Sie ein Bein aus, Sir«, sagte O'Brien, »dann hört die Drehung auf.«

Sie tat wie geheißen. Ihr Magen revoltierte und wollte das wenige, das sie gegessen hatte, unbedingt wieder von sich geben. Ihr Innenohr informierte sie, daß sie in den Tod stürzte.

Langsam drehte sie sich zu O'Brien hin. Das Gefühl änderte sich nicht, ganz gleich, in welche Richtung sie sich orientierte. Genauso hatte es in den Lehrbüchern gestanden. »Wa-Warum sind die Wände verbrannt?« fragte sie und versuchte, den Anfall von Panik zu unterdrücken.

»Ich glaube, der Schacht lädt sich gelegentlich mit Sonnenlicht auf.«

»Das *glauben* Sie?«

»Ich kenne mich mit der cardassianischen Gravitationstechnik nicht besonders gut aus.«

»Und wenn er sich auflädt, während wir drin sind?«

»Äh ... Ich hoffe, dazu wird es nicht kommen«, sagte O'Brien. »Aber sehen wir lieber zu, daß wir hier schnell wieder herauskommen.«

Kira hangelte sich weiter voran, schoß plötzlich auf den Chief zu und prallte gegen ihn. Sie wurde gegen die Wand zurückgeworfen, wobei sie den Strang loslassen mußte und an O'Brien vorbeischoß, der großen Außenöffnung – dem Weltraum – entgegen. Plötzlich legte sich eine Hand um ihren Knöchel und hielt sie fest.

O'Brien zog sie zurück wie einen Fisch an der Angel. Als sie sich wieder in Reichweite des Strangs befand, klammerte sie sich daran fest und keuchte im nachhinein vor Entsetzen. »Bei den Propheten! Da hätten die verdammten Cardassianer mich fast doch noch umgebracht!«

»Sir?« sagte O'Brien schüchtern. »Je öfter sie an der Leine ziehen, desto schneller beschleunigen Sie. Hier gibt es keine Schwerkraft, die Sie bremsen könnte. Ziehen Sie nur einmal an dem Strang, und Sie fliegen weiter, bis Sie abbremsen.«

»Natürlich. Ich habe bei meinem Schnellkurs über den zivilen Maschinenbau im Orbit einiges über die Schwerelosigkeit gelesen ... und zwar einen Artikel in *Die schönsten Urlaubsplaneten.*«

»Das ist ja die große Schweinerei. Unverhofft kommt oft. Ich wurde auf die Raumdocks in der Starbase Dreizehn versetzt, in denen die *Enterprise* zusammengebaut wurde. Deshalb habe ich fünf Jahre später den Antrag gestellt, auf dieses Schiff versetzt zu werden.«

»Versuchen wir es noch mal.« Sie lächelte, eine

kleine Geste inmitten einer Tragödie. »Aber passen Sie gut auf mich auf.«

O'Brien zog einmal an dem Strang und begann zu treiben. »Keiko hat schwerelose Biosphären immer gemocht«, sagte er, während Kira ihm folgte.

Kira und O'Brien verankerten sich in dem schwerelosen Schacht so gut, wie es ihnen möglich war, und drehten den verzogenen Griff der Luke. Die Tür in der siebenten Etage hatte sich viel leichter öffnen lassen als das Tor zur fünfzehnten. Natürlich hatte bei der ersten Luke die Schwerkraft geholfen.

Schließlich hatten sie das Schott so weit geöffnet, daß sie sich durch die Öffnung zwängen konnten.

Das vor ihnen liegende Rohr war identisch mit dem, durch das sie acht Etagen darüber gekrochen waren.

Als sie die Luke erreichten, die auf den äußeren Kerngang führte, erlaubte Kira O'Brien nicht, das Gitter zu öffnen, sondern lauschte zuerst einmal eine beträchtliche Weile in die Stille. Einerseits wollte sie damit beweisen, daß sie in dem engen Rohr keineswegs vor Angst den Verstand verloren hatte, andererseits wollte sie sich überzeugen, daß die Invasoren noch nicht so tief vorgedrungen waren.

Schließlich nickte sie. O'Brien schlug mit der Faust gegen das Gitter und öffnete es dann ganz. Sie sprangen hinaus und schüttelten die Knoten aus ihren Gelenken.

»Wo ist die nächste Abzweigung? Können wir dort einen Turbolift nehmen?«

O'Brien deutete nach rechts. Sie gingen zweihundert Meter durch den stillen, weißen Korridor und stießen auf einen Verbindungsgang. Darin befand sich ein Turboschacht, der den Kernbereich mit dem Habitatring verband. In ihm wartete geduldig ein Turbolift.

»Also los«, sagte Kira. »Sobald wir den Ring erreichen, trennen wir uns. Sie treiben den Rest der Sicherheitswächter und die Mitglieder der Miliz auf und geben ihnen die Granaten. Ich werde so viele Personen wie möglich zu einem Flitzer bringen und evakuieren.«

»Was ist das für eine Miliz, von der Sie ständig sprechen?«

Sie drückte seinen Arm. »Ich weiß es noch nicht. Aber wir werden sehen, was Colonel Bata auf die Beine gestellt hat.

Und falls wir uns nicht mehr sehen sollten … vielen Dank, äh … Miles. Sie wissen hoffentlich, daß Keiko an einem besseren Ort ist und Sie noch immer liebt.« *Und wir werden uns an diesem besseren Ort zu ihr gesellen,* fügte sie im Geiste hinzu.

O'Brien runzelte die Stirn und nickte kurz. Sie betraten den Turbolift und rasten kurz darauf dem Habitatring entgegen – mit maximaler Beschleunigung.

7

Chief O'Brien konnte es kaum fassen, wie sich das Verhalten des Sicherheitsteams verändert hatte. Als sie erfuhren, daß zwei Züge von Sicherheitswächtern nacheinander von den unbekannten Invasoren ausgelöscht worden waren, wandelte es sich in wenig mehr als einer Stunde von verärgerter Betriebsamkeit über rechtschaffenen Zorn bis hin zu quälender Verzweiflung.

Als O'Brien in der Werkstatt vier eintraf, um seine Phaser-Granaten zu verteilen, untersuchte das Team gerade die wiederholt gestellte Frage der Invasoren – »Wo ist der andere, der so ist wie wir« – nach Hinweisen darauf, wer sie waren, was sie wollten und wie man sie zum Abzug bewegen konnte. Es wurde nicht mehr darüber gesprochen, sie militärisch zurückzudrängen.

»›Wo‹ könnte sich auf die Gegenwart beziehen«, spekulierte Maat Fleinn. »Aber es könnte auch philosophisch gemeint sein: Wo kommt er her, ist er schon hier?«

Ein nervöser Fähnrich, der theoretisch das Kommando hatte, da er hochrangiger als die Unteroffiziere, aber gerade mal einundzwanzig Jahre alt war und nicht die geringste Erfahrung hatte, warf seine eigene Überlegung ein. »Vielleicht ist der Schlüsselbegriff ›der andere‹. Sie glauben, daß wir einem gefährlichem Flüchtling Unterschlupf bieten, der wie sie, aber dennoch ›anders‹ ist.«

Die Werkstatt selbst war riesig. In ihr wurden gewaltige Geräte repariert, die beim Bergbau auf Asteroiden zum Einsatz kamen. Die Decke war hoch, und die nackten Metallwände ließen den Raum wie ein Gefängnis aussehen.

»Sir«, sagte O'Brien, »ich möchte nicht respektlos sein, aber spielt das wirklich eine Rolle? Hat irgendeiner der Anwesenden schon mal eine Lebensform gesehen, die ihnen entspricht?« Einige der Unteroffiziere und Mannschaften husteten leise und scharrten mit den Füßen, doch keiner sagte etwas. »Dann ist das, wonach sie suchen, nicht auf Deep Space Nine«, schloß O'Brien.

»Aber das kann man ihnen eben nicht begreiflich machen«, sagte Maat Mari ni Connal, deren Familie aus derselben irischen Grafschaft stammte, die O'Briens Familie vor einhundert Jahren verlassen hatte. Für ihn war sie fast so etwas wie eine Verwandte.

»Ich weiß. Wenn man es versucht, bringen sie einen einfach um.«

»Aber ich bin der Ansicht, das ist unsere einzige Hoffnung«, beharrte sie. »Wenn wir sie überzeugen können, daß wir die Wahrheit sagen, daß der, den sie suchen, nicht hier ist, haben sie keinen Grund mehr, hierzubleiben und noch mehr Leute umzubringen.«

O'Brien schüttelte den Kopf. »Wenn Ihnen etwas einfällt, lassen Sie es mich wissen. Im Augenblick scheint ihnen nur eine Granate mitten ins Gesicht etwas auszumachen, und selbst das hat noch keinen von ihnen getötet.«

»Dann hätte ich eine andere Idee«, sagte Mari. »Ein Landkriecher ist oben doch stärker gepanzert als unten. Vielleicht wäre eine Bombe in den Rücken etwas wirksamer als eine ins Gesicht?«

Chief O'Brien richtete einen Finger auf die Frau. »*Das* ist der beste Vorschlag, den ich bislang gehört habe.« Die anderen Mitglieder der Sicherheitsabteilung murmelten ihre Zustimmung.

Der Fähnrich räusperte sich, und die beträchtlich älteren Unteroffiziere respektierten seinen Rang und verstummten. »Vielleicht brauchen wir«, schlug er zögernd vor, »einen Angriff von zwei Seiten. Zuerst lenken wir sie auf der einen Seite ab, und dann schlagen wir auf der anderen Seite zu.«

»Und was passiert dann mit den Leuten, die sie ablenken?« fragte O'Brien.

Mari zuckte mit den Achseln. »Wahrscheinlich werden sie zerfetzt wie Melonen, Kumpel.«

»Ich war nur neugierig«, sagte O'Brien. »Na schön, ich muß weiter. Geben Sie mir alle Phaser, die Sie haben. Ich muß dieser Miliz, von der Major Kira ständig spricht, Granaten bringen. Aber vorher muß mir jemand sagen, was das für Leute sind und wo ich sie finden kann.«

»Oh«, sagte der Fähnrich – Jura? Dura? Sein Gesicht hellte sich auf. »Hier ist eine Liste, Chief.« Er zog einen Datenclip aus einer Tasche und gab ihn O'Brien. Der schob ihn in seinen Tricorder, kopierte die Liste und gab den Clip zurück.

»Danke sehr, Sir. Leben Sie wohl, Mari. Kümmern Sie sich um die Crew.«

»Passen Sie auf sich auf, Miles. Ich bete ein Ave Maria für Keiko ... nicht, daß sie es nötig hätte.«

»Ich mache mir um Molly Sorgen«, flüsterte er.

Sie gab ihm einen Klaps auf die Schulter und zitierte eine Strophe aus einem sehr bekannten Lied. Zum Glück ersparte sie ihnen das Leid, ihre ›Singstimme‹ anhören zu müssen.

Ein letzter Kuß, dann der Abschied.
Auf ewig ein trauriges Lied.
Tief im Herzen weine ich um dich.
Seufzend bete ich für dich.

»Bobby Burns war Schotte, nicht Ire. In letzter Zeit halten mich alle für einen Schotten.«

Sie zuckte mit den Achseln. »Zumindest war er ein *Sacsanach*, aye?«

Ein *Sacsanach* war ein Sachse, ein Engländer. Maris Familie hielt noch viele alte irische Traditionen in Ehren, die alle anderen schon vor zweihundert Jahren vergessen hatten.

»Aye.« O'Brien wandte sich ab. Er wünschte, er hätte Mari mit einem Lächeln bedeuten können, ihm werde schon nichts passieren. Aber sie erinnerte ihn zu sehr an seine Frau. So unglaublich es klang, wenn man ihre gemeinsame Heimat bedachte – Keiko hatte sie miteinander bekanntgemacht. Mari war auf der *Enterprise* Keikos Aerobic-Lehrerin gewesen.

Fleinn überreichte ihm einen Rucksack, in dem sich fast dreißig Phaser befanden. O'Brien warf ihn sich über den Rücken und wollte gerade zu der Person auf der Liste aufbrechen, deren Quartier sich am nächsten befand, als sich sein Kommunikator meldete.

»O'Brien«, sagte er und schlug aus Gewohnheit auf das Abzeichen, obwohl der Kanal wahrscheinlich schon geöffnet war.

»Sie haben die Verbindungsleitungen gefunden«, erklang Major Kiras angespannte Stimme irgendwo aus dem Habitatring. »Die Schwarzen Männer nähern sich uns im Marschschritt durch die Tunnels eins und zwei.«

»Keine Überraschung«, murmelte er. »Verstanden, Sir. Haben Sie es schon der OPS mitgeteilt?«

»Dax hat es *mir* mitgeteilt. Ein Mannschaftsmitglied hatte sie gesichtet. Zum Glück konnte es entkommen. Die Invasoren haben irgend etwas verändert, und jetzt können wir sie mit den Tricordern nicht mehr orten.«

»Was?« O'Brien aktivierte augenblicklich sein eigenes Gerät, doch der Scan ergab nur statisches Rauschen.

»Großer Gott, taub *und* blind«, murmelte er.

Er atmete tief durch, glitt auf den Korridor hinaus,

kletterte eine Leiter zur sechzehnten Etage hinab und lief auf das Quartier von Bata Huri zu, des bajoranischen Colonel im Ruhestand, die nun angeblich eine DS-Nine-Miliz kommandierte … falls es sich dabei nicht nur um ein Produkt von Major Kiras idealistischer Phantasie handelte.

Odo betrachtete kopfschüttelnd die Tricorder-Daten. »Sinnlos. Die Spur ist zwei Tage alt, und es waren zu viele andere Leute vor und nach Jake hier.«

Sie befanden sich noch immer in dem Versorgungsrohr, das an dieser Stelle jedoch so groß war, daß Quark fast stehen konnte. Die Spur endete an einem langen Gang, der sich um den ›vertikalen Horizont‹ der Stationskrümmung nach rechts und links erstreckte.

Der Constable sah nach links und machte eine Notleiter aus, auf der man zu den höheren und tieferen Etagen gelangte. Rechts führte der Tunnel zwei zum Habitatring. »Nun, Quark? Gehen wir nach oben, unten oder nach außen?«

Der Ferengi lehnte sich gegen die Wand und überlegte. Wahrscheinlich war Jake im Zentralbereich geblieben, in der Nähe seines Vaters, vor allem, wenn er Molly bei sich hatte. Doch wenn Nog bei ihnen war, würde der gesunde Ferengiverstand den Jungen veranlaßt haben, sich so weit wie möglich von den Kampfhandlungen zu entfernen. Und Nog konnte sehr überzeugend sein, wie Quark gelegentlich schon selbst erfahren hatte.

Also nach außen zum Habitatring.

Natürlich mußte man recht geschickt vorgehen, wenn man einen anderen von seiner Meinung überzeugen wollte, vor allem, wenn es sich dabei um einen Polizisten handelte. Die neigten ja bekanntlich dazu, von den Ansichten eines Ferengi sehr wenig zu halten.

»Nach oben«, sagte Quark also. »Er wird versucht haben, irgendwie zur OPS zu kommen. Oder nach unten, zum tieferen Zentralbereich. Aber auf keinen Fall zum Habitatring.«

»Also wirklich«, sagte Odo naserümpfend. »Da ich aus langer, persönlicher Erfahrung weiß, daß Sie sich unweigerlich irren, wenn Sie versuchen, besonders klug zu sein, habe ich mich bereits entschlossen, es mit dem Tunnel zu versuchen.«

»Wie Sie wollen«, erwiderte Quark so gallig wie möglich. »Eine derartige Zurückweisung habe ich von Ihnen natürlich erwartet.«

Sie folgten dem Versorgungsrohr, das schließlich zu einem Gang auf der fünfzehnten Etage hinabführte. Quark und Odo stießen auch auf dieser Ebene noch auf die eine oder andere Leiche, so daß sie davon ausgehen mußten, daß die Invasoren in den Habitatring vorgestoßen waren.

Die einzige Frage von Bedeutung war, ob es Sisko gelungen war, die Zivilisten vorher zu evakuieren.

Der Turbolift rührte sich nicht, also trotteten sie den Tunnel zu Fuß entlang.

Der Tunnel war lang und dunkel und führte stets geradeaus. Er ächzte laut auf, als das Gewicht des gesamten Habitatrings sich verschob. Fensterschlitze boten einen Blick auf die Sterne und, wenn die Station genau ausgerichtet war, auf das Wurmloch. Die Sterne krochen an den Fenstern vorbei, während DS Nine langsam rotierte, damit alle Bewohner den großartigen Anblick abwechselnd bewundern konnten.

Hinter einem Sicherungskasten mit der Aufschrift KNOTENPUNKT 97 war die Beleuchtung ausgefallen. Den Kasten selbst zierten sechs Einschläge aus einer Projektilwaffe der Invasoren.

»Sie scheinen es gern dunkel zu haben«, sagte Odo. Dann trotteten die beiden weiter, und ihre

Schritte hallten in der Finsternis wie in einer uralten Gruft.

Am Ende des Tunnels lag eine Luftschleuse, sie war halb aus den Angeln gerissen. Das Schott war mit einem starken Sprengstoff aufgebrochen worden... von ihrer Seite aus.

»Jemand hat gewußt, daß sie kamen«, folgerte Odo, »und die Luftschleuse geschlossen. Wahrscheinlich wollten sie sie in dem Tunnel gefangensetzen und dann die Luft herauslassen. Die Invasoren haben eine hochexplosive, konzentrierte Sprengladung eingesetzt – fast keine sekundären Schäden – und die Tür gewaltsam geöffnet.«

»Sie waren auf alles vorbereitet«, sagte Quark.

Odo nickte. In dem schwachen Sternenlicht, das durch ein Bullauge fiel, war er kaum sichtbar. »Das waren keine Diplomaten oder Händler. Das war eine Kampfeinheit.«

Odo zwängte sich zuerst durch die Tür und lauschte aufmerksam nach verräterischen Geräuschen, die auf einen Hinterhalt hinweisen konnten. Die Tunnelöffnung wäre perfekt dafür geeignet: jemand, der an der Innenwand des Korridors im Habitatring stand, hätte bequem einen Eindringling nach dem anderen angreifen können.

»Wenn die Zivilisten Gegenwehr geleistet haben, dann vermutlich hier«, sagte der Constable.

Und tatsächlich sah es in dem Korridor aus, als hätte dort ein gewaltiges Erdbeben gewütet. Die gesamte Außenwand war von einer gewaltigen Explosion zerfetzt worden, und alle Oberflächen waren mit Einschußlöchern und Phaserspuren übersät.

Selbst jetzt, zwei Tage später, konnte Quark noch einen starken, metallisch-scharfen Geruch wahrnehmen, der – wie er fröstelnd erkannte – wahrscheinlich von dem chemischen Treibmittel der feindlichen Feuerwaffen stammte. Aufgrund des Ausfalls der Lufterneuerungsanlage würde der Gestank wahrscheinlich noch tagelang bestehen bleiben und von der Zerstörung von DS Nine künden.

Da der Boden an zahlreichen Stellen aufgerissen war, kamen sie nur mühsam voran. Hin und wieder klafften tückische Löcher zwischen den verbogenen Metallbändern des Fußbodenmaterials, durch die ein unaufmerksamer Ferengi zwei oder drei Etagen tief stürzen konnte.

Quark sprang auf eine Plattform, bei der es sich um den Teil einer eingestürzten Wand zu handeln schien, und kam mit einem bedrohlichen Echo auf ihr zu stehen. Dann ging er auf seinen kurzen Beinen im Halbdunkel voran. Sein Weg wurde allein von dem Licht der Taschenlampe erhellt, und er hoffte bei jedem Schritt, daß die Trümmer, auf die er trat, stabil waren.

Sie fanden weitere Leichen.

Odo hatte recht gehabt. Die Verteidiger hatten die Luftschleuse am Ende des Tunnels zwei gewählt, um den Eindringlingen Widerstand zu leisten.

Wenigstens hundert Tote lagen dort, wo die Bewohner ihre Heime gegen die Eindringlinge verteidigt haben mußten. Die Positionen der Leichen wiesen darauf hin, daß sie aufgrund einer gewaltigen Explosion umhergeschleudert worden waren. Auch die Trümmer eines Konferenztisches – anscheinend eine hastig errichtete Barrikade – lagen überall zerstreut und hatten sich teilweise sogar in die Wand gebohrt.

Quark bemerkte einige Schutthaufen und darüber Löcher in der Decke. Anscheinend hatte jemand aus irgendeinem Grund konzentriertes Phaserfeuer auf sie abgegeben.

Die Körper der Verteidiger lagen noch dort, wo diese den Tod gefunden hatten, und zwar nicht den sofortigen, unblutigen Tod durch einen Phaser, sondern in dem schrecklichen Gemetzel eines gnadenlosen Krieges mit den entsprechenden Folgen: abgetrennte Gliedmaßen, zerschmetterte Schädel, aufgerissene Körperhöhlen, deren Inneres herausgequollen war.

»Ratten«, sagte Quark plötzlich. Die Tiere huschten zwischen den Leichen herum und fraßen an ihnen. »Ich wußte gar nicht, daß wir welche an Bord haben.« Es waren die langen bajoranischen Krutus-Ratten, die wie pelzige, achtbeinige Schlangen aussahen.

Odo sagte nichts, verzichtete sogar darauf, die *Krutus* mit Ferengi zu vergleichen. Er schüttelte lediglich traurig den Kopf und zog Quark durch den pechschwarzen Korridor weiter. Mit der konfiszierten Taschenlampe leuchtete er auf den Boden, damit sie nicht in einen Abgrund stürzten. Sie fanden ausschließlich Leichen von Bewohnern der Station, ständigen oder zeitweiligen, aber keinen einzigen toten Invasor.

Quark hielt den Atem an, um nicht mehr den scharfen Metallgeruch wahrnehmen zu müssen, in den sich nun der nach verfaulendem Fleisch mischte, und bemerkte einen Werkzeugkasten, der von einem Phaserfehlschuß aufgerissen worden war.

Er zog eine Schublade heraus, doch sie zerbrach, und ihr Inhalt ergoß sich auf den Boden. Einige der Werkzeuge rollten in die dort allgegenwärtigen Risse und Löcher.

Zum Glück war unter den Gegenständen, die auf dem Boden liegenblieben, eine leistungsstarke Taschenlampe. Quark bückte sich und hob sie auf. Da Odo die seine beschlagnahmt hatte, fühlte er sich dazu völlig berechtigt.

Dann kletterten sie vorsichtig weiter über Schutt und umgestürzte Metalltrümmer, nutzlose Barrieren gegen die Invasoren. Odo deutete auf eine tote Bajoranerin – besser gesagt auf ihren Kopf und Torso, denn die Beine waren nicht mehr vorhanden. »Colonel Bata

Huri«, sagte er, »zweifellos die Kommandantin dieser zusammengewürfelten Miliz.«

Die ›Miliz‹ hatte sich vermutlich aus den toten Bajoranern und Menschen rekrutiert, deren Leichen in Bata Huris Nähe lagen. Die meisten von ihnen wiesen Verletzungen auf, die wohl von einer Bombenexplosion herrührten.

»Die haben ja verdammt viel bewirkt«, sagte Quark. Er erkannte seinen Fauxpas sofort und wich von dem Constable zurück, doch Odo zeigte nicht die geringste Emotion. Vielleicht hatte er alle Gefühle ausgeschaltet, um nicht von Verzweiflung überwältigt zu werden.

»Wenigstens sind sie als freie Männer und Frauen gestorben«, sagte Odo.

Vor ihnen war ein Teil der Decke eingestürzt und machte ein weiteres Vordringen unmöglich. Das Trümmerstück war mindestens zwei Etagen hoch.

Quark betrachtete es eine Weile und schaute dann über seine Schulter zurück. »Und was nun, o mächtiger Führer? Umkehren können wir nicht. Wir würden einfach durch ein Loch fallen und in Streifen geschnitten werden. Aber hier kommen wir auch nicht durch… es sei denn, Sie haben zufällig einen Schneidbrenner dabei.«

»Wir gehen weiter.«

»Wie?«

»Wir klettern hoch.«

Quark starrte den Constable ungläubig an. »Sie erwarten doch nicht, daß ich dort hinaufklettere?«

Odo musterte den Ferengi und runzelte die Stirn. »Nein, Quark. Wenn es Ihnen lieber ist, können Sie hierbleiben. Vielleicht können Sie Bata ja zu einer Partie Dabo überreden, um sich die Wartezeit zu verkürzen.«

»Sie sind ein Witzbold, ein richtiger Lachschlager, Odo. Na schön, wer geht zuerst?«

»Ich«, sagte Odo. »Aber bleiben Sie dicht hinter mir, ja? Ich will nicht wegen Ihnen umkehren müssen.«

Der Constable ließ sich auf Hände und Knie hinab. Seine Haut kräuselte sich und zerfloß. Die Beine flossen in den Leib zurück, wurden dünner und nahmen eine neue, seltsame Form an.

Quark keuchte erschrocken auf und wich so schnell zurück, daß er über die Leiche eines Mitglieds der Bürgerwehr stolperte. Er rappelte sich wieder auf und bürstete sich schnell ab. Ganz egal, wie viele Jahre er den Constable schon kannte, Quark würde sich nie an seine bizarren Metamorphosen gewöhnen.

Odo ließ sich weitere Gliedmaße wachsen. Auch seine Arme verwandelten sich in Beine, und der Kopf glitt in den Körper zurück. Schließlich war er zu einem riesigen, grotesken, spinnenähnlichen Geschöpf mit zehn schlanken Beinen geworden, die alle in dreifingrigen Händen endeten.

»Eine Nektar-Spinne von Betazed«, erklärte er.

»Ja, ich weiß«, fauchte Quark. »Aber sind die normalerweise nicht etwa drei Zentimeter lang?«

Odo schnaubte und kletterte die Schräge hinauf. Quark folgte ihm vorsichtig und ließ den Constable nicht aus den Augen. Trotz seines anmutigen neuen Äußeren hatte Odo natürlich noch dieselbe Masse wie zuvor, also beträchtlich mehr als ein Ferengi. Quark achtete genau darauf, welche Stellen im Gebälk festen Halt boten und welche schwankten oder zusammenbrachen.

Der Aufstieg war trügerisch, wie Quark schnell herausfand. Eine dünne, instabile Trümmerschicht verbarg vielleicht eine drei Meter tiefe Grube mit scharfen Metallteilen am Boden. Eine kurze Unaufmerksamkeit, und er würde sich ein Bein brechen. Sogar der Tod lag im Bereich des Möglichen.

Diese Schräge war schlimmer als ein umgestürzter Baum oder ein Felsabhang. Die Decke über dem Korridor war zusammengebrochen und hatte einen fast zwei Etagen hohen Trümmerberg aus Metall zurückgelassen, der ihren Weg blockierte.

Quark balancierte auf einem gefährlich schwankenden Stahlträger. Er zog sich hinauf, um dem vielbeinigen Odo zu folgen, und kroch über eine Schranktür, die unter seinem Gewicht beunruhigend nachgab. Er hielt den Blick auf den Constable gerichtet, der unter zehn Möglichkeiten immer den sichersten Halt fand.

Odo war zwar viel schwerer als ein Ferengi. Doch indem er sein Gewicht auf zehn statt zwei Beine verteilte, war der Druck pro Quadratzentimeter geringer als bei Quark.

Odo trat auf ein Rohr, das stabil zu sein schien. Quark prägte sich dessen Schritte genau ein, doch sein Gewicht veranlaßte das Rohr, zuerst zu schlingern und sich dann zu verbiegen.

Der kleine Ferengi schlug mit den Armen um sich, und sein Magen machte einen Satz. Bevor das Rohr den Abhang hinabrutschen konnte, setzte er zum Sprung an und landete alles andere als graziös auf einem Sofa, das von der Ebene über ihm durch die Decke gefallen war. Das Rohr rollte den Trümmerberg hinab und zog in seinem Kielwasser eine wahre Schrottlawine hinter sich her.

Endlich hatten sie den Gipfel des Schuttbergs erreicht und kletterten auf der anderen Seite vorsichtig wieder hinab. Quark mußte feststellen, daß der Abstieg seltsamerweise schwieriger war als der Aufstieg. Als er seinen Fuß auf einen Plastikbehälter setzte, brach dieser unter seinem Gewicht zusammen. Einen Augenblick lang drohte er auf das Deck zu stürzen, das vermutlich unter ihm lag. Dann gewann der Ferengi sein Gleichgewicht zurück und leuchtete mit der neuen, leistungsstarken Taschenlampe in die stygische Finsternis des Habitatrings hinab.

Der Boden selbst war nicht auszumachen. Entweder lag zuviel Schutt darauf, oder das Deck war ebenfalls zusammengebrochen. Auf jeden Fall wagte Quark es nicht, blindlings in die Dunkelheit zu springen.

Er bemühte sich, Odo zu folgen, und leuchtete mit der Taschenlampe hin und her, um genau nachzuvollziehen, wohin die zehn Beinhände griffen. Als sie schließlich den Fuß des Schutthangs erreichten, hämmerte Quarks Herz so heftig, daß seine Brust schmerzte.

Als er wieder einigermaßen zu Atem gekommen war, richtete er fordernd einen Finger auf Odo. »Und jetzt reden Sie gefälligst! Sie haben gesagt, Sie wissen, wer diese Invasoren sind... Wenn Sie es mir nicht sagen, verletzen Sie meine... meine Bürgerrechte als Bewohner der Station!« Quark keuchte. Er war für einen Ferengi-Geschäftsmann einigermaßen in Form, aber der Auf- und Abstieg war anstrengend und, was noch wesentlich schlimmer war, furchterregend gewesen.

»Sie sind kein Bürger, und Kriminelle haben keine Rechte«, sagte Odo besorgt. Er sah den Korridor entlang, als könne sein Blick allein durch Willenskraft die Dunkelheit durchdringen. Ja, dachte er, *bei den sieben Höhen, wer sind die Invasoren?* Er hatte einen bestimmten Verdacht, wußte aber nicht, nach welchen Hinweisen er suchen sollte, die diese Vermutung bestätigen oder zerstreuen konnten.

»Ich weiß es nicht genau, Quark. Ich habe Geschichten gehört...«

»Ja?« sagte Quark leicht gereizt. Odo ließ zum zweitenmal eine Andeutung fallen.

»Sie sind eigentlich gar nicht real; zumindest habe ich nie einen eindeutigen Beweis für ihre Existenz gesehen. Geschichten vom Bösen Mann, mit denen die Cardassianer ihre Kinder erschrecken, damit sie gehorsam sind.«

»Das haben Sie schon einmal gesagt«, warf Quark ein. »Mit fast genau denselben Worten. Warum sagen Sie mir nicht, was Sie darüber wissen?«

»Sie haben recht. Ich sollte es Ihnen sagen. Ihr wirklicher Name ist nicht bekannt. Die Cardassianer nennen Sie einfach...« Odo hielt inne, sein Blick fiel auf ein zerfetztes Metallstück. Es schien sich dabei einmal um ein Leitungsrohr gehandelt zu haben.

»Ja?« drängte der Ferengi.

Odo kniete nieder. In dem Rohr lag eine Leiche. Über die Unterbrechung erzürnt, zerrte Quark an Odos Schulter. »Kommen Sie schon, das ist doch nur eine weitere Leiche. Der ganze Gang liegt voll mit ihnen. Was wollten Sie mir gerade über die Angreifer – oder worum auch immer es sich handelt – sagen? Wie nennen die Cardassianer sie?«

Der Constable setzte einen grimmigen Blick auf, griff in das Rohr und bekam den Gürtel der Leiche zu fassen. Er hätte schwören können, daß er die untere Hälfte dieser Leiche erkannte. »Seien Sie still, Quark.« Odo zerrte den Toten aus seinem metallenen Sarg.

Quark richtete die Taschenlampe auf die Leiche und ließ den Lichtstrahl an ihr hinaufgleiten. Untersetzt, aber muskulös, gelbes Hemd, lockiges braunes Haar. Das Gesicht im Tode zu einer verzweifelten Maske des Zorns und der Frustration erstarrt.

Der linke Teil des Körpers, einschließlich des Arms und der Schulter und der linken Gesichtshälfte, war weggerissen worden, und die verbliebene Haut auf dieser Seite war schwer verbrannt. An den Fingern und Knöcheln der rechten Hand war die Haut abgeschabt. Anscheinend war der Mann nicht sofort gestorben, sondern hatte die letzten Minuten seines Lebens mit dem verzweifelten Versuch zugebracht, aus dem Rohr herauszukriechen.

Aus dem leblosen, eingetrockneten und eingefallenen rechten Auge starrte Chief Miles O'Brien sie an.

Chief Miles O'Briens Chronometer zeigte 18.54. *Fast sieben Stunden, seit die Mistkerle uns überfallen haben.*

Er legte die Hand auf die Sensortafel neben der Tür von Bata Huris Quartier. Nach ein paar Sekunden – anscheinend überprüfte der Colonel, wer draußen stand – glitt die Tür auf.

O'Brien blinzelte überrascht. Auf den ersten Blick sah das Mädchen, das auf der Schwelle stand, wie ein bajoranischer Teenager von vierzehn oder fünfzehn Jahren aus. »Ist deine Mutter zu Hause?« fragte er.

»Nein.«

»Oh. Ist Bata Huri zu Hause?«

»Ja.«

O'Brien wartete. Das Mädchen bewegte sich nicht. »Dürfte ich mit Bata Huri sprechen?« hakte er nach.

»Natürlich«, sagte das Mädchen, machte aber noch immer keine Anstalten, Colonel Bata zur Tür zu rufen.

»Nun, würden Sie sie bitte holen?«

»Das ist nicht nötig«, sagte die Bajoranerin ernst.

Chief O'Brien fielen seltsame Diskrepanzen auf. Die Bajoranerin verhielt sich würdevoll und reif. An ihren Augenwinkeln waren winzige Falten. Im Geiste erhöhte er ihr Alter um eine beträchtliche Spanne, und dann kam er dahinter. »*Sie* sind Bata Huri.«

»Ja, natürlich«, sagte der Colonel mit einem leichten Augenzwinkern. »Wer sonst sollte ich sein?«

»Wie alt sind Sie?« platzte der Chief heraus. Sofort zuckte er zusammen; Keiko hätte ihn dafür umgebracht, einer Frau, die er gerade erst kennengelernt hatte, eine so unhöfliche Frage zu stellen.

Bata Huri schien jedoch nichts dagegen zu haben. »Ich bin achtundsechzig bajoranische Jahre alt«, erwiderte sie, »zwei Jahre älter als Master General Janri Kash.«

»Es tut mir leid, Sir. Ich hatte erwartet…«

»Jemanden zu sehen, der wie Ihr Major Kira aussieht? Diese zornige junge Frau macht ständig den Eindruck, als hätte sie gerade eine Sauerfrucht gegessen. Auf jeden Fall, junger Mann, oder Chief, sollten Sie wissen, daß *ich* nicht ehrenhalber zum Offizier ernannt wurde. Ich war wirklich Colonel, bevor ich mich hierher zurückzog.«

O'Brien betrachtete sie erstaunt. Nun, da er ihr tatsächlich Aufmerksamkeit schenkte, konnte er eine jahrzehntelange Erfahrung aus ihrer Stimme heraushören und ein militärisches Verhalten erkennen. Abgesehen von ihrem Haar erinnerte sie ihn sehr an Captain Picard von der *Enterprise*.

Wie viel wußte sie? »Ist Ihnen bekannt ...«

»Commander Sisko hat sich vor ein paar Minuten bei mir gemeldet. Ein netter junger Mann; sehr sachlich. Hätten wir auf Bajor ein paar Männer wie ihn gehabt, hätte die Föderation uns vielleicht nicht vor den Cardassianern retten müssen. Ich habe meine Leute informiert. Wir treffen uns in drei Minuten am Tunnel zwei.«

»In drei Minuten! Dann sollten wir keine Zeit verschwen ...«

»Wir haben genug Zeit. Seien Sie nicht so ungeduldig.«

»Hier«, sagte er und gab ihr einen Beutel mit einem Dutzend Phasergranaten.

»Taugen die was?«

»Nicht unumschränkt. Aber es handelt sich um die einzigen Waffen, die ihnen tatsächlich etwas anhaben können.«

Bata Huri warf einen Blick auf die Innenseite ihres Handgelenks. »Wären Sie soweit, mein Lieber? Ich meine, Chief? Gehen wir also.« Sie ergriff ein Phasergewehr, das fast größer als sie war, und lief so schnell zur Tür hinaus, daß O'Brien für einen Augenblick noch die Stelle betrachtete, an der sie gerade gestanden hatte.

Er versuchte, ihr zu folgen, und rang schon bald

nach Atem. Sie bewegte sich wie ein Äffchen und glitt so schnell von einer Seite des Ganges auf die andere, daß er kaum Schritt halten konnte. Ihr Gewehr war stets schußbereit, doch sie hielt es nie in eine bestimmte Richtung.

Als sie die Barrikaden erreichten und zum Rest der Miliz von DS Nine stießen (»Das sind nur die ersten, mein Lieber, weitere sind schon unterwegs, hoffe ich.«), wurde ihm sofort klar, warum man Bata Huri das Kommando gegeben hatte.

Die Männer und Frauen, die sich hier zusammengefunden hatten, um die Station zu verteidigen, verehrten sie geradezu; ihre leiseste Anweisung wurde wie ein heiliger Befehl ausgeführt.

Dabei war sie keineswegs von einer religiösen oder abergläubischen Aura umgeben, wie es bei den zahlreichen Gurus der Fall gewesen war, die DS Nine besucht hatten. Der Gehorsam, den man ihr entgegenbrachte, beruhte lediglich auf ihrer Persönlichkeit. *Man konnte ihr nichts abschlagen.* Sogar O'Brien zeigte sich davon beeindruckt. *Wenn mein Kompanieführer wie sie gewesen wäre,* dachte er, *wäre ich vielleicht beim Militär geblieben, statt zur technischen Abteilung zu wechseln.* Der Gedanke war ernüchternd.

Unter Bata Huris Anordnungen verschloß die Miliz die Luftschleusen und errichtete Barrikaden, um das Vorrücken der Invasoren aufzuhalten. Deren kleinkalibrige Kugeln konnten das massive Metall der Luftschleusen nicht durchdringen.

Colonel Bata schritt die vorderste Linie ab und erklärte den Mitgliedern der Bürgerwehr ihren Plan. »Schießt auf die Decke über ihnen.«

»Wir sollen vorbeischießen?« fragte ein Bajoraner, dessen Gesicht vor Furcht oder Zorn (oder beidem) rot angelaufen war.

»Phaser erzielen bei ihnen keine Wirkung, Turiel – aber bei den Wänden und Zwischenböden allemal.«

O'Brien begriff plötzlich. »Sie wollen, daß wir sie unter einer Tonne Stahl und Chretit begraben!« Batas Lächeln war so mütterlich, daß es ihm einen Teil des Schmerzes über Keikos Tod nahm – wenn auch nur für kurze Zeit.

»Wir schießen ihnen den Boden vor den Füßen weg und lassen die Decke auf sie stürzen. Vielleicht hält das die Mistkerle endgültig auf.«

Die bajoranischen Freiwilligen machten sich daran, die ›Bata-Taktik‹ sofort in die Tat umzusetzen. O'Brien schoß mit seinem Handphaser unter die Decke über den langsam vorrückenden Invasoren, erzielte jedoch keine Wirkung. Dann folgten vier Mitglieder der Miliz mit ihren wesentlich leistungsstärkeren Phasergewehren seinem Beispiel.

Es gelang ihnen zwar, einige Löcher in die Decke zu schießen, doch es stürzten keine Trümmerteile hinab. »Nehmt nicht die höchste Einstellung«, rief O'Brien, »damit verdampft ihr das Metall nur! Nehmt Energiestufe vier! Ihr müßt die Decke so stark aufheizen, daß sie zusammenbricht, und sie nicht einfach verschwinden lassen!«

Die hellroten Strahlen nahmen eine trübere Färbung an. Die Invasoren rückten immer weiter vor, ohne das Geschehen über ihren Köpfen auch nur eines Blickes zu würdigen. Mit ihren Projektilwaffen zwangen sie die Mitglieder der Miliz, in Deckung zu bleiben.

Plötzlich vernahm O'Brien ein schreckliches Krachen in der Decke. Es war so laut, daß es sogar die Schüsse übertönte.

Und so laut, daß es schließlich auch die Invasoren hörten. Ihr Anführer blickte nach oben und sah, daß die Decke mittlerweile rotglühend war. Gelassen gab er ein Handzeichen, und seine Soldaten fielen in den Laufschritt.

O'Brien erkannte plötzlich das Unausweichliche. *Sie lassen den Gang hinter sich, bevor die Decke einstürzt!*

Auch Colonel Bata sah die drohende Gefahr. »Feuer frei!« rief sie mit gequälter Stimme, aber ohne das geringste Zögern. »Haltet sie auf!« Auf ihren Befehl sprangen zwei großgewachsene Bajoraner von der Barrikade, obwohl sie damit in den sicheren, blutigen Tod liefen. Von dem unerwarteten Angriff überrascht, blieben die Invasoren stehen; dann eröffneten sie das Feuer auf die Bajoraner.

Der kleinere der beiden Männer wurde zweimal getroffen, hielt sich jedoch taumelnd auf den Füßen. Der größere stand hinter ihm, hatte also eine gewisse Deckung. Beide prallten fast mit Höchstgeschwindigkeit gegen die Reihen der Invasoren.

Die ersten vier Eindringlinge gingen in einem Gewirr aus Gliedmaßen und gepanzerten Schutzanzügen zu Boden. Die anderen wollten gerade die Lücke in der Marschordnung schließen, als die Decke einstürzte. Gewaltige Chretitstücke und Stahlträger fielen riesigen Felsbrocken gleich hinab und begruben die Invasoren unter – wie O'Brien schätzte – mindestens sechs Tonnen Schutt. Einen Augenblick später hatten die Bajoraner, die den Fußboden unter Beschuß genommen hatten, ebenfalls Erfolg. Er brach unter der Trümmerlawine zusammen und ließ die Angreifer noch eine Etage tiefer stürzen.

»Feuer einstellen«, sagte Bata ruhig. Ihre Worte durchdrangen den Kampftumult, und die Freiwilligen zogen sich zurück und schätzten den Schaden ab.

Einen Augenblick lang war alles still.

Dann wurde ein großer Chretitbrocken angehoben. Ein zweiter wippte einmal, zweimal hin und her und krachte dann den Trümmerberg hinab. Im schwachen Licht, das am Ende des Tunnels aus dem zentralen Bereich einfiel, sah O'Brien, wie eine gepanzerte Faust den Schutt durchstieß.

Einer der Invasoren kämpfte sich aus seinem improvisierten Grab hinaus.

O'Brien warf eine Phaser-Granate. Sie landete vor den Füßen des Invasors, doch der gepanzerte Krieger trat sie, bevor sie explodieren konnte, in einen Riß im Boden. O'Brien warf eine zweite, deren Zündzeit er knapper eingestellt hatte.

Sie explodierte direkt vor dem Invasor. Doch als der Rauch sich verzog, richtete der Angreifer sich bereits wieder auf. Er war zwar auf den Rücken geworfen, anscheinend aber nicht verletzt worden. Schon befreite sich ein zweiter Angreifer aus der Schutthalde, dann ein dritter.

Der erste eröffnete mit seinem Gewehr das Feuer und traf zwei Mitglieder der Miliz, die ihn fassungslos anstarrten. Sie brachen zusammen und griffen an die Wunden in ihren Brustkörben.

Dann schien der gesamte Trümmerberg in Bewegung zu kommen; die gesamte Kompanie der Invasoren grub sich, anscheinend unverletzt, aus dem Schutt. Einer nach dem anderen sprangen sie über das Loch im Boden und setzten den Vorstoß fort, wobei sie ein mörderisches Sperrfeuer eröffneten.

Die Schüsse der Invasoren und die Geräusche der Einschläge dröhnten in O'Briens Kopf wie die sprichwörtlichen ›Hammer-auf-Amboß-Schläge‹ bei einem gewaltigen Kater.

»Greift sie an!« schrie ein erzürnter, von Panik ergriffener Mann, den Bata Turiel genannt hatte.

»Nein. Position halten«, sagte Colonel Bata, und ihre ruhige Stimme durchdrang irgendwie die Explosionen und die Schläge der Kugeln gegen die Metallwände von Tunnel zwei. Einige der Milizionäre, die sich und ihre Waffen schon auf einen Angriff vorbereitet hatten, sanken wieder in Deckung zurück.

»Sie sind benommen – wir können sie zurücktreiben!« schrie der Mann, der zum Angriff aufgerufen hatte.

»Vielleicht.«

»Sehen Sie doch! In dem Loch im Fußboden liegen drei tote Invasoren.«

Obwohl O'Brien hinter seiner Deckung kniete, erkannte er deutlich, daß es sich bei den Leichen um Menschen oder Bajoraner handelte. Sein Magen zog sich zusammen, und ihm wurde schlecht, als er begriff, daß es sich bei ihnen wahrscheinlich um Personen handelte, die sich auf der vierzehnten Etage des Habitatrings versteckt hatten, direkt über dem letzten Abschnitt der Verbindungstunnels ... und daß sie von ihm und der Miliz getötet worden waren, als sie die Decke über den Invasoren zum Einsturz gebracht hatten.

Ich habe sie ermordet! dachte er – und dann wurde ihm etwas viel Wichtigeres klar. Turiels Emotionen waren dermaßen außer Kontrolle geraten, daß er Halluzinationen hatte.

Aber Colonel Bata Huri konnte von ihrem Standpunkt aus *nicht* in das Loch sehen.

Sie richtete sich auf und versuchte, durch den Rauch etwas auszumachen, festzustellen, ob da unten tatsächlich tote Invasoren lagen.

»Nein! Gehen Sie in Deckung!« rief O'Brien – aber einen Augenblick zu spät.

Eine Kugel traf Bata in die Schulter. Sie gab keinen Laut von sich, zuckte nur, als das Hochgeschwindigkeitsgeschoß ihr Fleisch und den Knochen durchschlug. Colonel Bata wurde zurückgeschleudert und brach hinter ihren Leuten zusammen. Sie hielt sich die Schulter und versuchte, nicht zu schreien. Blut sickerte aus der Wunde.

O'Brien erschauderte, als er die Welle des Entsetzens und Zorns spürte, die über der Kompanie zusammenschlug. Innerhalb weniger Sekunden würden fast dreihundert Männer und Frauen wissen, daß Colonel Bata angeschossen worden war.

Der Chief schaute von einem grimmigen Gesicht

zum nächsten und sah in ihnen nur brennenden Rachedurst. Er umwölkte ihre Vernunft. Es fehlte ihnen an der nötigen Kampferfahrung, um den Zorn zu unterdrücken, den sie verspürten.

Bajoraner waren *sehr* gefühlsbetonte Wesen. Ihre ungezügelten Emotionen machten O'Brien angst; sie waren unbeherrscht, wirr … Er machte zuviel davon in sich selbst aus.

Turiel sprang auf. »Angriff!« rief er erneut, und diesmal konnte niemand ihn zurückhalten. Andere fielen in den Schlachtruf ein. »Angriff! Angriff!«

Batas Lieutenant, ein pensionierter Polizist namens Lakuta, versuchte hektisch schreiend, die Leute unter Kontrolle zu halten und auf die Bata-Taktik einzuschwören. Doch die unerfahrenen Kämpfer hörten nicht auf ihn, übernahmen selbst das Kommando, griffen nach der Luftschleuse und schoben sie auf, bis sie durch den Spalt auf den Korridor vorstoßen konnten.

Das war der Moment, auf den die Invasoren gewartet hatten. Als die Luftschleuse zu einem Drittel geöffnet war, blieben sie stehen, knieten nieder und feuerten eine Salve ab, während einer in den hinteren Reihen eine größere Waffe über ihre Köpfe hob.

Es war ein Raketenwerfer. Er blitzte auf; unmittelbar darauf erfolgte ein so gewaltiger Donnerschlag, daß O'Brien allein von der Druckwelle zurückgeschleudert wurde.

Er ging in die Knie und schlang die Arme um den Kopf.

Das Geschoß schlug in die Luftschleuse ein und explodierte. Im Verhältnis zu dieser Detonation kamen O'Brien die Phasergranaten wie kleine Feuerwerkskörper vor. Der Chief wurde weitere zwei Meter zurückgeworfen, während Holz-, Chretit- und Knochensplitter auf ihn niederprasselten.

Die wenigen Freiwilligen, die die Explosion überlebt

hatten, taumelten wie blinde Zombies umher, wußten nicht mehr, wo sie sich befanden oder was sie tun sollten.

Miles O'Briens Kopf dröhnte. Er schaute nach links; sein Blick fiel auf Colonel Batas Überreste. Ihre Beine waren verschwunden, und Granatsplitter hatten ihr den Unterleib aufgerissen. Erstaunt stellte O'Brien fest, daß sie noch nicht ganz tot war.

Einige Sekunden lang öffnete und schloß sich ihr Mund stumm, sie sah von der Tür zu O'Brien und wieder zurück zur Tür. Wie hypnotisiert beobachtete er, wie sie selbst im Tod noch Befehle zu geben versuchte. Dann kippte ihr Kopf zur Seite, und sie lag bewegungslos da.

O'Brien rappelte sich zitternd auf und wich torkelnd zurück, bis er gegen die Außenwand stieß. Seine tastende Hand fand einen Versorgungsschacht, dessen Schutzgitter durch die Explosion abgerissen worden war.

Er hielt sich am Rand fest, zog sich hoch und zwängte sich in dem Augenblick, in dem der erste Invasor durch die Flammen und den Rauch vordrang, in die winzige Öffnung. Die Luftschleuse war so schlimm beschädigt, daß sie sich nicht mehr schließen ließ.

Die Invasoren versammelten sich ruhig in dem Korridor des Habitatrings und schienen die Schäden abzuschätzen. Dann erschossen sie die Überlebenden, ohne sich die Mühe zu machen, sie zu befragen.

Der würde- und sinnlose Tod von Colonel Bata brachte im Chief das Faß zum Überlaufen. Den Gefühlsaufruhr, den er seit dem Tod seiner geliebten Frau betäubt und eingedämmt hatte, kochte über. Blutrote Wut durchflutete sein Gehirn.

»Ihr mörderischen Dreckskerle!« brüllte er. Es war ihm gleichgültig, ob sie ihn hörten oder nicht.

Zwei der ihm am nächsten befindlichen Invasoren

sahen auf und versuchten, die Quelle des Geräusches ausfindig zu machen.

O'Brien griff in seinen Rucksack, zog eine der letzten Phaser-Granaten hervor und drückte auf den Zünder.

Ein Hippopot …

Er hatte vergessen, die Voreinstellung ›0 Sekunden‹ zu ändern. Die Granate explodierte sofort.

8

»Es ist an der Zeit«, sagte Odo und rieb sich Staub und getrocknetes Blut von den Händen, »einige vorläufige Schlußfolgerungen zu ziehen.«

Quark betrachtete Chief O'Briens Leiche, die im Licht der Taschenlampe unnatürlich bleich wirkte. »Ich denke, wir müßten uns ein paar wichtigeren Dingen zuwenden«, sagte er pikiert.

»Begräbnisse? Quark, ich weiß von den ausgeklügelten Ritualen, die die Ferengi und die Menschen und so weiter abhalten, aber ...«

»*Bitte* ziehen Sie jetzt keine Vergleiche zwischen diesen beiden Spezies, Odo. Im übrigen würde es durchaus genügen, ein Laken über das Gesicht des Chiefs zu legen. Aber ich spreche von Nog und anderen möglichen Überlebenden. Wir müssen sie finden. Das ist unsere vordringlichste Aufgabe.«

»Unsere erste Pflicht, Quark, ist die *Gerechtigkeit.* Da wir in diesem Fall wissen, um wen es sich bei den Tätern handelt, liegt unsere vordringlichste Aufgabe, wie Sie es ausgedrückt haben, darin, herauszufinden, *was* sie sind und *warum* sie die Besatzung der Station angegriffen haben.«

»Ja, Sie verdammter Bulle – Gerechtigkeit, *nachdem* wir die Überlebenden gefunden und uns um sie gekümmert haben.«

»Welche Überlebenden? Quark, haben Sie vielleicht irgendwelche gesehen?«

Der Ferengi funkelte Odo böse an. »Wie kann es

keine Überlebenden gegeben haben? Es befinden sich keine Invasoren mehr auf der Station. Also können wir davon ausgehen, daß sie schließlich vertrieben worden sind. *Irgend jemand* wird ein Loch gefunden haben, in dem er sich verstecken und dem Tod entgehen konnte. Und falls dies jemandem gelungen ist, dann Nog! Und wahrscheinlich Jake«, fügte er hinzu.

Odo lächelte. »Eine naive Schlußfolgerung, die nur auf den ersten Blick stimmig ist. Nach reiflicher Überlegung erkennt man aber, daß sie falsch sein muß. *Es gibt keine Überlebenden,* oder wir hätten sie mittlerweile gefunden. Bei sehr vielen Leichen kann man die Todesursache nicht auf den ersten Blick erkennen. Die logische Schlußfolgerung besteht also darin, daß die Invasoren alle getötet haben und dann abgezogen sind.«

Odo wartete darauf, daß der Ferengi Einwände erhob, aber Quark schwieg. Der Constable war sich nicht sicher, ob er ihn überzeugt hatte oder er nur den richtigen Augenblick abwartete.

»Erstens«, fuhr Odo fort, »war der Tod der Bewohner dieser Station nicht ihr primäres, sondern nur ein sekundäres Ziel.«

»Mir kommt es aber ziemlich primär vor!« Quark sah sich demonstrativ um. Die überall herumliegenden Leichen schienen ihn gleichzeitig zu erzürnen und seinen Ekel zu erregen.

»Denken Sie doch nach, Quark. Wenn die Invasoren lediglich jeden an Bord töten, die Station aber *nicht* übernehmen wollten, hätten sie sich nicht die Mühe machen müssen, ein militärisches Einsatzkommando an Bord zu schicken. Sie hätten DS Nine in diesem Fall einfach mit den Waffen ihres Raumschiffs zerstören und dann durch das Wurmloch fliehen müssen.«

»Vielleicht wollten sie die Station übernehmen.«

»Und wo sind sie dann? Offensichtlich haben sie gesiegt. Kein einziger Kommando-Offizier hat überlebt, oder er wäre mit einem Flitzer aus dem Subraum-Feld geflogen, das die Kommunikation blokkiert, und hätte einen Notruf ausgeschickt. Und in der Nähe der Station befindet sich kein zerstörtes Raumschiff. Also ist es uns nicht gelungen, die Invasoren zu töten.

Es gibt nur eine logische Antwort. Sie sind hierhergekommen, weil sie irgend etwas gesucht haben – Informationen, eine Person oder einen Gegenstand, vielleicht auch Wertgegenstände. Daraufhin haben sie eine sehr gründliche Durchsuchung der Station vorgenommen, haben sich einen Raum nach dem anderen vorgeknöpft.«

»Aber haben sie es gefunden?«

Odo zuckte mit den Achseln. »Das wissen wir noch nicht. Meines Erachtens nicht, sonst wären sie wieder gegangen, bevor sie alle Besatzungsmitglieder getötet haben.«

»Sie *sind* gegangen, bevor sie alle getötet haben«, wandte Quark ein. »Wir leben noch.«

»Wir waren in einer Zeitblase«, erinnerte Odo ihn. »Auf jeden Fall ... warum sollten sie ...« – er hielt kurz inne und rief sich die genaue derzeitige Anzahl der Bewohner von DS Nine in Erinnerung – »... fünfhundertdreiundsiebzig von fünfhundertfünfundsiebzig Besatzungsmitgliedern und Zivilisten töten, wenn sie zuvor bereits gefunden hatten, was sie so dringend suchten?« Der Constable schüttelte stirnrunzelnd den Kopf. »Nein, Quark, wir müssen davon ausgehen, daß sie jeden getötet haben, der ihnen über den Weg gelaufen ist, und trotz einer gründlichen Durchsuchung der Station nicht gefunden haben, was sie suchten. Danach müssen sie zum Schluß gekommen sein, daß der Gegenstand oder die Person sich nicht auf der Station befindet, und wieder abgezogen sein. Demnach befand es sich also *tatsächlich* nicht hier, oder aber, es war sehr gut versteckt.«

Er kniff die Augen zusammen. Gleichzeitig riß

Quark die seinen weit auf. »Nein! *Das* können Sie mir nicht auch noch anhängen!«

»Wirklich nicht? Ist doch völlig logisch. Welches Versteck wäre besser als ein statisches Zeitfeld? Also zeigen Sie mal her, Quark.«

Quark verzog das Gesicht wie ein Kind, das mit Papis Phaser erwischt worden war. Zögernd griff er schließlich in eine Innentasche seiner Jacke und holte das Gerät aus dem Gamma-Quadranten hervor. Er mußte daran zerren, um den Griff der Saugnäpfe zu lösen.

»Ja, natürlich«, sagte Odo. »Ihr lonatischer Schurke hat dieses Gerät zweifellos im Gamma-Quadranten gestohlen, und seine rechtmäßigen Besitzer sind ihm nach DS Nine gefolgt, um es zurückzuholen.«

»Nein! Das ist doch lächerlich! So kann es nicht gewesen sein!«

»Ach? Und warum nicht?«

Quark dachte hektisch nach und fuhr aufgeregt mit den Händen durch die Luft. Odo wartete geduldig. Er wußte, daß er den kleinen Ferengi in der Zwickmühle hatte.

Plötzlich stöhnte Quark auf und entspannte sich. »Hätten sie sich nach einem unbekannten Gerät erkundigt«, sagte er grinsend, »hätten Sisko oder Kira oder sonstwer gefragt, wie es aussieht, und sobald sie gesagt hätten, daß es sich in einem cardassianischen Tresor befindet, hätte O'Brien sie zum Spielkasino geschickt.«

»Und was, wenn der lonatische Captain es in den Tresor gelegt hat?« Es war eine schwache Möglichkeit, und Quark wußte dies so gut wie Odo. Ein verschlossener cardassianischer Tresor war viel weniger wert als ein Schmuckstück aus dem Gamma-Quadranten; er hätte es einfach so verkauft. Quark hätte in zehn Minuten einen Käufer gefunden, der für ein Schmuckstück aus dem Gamma-Quadranten 500000 Barren in

Gold gepreßtes Latinum bezahlt hätte... besonders, wenn es offensichtlich noch irgendeine Funktion erfüllte.

»Sind Sie nicht auch der Ansicht, Dr. Bashir oder Chief O'Brien hätten etwas über ein unbekanntes Gerät gesagt, das sie gerade gescannt hatten?« fragte Quark. Odo grunzte nur.

»Natürlich«, murmelte der Ferengi nachdenklich, »trifft die gleiche Gewinn- und Verlustrechnung auf *jedes* unbekannte Gerät zu, auch wenn es gar nichts mit mir zu tun hat.«

»Und falls sie ein *bekanntes* Gerät gesucht haben«, fügte Odo hinzu, »hätten wir es einfach für sie replizieren können. Ich gestehe es nicht gern ein, Quark, aber ich glaube, Sie haben recht. Und Geld haben sie auch nicht gewollt, sonst hätten sie Ihr Latinum mitgenommen, zumindest aber irgendwelche anderen Wertgegenstände.

Damit bleibt nur noch eine Erklärung: Die Invasoren haben nach einer bestimmten *Person* gesucht.«

»Toll. Das schränkt die Suche auf etwa fünfhundertfünfundsiebzig Leute ein, Odo.«

»Wir haben zumindest noch ein anderes Beweisstück, das Sie übersehen haben, Constable Quark.«

»Ja ...?« fragte Quark argwöhnisch.

»Sie haben die gesamte Station durchsucht und alle bis auf zwei Personen an Bord getötet. Und sie haben denjenigen, den sie suchten, nicht gefunden. Entweder sind sie einer schrecklichen Falschinformation aufgesessen – obwohl sie sich ziemlich sicher gewesen zu sein schienen –, oder ... sie haben einen von uns beiden gesucht.«

Dax kniff die Augen zusammen und sah auf. Sie hatte Chief O'Brien auf dem Schirm beobachtet und seinen Ausruf gehört – »Ihr mörderischen Dreckskerle!« Danach nur noch Stille.

Sie drehte sich hastig auf ihrem Stuhl und befahl dem Computer, O'Brien ausfindig zu machen. Der Computer arbeitete einige Sekunden lang ratternd, dann endlich erschien die Antwort auf dem Bildschirm: CHIEF MILES O'BRIEN IST NICHT AUF DER STATION.

»Benjamin«, sagte sie, »ich glaube, wir haben ein Problem.«

Sisko sah von seinem Platz an der Schaltkonsole auf, an dem er ständig den Vormarsch der Invasoren beobachtete und feststellte, welche Schäden sie bislang auf DS Nine verursacht hatten.

»Ich ...« Dax hielt inne. Sie war sich nicht sicher, ob es nicht schon wieder falscher Alarm war. »O'Briens Signal ist erneut verschwunden.« Sie sah zum Commander auf. »Ich habe so ein Gefühl ... Ich glaube, er ist wirklich tot.«

Sisko dachte kurz nach. »Hat das Schiff der Invasoren in letzter Zeit etwas unternommen?«

»Seit neunzig Minuten nicht mehr«, erwiderte sie. »Sie haben kein einziges Torpedo mehr abgeschossen. Es ist praktisch tot, beinahe, als ...«

»... als hätte es uns ablenken wollen, während ihr Enterkommando versuchte, einen Brückenkopf zu errichten. Haben Sie mittlerweile eine Ahnung, was es mit dem ›anderen, der so ist wie wir‹ auf sich haben könnte, alter Knabe?«

Jadzia Dax schloß die Augen und rieb ihre Schläfen. Sie kam sich tot vor; zumindest todmüde, und auch ihr Denkvermögen schien tot zu sein. Als sie auf einer Metalloberfläche ihr Spiegelbild sah, stellte sie fest, daß ihre Hautpigmentierung so stark verblichen war, daß man sie kaum noch ausmachen konnte.

Heute fühle *ich mich sogar wie ein ›alter Mann‹*, dachte sie.

Sie öffnete die Augen. »Sie glauben, daß wir einen von ihnen gefangenhalten.« *Puh. Verblüffe den Jungen ruhig mit deiner Brillanz.*

Sisko sagte nichts. Er stützte sich mit den Ellbogen auf der Konsole ab und bewahrte diskret Schweigen, um ihr klarzumachen, daß er auf eine tiefergehende Analyse wartete.

»Aber sie wissen nicht, wen oder warum.«

»Sie äußern sich wirklich nur sehr undeutlich«, pflichtete der Commander ihr bei. »Woher haben sie also die Information? Hat ihnen jemand gesagt, daß wir einen von ihnen gefangenhalten?«

»Ist unwahrscheinlich. Wenn es sich nicht um eine äußerst zuverlässige Quelle handelt, kann ich mir nicht vorstellen, daß eine intelligente Kultur auf der Grundlage reinen Hörensagens einen gefährlichen Angriff unternimmt. Sie sind uns ja gar nicht so *weit* voraus. Sie hätten damit rechnen müssen, daß wir über Bomben verfügen, mit denen wir ganze Planeten vernichten können. Solche Bomben gibt es durchaus; wir haben nur keine an Bord.«

Sisko fuhr sich über das Kinn. Zum zehntausendsten Mal, stellte Dax über das ›Führungsimage‹ ihres jungen Protégés fest. Benjamin entsprach dem Bild eines großen Anführers mehr als jede andere Person, die sie kannte, ob nun Trill oder eine Monospezies. Nachdem er der Kindheit entwachsen war, wurden auch seine Gefühlsausbrüche immer seltener.

Ich wünschte, man könnte einen Trill auf Dauer in Menschen implantieren, dachte Dax zum zehntausendundersten Mal. *Benjamin gäbe einen wunderbaren Trill ab.*

Während der Commander überlegte, nahm Dax eine Ebene-Eins-Diagnose des Computers vor. Er verhielt sich seit einiger Zeit seltsam, arbeitete sehr langsam und gab manchmal unsinnige Antworten. Wie sie befürchtet hatte, forderten die Zerstörungen, die die Invasoren verursacht hatten, ihren Tribut. Zahlreiche Speicherbänke, Schaltkreise und Datensensoren der Station waren beschädigt oder vernichtet worden, und das Zentralgehirn des Computers überlud sich allmählich. Wichtige, vom Computer abhängige Systeme schalteten sich einfach aus – manche in aller Stille, manche mit einem Knall.

Wäre O'Brien doch hier, dachte sie und unterdrückte den Rest des Wunsches. Wenn es danach ginge, konnte sie die Invasoren genausogut in den Gamma-Quadranten zurückwünschen.

»Falls die Quelle tatsächlich so zuverlässig war«, sagte Sisko, »müßte sie doch auch gewußt haben, daß wir keinen von ihnen gefangenhalten. Es befinden sich keine Besucher aus dem Gamma-Quadranten an Bord, und die einzigen Personen, die wir gefangenhalten, sind Mitglieder der Föderation. Kleine Verbrecher und eine versuchte Vergewaltigung.

Ein anderes Thema«, fügte er hinzu. »Hat jemand Odo ausfindig gemacht, alter Knabe?«

Dax schüttelte den Kopf. »Genau wie bei O'Brien. Er befindet sich nicht auf DS Nine. Benjamin, ich sage es nicht gern, aber ich befürchte, O'Brien ist tot. Ich habe bereits ein medizinisches Team zum Tunnel zwei geschickt. Die Leute sollen nachsehen, was dort geschehen ist, und Bericht erstatten. Aber wäre O'Brien bei Bewußtsein, hätte er eine Möglichkeit gefunden, uns zu kontaktieren.

Und ich habe weitere schlechte Nachrichten, Benjamin. Die Computersysteme fallen nach und nach aus. Der Computer funktioniert nur noch unzuverlässig. Sollte es zu einem weiteren Bombenangriff kommen, müßten Sie ihn manuell abwehren.«

Sisko spürte ein vertrautes Zusammenziehen seines Magens. *Es ist wie damals… genau wie damals.* Diese Invasoren waren genau wie die Borg, rücksichtslose Mordmaschinen. Und sie hatten bereits einen beträchtlichen Teil seiner Station unter ihre Kontrolle gebracht.

Er legte die Hand auf Dax' Schulter. »Wenn Sie Zeit haben… könnten Sie bitte…« Es fiel ihm nicht leicht, seine Befürchtungen auszusprechen.

Aber es war auch nicht nötig. Dax verstand. Dax verstand ihn immer. Wenn er – *sie* – einen Augenblick Zeit hatte, würde sie herausfinden, wo Jake sich befand, ob Siskos Sohn noch ›auf der Station‹ war.

»Und Odo?« fragte er.

»Ehrlich gesagt bezweifle ich, daß Odo tot ist. Aber er ist eindeutig nicht einsatzfähig, oder er hätte ebenfalls eine Möglichkeit gefunden, sich bei uns zu melden. Quark wurde etwa zum gleichen Zeitpunkt als vermißt gemeldet, als wir Odos Abwesenheit bemerkten. Aber wir wissen nicht, ob sie zusammen sind oder es sich nur um einen Zufall handelt.«

Commander Siskos Verstand verarbeitete noch immer den ersten Teil des Gesprächs. Er war imstande, sich mit mehreren Problemen gleichzeitig zu befassen und laterale Zusammenhänge zwischen ihnen aufzuspüren. »Odo und wahrscheinlich auch Quark verschwinden. Fast genau einen Tag später wird die Station von Besuchern aus dem Gamma-Quadranten angegriffen, die behaupten, daß wir einen von ihnen als Geisel halten. Diese beiden Tatsachen stehen in einem Zusammenhang, Lieutenant. Finden Sie heraus, wer Odo und Quark als letzter gesehen hat. Ich will wissen, was, zum Teufel, sie getan haben.«

Er atmete tief ein und beruhigte sich. Die Haare auf Dax' Nacken richteten sich auf. Aufgrund ihrer langen Bekanntschaft mit dem Commander wußte sie, daß ihr nicht gefallen würde, was er nun sagen mußte.

»Sobald Sie das erledigt haben, möchte ich, daß Sie… daß Sie den Verteidigern der Station helfen, das Feld zu behaupten. Sie sind die einzige Person an Bord, die Phaser in Granaten umbauen kann.«

Ich habe gar nicht mitbekommen, daß du dich freiwillig gemeldet hast, dachte sie wütend. Augenblicklich riß sie sich wieder zusammen. Ihre Flecken hatten sich zinnoberrot verfärbt.

Natürlich hatte Sisko sich nicht zum Kampfeinsatz

gemeldet; er war der befehlshabende Offizier. Sein Platz war hier, auf der OPS. Das Pflichtgefühl und nicht die Feigheit hielt ihn im Nervenzentrum fest.

Curzon Dax hätte so etwas nicht einmal gedacht, verbesserte Jadzia Dax sich. Plötzlich kroch eine Gänsehaut ihr Rückgrat hinauf. Ein schreckliches Bild kam ihr in den Sinn: Sisko, dem langsam die Gliedmaßen abstarben, während die Station zerstört wurde, bis er dann endgültig starb.

Sie betrachtete den mitgenommen wirkenden Commander, der steif neben einer nutzlosen Kommandokonsole stand, und erschauderte. *Deine Stunden sind Sand, Ben Sisko. Sie sickern durch das Stundenglas, und wenn das letzte Sandkorn fällt, stirbst du.*

»Die Phasergranaten haben sich nicht als besonders wirksam erwiesen«, sagte sie leise. Ihre Eingeweide zogen sich zusammen. Es war schon lange her, daß Dax sich an einem Nahkampf beteiligt hatte.

»Etwas Besseres haben wir nicht, alter Knabe.« Er drückte liebevoll Dax' Schulter und kehrte dann an O'Briens Station zurück, um den Kampf zu verfolgen.

Dr. Julian Bashir, Sektionsleiter Medizin der Station Deep Space Nine, beugte sich über den Körper seiner neuesten Patientin und versuchte verzweifelt, der Frau zu helfen, ohne ihr Blut an seine Kleidung oder Hände zu bekommen. Nicht, weil er empfindlich oder heikel war – wenngleich es sich bei ihm normalerweise um den bestgekleideten Junggesellen auf DS Nine handelte –, sondern weil die Patienten so schnell auf die medizinische Station eingeliefert wurden, daß er keine Zeit hatte, sich umzuziehen oder auch nur die Hände zu waschen, bevor er sich um den nächsten Patienten kümmern mußte. Bashir wollte keinen Verletzten mit dem Blut eines seiner Vorgänger infizieren.

Die Krankenstation erinnerte an die schreckliche Parodie einer billigen Absteige auf Denar. Tote, Sterbende und lebensgefährlich Verletzte lagen auf jeder verfügbaren Oberfläche. Bashir und sein Assistent mußten sich mit schmalen Trampelpfaden begnügen. Blut bedeckte den normalerweise blitzblanken Boden und machte ihn schlüpfrig.

Da die Beleuchtung immer wieder ausfiel, hatte Bashir das Notlicht über dem Operationstisch eingeschaltet. In dessen höllischem, blauweißem Schein untersuchte er eine Bajoranerin, die er zum Glück nicht kannte.

Er sondierte die Verletzung vorsichtig mit dem Feldskalpell und ertastete ihre inneren Ausmaße durch das Kraftfeld, das er mit seinen geschickten Chirurgenfingern bediente.

Bajoranische Anatomie ... das Herz ist hier, *der primäre Lungenlappen, der sekundäre Lappen, die Leber ...* Die Verletzungen waren fast unvorstellbar. Er vermutete, daß die Projektile der Invasoren, nachdem sie in den Torso des Opfers eingedrungen waren, sich kreuz und quer durch die Leibeshöhle gruben.

»Mein Gott«, flüsterte er, »kein Wunder, daß wir Phaser benutzen.«

Mit der richtigen Behandlung hätte die Frau überleben können. Fast alle Verletzungen waren behebbar. Aber in diesem Augenblick hatte Dr. Bashir nicht die nötige Zeit.

Sinnlos, entschied er. »Tut mir leid, Broome. Zu schwere Verletzungen. Der nächste Patient.« Bashir hatte Magenschmerzen, weil er an diesem Tag schon so viele beiläufige Todesurteile hatte aussprechen müssen. Aber die höchste Berufung seiner Profession – »Vor allem niemandem Schaden zufügen!« – sprach dagegen, daß er schwierige Fälle behandelte, wenn er damit Dutzende anderer Patienten zum Tode verurteilte, indem er ihnen nicht mal die minimale Pflege zukommen ließ.

Er tippte auf seinen Kommunikator. »Hier Bashir«,

sagte er und blinzelte dann verwundert. Wer hatte ihn gerufen? Er konnte sich nicht mehr daran erinnern.

»Wann haben Sie Odo zum letzten Mal gesehen? Oder Quark?«

»Was?« Er untersuchte bereits den nächsten Patienten. Julian Bashir lächelte. Es handelte sich um einen Jungen, der nur eine leichte Brustverletzung davongetragen hatte. Diesmal konnte er etwas tun, konnte er wirklich Arzt sein.

»Julian, es ist wichtig.« Eine bekannte Stimme… *Jadzias* Stimme! Ja, dann war es wirklich wichtig.

»Quark? Ah, vor etwa einem Tag. Ja, gestern mittag. Er hatte irgendeine Truhe, die ich scannen sollte.«

»Was ist mit Odo?«

»Odo war bei ihm. Ich glaube, er hat darauf bestanden, die Truhe zu scannen. Er hat gesagt, sie stamme aus dem Gamma-Quadranten und sei vielleicht gefährlich.«

Es folgte eine Pause, und Bashir widmete sich wieder seinem Patienten. *Ein Mensch. Hier das Herz, da die Lungen.* Er reparierte den Schaden und überließ es seinem Assistenten oder einem Pfleger, einige Gefäße zu versiegeln. Normalerweise hätte er deshalb die Zulassung verloren, aber unter diesen Umständen rettete diese Maßnahme die Leben anderer.

Er hatte völlig vergessen, daß er sich gerade mit dem hübschen Lieutenant Dax unterhielt, bis sie sich wieder meldete.

»Diese Truhe?«

»Was?«

»Die Truhe stammte aus dem Gamma-Quadranten?«

»Etwas *in* der Truhe. Irgendein Gerät aus dem Gamma-Quadranten. Es verfügte kaum über Energie und kam mir ungefährlich vor.«

»Julian, könnten Sie mir vielleicht einen Gefallen tun?«

»Natürlich.«

»Lassen Sie den Kanal geöffnet. Denken Sie einfach über die Truhe und ihren Inhalt nach. Wenn Ihnen noch etwas über Quark oder Odo einfällt, sprechen Sie es einfach laut aus. Ich höre mit.«

»Es ist mir eine Ehre«, sagte er und drehte sich zu seinem Assistenten um, Chief Broome. »Der nächste Patient, bitte.«

Eine andere Stimme meldete sich über den offenen Kanal. »Und falls die Invasoren in die Krankenstation kommen, um Sie zu verhören«, sagte Commander Sisko, »versuchen Sie, sie zum Sprechen zu bringen. Sie sollen Ihnen erklären, wieso sie uns angreifen und was sie suchen. Aber bringen Sie sich nicht in Gefahr, Doktor.«

»Glauben Sie mir, das habe ich nicht vor.«

»Wir können nicht auf Sie verzichten. Es wird noch viele Verletzte geben.«

Chief John Broome, gerade noch rechtzeitig aus dem Ordover-System hierher versetzt, um die Zerstörung der Station beobachten zu können, schob die nächste Patientin auf einer Gravtrage heran. Dr. Bashir schluckte und betrachtete sie kurz. Es handelte sich um eine junge Latinum-Prospektorin namens Ashley Grayson. Bashir hatte sie erst vor zwei Tagen zu einem Abendessen im Replimat und einer Aufführung der DS9-Spacelings von *Der König in Gelb* eingeladen.

Einen Augenblick lang stand er wie erstarrt da. Sein Magen zog sich zu einem schmerzenden Ball zusammen. Sein Verstand beharrte darauf, die Verletzte auf der Gravtrage durch das Bild zu ersetzen, das er von dem Rendezvous in Erinnerung hatte.

Obwohl sie dem Tode näher stand als dem Leben, war ihr Gesicht königlich und vertrauensvoll. *Ich werde dich retten!* dachte er.

Sein Berufsethos behielt jedoch die Oberhand, und er sondierte sie. *Mensch ... Herz, Milz, Wirbel ...* Er schloß die Augen. »Tut mir leid, Ashley«, flüsterte er. »Zu schwere Verletzungen, Fähnrich. Der nächste… nächste Patient, bitte.«

Nach ein paar Minuten wurde ihm klar, daß Lieutenant Dax die Verbindung unterbrochen haben mußte. Er hatte es nicht mitbekommen, nicht gehört, daß sie sich verabschiedet hatte.

Er hatte sich auch noch nicht von Ashley verabschiedet. Julian blinzelte, und zum erstenmal seit Beginn der Krise spürte er eine Träne. Bis zu diesem Augenblick hatte er ganz einfach zuviel zu tun gehabt, um trauern zu können.

»Leben Sie wohl, Miß Grayson«, sagte er und deutete eine Verbeugung an. »Sie waren bis zum Schluß eine Lady.«

Er versorgte weitere Patienten. Als er das nächste Mal auf sein Chronometer sah – 13.01 –, war über eine Stunde vergangen. Er entschloß sich, ein paar Minuten Pause zu machen und sein medizinisches Logbuch auf den neuesten Stand zu bringen. Er mußte die Todesfälle und Verletzungen dokumentieren.

Die Tür zum medizinischen Labor glitt auf, und Bashir sah geistesabwesend vom Bildschirm hoch. Wie viele Patienten würden sie ihm diesmal bringen?

Zwei seltsame Gestalten standen an der Tür. Sie waren mit grau-schwarzen Schutzanzügen bekleidet, und ihre Gesichter wurden von spiegelnden ›Blasen‹-helmen verdunkelt.

Julian sah sie verwirrt an. »Kann ich Ihnen helfen?« fragte er.

Eine mechanische Stimme antwortete, zweifellos ein Universal-Translator unbekannter Bauweise: »Das ist das medizinische Labor.«

»Ja…«

»Sie sind der Medo-Offizier.«

»Ja.«

Die beiden Soldaten betraten das Labor. Als Julian

ihre Projektilgewehre sah, wußte er, um wen und *was* es sich handelte.

»Anscheinend«, sagte Dax zu Sisko, »handelt es sich bei der letzten Person, die mit Odo und Quark gesprochen hat, um Julian Bashir. Das war gestern mittag. Kurz bevor sie verschwanden, haben sie Julian eine Truhe gebracht und ihn gebeten, einen Bioscan vorzunehmen. Julian meinte, die Truhe habe ein unbekanntes Gerät aus dem Gamma-Quadranten enthalten.

Die letzte Person, die Odo und Quark gesehen hat, ohne mit ihnen zu sprechen, war Riga Anda, Fähnrich Kropotkians Frau. Gegen zwölf Uhr dreißig wollte sie in Quarks Bar – so unglaublich es klingt – in aller Ruhe ein Glas trinken, als Odo und Quark hereinkamen und sofort zu Quarks Büro hinaufgingen.«

»Kann Rom das bestätigen?« fragte Sisko. »Hat er gesehen, ob sie wieder gegangen sind?«

»Rom ist tot.«

Einen Augenblick lang schwiegen sie beide und lauschten dem Bericht der verbliebenen Miliz über den Verlauf des Kampfes. Es sah schlimm aus; sie waren völlig aus einem keilförmigen Teilbereich des Habitatrings gedrängt worden, der den Tunnel zwei umgab, und die Invasoren versuchten, die Notschleusen aufzusprengen.

Dann warf Dax einen nachdenklichen Blick auf die Phaserbatterien. »Benjamin, was würde geschehen, wenn wir einen Schuß auf den eigenen Habitatring abgeben? Vielleicht könnten wir ihn genau an der richtigen Stelle ankratzen.«

»Daran habe ich auch schon gedacht. Handelte es sich um eine Station der Föderation, hätte ich den Befehl sofort gegeben. Aber die Cardassianer haben die zentralisierte Masse stets der Modulbauweise vorgezogen. Es besteht die Möglichkeit, daß die gesamte Station auseinanderbricht.«

»Im äußersten Fall müßten wir es darauf ankommen lassen.«

»Im äußersten Fall werde ich es auch darauf ankommen lassen, alter Knabe. Aber noch nicht. Die nächste Frage: Warum sind sie noch nicht in die OPS gekommen? Wenn sie die Station erobern wollten, wäre das der richtige Ort.«

»Dann wollen sie die Station vielleicht gar nicht erobern. Vielleicht ist die Station ihnen völlig gleichgültig. Schätzen Sie sich glücklich, Benjamin. Sie wollen DS Nine nicht; sie haben nicht genug Zeit, um die Station zu übernehmen. Sie wollen nur ihren Gefährten.«

Dax warf einen sehnsüchtigen Blick auf die Phaserbatterie und setzte ihre Analyse fort. »Quark findet, kauft oder stiehlt eine versiegelte Truhe, die ein unbekanntes Gerät aus dem Gamma-Quadranten enthält. Odo ist so besorgt, daß er Julian einen Bioscan vornehmen läßt. Sollte O'Brien noch leben, müssen wir ihn fragen, ob auch er die Truhe untersucht hat.

Und dann kehren sie in Quarks Spielkasino zurück, gehen in sein Büro hinauf und verschwinden.

Einen Tag später tauchen die Invasoren auf. Sie sind auf der Suche nach jemandem, dem ›anderen wie sie‹. Sie beharren darauf, daß wir ihn festhalten. Sie durchsuchen jeden Raum und töten jeden, dem sie begegnen. Das kann kein Zufall sein, Benjamin.«

»Wohl kaum.«

Plötzlich beobachtete Dax, daß die in ihrem Freund aufgestaute Wut explodierte. Sisko verlor kurz die Beherrschung und schlug mit der Hand auf die Wissenschaftskonsole. »*Verdammt!* Was, in Gottes Namen, haben sie *getan?* Was, zum Teufel, haben sie gefunden?«

Dann verschränkte er verlegen die Arme und zog sich in sich zurück.

Dax dachte nach. »Meine Vermutung? Ich würde sagen, um was für ein Gerät auch immer es sich handelt, es enthält einen Subraum-Transponder, der ein leicht identifizierbares Signal aussendet. Die Person, nach der die Invasoren suchen, wird dieses Gerät wohl normalerweise immer bei sich getragen haben.«

Sisko sah zum Bildschirm hoch, und sein Gesicht hellte sich auf. »Ja … ja! Alter Knabe, das ist es! Dieses Gerät strahlt ein Subraum-Signal aus, das ›Hier bin ich!‹ besagt. Kein Wunder, daß sie uns nicht glauben, wenn wir behaupten, wir hätten ihn nicht. Dieses Signal belegt klar, *daß* wir ihn haben.«

Dax stand auf und sah sich langsam in der OPS um. Sie glaubte zu spüren, daß sie die grobschlächtige cardassianische Kommandokonsole, das zellenähnliche Büro des Kommandanten oder O'Briens Systemkern, wahrscheinlich der sauberste Ort auf der gesamten Station, zum letzenmal sah.

»Ich muß jetzt los, Commander«, sagte sie. Ihre Kehle schien zugeschnürt zu sein. »Lieutenant Tara hat gerade Bescheid gegeben. Der Miliz gehen die Granaten aus.«

Dax verstummte. In ihr wallten Gefühle empor, die sie nicht ausdrücken konnte. Wahrscheinlich sah sie in diesem Augenblick auch Ben Sisko zum letztenmal.

»Übrigens, Sir, auf meinem Stuhl liegt ein Beutel mit Granaten, nur für Sie. Und das Schiff der Invasoren ist noch da draußen, hat sich aber nicht mehr gerührt. Sind Sie sicher, daß Sie …«

Sisko lächelte grimmig. »Ja, und wenn es sein muß, auch ohne den Computer. Ich habe schon Schilde und Phaser bedient, bevor Sie geboren wurden. Jedenfalls eine Hälfte von Ihnen.«

»Ich überwache auch Dr. Bashir«, fügte sie hinzu. Sie verspürte den Drang, ihm alle wichtigen Informationen mitzuteilen, bevor sie ging und nie mehr zurückkommen würde. »Soll ich den Kanal auf den Lautsprecher Ihres Pultes legen?«

Sisko nickte geistesabwesend. »Stellen Sie den Ton leise. Ich überwache praktisch die gesamte Station.«

Dax erhob sich und ging um die Konsole. Sie unterdrückte den Drang, Sisko zum Abschied zu umarmen. *Du möchtest bestimmt, daß ich stark bin, während ich zum Galgen hinaufsteige.*

Die Trill ging zur Notleiter. »Kämpfen Sie gut, bis ich zurück bin«, sagte sie, ohne sich umzudrehen. Sie begann den langen Abstieg zur sechsten Etage und einer der Waffenkammern, konnte jedoch nicht widerstehen, kurz zurückzuschauen, bevor sie die Luke hinabstieg.

Der Commander hatte den Kopf gesenkt und vermied es, ihr nachzusehen.

Lieutenant Jadzia Dax preßte die Lippen zusammen. *Ich werde es dir nicht noch schwerer machen,* dachte sie entschlossen. Sie kletterte hinab, ohne sich zu verabschieden.

Major Kira Nerys kauerte in einem großen Abzugsschacht und wagte nicht, sich zu rühren, während eine Gruppe der Invasoren vorbeimarschierte. Tunnel zwei wurde vollständig von den Eindringlingen kontrolliert und bildete eine Kommunikationsleitung zwischen ihrem Zug auf der Promenade und dem im Habitatring.

Kira wartete ab und hoffte auf ihre Chance.

Sie befand sich schon seit fast einer Stunde in dem Abzugsschacht. In diesem Zeitraum waren elfmal Gruppen der Invasoren an ihrem Versteck vorbeigekommen. Ein jeder von ihnen hätte sie entdecken können, wenn er den Kopf gedreht und zu dem Gitter geschaut hätte. Sie war deutlich dahinter auszumachen. Aber niemand hatte in ihre Richtung gesehen. Warum sollten sie auch? Welcher Verteidiger wäre schon so verrückt, in den Kernbereich ihrer Macht einzudringen?

Schritte näherten sich, und sie erstarrte wieder. Sie

spitzte die Ohren und vernahm endlich, worauf sie die ganze Zeit über gewartet hatte: die Schritte eines *einzelnen* Invasors.

Sie riskierte einen schnellen Blick, als er vorbeiging. Der Eindringling hatte sein Gewehr um die Schulter gehängt und einen Munitionsbehälter auf den Rücken geschnallt. In der Hand hielt er einen Föderations-Tricorder.

Rückblende. Der Shakaar-Untergrund. Ein Cardassianer kommt. Er hat etwas, das ich verzweifelt brauche …

Sie öffnete das Gitter. Es knarrte leise, doch der Invasor achtete nicht auf das Geräusch. Sie schaute schnell nach rechts. Die anderen Eindringlinge hatten sich schon so weit entfernt, daß sie sie kaum noch ausmachen konnte.

Links von ihr verschwand der Tunnel in der Finsternis. Die Invasoren hatten einen Sicherungskasten zerstört; der Tunnel und ein Teil des Habitatrings lag in völliger Dunkelheit da. Wahrscheinlich benutzte das Enterkommando Infrarot-Sichtgeräte. Kira wurde klar, daß sie schnell handeln mußte.

Sie schwang sich aus ihrem engen Versteck und hastete leise dem Eindringling hinterher.

Plötzlich jedoch schien er ihre Gegenwart zu spüren und wollte sich umdrehen. Kira erwischte ihn mitten in seiner unbeholfenen Kehrtwendung, mit halb zurückgewandter Schulter. Sie packte seine Arme und schlang die Beine um die seinen. Die Wucht ihres Aufpralls warf ihn zu Boden, und Kira kam auf ihm zu liegen.

Eine Sekunde … nur eine …

Die Phasergranate in ihrer rechten Hand war auf eine Sekunde eingestellt. Sie drückte den Zündknopf, zwängte die Granate unter die Brust des Invasors und zerrte den Arm zurück.

Der gepanzerte Schutzanzug des Invasors schirmte sie vor der Explosion ab. Beide wurden sie zurück-

und über einen Meter hochgeschleudert. Kira rappelte sich zitternd wieder auf. Der Invasor rollte sich in eine Fötusposition zusammen. Er lag auf der Seite, zog die Knie an und schlang die Arme um den Bauch.

Kira starrte ihn erstaunt an. *Der Mistkerl lebt noch!* Sie wartete einen Augenblick, doch ihr Widersacher stand nicht mehr auf. Sie atmete scharf aus. Bis zu diesem Augenblick hatte sie gar nicht mitbekommen, daß sie die Luft angehalten hatte.

O'Brien, ich könnte dich küssen, dachte sie. *Aber Keiko würde mich umbringen... Bei den Propheten, ich habe es vergessen!*

Bevor der Eindringling sich erholen konnte, schnallte sie seinen Munitionsbehälter ab, schnappte sich das Gewehr und lief mit beiden Gegenständen zu dem Abzugsschacht. Endlich hatte sie eine Waffe, die auch die Invasoren respektieren mußten!

Nun konnte sie sich endlich daranmachen, die Zivilisten zusammenzutreiben, in erster Linie Kinder, und sie mit einem Flitzer von der Station zu bringen.

Kira Nerys, anticardassianische Saboteurin oder bajoranische Freiheitskämpferin, je nachdem, welche Seite man befragt hätte, zwängte sich durch den engen Schacht zum Tunnel drei und versuchte dabei herauszufinden, wie man das Gewehr lud und handhabte.

Ungewollt sprangen schreckliche Bilder in ihren Kopf. Nicht von dem Gemetzel, das sie gerade beobachten mußte, sondern Visionen vergangener Jahre. Sie war durch andere Gänge gekrochen und hatte einen anderen unversöhnlichen Gegner bekämpft.

Eine andere Kleidung, aber dasselbe Blut, dachte sie.

9

Bitte, Siras, sie müssen funktionieren – Heiliger Siras, sorge dafür, daß diese verdammten Dinger funktionieren! Dax lief den Tunnel drei entlang. Über eine schon schmerzende Schulter hatte sie eine dreißig Pfund schwere Tasche mit gerade hergestellten Phasergranaten geworfen.

Ihr Atem ging stoßweise, Schweiß tropfte von ihrem Gesicht und der Brust. Trotzdem lächelte sie: *Curzon Dax wäre schon auf halber Strecke keuchend zu Boden gesunken.* Jadzia Dax war eine begeisterte Tänzerin.

Der lange Tunnel war verlassen. Die weiche, normale Beleuchtung erzeugte eine Gänsehaut auf ihrem Rücken. Der Krieg hatte den Tunnel drei umgangen, und die falsche Normalität, die den glücklichen kleinen Korridor durchdrang, war entsetzlicher als ein Stapel Leichen.

Natürlich wäre Curzon Dax eine bessere Strategie eingefallen, und wahrscheinlich hatte er auch mehr über Sprengstoffe gewußt, als es bei Jadzia Dax der Fall war. *Ich bin das, was ich* jetzt *bin.*

Sie wurde etwas langsamer und warf die Tasche wieder über die andere Schulter. Vor ihr befand sich die geschlossene Luftschleuse. Die Miliz hatte klugerweise alle Schleusen versiegelt, womit sie die Invasoren zwang, sich alle paar Meter den Weg freizusprengen.

Und was nun?

Sie scannte mit ihrem Tricorder. Nichts. Natürlich, den Invasoren war es irgendwie gelungen, die Tricordermessungen zu dämpfen. Anscheinend hatten sie herausbekommen, daß die Besatzung von DS Nine sich mit Hilfe dieser Geräte einen Überblick über ihre Bewegungen verschaffen konnte. An der Tür zu lauschen, war geradezu lächerlich – es handelte sich um eine doppelwandige, vakuumversiegelte Luftschleuse. Aber sie tat es trotzdem. Natürlich hörte sie nichts.

»Tja, ich kann nur hoffen, daß dort niemand auf mich wartet.« Dax zog eine Granate hervor. »Notfall-Prioritätsorder. Luftschleuse siebenunddreißig. Jadzia Dax.«

Die Schleuse glitt auf. Sie zuckte zusammen, bereit, den Einschlag von hundert Metallkugeln zu spüren.

Der Korridor war leer.

Sie lief hindurch und schlug auf den Kontrollschalter. Die Schleuse glitt wieder zu. *Ich bin im Land Turill ga'Lia, der letzten Schlacht der Kinder von Lia,* dachte sie. In einem bekannten Trill-Mythos schlugen kleine, koboldähnliche Götter das letzte Gefecht gegen die großen, aber dummen Riesen. Auf beiden Seiten kamen alle um, bis auf einen Mann und eine Frau, einen von jeder Rasse. Natürlich gab es endlose Streitereien darüber, von welchem Geschlecht der große, dumme Riese gewesen war.

Sie schlich vorsichtig in die Richtung, in der Tunnel zwei lag. Nach etwa zehn Metern stieß sie auf eine weitere Luftschleuse.

Der Tricorder zeigte noch immer nichts an, aber hinter der Wand hörte sie ein Klicken und Scharren. Jemand war dort.

Sie berührte ihren Kommunikator. »Entschuldigung, befinden sich Invasoren zwischen den Luftschleusen achtunddreißig und neununddreißig?«

»Dort wird gekämpft«, antwortete sofort eine Stimme. »Verschwinden Sie, wenn Sie unbewaffnet sind.« Während des kurzen Gesprächs hörte Dax mehrere Gewehrschüsse und Phaserentladungen.

»Dax von der OPS«, sagte sie. »Ich bringe Granaten und komme jetzt rein.«

Doch bevor sie ein Wort sagen konnte, um die Luftschleuse zu öffnen, glitt sie von selbst auf. Im gleichen Augenblick zuckte Dax zusammen, angesichts einer Kakophonie, die lauter war als alles, was sie je gehört hatte, und in ihren Ohren schmerzte, als hätte man Stricknadeln hineingestochen. Sie biß die Zähne zusammen, ließ sich auf alle viere nieder und kroch hinter die schnell errichtete Barrikade.

Die meisten Mitglieder der Miliz schienen eine fürchterliche Angst vor den Feuerwaffen der Invasoren zu haben. Keiner von ihnen hatte Erfahrung mit Waffen, die einen lauten Knall von sich gaben und deren Geschosse mit explosiver Durchschlagskraft gegen Barrieren schlugen.

Doch die letzten Überreste der zweiten Kompanie hielten die Stellung. Sie zogen sich langsam von einer Luftschleuse zur nächsten zurück und zwangen die Invasoren, um jeden Meter Boden zu kämpfen.

Die Miliz setzte die ›Bata-Methode‹ ein und feuerte ihre Phaser auf die Decke über und den Boden unter den Invasoren ab. Sie ließ Schutt auf ihre Köpfe regnen und versuchte, sie in die nächsttiefere Etage stürzen zu lassen. Die Invasoren konnten nur langsam vorrücken, mußten herausgerissene Trennwände über die Löcher legen und sich gelegentlich wieder ausgraben.

Es gab noch immer zu viele Tote und Verwundete, aber seitdem die Verteidiger ihre Taktik geändert hatten, gab es keine Exekutionen nach Verhören mehr. Ihre Opfer starben stehend und nicht auf den Knien.

Ein Sergeant der Miliz legte die Hand auf Dax' Rücken. Er hatte mit Tinte ein bajoranisches Rangabzeichen direkt auf sein Hemd gemalt, ein weiterer Rückfall in die alten Zeiten.

»Ich bringe Ihnen Massenvernichtungswaffen«, sagte Dax mit spöttischem Heldenmut.

Er musterte sie, als sei sie eine Göttin. Dax kam zum Schluß, daß er sowohl nett als auch klug genug war, um ihre Sterblichkeit zu erkennen.

»Hier«, sagte sie und gab ihm die Sporttasche, die sie mit Phasergranaten vollgestopft hatte. Zwei behielt sie für sich und hakte sie an ihren Hüfttaschen fest. »Und jetzt muß ich hier raus und weitere Granaten herstellen.«

»Können wir sie nicht replizieren?« fragte der Sergeant.

»Klar«, sagte Dax, »wenn Ihnen Phasergranaten ohne Ladung weiterhelfen.«

»Können Sie die Sperre der Replikatoren, Waffen zu erzeugen, nicht aufheben?«

Sie korrigierte die Einschätzung seiner Intelligenz nach unten. »Man kann keine Energie replizieren, äh … Sergeant.«

Dax zog sich zurück, bevor er noch etwas sagen konnte. Sie hatte keine Zeit zum Plaudern, nicht einmal mit einem tollen Burschen. Sie mußte Bomben herstellen.

Jetzt weiß ich, wie Kira sich fühlt.

Sie kehrte durch die Luftschleuse neununddreißig zurück. Das Schott schloß sich sofort wieder hinter ihr.

Als sie durch den Korridor lief, prickelte etwas in ihrem Hinterstübchen. Es hatte mit dem Vorschlag zu tun, Phaser zu replizieren.

Noch bevor O'Brien es ihnen erklärt hatte, hatte Dax gewußt, daß es nicht funktionieren würde. Da die Replikatoren keine Energie erzeugen konnten, war es ihnen unmöglich, einen geladenen Phaser nachzubilden. Sie konnten lediglich Moleküle neu anordnen.

Sie konnten allerdings eine gewisse Art von ›Energie‹ erzeugen, zum Beispiel Chemikalien, die dann aufeinander einwirken konnten, wie Salzsäure und Lauge.

Oder …

Dax erstarrte. Durch ihr Gehirn schoß ein Geistesblitz, der heller war als eine Supernova.

Oder wie *Schießpulver.*

Ihr Götter, dachte sie, *ihr seid vielleicht nicht imstande, einen geladenen Phaser zu replizieren ... aber ein geladenes Gewehr schon!*

Sie schlug so fest auf ihren Kommunikator, daß sie ihn fast vom Uniformhemd gerissen hätte. »Benjamin, ich habe es! Ich habe es!«

»Was haben Sie?« fragte Siskos ernste, aber noch beherrschte Stimme.

»Benjamin, wir können zwar keine Phasergranate replizieren, aber ein ganzes Arsenal von Feuerwaffen! Wir können diese Miliz mit Waffen ausrüsten, die tatsächlich etwas gegen die Invasoren bewirken!«

Einen Augenblick lang herrschte Stille. Dax hielt den Atem an und betete, daß Sisko kein kritischer Einwand einfiel, der ihren Plan unmöglich machte.

»Alter Knabe«, sagte der Commander ehrfürchtig, »Sie sind ein Genie.«

»Das sage ich Ihnen doch schon seit Jahrzehnten«, erwiderte sie. »Schnell, verbinden Sie mich mit dem Computer. Ich muß ein paar Daten abfragen.« Während Sisko den Computer auf die Datenvermittlung durch den Kom-Kanal programmierte, nahm Dax ihren Kommunikator ab und steckte ihn in den Dateneingabeschlitz ihres Tricorders. Dann programmierte sie den Tricorder auf den Empfang der Daten.

»Fertig«, sagte Commander Sisko.

»Computer«, sagte Dax, »welches ist die durchschlagskräftigste, chemisch betriebene Handfeuerwaffe, deren Daten sich in deinen Speichern befinden?«

»Die klingonische GarTadGar-Elf«, erwiderte die bleierne, abgehackte Stimme nach einem Augenblick, »auch bekannt als ›klingonische Flunder‹.«

Dax stieß einen leisen Pfiff aus. Sie hatte einmal ein

Holo über einen der frühen klingonischen Erbfolgekriege gesehen, in denen ein Vorgängermodell, die GTG-4, zum Einsatz gekommen war. Selbst dieser schwächeren Version war es gelungen, eine ›kriechende Festung‹ zu knacken.

»Volle Spezifikationen einlesen«, befahl sie.

»Der Zugang ist beschränkt auf ...«

»Notfall-Priorität, Lieutenant Jadzia Dax.«

»Daten werden eingelesen.« Nach einer Sekunde fügte der Computer hinzu: »Datenübertragung abgeschlossen.«

»Wünschen Sie mir Glück, Benjamin. Dax Ende.«

»Viel Glück, alter Knabe.«

Sie zog den Datenstreifen aus dem Tricorder, schloß ihre Hand darum und lief los, wobei sie nach einem Replikator Ausschau hielt.

Keine fünf Meter weiter wurde sie fündig, doch die Abdeckplatte baumelte herunter, Funken sprühten aus dem Gerät, und Fiberoptikkabel hingen heraus. Dieser Replikator hatte eindeutig einen direkten Treffer von einem Phaser oder einer anderen Waffe abbekommen.

»Verdammt!« fluchte Dax und ärgerte sich sofort darüber. In ihrem Alter sollte sie ihre Gefühle eigentlich unter Kontrolle haben ... Sie lief weiter bis zu einer geschlossenen Luftschleuse.

Sie fuhr sich mit der Zunge über die trockenen Lippen und öffnete die Tür mit einem Prioritätsbefehl. Der Gang dahinter war leer.

Sie lief weiter und fand schließlich einen weiteren Replikator, der in Ordnung zu sein schien.

Mit zitternden Fingern wollte sie den Datenclip in den dafür vorgesehenen Schlitz schieben und ... ließ ihn fallen. »Ruhig, Mädchen«, murmelte sie. »Nur der Körper ist jung. Der Geist hat keine Angst.« Jadzia Dax hob den Datenstreifen auf und versuchte es erneut. Diesmal klappte es.

Die Replikatoren benutzten ein Teilsystem der Computerspeicher, das nur molekulare Spezifikationen für Gegenstände enthielt, die gewöhnlich reproduziert wurden. Insbesondere gefährliche Gegenstände konnten ohne die angemessene Sicherheitsfreigabe und die Eingabe der kompletten Spezifikationen *nicht* repliziert werden.

»Lieutenant Jadzia Dax«, sagte sie zu dem Replikator, »Sicherheits-Priorität.« Dann bestimmte sie den Clip als Inputquelle, wählte das Datenbündel mit der Bezeichnung ›Klingonischer GTG-11‹ aus und drückte auf den Replikationsknopf.

Der Replikator gab ein sehr seltsames Geräusch von sich. In dem Behälter des Geräts bildete sich ein Gegenstand – aber es war nur ein schrecklich verbogenes Stück Metall.

Bei Dax stellte sich ein fürchterlicher Verdacht ein. Sie versuchte es erneut. Diesmal sah das Metallstück zwar anders aus, aber es hatte noch immer keine Ähnlichkeit mit einer Waffe. Der Replikator formte nur rein zufällig zusammengesetzte Gebilde.

Sie zog den Datenclip heraus und lief zu einem anderen Replikator hinüber. Dort wiederholte sie die Prozedur, doch am Ergebnis änderte sich nichts.

Dax starrte den kostbaren Datenstreifen an, der, wie es aussah, völlig nutzlos war, wenn die Replikatoren beschädigt worden waren.

»Das darf doch nicht wahr sein. Das *darf* nicht wahr sein. Verdammt, die Idee war viel zu gut.«

Sie schaute zur nächsten Luftschleuse hinüber; vielleicht waren ja nur die Replikatoren in dieser Sektion beschädigt worden. Vielleicht funktionierte irgendwo auf dieser Station ja noch ein anderes Gerät. Ein einziges würde ihr genügen.

Dax zog den Datenstreifen heraus und lief zur Tür. »Lieutenant Jadzia Dax, Notfall-Priorität, Luftschleuse fünfunddreißig.«

Das Schott glitt auf. Dax setzte sich in Bewegung,

blieb dann abrupt stehen und riß vor Erstaunen die Augen auf.

Mist …

Eine Gruppe von fünf Invasoren hatte die Miliz umgangen und trottete nun den Korridor entlang, wobei sie nach und nach alle Schotte in die Luft sprengten.

Dax wußte nicht, ob die Eindringlinge sie gesehen hatten und wich langsam zurück. Dann hob einer der Invasoren sein Gewehr und gab einen Schuß ab.

Sie duckte sich in dem Augenblick, in dem er die Waffe hob, und die Kugel riß dort, wo gerade noch ihre Brust gewesen war, einen Splitter aus der Wand. Sie wirbelte herum und jagte den Korridor entlang. Dicht hinter sich hörte sie die schweren Schritte der Angreifer.

Sie kam schlitternd zum Stehen und betrachtete die nun geschlossene Luftschleuse sechsunddreißig. Keine Zeit für einen Prioritätsbefehl.

Links von ihr war eine Tür. Sie nahm Anlauf, warf sich dagegen und brach sie auf, noch bevor der Computer Gelegenheit hatte, den eventuell anwesenden Bewohner des Quartiers zu informieren, daß er, sie oder es Besuch bekam.

Quark schritt unsicher aus, wandte immer wieder den Blick ab. *Es ist zuviel. Einfach zuviel …*

Der Gedanke, daß er durchaus die Schuld an alledem tragen konnte, nagte an seinem Verstand und betäubte ihn. Seine Stimme klang gedämpft. Er hatte einen Großteil des Feuers verloren, das einen Ferengi normalerweise auszeichnete.

Es ist nicht meine Schuld. Ich war nicht mal hier! Ich war drei Tage lang in … diesem Ding *erstarrt, während all das geschah …* Doch diese Erklärung überzeugte nicht einmal Quark selbst.

Er sah den Gang entlang. Der Habitatring hatte sich

aufgrund der Hitze des Phaser-Feuers und der Bomben verzogen, als hätte ein Riese ihn mit einem Hammer zu einer Achterbahn umgearbeitet. Aufgrund der zerstörten Sicherungskästen war in der gesamten Sektion die Beleuchtung ausgefallen, und scharfer Rauch hing noch immer abgestanden in der Luft. Solange die Umwälzpumpen nicht in Betrieb waren, würde sich daran auch nichts ändern.

Der Lichtstrahl seiner Taschenlampe verschwand in der dunstigen Finsternis. Quark schluckte. Vor ihm konnte *alles mögliche* sein – ein Abgrund, in den er stürzen, ein spröder Fußboden, der unter ihm zusammenbrechen konnte, sogar ein geifernder, sabbernder Invasor mit neunzehn Beinen und Stoßzähnen, von denen das Gift tropfte, und der nur darauf wartete, einem Ferengi die Ohren abzureißen.

Er trat auf ein großes, flaches Stück Holz, bei dem es sich einmal um einen teuren bajoranischen Tisch mit Tigerstein-Intarsien gehandelt hatte, wahrscheinlich ein Überbleibsel der cardassianischen Besatzung. Bei den ersten paar Schritten bot er noch trügerischen Halt, dann begann er plötzlich gefährlich zu schwanken.

Quark schlug mit den Armen um sich und balancierte auf einem Fuß über einem Haufen scharfer Glasscherben.

In der gleichen Sekunde schoß Odos Arm über drei Meter hinweg auf ihn zu, packte ihn am Kragen und zerrte den Ferengi zurück auf sicheres Terrain.

»Hm. Vielen Dank«, sagte Quark zerstreut. Er sah auf eine weitere Leiche hinunter. Aber diesmal schien etwas anders, falsch zu sein.

Es dauerte mehrere Herzschläge, bis er den Grund erkannte. *Keine Einschußlöcher!* »Odo«, sagte Quark, »sehen Sie sich das mal an.«

Der Constable betrachtete die Leiche eingehend. Er legte die Hand auf die Schulter der Frau und drehte sie wie einen Sack Getreide auf die andere Seite. Doch auch er entdeckte keine Schußverletzungen.

»Was hat sie also umgebracht?« fragte der Ferengi.

»Keine Ahnung. Eine komische Sache. Gesicht und Glieder wirken verzerrt und verdreht, als hätte sie entsetzliche Schmerzen gehabt. Aber ich sehe keinerlei Verletzungen.« Er ließ die Leiche wieder zu Boden sinken und überlegte einen Moment. »Wir haben keine Zeit, uns darüber den Kopf zu zerbrechen. Wahrscheinlich eine Verletzung, die wir ohne medizinische Ausrüstung nicht entdecken können.«

»Vielleicht ...« begann Quark, verstummte dann aber wieder.

»Ja?«

Der Ferengi sah zu Odo hoch. »Glauben Sie, sie ist gestorben, weil das *Schicksal* es so gewollt hat? War die ganze Station verdammt, weil ich mich mit Dingen befaßt habe, die ein Ferengi einfach nicht wissen darf?«

Odo betrachtete ihn. »Vor langer Zeit habe ich Dr. Bashir einmal gesagt, die schrecklichste Hölle, die ich mir vorstellen könne, sei, auf ewig mit einem reuelosen Quark auf einer toten Station festzuhängen.«

»Wirklich?«

»Ich erinnere mich noch genau daran. Es war kurz, nachdem die Aphasie-Seuche die Station befallen hatte. Ich habe zu Dr. Bashir gesagt: ›Sie wären wenigstens tot. Aber ich wäre mit Quark hier gefangen, und für mich hätte der Alptraum erst begonnen.‹ Seitdem habe ich meine Meinung geändert ...«

»Ach was? Das ist ja wirklich nett von Ih ...«

»... denn die *schlimmste* Hölle ist es, mit einem von Schuldgefühlen geplagten und *reuigen* Quark auf einer toten Station gefangen zu sein. Also würden Sie *bitte* Rücksicht auf meine geistige Gesundheit nehmen, Quark, und wieder zu Ihrem normalen, alten, ärgerlichen, lästigen, aber bei weitem interessanteren Ich zurückfinden?«

Quark warf dem Constable einen bösen Blick zu und verzog die Oberlippe zum Ferengi-Schmollen Nr. 11. »Aufgrund Ihrer Bitte werde ich versuchen, mich nicht ganz so sittlich einwandfrei zu benehmen.«

»Danke. Ich kann es nämlich nicht ausstehen, daß feste Muster über den Haufen geworfen werden.«

Quark schnaubte und stürmte den Gang entlang.

Sie befanden sich noch immer auf der elften Etage des Habitatrings und hatten noch immer keine anderen Überlebenden gefunden. »Ich bezweifle, daß Nog auf dieser Etage geblieben ist«, sagte Quark schließlich. »Hier scheint es sich doch um ein Hauptschlachtfeld des Krieges zu handeln. Nog hat genug vom Selbsterhaltungsinstinkt der Ferengi mitbekommen, um ...«

»Von der Feigheit der Ferengi, wollten sie wohl sagen.«

»Nennen Sie es, wie Sie wollen, aber die Ferengi haben in der galaktischen Gemeinschaft vierhundert Jahre lang überlebt und einen blühenden Handel mit Klingonen, Romulanern, Cardassianern, Stroptophanen und ...«

»Stropwas?«

»... und sogar Menschen betrieben, ohne einen einzigen Krieg zu führen. Und wissen Sie, woran das liegt?«

»Am Katzbuckeln?«

»Wer hat Sie denn gefragt? Nein, weil die Ferengi von allen zivilisierten Spezies ...«

»Das will ich Ihnen noch mal durchgehen lassen.«

»... die *Ferengi* von allen zivilisierten Spezies am besten wissen, wie man jeden Umstand in ein profitables Geschäft verwandelt. Das ist ein rassischer Charakterzug, wie die Philantropie bei den Menschen und die unerträgliche Arroganz bei ... nun ja, wie auch immer *Ihre* Spezies heißen mag ... Nein, Nog hat sich auf keinen Fall in den Kampf verstricken lassen. Seine Vernunft wird ihn ins tiefste, dunkelste Loch auf DS Nine geführt haben, und Jake hat er mitgenommen. Wir müssen einfach noch tiefer hinab.«

»Erstens«, sagte Odo müde, »wissen wir nicht mal, ob Nog den Angriff überlebt hat, wenngleich wir seine Leiche noch nicht gefunden haben. Zweitens ... ist Ihnen aufgefallen, daß es in dieser Sektion keine intakten Turbolifte oder Notleitern mehr gibt? Drittens habe ich Ihnen schon einmal gesagt, daß unsere vordringliche Aufgabe darin besteht herauszufinden, was passiert ist, dann einen funktionsfähigen Flitzer zu suchen, den Kommunikationsschild zu durchbrechen und die Föderation und Bajor zu informieren.«

»Um einen berühmten menschlichen Philosophen zu zitieren ... ›Frag nicht, was du für dein Land tun kannst. Frag lieber, was du für dich tun kannst.‹«

»Wer hat denn *das* gesagt?«

»Also *ich* kann mich nicht an jede Kleinigkeit erinnern, Odo. Leona Boesky oder Präsident Henry Ford, einer der Begründer der Volkswirtschaft der Erde. Wir haben nämlich die großen Volkswirtschaftler anderer Welten auf der Handelsschule durchgenommen ...«

Sie passierten eine Tür, die aus den Angeln gerissen worden war. Der Ferengi warf einen Blick hinein und ging weiter. »Aber Leona Boesky hat damit gemeint ...« Quark blieb wie angewurzelt stehen und sah starr geradeaus. Sein Gesicht nahm eine entschieden gelbliche Färbung an.

»Was ist? Was ist los, Quark?«

»Ich ... ich weiß nicht. Haben Sie einen Blick in den Raum geworfen, an dem wir gerade vorbeigekommen sind?«

»Nein.«

»Dann sollten Sie das mal tun.«

Odo musterte Quark. Der Ferengi benahm sich seltsam, sogar für einen Ferengi. Verwirrt kehrte der Constable um, warf einen Blick in den Raum und begriff sofort, was Quark dermaßen zu schaffen gemacht hatte.

»Ich fürchte, es war keine Halluzination, Quark«, sagte er. »Sie ist es tatsächlich.«

Zögernd kehrte Quark zur Tür zurück. Er wußte, was er gesehen hatte, hoffte aber, die Bestätigung noch ein paar Sekunden hinauszögern zu können. Dann sah er erneut hinein.

Jadzia Dax' Oberkörper lehnte an der Außenwand, die Beine waren auf dem Boden ausgestreckt. Die Augen waren geschlossen, die Hände lagen neben ihrem Becken schlaff auf dem Boden. Zwei große Einschußlöcher hatten die perfekte Schönheit ihres Gesichts zerstört, eins in der Wange, das andere in der Stirn, direkt über den Augen.

Ein rätselhaftes Lächeln lag auf ihren vollen Lippen, die sogar im Tod noch rot waren. Die bezaubernden Flecken auf ihrem Hals, die normalerweise dunkelbraun waren, hatten sich nun knochenweiß verfärbt.

Die Szene wirkte irgendwie gestellt, als hätte sie sich sorgfältig an die Wand gelehnt, damit sie im Tod zur geöffneten Tür sah. Aber das war natürlich absurd. Der Schuß mitten in die Stirn mußte ihr Gehirn bis zum Stamm durchschlagen und sie auf der Stelle getötet haben. Entweder hatte sie schon dort gesessen, als sie erschossen worden war, oder jemand hatte ihre Leiche in einer makabren Nachstellung von Gelassenheit an die Wand gelehnt.

Und irgendwie hatte Quark damit gerechnet, Jadzia Dax' Leiche so vorzufinden: elegant, gefaßt, friedvoll.

Odo betrat den Raum, und Quark folgte ihm. Der Ferengi trat zu der Leiche und ging in die Hocke, um ein letztes Mal in ihr perfektes Gesicht zu sehen.

Ein Ausruf des normalerweise nicht zu erschütternden Odo ließ ihn zusammenfahren. »Ich hatte recht!«

Quark drehte sich um und sah etwas, das ihn Dax fast vergessen ließ.

An der Innenwand, an einer Stelle, die vom Gang aus nicht einzusehen war, lag die Leiche eines Invasors, die erste, die sie bislang gefunden hatten.

Quark sah sich zu Dax um. Nun verstand er ihr rätselhaftes Lächeln. Lieutenant Jadzia Dax hatte eine Möglichkeit gefunden, einen Invasor zu töten.

Genau zum richtigen Zeitpunkt, Dax, tadelte sich die Trill und schaute wie ein gehetztes Tier nach rechts und links. Das verlassene Quartier war wie ein Käfig – es gab keine anderen Ausgänge.

Wenn sie nur an einen funktionsfähigen Replikator herankäme, den Datenclip hineinstecken und eine klingonische ›Flunder‹ erzeugen könnte ... dann könnte sie das gesamte Enterkommando der Fremden ausschalten!

Dann setzte der Schmerz in ihrem Arm ein und hätte sie fast dazu gebracht, vor Pein aufzuschreien, doch es gelang ihr, sich zu beherrschen. Sie konnte den linken Arm, mit dem sie die Tür aufgebrochen hatte, nicht mehr bewegen.

Er ist gebrochen, dachte sie wie beiläufig. Der Schmerz pochte schlimmer als alles, was sie je in ihrem Leben gespürt hatte, obwohl Curzon Dax bereits sowohl mit einem Messer als auch mit einem Phaser verletzt worden war.

Sie sah sich in dem Raum um und fand den Replikator.

Dax wollte zu ihm laufen, doch auf halber Strecke spürte sie, daß jemand den Raum betreten hatte. Die Haare auf ihrem Nacken richteten sich auf, und ihre Pigmentflecken färbten sich zinnoberrot. Sie drehte sich langsam um, um die beiden Phasergranaten auch weiterhin zu verbergen.

Der Invasor stand auf der Schwelle, starr wie Stein. Sein Gewehr war auf ihr Gesicht gerichtet. Sie wartete, doch er sagte nichts. Nach einem Moment trat eine zweite, kleinere Ausgabe neben ihn. Er war ebenfalls mit Schutzanzug und Helm ausgerüstet, hielt jedoch die kleine Version der Feuerwaffe in der rechten Hand.

Dax wußte, was der Fremde sagen würde, noch bevor er sprach. Eine Gänsehaut marschierte ihr Rückgrat hinauf und wieder hinab, als sie ihr Todesurteil vernahm: »Wo ist der andere, der so ist wie wir.«

»Wir wollen Ihnen helfen«, sagte sie und kämpfte gegen die Tränen an, die der Schmerz in ihre Augen trieb. »Ihnen helfen, den anderen zu finden, der so ist wie Sie.« Sie machte einen Schritt auf den Replikator zu.

Der Invasor betrachtete sie regungslos. Im Gegensatz zu allen anderen Spezies, die Dax bislang kennengelernt hatte, wurden die Invasoren tatsächlich *bewegungslos,* wenn sie sich nicht mehr bewegten. Kein winziges, unwillkürliches Zucken der Arm- oder Beinmuskulatur, kein Verlagern des Gewichts vom einen Fuß auf den anderen. Selbst der Brustkorb schien erstarrt zu sein – kein sichtbarer Puls, keine sichtbare Atmung. Der Invasor *erstarrte* einfach, als hätte er ins Gesicht der Gorgo aus der antiken menschlichen Mythologie geblickt.

Kommuniziert er vielleicht mit den anderen? fragte sie sich und nutzte die Gelegenheit, um noch einen Schritt in Richtung Replikator zu machen, den Datenclip in ihrer Hand bereithaltend.

Dann sprach der Invasor. Die Worte kamen so plötzlich, daß Dax den Eindruck hatte, eine Statue sei zum Leben erwacht. Sie fuhr zusammen. »Sie wissen, wo der andere ist.«

Sie vermutete, daß die Worte als Frage gemeint waren, wenngleich ihre Monotonie kaum darauf schließen ließ. »Ich kann es herausfinden. Aber ich brauche mehr Informationen. Wie haben Sie erfahren, daß der andere hier war?«

Erneut hielt der Invasor inne. Ihre Fragen schienen

ihn aus dem Konzept zu bringen, zu verwirren. Der Schmerz in ihrem Arm trieb mit jedem Herzschlag eine neue Welle der Agonie durch ihren Körper. Sie machte noch einen Schritt. *Ich habe ihn fast erreicht …*

»Wir haben das Signal empfangen«, sagte er schließlich.

Gut gemacht, Dax! Du hast ihn in ein Gespräch verwickelt. »Was besagt das Signal? Wenn ich wüßte, wo Sie es empfangen haben, kann ich vielleicht herausfinden, wo der andere jetzt ist.«

»Es war das Signal.«

»Hat es mitgeteilt, in welchem Teil der Station es sich in diesem Augenblick befand?«

»Es war das Signal. Wo ist der andere.«

»Wird das Signal von einem Gerät ausgestrahlt? Wir könnten den anderen finden, indem wir den Signalgeber finden.«

Der Fragesteller erstarrte wieder. Entweder überlegte er, wie viel er ihr verraten durfte, oder er war einfach nicht gewohnt, daß man *ihm* Fragen stellte. *Ja, er berät sich mit jemandem.*

Dax machte die beiden letzten Schritte. Sie stand neben dem Replikator und überlegte, wie sie den Datenclip hineinschieben, die Input-Quelle auswählen und eine ›Flunder‹ reproduzieren konnte, bevor der Invasor auf sie schoß.

»Ja«, sagte der Fremde nach einer geraumen Weile.

»Ein so kleines Gerät, daß man es in der Hand halten kann?«

»Ja. Wo ist das Gerät.«

Ein Fortschritt. »Es war im medizinischen Labor, und es war in Quarks Spielkasino. Das ist die große, dreistöckige Anlage an der Promenade. Dorthin sind Sie zuerst gebeamt. Ich kann Sie dorthin bringen. Lassen Sie mich Sie führen. Gemeinsam können wir das Gerät finden. Aber ich bin sehr hungrig. Ich kann nicht denken, wenn ich nicht bald Nahrung zu mir nehme.«

Diesmal antwortete der Inquisitor sofort. Ihre letzte Aussage ignorierte er einfach. »Haben Sie dieses Gerät gesehen.«

Einen Augenblick lang schwankte Dax nervös zwischen der Wahrheit und einer plausiblen Lüge. »Ja«, sagte sie schließlich. »Haben Sie etwas dagegen, wenn ich aus diesem Gerät Nahrung zu mir nehme?« Sie zeigte auf den Replikator.

»Wie sieht das Gerät aus.«

Dax war einen Augenblick lang verwirrt. Dann wurde ihr klar, daß der Invasor nicht den Replikator, sondern das Signalgerät meinte.

Cardassianischer Kriechfisch! dachte sie verzweifelt. Woher sollte sie denn wissen, wie es aussah? Aber sie mußte antworten. »Es... ist etwa so groß wie meine Hand, hat einen Handgriff und ist glatt wie Ihr Helm...«

Sie wußte sofort, daß sie zuviel gesagt hatte. Ihr fiel eine alte Geschichte ein, die Sisko ihr erzählt hatte, als sie ein ›er‹ gewesen war, Curzon Dax.

Abraham Lincoln, in der mittleren Periode der Erde der Präsident irgendeines Landes dieses Planeten, hatte seine Laufbahn als Rechtsanwalt begonnen. Er hatte einmal einen Mann verteidigt, dem man vorgeworfen hatte, bei einer Kneipenschlägerei seinem Widersacher das Ohr abgebissen zu haben.

Es gab einen Zeugen. Lincoln fragte den Mann: »Haben Sie die Schlägerei gesehen?«

»Nein, Sir«, sagte der Zeuge.

»Haben Sie gesehen, daß mein Klient Mr. Jenkins angegriffen hat?«

»Nein, Sir.«

»Haben Sie gesehen, daß mein Klient Mr. Jenkins ins Ohr gebissen hat?«

»Nein, Sir.«

»Dann denken Sie bitte genau nach... *Haben Sie gesehen, daß mein Klient Mr. Jenkins ein Ohr abgebissen hat?*«

Der Zeuge sah Lincoln in die Augen. »Nein, Sir«, wiederholte er.

In diesem Augenblick hatte Lincoln ihn. Er hatte den Mann als Zeugen niedergemacht und hätte wieder Platz nehmen können. Statt dessen machte der große Abraham Lincoln einen der wenigen Fehler seiner Karriere.

Er stellte eine Frage zuviel.

»Verflucht noch mal«, donnerte er den Zeugen an, »woher wollen Sie dann wissen, daß mein Klient Mr. Jenkins' Ohr abgebissen hat?«

»Weil ich gesehen habe, wie er es danach ausspuckte«, kam die verheerende Antwort.

Das Gerät war glatt, wie Ihr Helm … Das war leider die falsche Antwort, Lieutenant. Aber vielen Dank, daß Sie mitgespielt haben.

»Entschuldigung«, sagte Dax, »meine Konzentration läßt nach. Ich wollte sagen, es war rechtwinklig …«

Der Inquisitor hob gelassen die Hand mit der Waffe. Dax wirbelte zum Replikator herum und rammte den Datenclip hinein. Sie hörte einen Schuß, und das Instrumentenbrett des Replikators explodierte zu einem Trümmerhaufen aus Metall, Plastiglas und hellblauen elektrischen Entladungen.

Sie wußte, daß sie das Spiel verloren hatte, und drehte sich zu dem Invasor um. Jadzia Dax spürte, wie sich eine seltsam köstliche Ruhe auf sie legte. Sie wußte, daß sie sterben würde und nichts dagegen tun konnte.

Aber sie hatte keine Angst. »Von vorn ist es mir lieber«, sagte sie und lächelte rätselhaft.

Die Explosion aus dem Lauf füllte ihre Ohren aus und hallte wie das tiefe Poltern der Fusionsreaktoren. Wie in Zeitlupe fühlte Dax einen gewaltigen Hammerschlag gegen ihr Gesicht. Ihr Kopf fühlte sich an, als wäre er unter dem Schlag eingestürzt.

Einen Augenblick lang, der sich zu einer Ewigkeit

dehnte, schwankte Dax auf den Fersen zurück. Dann brach sie langsam zusammen. Die Schwerkraft war ein sanfter, heller Regenbogen. Der Schmerz im Arm und der Schulter verging und wurde von einem köstlichen, trüben Schleier ersetzt.

Schwärze. Ich sollte Schwärze sehen. Statt dessen wirbelte jede Farbe des Lichtprismas durch ihr Blickfeld. Rot herrschte allerdings vor: Orange, Gelbrot, die Haarfarbe der Menschen aus bestimmten Teilen Irlands, Ocker.

In den letzten Sekunden glitten ihr all die alten menschlichen Bezeichnungen durch den Kopf. Benjamin war ein hervorragender Beobachter von Farbnuancen: das lebendige Flammenrot; Kokolarot, obwohl niemand wußte, was ›Kokola‹ war; Kirschrot; Scharlachrot; Rosarot; Purpurrot.

Blutrot, und die dunkleren Schattierungen – Rubinrot, Puterrot, Karmesinrot, Eisen rot, Weinrot, Scharlachrot, Kupferrot.

Schließlich tauchte sie in die tiefsten Wellenlängen … Magenta, Braunrot, Zinnoberrot und Infrarot. Die letzte Farbe blieb bestehen, wie das Leben … hörte nie ganz auf. Die Wellen wurden immer länger, bis die Wellenlänge sich schließlich dem Unendlichen näherte, während die Energie dem Nullpunkt entgegenstrebte, ihn aber nicht ganz erreichte.

Jadzia Dax' Wellenlänge näherte sich dem Nullpunkt und hielt dann zögernd inne. Eine winzige Fluktuation blieb, das schwache Flüstern einer kohärenten Frequenz irgendwo über dem Nullpunkt.

Die Farben verschmolzen zu Infrarot. Sie konnte nichts mehr sehen. Aber ein Teil von ihr blieb und spürte den leblosen Körper, der ihn umgab.

Gnädige Mutter, dachte Dax – nicht Jadzia Dax oder Curzon Dax, sondern zum erstenmal seit geraumer Zeit einfach nur *Dax. Jadzias Gehirn ist tot, aber ich lebe noch in ihrer Brust!*

Dax dachte über seine Lage nach. Der Gastkörper, Jadzia, war gehirntot, aber der Rest ihres Körpers funktionierte noch, von dem gebrochenen Arm und der ausgerenkten Schulter abgesehen. Das Trill-Implantat Dax, der ›Wurm‹, lebte noch.

Und ist noch mit dem Körper verbunden ... Allerdings. Jadzias Nervensystem war in den Wurm hineingewachsen und hatte sich mit Dax verschlungen, bis sie fürwahr zu einer einzigen Wesenheit geworden waren. Nachdem Jadzias Gehirn nun ausgeschaltet war, fragte Dax sich, ob er ihren Körper noch bewegen konnte.

Der Trill versuchte es, und der Arm hob sich, wenn auch ruckartig. Die Lider öffneten sich, und Dax konnte wieder sehen, wenn auch nur verschwommen. Es gelang ihm jedoch nicht, die beiden Augen auf einen Gegenstand zu fokussieren.

Der Invasor schien mit seiner Arbeit zufrieden zu sein, hatte sich umgedreht und verließ den Raum durch die zertrümmerte Türöffnung.

Dax versuchte, Jadzias linken Arm zu heben, aber es gelang ihm nicht. Der zerschmetterte Knochen, die zerrissenen Muskeln und durchtrennten Sehnen waren zu stark beschädigt.

Aber der rechte Arm war noch einsatzfähig. Und die Hand hatte sich noch immer um eine Phasergranate geschlossen.

Dax hob Jadzias Arm. Jede Bewegung erforderte ein kontrolliertes Zusammenziehen oder Entspannen aller beteiligten Muskeln. Dax drückte mit dem Daumen auf die *1* – eine Sekunde – und dann auf den Zünder. Er zog Jadzias Arm wie ein Katapult zurück und warf die Bombe.

Die Granate prallte in genau dem Augenblick, in dem sie explodierte, gegen den Rücken des Invasors. Die Sicherheitswächterin, deren Gespräch mit O'Brien Dax mitgehört hatte, hatte recht gehabt. Die Invasoren *waren* ›oben doch stärker gepanzert als unten‹.

Der Inquisitor wurde von der Wucht der Explosion gegen die Innenwand des Quartiers geschleudert. Er stand nicht mehr auf.

Der zweite Invasor, der Dax im Auge behalten hatte, überlebte die Explosion… wenn auch knapp. Er rappelte sich auf und torkelte zurück in das Quartier. Jadzias Sehvermögen wurde schlechter; die automatischen Funktionen brachen zusammen. Der Invasor kniete neben dem Fragesteller nieder und untersuchte die Leiche. Schließlich erhob er sich, drehte sich zu Jadzia und Dax um und schoß eine zweite Kugel in Jadzias Kopf.

Die Gewehrkugel traf etwas tiefer und mit mehr Durchschlagskraft als das Projektil aus der Pistole. Sie schaltete das limbische System aus, das das Herz, die Lungen und weitere automatische Funktionen kontrollierte. Dax verlor jede Herrschaft über Jadzias Körper, und Jadzias Augen schlossen sich. Dax konnte nichts mehr sehen.

Das Infrarot wurde tiefer; die Frequenz fiel ab. Die Wellenlänge näherte sich der Unendlichkeit, während die Frequenz auf den Nullpunkt sank.

Ich habe es geschafft! Das war Dax' letzter Gedanke, aber er wußte nicht mehr, was genau er geschafft hatte.

10

»Ich kenne sie«, wiederholte Odo, während er an den Helmverschlüssen des Invasors herumfummelte. »Ich *kenne* diese Spezies!« Schließlich gelang es ihm, die schwarze Blase vom Kopf des Geschöpfs zu ziehen.

Unter dem Helm befand sich ein entfernt reptilienähnliches Gesicht, das von weichen, biegsamen, kaktusähnlichen Stacheln bedeckt wurde. Ein unaufmerksamer Beobachter hätte sie für Pelz halten können – bis er sie berührte.

Die Pelzstacheln waren von einem bräunlichen Saft bedeckt, der vielleicht von der langen, muskulösen Zunge ausgeschieden worden war, die aus dem Mund des Invasors hing. Nachdem der Saft zwei Tage lang in der unbewegten Luft eingetrocknet war, hatte er sich zu klebrigem, harzigem Schellack verdickt.

Die Augen des Wesens waren groß und völlig kreisrund. Die Pupillen waren vertikal und nicht horizontal angeordnet, wie bei Menschen, Cardassianern, Klingonen und den meisten anderen humanoiden Rassen.

»Wer sind sie?« fragte Quark. Der Ferengi stand noch immer auf der anderen Seite des Quartiers. Aus irgendeinem Grund schreckte er davor zurück, sich dem Wesen zu nähern. Nicht daß er befürchtete, es würde irgendwie wieder zum Leben erwachen, aufspringen und ihn töten; vielmehr hatte sich bei ihm die seltsame Vorahnung eingestellt, es würde irgendwie *mit ihm sprechen* und ihm ein schreckliches Geheimnis verraten, das Quark nicht hören wollte.

»Sie haben keinen Namen«, sagte Odo. Er erhob sich und untersuchte die Handfeuerwaffe des Invasors. »Sie sind die geheimnisvollste Rasse, die ich kenne, und soweit ich weiß, haben bislang nur die Cardassianer mit ihnen zu tun gehabt. Ich glaube nicht, daß irgendeine andere Spezies ihnen bislang begegnet ist, und das ist nur gut so.«

»Wieso haben sie keinen Namen?«

»Ich meine damit, sie verraten niemandem, wer sie sind. Sie schließen keine Verträge oder Handelsabkommen und freunden sich mit niemandem an. Sie sprechen nicht mit anderen Rassen. Die Cardassianer nennen sie *Bekkir*, aber das ist nur ein cardassianisches Tier, das einem irdischen Dachs oder einem ferengischen Wühlfisch ähnelt. Es gräbt sich in ein Loch ein, versteckt sich und greift nur an, wenn man ihm zu nahe kommt.

Gul Dukat hat mir erzählt, die Cardassianer hätten versucht, sich vor etwa hundert Jahren mit ihnen gegen die Klingonen zu verbünden. Aber die Bekkir haben die drei cardassianischen Schiffe vernichtet, die ihre Unterhändler beförderten, und die Cardassianer haben sich daraufhin entschlossen, sie in Ruhe zu lassen.«

»Wie untypisch für sie«, sagte Quark. »Ich hätte eine Strafexpedition erwartet. Ich bin enttäuscht.«

»Sie leben im Gamma-Quadranten, und das ist für einen wirksamen Feldzug zu weit entfernt. Vergessen Sie nicht, damals war das Wurmloch noch nicht bekannt. Auf jeden Fall weiß niemand, wie viele es von ihnen gibt oder wie fortgeschritten ihre Technologie ist. Die Bekkir sind extrem xenophobisch und fürchten und verachten alle Rassen, die je mit ihnen Kontakt aufgenommen haben. Niemand weiß etwas über sie.«

»Na ja«, sagte Quark, »jetzt wissen wir etwas. Wir wissen, daß sie Zehntausende von Lichtjahren zurücklegen, um eine Raumstation anzugreifen.«

»Das ist ungewöhnlich. Den cardassianischen Überlieferungen zufolge – und viele davon könnten ins Reich der Mythen gehören – gibt es nur zwei Möglichkeiten, einen Angriff der Bekkir zu provozieren. Entweder man versucht ihr Heimatsystem zu finden oder man hält einen von ihnen gefangen.«

Quark und Odo sahen sich an, als sie beide das Offensichtliche begriffen. Odo meldete sich zuerst zu Wort. »Demnach müssen sie *irgendwie* geglaubt haben, ein Bekkir werde auf DS Nine gefangengehalten. Fragen Sie sich nicht auch, wie sie auf so etwas gekommen sind, Quark?«

Ohne Warnung verwandelte Odo seine Arme in biegsame, schlangenähnliche Anhängsel, die vorpeitschten, sich um den Ferengi wanden und ihn zum Constable zogen. Quark wehrte sich kreischend und versuchte, sich von der Leiche des Bekkir so fern wie möglich zu halten.

Als Odo den Ferengi näher zerrte, sah er, daß unter dem Bekkir etwas aufleuchtete. Es war am Arm des Wesens befestigt, der wiederum unter dessen Rücken eingeklemmt war. Je näher Quark dem Bekkir kam, desto heller wurde das Leuchten. Etwas am Handgelenk des Bekkir reagierte lebhaft auf Quarks Gegenwart.

Oder eher auf die des Zeitblasen-Geräts, das der Ferengi noch bei sich hatte.

»Her damit, Quark«, sagte der Constable. »Geben Sie es mir. Sofort.« Er zog eine Hand zurück und gab ihr wieder ihr normales Aussehen.

Quark katzbuckelte in perfekter Ferengi-Manier. Er benutzte den klassischen ›Tote-Ratte‹-Griff, nahm das Gerät ab und drückte es Odo in die Hand. »Nehmen Sie es«, sagte er und verzog das Gesicht, als wäre das Utensil ein Stück Abfall, das er gerade vom Boden aufgelesen hatte.

Odo ließ den Ferengi los. Quark trat sofort zurück,

drückte die Ellbogen an den Leib, streckte die Hände aus und zeigte die Handflächen. Den Kopf neigte er in einer vollständig unterwürfigen Haltung und zog ihn so tief zwischen die Schultern ein, wie es ihm möglich war. Quark vollzog das Katzbuckeln Nr. 5: *Ich empfinde wegen meiner Dummheit große Schande und unterwerfe mich Ihrer Gnade. Bitte töten und fressen Sie mich nicht.*

Odo zog den Arm des Bekkir unter dessen Körper hervor und hielt das Gerät an das Armband. Das Band flackerte hellrot auf und schickte einen leichten elektrischen Schlag durch den Arm des Bekkir, der Odo veranlaßte, seine Hand schnell zurückzuziehen.

Odo bedachte Quark mit einem finsteren Blick, der sogleich das extremste Katzbuckeln überhaupt veranstaltete. Demütig kniete er vor Odo nieder, streckte die Hände aus, spreizte die Finger und senkte den Blick. (Nr. 63: *Bitte töten Sie mich so schnell und wirksam wie möglich und vermeiden Sie überflüssiges Leiden meinerseits. Ich schlage einen schnellen Messerstoß zwischen den dritten und vierten Halswirbel vor.)*

»Ach, stehen Sie auf, Sie jämmerlicher Feigling. Niemand hat vor, Sie zu töten.«

Die Antwort war lediglich ein Winseln.

Odo seufzte. »Ich werde Sie nicht mal einsperren.«

Der Ferengi spähte vorsichtig über seine ausgestreckten Arme hinweg. »Wirklich nicht?«

Odo setzte sich auf den Boden und legte die Hände auf die Knie, wie er es bei Menschen beobachtet hatte, die eine Ruhepause einlegten. In der Tat wurde er allmählich müde. In ein paar Stunden würde Odo in seinen flüssigen Zustand zurückfallen und eine Weile ›schlafen‹ müssen.

Es war schrecklich gewesen, vor Botschafterin Lwaxana Troi in seine natürliche Form zurückzufallen. Und es war einfach undenkbar, dies ausgerechnet in *Quarks* Gegenwart zu tun. Aber wie konnte er es vermeiden? Er konnte auf keinen Fall mehr durchhalten, bis Hilfe eintraf, selbst wenn sie von Bajor käme.

»Ich habe über Ihren Fall nachgedacht, seit Sie das Gerät der Bekkir aktiviert haben.« Quark bemühte sofort wieder das Katzbuckeln Nr. 63, doch Odo ignorierte ihn. »Ist es wirklich Ihre Schuld?« fuhr er fort. »Kann ich Sie dafür verantwortlich machen?

Sicher, Ihr Vorgehen hat die Bekkir veranlaßt, zu glauben, wir hielten einen der ihren gefangen, woraufhin sie dann mit dieser Durchsuchungs- und Zerstörungsmission begannen. Aber es gibt ein gewichtiges Prinzip der Gerechtigkeit – *Gerechtigkeit,* Quark –, und das besagt, daß man jemanden nur für die Folgen seiner Taten verantwortlich machen kann, die einigermaßen vorhersehbar sind.

Wenn ein Ferengi sich gegen eine Mauer lehnt und das Haus einstürzt, weil die Mauer fehlerhaft errichtet worden ist, verhaftet man nicht den Ferengi, sondern den Besitzer, der das Gebäude nicht instand gehalten hat.«

Als Quark klar wurde, daß Odo ihn vielleicht vom Haken ließ, hörte er endlich auf zu wimmern.

Der Constable rümpfte die Nase. Der nächste Satz ging gegen jede Meinung, die er sich über Quark gebildet hatte; er entsprang vielmehr seinem angeborenen Sinn für absolutes Recht und Unrecht.

»Ich kann Sie für den Angriff der Bekkir nicht verantwortlich machen, denn eine andere Partei hat eindeutig eine wesentlich größere Schuld auf sich geladen: die Bekkir selbst. Hätten sie nur mit Commander Sisko gesprochen, hätten sie ihm gesagt, *warum* sie der Ansicht waren, ein Bekkir sei auf der Station gefangen, hätte er sich bestimmt bei seinen Kommando-Offizieren und der OPS-Besatzung umgehört. Dann hätten O'Brien und Dr. Bashir ihm von dem Gerät berichtet, das ich scannen ließ, und die Bekkir hätten keinen

Grund gehabt, über fünfhundertundsiebzig Personen zu ermorden.

Da ich der einzige Gesetzeshüter bin, der noch auf der Station anwesend ist, rufe ich hiermit ein Schnellgericht ein. Ich befinde, daß der Angeklagte aufgrund von Dummheit, unvorhersehbaren Ereignissen und der natürlichen, affenähnlichen Neugier der Ferengi nicht schuldig ist.

Stehen Sie auf, Quark. Sie sind frei – und Gott stehe uns allen bei.«

Major Kira Nerys hob die Hand. Hinter ihr blieben die Kinder und die beiden Erwachsenen verängstigt stehen. Sie warf einen Blick auf ihr Chronometer: 17.15. Kein Wunder, daß sie erschöpft war; sie war jetzt seit über fünfzehn Stunden ununterbrochen im Kampfeinsatz.

Kira blinzelte, und sie war wieder im Shakaar. Die Cardassianer hatten Bajor unterworfen. Sie kamen!

Sie schüttelte den Kopf und zerriß die Spinnweben. Es handelte sich nicht um Cardassianer. Die Angreifer waren noch schlimmer: unermüdliche, gnadenlose Mordmaschinen, schlimmer als die Borg, wenn auch in einem kleineren Maßstab.

Sie legte einen Finger auf die Lippen, damit die anderen ja still waren, hob dann zwei Finger in die Luft und deutete auf die andere Seite der Kreuzung, an der sie stehengeblieben waren. Die ersten beiden Kinder liefen so leise wie möglich los. Die Invasoren am anderen Ende des Ganges bemerkten sie nicht.

Kira gab den beiden nächsten Kindern das Zeichen, dann den nächsten. Insgesamt zwölf Kinder huschten an dem besetzten Gang vorbei: acht Bajoraner, zwei Menschen, ein Betazoid und eine kleine Vulkanierin.

Die beiden bajoranischen Flitzerpiloten, die Kira aufgetrieben hatte, waren nicht so leise. Die erste Pilotin rutschte aus, und ihre Schuhe scharrten über das polierte Deck. Die Invasoren hörten sie und drehten sich um.

Kira erwischte den ersten mit einem Volltreffer aus dem erbeuteten Gewehr in die Brust. Die Kugel durchschlug die Panzerung, als bestünde sie aus Pappmaché, und schien den Getroffenen auf der Stelle zu töten.

In dem Augenblick, in dem er zusammenbrach, leuchtete er hellrot auf. Kira wandte das Gesicht ab. Als sie wieder hinsah, war die Leiche des Invasors verschwunden. Nur der von der Hitze verzogene Schutzanzug war zurückgeblieben.

Seltsam, dachte sie. *Bei uns haben die Kugeln so etwas nicht bewirkt.*

Kira Nerys lief über den Gang und kam an der Kreuzung zu stehen. Sie ging in die Hocke; nur die Gewehrmündung lugte um die Ecke. Der zweite Invasor warf sich auf den Bauch und robbte auf sie zu.

Kira wußte, daß sie ihn auf keinen Fall treffen konnte, und verschwendete keine Munition. Statt dessen zog sie sich zu ihren Schutzbefohlenen zurück, die zu einer Notleiter weiterliefen, welche zu dem Hangar hinaufführte, in dem der Flitzer *Orinoco* wartete.

Nach zehn Metern jedoch blieb sie stehen, ging in die Hocke, drückte sich mit dem Rücken gegen die Wand und zielte auf den Boden der Kreuzung, die sie gerade hinter sich gelassen hatte.

Wie Kira vorausgesehen hatte, war der vorsichtige Invasor auf dem Bauch bis zur Kreuzung gerobbt und schob nun den Blasenkopf um die Ecke.

Er sah sie in demselben Augenblick, in dem sie ihn sah. Der Invasor erstarrte nur einen Moment lang, doch das genügte. Kira Nerys gab zwei Schüsse in sein Gesicht ab, der Helm zersprang und entblößte ein rötlich-braunes, pelzig wirkendes Reptiliengesicht, das nun mit schwarzem Blut befleckt war. Dann verkrampfte er sich zuckend, als erlitte er einen Anfall, und blieb reglos liegen.

Sekunden später war auch er zu einer klebrigen Masse zerflossen.

Kira nickte. Sie hatte begriffen. Nicht die Kugeln verursachten das Zerschmelzen, sondern ein Sicherheitsmechanismus, der verhindern sollte, daß erhalten gebliebene Leichen der Invasoren in die Hand des Feindes fielen, der sie eventuell sezieren und so ihre Schwachstellen entdecken konnte.

Kira wich zurück, bis sie gegen die Pilotin stieß. »Weiter, weiter!« befahl sie.

Sie schlichen die sterilen, fast antiseptischen Gänge der fünfzehnten Etage zwischen den Tunnels eins und drei entlang und ließen zwei weitere Abzweigungen hinter sich.

Die Invasoren hielten den Rest der oberen Ebene des Habitatrings, doch nur noch auf der achtzehnten Etage finden sporadische Kämpfe statt. Dort unternahmen die wenigen Überlebenden der Miliz einen letzten Versuch, dem Feind in die Flanke zu fallen.

Kira fluchte leise vor sich hin, weil sich der technologische Einfallsreichtum der Invasoren von Stunde zu Stunde steigerte. Mittlerweile war es ihnen gelungen, das Energiefeld, das das Erfassungssignal der Transporter blockierte, so weit auszudehnen, daß die OPS nicht einmal mehr Personen *in* eine Transporteranlage beamen konnten, deren Koordinaten natürlich bekannt waren. Und damit konnten sie nicht mehr auf die logische Evakuierungsmethode zurückgreifen: ein Kind nach dem anderen direkt in den Flitzer zu transportieren. Statt dessen war sie gezwungen, sich zu Fuß durch das umkämpfte Gebiet zu schlagen und die Leiter zum Hangar hinaufzuklettern, um die Kinder an Bord zu bringen. Diese Methode war natürlich wesentlich gefährlicher.

Kira berührte ihren Kommunikator. »Kira. Wir befinden uns unmittelbar unter dem Zielgebiet. Geben Sie die *Orinoco* frei.«

Siskos Stimme erklang, leise und entfernt, als spräche er aus einem winzigen Raum. »Soeben geschehen, Major.«

»Wer ist noch übrig?«

»Wir beide sind die letzten Kommando-Offiziere.«

»Dax?«

»Sie reagiert nicht auf meinen Ruf.«

»Ich habe ein Gewehr der Invasoren.«

»Ausgezeichnet.«

»Ich habe herausgefunden, daß man sie töten kann. Und wenn man das geschafft hat, schmelzen sie einfach.«

»Lieutenant Dax hatte eine hervorragende Idee. Sie wollte Feuerwaffen auf Schießpulverbasis replizieren.«

»Ich dachte, O'Brien hätte gesagt, das würde nicht klappen?«

»Er hat von Phasern gesprochen, von Energiewaffen. Ich meine chemisch betriebene Feuerwaffen, wie Sie eine erbeutet haben. Aber die Replikatoren hier oben funktionieren nicht mehr. Sie erzeugen nur noch verbogenes Metall. Was halten Sie davon, Ihre erbeutete Waffe zu replizieren?«

»Äh ... was meinen Sie mit verbogenem Metall?«

»Verbogene, poröse Metallstücke«, sagte Commander Sisko. »Formlos, als wäre der Mustererzeuger zerstört worden.«

Kira dachte kurz nach. »Muß der Replikator diese Waffe nicht auseinandernehmen und wieder zusammensetzen, um die Spezifikationen speichern zu können?«

»Ja«, sagte Sisko. »Deshalb habe ich Sie ja gefragt, ob Sie es riskieren wollen. Können Sie eine andere Waffe besorgen, falls diese zerstört werden sollte?«

»Verdammt! Hätte ich das doch eher gewußt ... vor

ein paar Minuten wäre es noch möglich gewesen. Aber jetzt ist kein Invasor mehr in der Nähe.«

»Falls sich die Gelegenheit noch einmal bietet ... es ist vielleicht unsere beste Chance, Major.«

»Aye, Sir. Dem nächsten Mistkerl, den ich umbringe, klaue ich die Waffe und schicke sie in einen Replikator. Was ist mit dem Chief? Kann er den Mustererzeuger nicht reparieren?«

»O'Brien ist tot. Ein Sergeant der Miliz hat seine Überreste in einem Luftschacht gefunden. Die Sicherheitsabteilung existiert nicht mehr. Die Miliz wird bis zum letzten Mann kämpfen, hat aber nicht die geringste Hoffnung, den Sieg zu erringen.«

Sie schloß die Augen und ließ die Müdigkeit durch ihren Körper sickern. So *viele Kämpfe; so viele hoffnungslose Schlachten. Man begnügt sich mit den kleinen Siegen und lebt weiter, um auf eine bessere Ausgangslage zu warten.* »Ich habe alle Kinder bei mir, die ich finden konnte, Sir. Jake ... äh ... ist nicht dabei.«

»Ich weiß. Sie hätten es mir gesagt.«

»Nog auch nicht. Wahrscheinlich verstecken sie sich gemeinsam in irgendeinem tiefen Loch. Vielleicht werden die Invasoren sie nicht finden.«

Eine lange Stille folgte. Als sich Sisko wieder meldete, war seine Stimme so unbetont und gefühllos wie die der Invasoren, und Kira erschauderte.

»Das spielt keine Rolle mehr, Major. Die Station ist verloren, und ich weiß, was ich zu tun habe. Ich darf dem Enterkommando nicht erlauben, die Station lebend zu verlassen.«

Kira hatte den Eindruck, ein eiskaltes Messer würde ihr Herz durchbohren. *Nicht erlauben, die Station lebend zu verlassen ... das kann doch nicht sein Ernst sein.* »Sir, wenn ich an dem Kom-Schild vorbeikomme, können wir Hilfe anfordern.«

»Von Bajor? Was werden die schicken, Major? Ein Raumschiff? Kann Bajor mir ein Raumschiff und Föderationstruppen schicken, die Deep Space Nine zurückerobern können?«

Sie knirschte mit den Zähnen. Beide wußten, daß Bajor über keine Kriegsschiffe verfügte, die es mit dem Angreifer aufnehmen konnten, und das nächste Raumschiff der Föderation mindestens zwei Tage benötigen würde, um die Station zu erreichen. Bis dahin war DS Nine längst verloren. Vielleicht hatten die Invasoren in zwei Tagen schon Bajor selbst angegriffen.

Bei dem Angriff aus dem Wurmloch *konnte* es sich schließlich um die Vorhut einer allgemeinen Invasion des Föderationsraums aus dem Gamma-Quadranten handeln. Die Föderation durfte nicht zulassen, daß selbst ein so ferner Vorposten wie Deep Space Nine fiel, ohne dem Feind unannehmbare Verluste zuzufügen. Anderenfalls hätte man gleich ein Neonschild anbringen können: NUR HEREINSPAZIERT! HIER GIBT'S WAS UMSONST!

Sisko hatte recht. Er konnte nur eine Entscheidung treffen.

Den Propheten sei Dank, daß nicht ich das Kommando habe, dachte sie. »Sir, ich lade die Gruppe an Bord der *Orinoco,* sammle dann eine zweite ein und schicke sie mit der *Rio Grande* fort. Und ich verspreche Ihnen, ich werde Jake finden.«

»Sie bleiben an Bord dieses Flitzers, Major.«

»Ich verstehe, Sir.«

»Warnen Sie Bajor, daß der Planet sich vielleicht verteidigen muß, falls weitere Schiffe durch das Wurmloch kommen.«

»Ja, Sir.«

»Informieren Sie mich, sobald der Flitzer unterwegs ist. Sisko Ende.«

Kira mußte das Gespräch ein paar Sekunden lang verdauen. Sie konnte diese Kinder und vielleicht noch eine zweite Gruppe von Zivilisten retten, aber dann blieb Sisko keine andere Wahl mehr, als die Station zu vernichten – und sich selbst mit ihr, um dafür zu sorgen, daß kein Invasor entkam.

Vielleicht sollte ich ebenfalls zurückbleiben, dachte sie, *damit ein Zivilist mehr hinausgebracht werden kann.*

Nein, das war unmöglich. Jemand mußte Bajor vor der Bedrohung warnen – jemand, der so integer war, daß die provisorische Regierung der Warnung auch Glauben schenkte. Also ein bajoranischer Offizier – Major Kira, die von manchen Ministern zwar ›Major Nervensäge‹ genannt wurde, aber ganz gewiß nicht als Bangemacherin galt.

Wie dem auch sei, Bajor würde wohl kaum begeistert auf die Warnung reagieren: »Viel Glück. Ein paar Blasenköpfe, die mit uralten, chemisch betriebenen Feuerwaffen herumballern, werden euch fertigmachen.«

Aber was blieb ihnen schon übrig? Bajors Militärmaschinerie war, wie auch die aller anderen Spezies in zivilisierten Quadranten, darauf ausgerichtet, sich gegen eine Armada von Schiffen zu verteidigen, die Disruptoren oder Phaser oder Photonentorpedos abfeuerten. Seit Jahrhunderten hatte niemand mehr einen Krieg mit Pulverwaffen ausgefochten!

Die Invasoren waren nicht primitiv. Sie verfügten offensichtlich über den Warpantrieb, Transporter und eine Panzerung, die sie vor Partikelstrahl-Waffen *schützte.* Ihre militärische Evolution hatte lediglich einen anderen Weg eingeschlagen. Statt die Projektilwaffen aufzugeben, wie alle anderen zivilisierten Rassen es getan hatten, hatten sie sie verbessert und zu äußerst wirksamen Tötungsgeräten weiterentwickelt.

Sie zwickte sich. *Schluß mit dem Grübeln, Mädchen! Du mußt handeln!*

»Habt ihr euch ausgeruht?« fragte sie. Die Kleinen nickten stumm. Die bajoranischen Kinder waren an Vorfälle dieser Art gewöhnt und versuchten, die anderen zu beruhigen und sich um sie zu kümmern.

»Dann gehen wir weiter.« Kira stieg die Leiter als erste hinauf, gefolgt von der Pilotin mit den quietschenden Schuhen, den Kindern und dem zweiten Piloten. Sie hatten den Hangar fast erreicht, als unter ihnen ein Schuß dröhnte. Der zweite Pilot ließ die Leiter los und war bereits tot, bevor er auf dem Boden aufschlug.

Kira fluchte laut und ohne Rücksicht auf die Kinder. Falls sie die Verwünschung gehört hatten, waren sie zu verängstigt, um ihr Beachtung zu schenken.

Sie schwang sich halb von der Leiter – eine Hand und ein Fuß baumelten in der Luft – und drängte die Kinder, an ihr vorbeizuklettern, hinauf in den Hangar. In dieser Lage war sie einem Angriff von unten völlig ausgeliefert. Mit nur einer Hand konnte sie das Invasor-Gewehr nicht gezielt abfeuern.

Sie konnte jedoch aus der Hüfte schießen. Wahrscheinlich würde sie niemanden treffen, aber sie konnte den Vormarsch der Angreifer verlangsamen. Kira gab regelmäßig Schüsse nach unten ab, alle zwei oder drei Sekunden, um Munition zu sparen. Über ihr verschwand das letzte Kind in der Hangarluke.

»Verriegeln Sie die Tür!« rief sie der Pilotin zu.

Die Frau starrte sie verständnislos an. »Was?«

»Sperren Sie die verdammte Tür zu, Sie Schwachkopf!« Sie machte unter sich eine schnelle Bewegung aus und gab wieder ein paar Schüsse in den Teil des Ganges ab, den sie aus ihrer Position einsehen konnte. »Die Tür zum Rest des Habitatrings – verriegeln Sie sie, damit Sie beim Start nicht in einen Hinterhalt geraten!«

Das Gesicht der bajoranischen Pilotin hellte sich auf. Sie hatte kapiert und lief zu der Tür, während Kira auf alles schoß, was sich bewegte.

Schließlich stieg auch sie die Leiter zum Hangar hinauf, legte sich auf den Bauch und spähte in die Dunkelheit hinab. Sie befestigte ihre Taschenlampe auf der anderen Seite der Luke so am Metall, daß sie direkt die Leiter hinableuchtete. Jeder, der hinaufstieg, mußte nun direkt in das helle Licht sehen.

Sie wartete. Ihr Herz hämmerte, ihr Atem ging stoßweise.

Bei den Propheten, ich kann es nicht fassen. Das ist das Ende.

Ich werde diesen Raum nicht mehr lebend verlassen. Sie lächelte zynisch. *Tut mir leid, Commander. Ich werde das Gewehr wohl nicht mehr replizieren können.*

Unterdessen liefen die Kinder durch den Hangar zu dem Flitzer und kletterten hinein. Mit verkniffenen Gesichtern schauten sie zu Kira zurück.

Sie schüttelte stumm den Kopf. Eine Träne benetzte ihre Wange.

»Lebt wohl«, flüsterte sie und richtete ihre Aufmerksamkeit wieder auf die Leiter.

Ein Blasenkopf bewegte sich vorsichtig ins Licht. Diesmal konnte Kira beide Hände benutzen. Sie zielte, schoß, und der Helm zerplatzte in einer Explosion aus schwarzem Blut und stachligem Fleisch. Der Invasor stürzte die Leiter hinab und leuchtete hellrot auf; der Kampfanzug fiel schlaff in sich zusammen.

Als seine Begleiter, erzürnt über den Tod ihres Gefährten, das Feuer erwiderten, robbte sie von der Luke zurück. Sie vernahm ein dumpfes Surren, als die Kugeln überschallschnell über ihren Kopf hinwegflogen.

Das Salvenfeuer wurde eingestellt. Kira wartete einige Sekunden, nahm das Gewehr wieder in beide Hände, wirbelte herum, während sie noch ein gutes Stück von der Luke entfernt war, und feuerte bereits die Leiter hinab, noch bevor sie sie überhaupt sehen konnte.

Sie traf den ersten Blasenkopf in die Brust, er fiel von der Leiter und riß einen weiteren Invasor, der ihm nachgekommen war, mit sich. Beide schlugen geräuschvoll auf dem Boden auf.

Der Invasor, den sie erschossen hatte, leuchtete nicht auf. Statt dessen verschwand er einfach, wie ein Buuhdschamm aus *Die Jagd nach dem Schnark.*

Sie gab zwei weitere Salven ab, bis sie schließlich den zweiten Invasor traf, der sich gerade wieder aufrappelte. Sie zerfetzte den Helm des Angreifers, auch er leuchtete auf und schmolz.

Kira entwickelte eine Theorie. Die Panzerung der Invasoren schützte vor allem deren Körper vor möglichen Treffern. Der einzige unbedingt tödliche Schuß war demnach einer in den Kopf. Wenn sie starben, schmolzen sie. Waren sie lediglich verwundet, verschwanden sie einfach.

Ein lautes Donnern ließ sie zusammenzucken. Sie riß das Gewehr hoch und wirbelte herum, doch es war nur der Flitzer, der *im Hangar* vollen Schub gab und startete, ohne Zeit damit zu verschwenden, sich von dem Fahrstuhl auf das Startfeld bringen zu lassen. Kira wirbelte wieder herum, aber es hatten sich keine Blasenköpfe mehr auf die Leiter gewagt.

Etwas flog zu ihr hoch und traf sie an der Nase. Überrascht kniff sie die Augen zusammen. Es war ein schwarzer Zylinder aus einem ihr unbekannten Metall, so breit und dick wie ihre Faust. Noch bevor sie begriff, worum es sich handelte, kickte sie ihn wieder hinab und warf sich zur Seite.

Der Zylinder detonierte lautstark. Obwohl sie sich nicht direkt im Explosionskegel befand, warf die Erschütterung sie von den Knien auf den Hintern. Sie rappelte sich auf und sah, daß ein zweiter schwarzer Zylinder hinaufgeworfen wurde.

Kira schlug ihn mit dem Kolben des Gewehrs zurück. Unwillkürlich mußte sie an das kosmische ›Baseball‹ denken, das sie mit dem Schiff der Fremden gespielt hatte. *Sisko, das würde Ihnen gefallen,* dachte sie, als sie eine dritte Granate zu den Blasenköpfen zurückschleuderte, noch bevor die zweite explodiert war.

Doch die dritte detonierte direkt unter und nicht seitlich von ihr, wie die anderen.

Die Druckwelle schlug ihr gegen Gesicht und Oberkörper und warf sie von der Luke in den Hangar zurück. Benommen wälzte sie sich hin und her und versuchte schwach, wieder auf die Knie zu kommen. Der Flitzer hatte soeben das Deck zwischen Hangar und Startfeld erreicht und drehte sich langsam.

Sie sah, wie er durch das Startfeld glitt, erneut die Impulstriebwerke zündete und hinter dem Rand des Schotts verschwand.

Er startet … muß Sisko mitteilen, daß er startet …

Kira griff nach dem Kommunikator, zitterte aber noch zu heftig. Ihre Hand wollte ihr nicht gehorchen. Sie biß die Zähne zusammen, schluckte schwer und *zwang* ihre tastenden Finger, den Kommunikator zu finden. »Kira«, keuchte sie, »Flit … Flitz … Start …«

Nach Atem ringend, kam sie endlich wieder auf die Knie. Keine Sekunde zu früh. Schon tauchte der erste von einer schwarzen Blase umhüllte Kopf in der Luke auf. Es war pures Glück, daß das Gewehr noch neben ihr lag und die Mündung in etwa in die richtige Richtung zeigte.

Sie packte die Waffe, stieß sie vor, bis die Mündung fast die schwarze Kugel berührte, und schoß dem Invasor direkt ins Gesicht.

Er verschwand außer Sicht, bevor sie sehen konnte, ob der Schutzanzug erschlaffte. Doch schon warf ein anderer Blasenkopf eine Granate durch die Luke in die Richtung, in der er Kira vermutete.

Sisko hätte mich in seine Baseball-Mannschaft aufnehmen sollen, dachte sie und drosch die Granate in eine Ecke des Hangars.

Sie warf sich auf den Bauch und riß die Arme über den Kopf. Die Granate explodierte, und die Druckwelle schleuderte sie zweimal herum, aber sie war nicht so desorientiert wie nach der vorherigen Explosion.

Sie ging in die Hocke, richtete das Gewehr auf die Luke und wartete darauf, entweder einen Schuß abzufeuern oder die nächste Granate zurückzuschleudern. *Ich kann den Rest meines Lebens so weitermachen, ihr Dreckskerle!*

11

Odo betrachtete die dritte Pfütze Bekkir-Blutes, die sie bislang gefunden hatten. Genauer gesagt hatte Quark die Flecken an einer Gangkreuzung entdeckt. Aus der Richtung, in die das Blut gespritzt war, konnte Odo problemlos schließen, woher der tödliche Schuß gekommen war.

Erneut lagen Stücke der verzogenen, geschmolzenen Panzerung in der Lache, als wäre der Bekkir nach seinem Tod von einer intensiven Hitze versengt worden, die nichts von ihm zurückgelassen hatte.

»Sieht so aus«, sagte Quark, »als hätte jemand sich zurückgezogen und sie dabei mit ihren eigenen Waffen beschossen.«

Odo nickte. »Wahrscheinlich hatte derjenige nur ein Gewehr und nicht besonders viel Munition gehabt. Klug. Sehr klug. Verteidigungsmaßnahmen – wie diese Schutzanzüge – werden parallel zu Angriffswaffen entwickelt. Wahrscheinlich kann nur ein Bekkir-Gewehr eine Bekkir-Panzerung durchdringen. Schwer zu sagen, denn die Bekkir haben die Leichen anscheinend zerstört.«

»Es sieht ganz so aus, als hätte ein bestimmter bajoranischer Major sich diese scheußliche Sache einfallen lassen«, sagte Quark und klang dabei gleichzeitig beeindruckt und mißbilligend.

»Oder Commander Sisko«, pflichtete Odo ihm bei. »Die Zivilisten scheinen als Sicherheitswächter keinen Erfolg gehabt zu haben. Einem erfahrenen Soldaten hingegen wäre es vielleicht möglich gewesen, einen

Bekkir kampfunfähig zu machen und ihm sein Gewehr abzunehmen.«

»Also lebt Kira noch? Oder vielleicht Sisko?«

»Das bezweifle ich«, sagte Odo. »Wären sie noch am Leben, bei Bewußtsein und auf der Station, wären sie auf der OPS und würden die Schäden ausbessern.«

Odo schritt den Gang entlang, in die Richtung, aus der der Schuß gekommen war. Mal kletterte er, mal sprang er über Schutthaufen, eingestürzte Wände oder Deckenteile, ging in die Hocke und schlängelte sich durch schmale, instabile ›Tunnels‹ aus herabgefallenen Trümmerstücken. Doch er veränderte seine Gestalt nicht. Ihm ging allmählich die Kraft aus, und jeder Gestaltwandel beanspruchte ihn ungeheuerlich. In ein paar Stunden würde er sowieso in seinen natürlichen Zustand zurückfallen, und er hatte vor, sich dann an einem relativ sicheren Ort zu befinden – und, falls möglich, nicht in Quarks Nähe.

Der Ferengi bemühte sich, mit ihm Schritt zu halten. Seine Befürchtungen, von einem Trümmerstück erschlagen zu werden, wurden fast verdrängt durch die Angst davor, alleingelassen zu werden und sich im Trümmerlabyrinth der schwer zerstörten Station zu verirren. Quark war nie besonders sportlich gewesen, legte aber eine bewundernswerte Beharrlichkeit an den Tag, wenn es darum ging, dem Constable zu folgen.

Sie passierten mehrere Stellen, an denen durch klaffende Risse in der Außenhülle von DS Nine die kalten Sterne Bajors zu sehen waren. Lediglich der Atmosphäreschild, der die gesamte Station umgab, hielt den Druck konstant. Doch da die Fusionskraftwerke ausgeschaltet waren, würde auch dieser Schutzmechanismus bald zusammenbrechen. Wenn es soweit war, mußten sie Druckanzüge anlegen.

»Da ist noch mehr Blut«, sagte Odo mit müde klingender Stimme. Er untersuchte zwei weitere Pfützen aus schwarzem Blut und rosafarbenem Fleisch, bei dem es sich wahrscheinlich um Gehirngewebe handelte. Auch hier lagen verflüssigte und wieder erstarrte Teile eines Schutzanzugs.

Odo untersuchte die Reste der Panzerung. »Ich stelle ein gewisses Muster fest«, sagte er. »Wenn ein Bekkir stirbt, wird, wie es aussieht, automatisch ein Brandsatz gezündet, der die Leiche und damit alle Hinweise auf ihre Spezies vernichtet.«

»Der Bekkir, den Dax getötet hat, ist nicht verbrannt.«

»Das ist mir auch aufgefallen. Wahrscheinlich hat die Explosion, die ihn getötet hat, auch den Zündmechanismus zerstört – zum Glück für uns. Die anderen wurden einfach erschossen, was dem Brandsatz nichts anhaben konnte.«

»Oh.« Quark beobachtete ihn teilnahmslos. Er hatte bereits zuviel Blut gesehen, um sich noch etwas aus weiteren Todesfällen zu machen – ob es nun Freunde oder Feinde betraf. Er wußte, daß sich in diesem Augenblick 571 Leichen auf DS Nine befanden – 572, wenn man den Invasor mitzählte, den Dax getötet hatte –, aber es kam ihm vor, als hätte er schon doppelt so viele gesehen.

Er wußte genau, daß lediglich seine Furcht und sein Abscheu ihm diesen Eindruck vermittelten. Aber es traf tatsächlich zu, daß zahlreiche Leichen völlig unverletzt zu sein schienen... obwohl alle so gekrümmt und verdreht dalagen wie die, die sie am Tunnel zwei gefunden hatten. Es hatte den Anschein, als wären sie durch epileptische Anfälle ums Leben gekommen.

Sie alle waren eines gewaltsamen Todes gestorben – aber wie?

Dieses Rätsel ließ Quark fast an eine göttliche Vergeltung glauben. Hatte der abgelegene Vorposten irgendwie die Götter des Handels beleidigt und ihren gigantischen Zorn heraufbeschworen? Falls dem so war, wandelten sie als einzige Lebewesen durch eine Station von Geistern.

»Eine Druckwelle«, murmelte Odo und drehte sich langsam um die eigene Achse, um den gesamten Raum abzusuchen. Der Constable hatte recht. Auf dem Boden und der Decke war zwischen den Überresten von Maschinen und Einrichtungsgegenständen, den Gerätschaften des Lebens für die Lebenden, deutlich ein Explosionsmuster auszumachen. Alles strebte von einem zentralen Punkt fort.

Oder besser gesagt, von mehreren Punkten. Odo verfolgte die Streifen sorgsam zurück, als wolle er den Goldenen Schnitt eines Gemäldes ermitteln, und stellte fest, daß es nicht nur einen, sondern mindestens drei, vielleicht sogar vier Explosionsherde gab.

»Und sehen Sie mal«, fügte der Constable hinzu, »hier liegt das Stück einer Beinschiene eines Bekkir. Es ist nicht geschmolzen. In diesem Fall war die Explosion beträchtlich stärker. Ansonsten ist von dem Toten nichts übriggeblieben – und der Zündmechanismus wurde offensichtlich zerstört.« Odos Gesicht hellte sich plötzlich auf. »Quark, wissen Sie eigentlich, wo wir sind?«

Der Ferengi sah sich in hoffnungsloser Verwirrung um. Die Decke in diesem Abschnitt war zusammengebrochen, nicht eingerissen, und hing nach unten durch wie ein surreal umgestülpter Berg. Es hatte den Anschein, als sei etwas mit gewaltiger Wucht hineingerast, als habe eine riesige Faust eine Delle in sie hineingeschlagen.

Durch ein winziges Loch in der Decke konnten sie einen Teil des darüberliegenden Raums sehen. Quark erkannte einen weißen Streifen, konnte aber keine Einzelheiten ausmachen.

»Ich habe nicht die geringste Ahnung, Odo«, sagte der Ferengi gereizt.

»Das sollten Sie aber. Sie waren schon oft hier. Oder

besser gesagt, *dort.*« Er deutete auf den Raum über ihnen. »Direkt über uns befindet sich ein Flitzer-Hangar«, erklärte er. »Nummer drei, glaube ich. Hier in der Nähe war einmal eine Notleiter, aber sie wurde zerstört. Wahrscheinlich von den Bomben.«

Quark blinzelte zum Hangar hinauf. »Da oben ist etwas«, sagte er. »Können wir hinauf und nachsehen?«

Odo stöberte in den Trümmern herum, bis er ein langes Rohr gefunden hatte, das fast bis zur Decke reichte. »Wenn Sie diese Stange hinaufklettern können, durchaus.«

»Was? Dieses lächerliche Ding hinaufklettern? Odo, Sie sind der Gestaltwandler, verdammt noch mal! Warum wachsen Sie nicht einfach oder verwandeln sich in einen Vogel, oder was auch immer, und sehen selbst nach?«

Odo runzelte die Stirn. »Ich spiele doch nicht für jeden Trottel den Alleinunterhalter, Quark. Ich ändere meine Gestalt nicht mal eben, weil es Ihnen gerade so in den Kram paßt. Entweder Sie klettern, oder Sie bleiben unten und halten die Stange fest.«

Quark überlegte. Odo sah zwar aus wie ein Mensch, wog aber an die vierhundert Pfund, wie Quark in den frühen Tagen der Station zu seinem Leidwesen herausgefunden hatte, als er einmal versucht hatte, den Constable einfach umzustoßen. Ein ölverschmiertes Rohr festzuhalten, während solch ein Riese daran hinaufkletterte, erforderte beträchtlich mehr Kraft, als selbst hinaufzusteigen. Also meldete der Ferengi sich freiwillig.

Odo umklammerte das Rohr mit eisernem Griff und ging in die Hocke, damit Quark auf seine Schulter steigen konnte.

Zögernd kletterte Quark los.

Commander Sisko saß allein in der OPS am Kontrollpult und wartete ungeduldig auf Kiras Bestätigung, daß der Flitzer startklar war. Sein Finger schwebte über dem Abschußknopf der Phasertorpedos.

In nicht einmal sechzehn Stunden, dem Blinzeln eines galaktischen Auges, war aus dem Commander einer Starfleet-Station in einem entlegenen Teil des Weltraums einer der wenigen Überlebenden in einem fast völlig zerstörten Trümmerhaufen geworden.

Obwohl das Schiff der Invasoren seit einigen Stunden kein Lebenszeichen mehr von sich gab, hatte er nicht vor, ein Risiko einzugehen. Unmittelbar vor dem Start der *Orinoco* wollte Sisko mehrere Torpedos abschießen, die in der Nähe des Schiffes – zwischen ihm und dem Startfeld drei – explodieren sollten. Er hoffte, dem Flitzer damit so viel Zeit zu verschaffen, daß er den Kommunikationsschild durchbrechen und eine Warnung funken konnte.

Bei maximaler Warpgeschwindigkeit könnten die *Thule* oder die *Clifford Simak* die Station in achtundzwanzig Stunden erreichen. Beide verfügten über eine ausreichende Bewaffnung, um die Invasion der Station abzuwehren – falls Benjamin Siskos Plan aufging.

Er beobachtete die flackernden Bildschirme, die gleichzeitig zwei Ansichten des Schiffs präsentierten. Er war den Tränen nah; die Monitore dokumentierten die schrecklichen Schäden der Station so unbarmherzig, daß Sisko den Eindruck hatte, ebenfalls aufgeschlitzt und ausgeweidet worden zu sein.

Die Explosionen hatten die Außenhaut von DS Nine wie eine Zwiebel abgeschält. Ganze Sektionen waren zu verbogenen Trümmerteilen zerfetzt worden und erinnerten ihn an sein erstes Kommando.

Ich befehlige ein Ehrengrabmal, dachte er mit seltsamer Ruhe. *Einen treibenden Sarg, eine Gruft im All, eine Totenstadt.* Auf ihre Weise waren diese Invasoren genauso gnadenlos destruktiv wie die Borg, die – unter dem Kommando des ›Locutus der Borg‹, ansonsten bekannt als Jean-Luc Picard von der *Enterprise* – Siskos Frau Jennifer getötet hatten.

Er aktivierte den Kommunikator. Zumindest war es den Invasoren nicht gelungen, auch dieses System zu blockieren. »Sisko an Major Kira. Bitte bestätigen.«

Keine Antwort. »Computer, Notfall-Priorität, öffne den Kanal.«

Alle Displays auf der OPS verdunkelten sich, erloschen fast. Sisko hielt den Atem an. Der Computer war bei den Kämpfen schwer beschädigt worden. Er lenkte die Logikschaltungen automatisch um, um weitere Schäden zu vermeiden, doch im Computer herrschte ein solches Durcheinander, daß er mit jedem Befehl die endgültige Katastrophe heraufbeschwören konnte.

Schließlich leuchteten die Displays wieder auf, und eine unruhige Stimme vermeldete etwas, das wie »K-n-l g-ffn-t« klang.

Kanal geöffnet.

Sisko hörte einen dumpfen Knall, der so laut war, daß er alle anderen Geräusche übertönte. »Kira, antworten Sie mir. Was ist los? Brauchen Sie Hilfe?«

Hilfe? Von wem?!

Noch immer keine Antwort. Entweder schenkte Kira ihm keine Beachtung, oder das laute Knallen – wahrscheinlich die chemische Waffe, die sie erbeutet hatte – hatte sie taub gemacht, und sie hörte seinen Ruf gar nicht.

In diesem Augenblick hallte eine laute Explosion durch die OPS, gefolgt von statischem Rauschen aus den Lautsprechern.

Einer der Monitore flackerte. Sisko drehte den Kopf, aber nicht schnell genug, um sehen zu können, was geschehen war.

Einen Augenblick später sah er auf dem anderen Monitor, was das Flackern ausgelöst hatte. Die *Orinoco* war soeben gestartet.

»Was, zum Teufel...« Commander Sisko feuerte sofort die vorbereitete Torpedosalve ab.

Wie in einem in Zeitlupe verlaufenden Alptraum sah er, daß die *Orinoco* sich auf direktem Weg von der Station entfernte, während auf dem Schiff der Invasoren eine Sensorgruppe rotierte und sich auf den Flitzer ausrichtete.

»Kommt schon«, beschwor er die schwerfälligen Torpedos, »jetzt! Macht schon! Explodiert, *explodiert!*«

Er verlor die Beherrschung, schlug immer wieder mit der Faust auf die Konsole, während die dummen Torpedos, die von der Natur nicht dafür eingerichtet waren zu erkennen, daß die Lage sich verändert hatte, stur ihrem Programm folgten, *Siskos* Programm.

Das Geschütz, das wie ein Wasserschlauch aussah, schob sich aus dem Schiff der Invasoren und schoß eine Salve außerordentlich schneller Projektile auf den Flitzer ab. Dann explodierten die Torpedos. Einer von ihnen war dem nicht abgeschirmten Geschütz durch Zufall so nahe gekommen, daß er es vernichtete.

Aber die Projektile selbst wurden nicht angekratzt. Sie legten mehrere Kilometer pro Sekunde zurück und waren damit gerade schnell genug, um außerhalb der Detonationsreichweite zu bleiben.

Sie schlugen mit einem grellen Blitz in das Heck des Flitzers ein, zerstörten das eine Impulstriebwerk und beschädigten das andere. Das kleine Raumschiff wirbelte unkontrolliert durchs All.

Entsetzt und hilflos mußte Sisko zusehen, wie der Pilot versuchte, den beschädigten Flitzer zu steuern. Dann schien er oder sie die *Orinoco* wie durch ein Wunder wieder unter Kontrolle zu bekommen. Doch anstatt weiterzufliegen, hinaus aus dem Bereich des Kommunikationsschilds, drehte der Pilot und kehrte nach DS Nine um.

»Nein!« schrie Sisko den Monitor an. Fassungslos beobachtete er, wie der anscheinend völlig verwirrte Pilot

direkt zu dem Landefeld zurückflog, von dem aus er gestartet war.

Weitere zwei Granaten, mehr, als Kira Nerys wegschlagen konnte. Aus einem Augenwinkel beobachtete sie, wie eine ein paar Meter von ihr entfernt liegenblieb, und spannte ihren Körper gegen die Druckwelle an.

Sie blinzelte und stellte fest, daß sie durch den Hangar geschleudert worden war und gekrümmt, mit dem Kopf nach unten und den Beinen nach oben, vor einem Schott lag. Sie sah, daß eine weitere Granate explodierte, spürte den Schlag, hörte aber nichts.

Ich bin taub, dachte sie leidenschaftslos.

Sie sah hoch, an ihrem rechten Fuß vorbei. Die Decke des Hangars war abgesprengt worden, und sie konnte das Startfeld sehen und weiter durch die Abfertigungshalle hinaus den Weltraum.

Dann sah sie zu der elenden, wertlosen Hangarluke. Ein Blasenkopf tauchte aus dem Loch auf, wie ein bajoranischer Bicket, der sich über einen Garten hermachen will. Er gesellte sich zu dem anderen Invasor, der bereits im Hangar kauerte.

Sie sahen sie nicht. Die letzte Granate hatte sie zu weit fortgeschleudert.

Major Kira rollte sich herum und wollte aufstehen, brach jedoch sofort wieder zusammen. Als sie an sich herunterschaute, stellte sie fest, daß ihr rechtes Bein direkt unter der Kniescheibe endete. Zum Glück hatte die Explosion, die ihr das Bein abgerissen hatte, die Wunde fast versiegelt.

Jetzt werde ich vielleicht herausfinden, wie gut der liebe Doktor Julian wirklich ist.

Kira blieb liegen und sah sich um. Sie entdeckte das erbeutete Gewehr keine zehn Meter von sich entfernt.

Sie kroch langsam darauf zu und fragte sich, wieso sie im rechten Bein keine Schmerzen hatte. Sie hätte sogar schwören können, das Bein selbst zu spüren, zu fühlen, wie der Stiefel über den Boden scharrte, jede einzelne Niete zu spüren, über die ihre nicht vorhandenen Zehen streiften. Sie spürte sogar das Zusammenziehen der Muskeln.

Sie erreichte das Gewehr in dem Augenblick, in dem die nach ihr suchenden Blasenköpfe sie entdeckten. Sie knieten nieder, um zu schießen, doch Kira packte das Gewehr, rollte sich auf den Rücken und gab einen Schuß aus dem Stegreif ab.

Erstaunt runzelte sie die Stirn, als die Kugel einen der knienden Invasoren in die Kehle traf. Er fiel zurück, griff sich an den Hals und zuckte vor Schmerzen.

So etwas gelingt mir in tausend Jahren nur einmal, dachte sie. Im nächsten Moment griff der Invasor schwach an seine Brust, leuchtete auf und verschwand.

Der zweite Invasor zielte sorgfältig und schoß eine Salve ab, die Kira in den Leib traf.

Sie spürte einen Schlag in den Magen wie von einem Schmiedehammer. Ein unerträglicher Druck explodierte in ihrem Hals. Kiras linke Seite begann unbeherrscht zu zittern.

Sie rollte sich herum und spürte einen schrecklichen Schmerz direkt unter ihrem Brustkorb. Indem sie das Gewehr zwischen ihre Brüste legte, konnte sie es ruhig genug halten, um einen weiteren gezielten Schuß abzugeben. Die Kugel traf den zweiten Invasor ins Gesicht, und er verkochte.

Sie wartete in absoluter Stille, hörte nicht einmal ihren eigenen abgehackten Atem. Aber in der Luke tauchten keine weiteren Blasenköpfe auf. Entweder waren sie geflohen – unwahrscheinlich –, oder Major Kira Nerys vom Shakaar hatte sie alle getötet.

Nach einem Moment ließ sie das Gewehr fallen und hob eine schwache, fast leblose Hand an den Kommunikator.

Sie hörte ihre Stimme nicht, nicht einmal ein Echo in

ihren hohlen Knochen. Sie wußte nicht, ob sie sprach oder die Worte nur dachte.

»Kira.« Sie bildete das Wort mit den Lippen. »Flitzer… gestartet…« Schwindel überkam sie. Sie ließ den Kopf sinken und schaute zu den Sternen hinauf. Sie sah das Schiff der Invasoren, sah helle Blitze. Siskos Torpedos. Sie hatte ihn rechtzeitig über den Start informiert.

»Ich sterbe«, keuchte sie und betete zu den Propheten, daß sie laut sprach und ihr Kommunikator nicht beschädigt worden war. »Transport… Bashir… *sofort.*«

Kira machte durch die abgeschälte Decke ein winziges, stecknadelkopfgroßes Licht aus, einen hellen Stern, der sich unstet durch den Himmel bewegte.

Sisko versuchte, sie mit dem Transporter zu erfassen. Die Invasoren hatten ein Feld aufgebaut, das die Transporterfunktionen blockierte, doch O'Brien würde eine Möglichkeit finden, es zu umgehen. Odo konnte die Angreifer in Schach halten, bis man sie auf Dr. Bashirs Krankenstation gebracht hatte.

Dax kniete neben Kira nieder und strich über ihr Haar. *Keine Angst,* sagte die Trill. *Halten Sie durch. Spüren Sie das? Der Transporterstrahl erfaßt Sie bereits.* Der helle Funke wurde heller, größer.

Jemand hielt ihre Hand. Kira konnte den Kopf nicht bewegen, sah aber, daß es die alte Kai Opaka war, die rechtzeitig aus dem Gamma-Quadranten zurückgekehrt war, um den kleinen Major zu retten. Aber war sie noch die Kai? Kira wußte es nicht mehr.

Sind Sie noch da, Jadzia? fragte Kira. Wo *bleibt der Transporter? Hat O'Brien ihn schon repariert?*

Er ist im Augenblick bei Keiko in der Schule, sagte ihre Freundin, *um herauszufinden, wie er den Schaden beheben kann.* Aber aus irgendeinem seltsamen Grund sagte Keiko ständig das bajoranische Alphabet auf, immer wieder, während der Chief aufmerksam mitschrieb.

Jungs, sagte sie, *das ist ja ganz lustig, aber ihr beeilt euch lieber. Ich sehe, daß die Propheten mit ihrem hellen Licht der Wahrheit kommen, und ich muß hier raus sein, bevor sie hier eintreffen, oder sie nehmen mich mit nach Hause.*

Plötzlich wurde Kira klar, daß das Licht in Wirklichkeit ein bajoranisches Fackelschiff war, das auf dem Landefeld andockte, um sie nach Hause zu Mutter zu bringen.

Mutter tätschelte ihre Hand, aber sie war gleichzeitig Dax. *Es wird immer seltsamer,* sagte der Wissenschaftsoffizier, ein Zitat aus ihrem liebsten Erdenbuch, *Alice im Wunderland.*

Nerys lächelte. Die Propheten kamen in einem brennenden Flitzer. Sie landeten, landeten. Sie sah, wie das Schiff sich dem Landefeld näherte.

Es wurde größer. Immer größer ...

Zwei Tage, nachdem sein einziges Heim von gepanzerten Fremden zerstört wurde, klettert Quark grazil eine Stange hinauf ...

Quark umschloß die Stange mit tödlichem Griff und schlang beide Arme so fest darum, daß er Krämpfe bekam. Ihm wurde schwarz vor Augen.

»Klettern Sie weiter«, beharrte Odo. »Was ist los mit Ihnen?«

»So hoch ... ein tiefer Fall ...«

Odo verdrehte die Augen. »Quark, Sie Trottel, Sie sind nicht mal auf Kopfeshöhe über dem Boden. Und ich meine damit Ihre eigene Kopfeshöhe, Sie Winzling.«

Es stimmte. Die schwindelerregende Höhe erzeugte Übelkeit in dem Ferengi. »Ah«, stöhnte er jämmerlich, »ah ... aaaahh ...«

»Klettern Sie rauf und hören Sie zu *jammern* auf.« Der Constable versetzte Quarks Hintern einen heftigen Stoß und trieb den Ferengi die Stange hinauf. Am oberen Ende hielt Quark inne und rutschte wieder hinab.

Instinktiv streckte er die Arme aus und bekam den Rand der Luke zu fassen.

Einen Augenblick lang baumelte er über dem Abgrund, schwang hin und her und wagte es nicht, sich hinauf- oder hinabzubewegen.

»Das reicht«, stellte Odo fest. »Jetzt kriechen Sie durch die Luke und suchen irgendein Seil, das Sie zu mir herunterlassen. Ich bezweifle, daß Sie die Stange festhalten können.«

Quark kreischte auf. Es gelang ihm, einen Ellbogen über den Lukenrand zu schieben, doch dann konnte er nicht mehr.

»Zwingen Sie mich nicht, zu Ihnen raufzukommen!«

»Sie klingen wie meine Mutter«, sagte Quark vorwurfsvoll.

»Sie hatten eine Mutter? Welch wundersamer Gedanke ... Quark als jugendlicher Straftäter.«

Indem der Ferengi sich heftig wand und mit den Beinen trat, gelang es ihm, beide Ellbogen durch die Luke zu zwängen. Dann krümmte er sich und zog sich hoch. Er streckte die Beine aus und betrachtete entsetzt seine wunderschöne giftgrüne Jacke, Nr. 16.

Das gute Stück war absolut ruiniert. Das zweireihige Vorderteil war nun ein anderthalbreihiges Teil baumelnder Fetzen.

»Mein Anzug! Sehen Sie sich an, was Sie mit meinem Anzug gemacht haben?«

»Er ist hinüber? Gut, dann haben Sie ja sicher nichts dagegen, ihn als Strick zu benutzen und mich hochzuziehen.«

»Dafür werden Sie bezahlen! Sie und der Rest der verdammten Föderation! Ich werde Sie verklagen!«

»Machen Sie sich doch nicht lächerlich, Quark«, schnaubte Odo. »Wo wollen Sie denn einen Anwalt finden, der Ihren Fall im Austausch gegen drei kostenlose Drehungen des Daborads übernimmt?«

Verärgert glättete der Ferengi sein Jackett mit aller

Würde, die er aufbringen konnte, wandte sich nachdrücklich von der Luke ab – und erstarrte. Nun konnte er den weißen Gegenstand deutlich erkennen, den er von unten teilweise ausgemacht hatte.

Das Wrack eines Flitzers hatte sich in den Hangar gebohrt. Er hatte die Landefeld-Ebene glatt durchschlagen. Durch den klaffenden Riß, den er hinterlassen hatte, konnte man ins Weltall sehen.

Die Wucht des Aufschlags war so stark gewesen, daß der Flitzer den verstärkten Hangarboden eingedrückt und damit den bizarren ›umgestülpten Berg‹ geschaffen hatte, den sie auf der darunterliegenden Etage gesehen hatten.

»Erstaunlich«, flüsterte er. Der Flitzer war glatt durch eine ganze Etage hindurch gestürzt.

Auf der Seite des Schiffes war deutlich der Name *Orinoco* auszumachen. Es handelte sich um einen Flitzer der Station.

Ohne Vorwarnung tauchte Odos Kopf in der Luke auf, fast zwischen Quarks Beinen. Der Ferengi schrie auf, sprang erschrocken zurück und schlug mit den Armen um sich. Der wütende Gesichtsausdruck des Constables darüber, Energie für eine Formwandlung verschwenden zu müssen, schwand augenblicklich, als er den Flitzer sah.

Wortlos glitt Odo durch die Öffnung und schrumpfte wieder zu normaler Größe. Er ging um das Wrack herum und betrachtete es genau. »Ein erstaunlicher Anblick«, sagte er schließlich.

»Aha. Das ist also Ihre berufsmäßige Meinung als Schutzpolizist und ausgebildeter Beobachter.«

Verwirrt ging Odo zum Heck des Flitzers zurück. Dann sah er sich im gesamten Hangar um und schüttelte schließlich den Kopf. Ein großer Teil des Raumschiffs fehlt. Das linke Impulstriebwerk wurde vollständig abgerissen. Das erklärt natürlich den Stabilitätsverlust, der zum Absturz geführt hat …«

Quark hatte den Flitzer betreten. Er gab ein würgendes Geräusch von sich. Als er wieder herauskam, hatte er sich zum hellsten Rosa verfärbt, das Odo je bei ihm gesehen hatte.

»Überlebende?« fragte der Constable. Quark sah ihn fassungslos an, schlug hastig die Hand vor den Mund und lief zu einer Ecke des Hangars.

Odo folgte ihm neugierig. »Ich glaube, dieses Verhalten ist Bestandteil der Evolution«, erklärte er hilfreich, »damit sich der Magen als Vorbereitung auf einen Kampf oder eine Flucht reinigen kann. Aber ich verstehe nicht, warum Sie ausgerechnet jetzt, da keine dieser beiden Handlungen angemessen erscheint, darauf zurückgreifen. Im übrigen haben Sie sich nun die Überreste Ihres Anzugs endgültig ruiniert.«

»Vielen Dank, Odo. Ich hoffe, eines Tages, wenn Sie in Ihrem flüssigen Zustand sind, leckt ein Hund Sie auf.«

»Ich habe sowieso nie verstanden, warum gelbe Ferengi grüne Jacken tragen.«

»Ich bin nicht gelb! Ich bin rosa, Sie farbenblinder Kretin!«

Odo beugte sich durch einen Riß in der Hülle der *Orinoco*, um herauszufinden, was Quark dermaßen zugesetzt hatte. Im Inneren des Flitzers fand er die Überreste einiger Kinder und einer bajoranischen Pilotin, die in einem Zustand waren, wie man ihn nach einem so schweren Unfall erwarten konnte. Aber nichts deutete darauf hin, wieso Quark sich hatte übergeben müssen.

Achselzuckend erhob er sich wieder. Dabei bemerkte er, daß der Ferengi sich vorgebeugt und die Arme an den Leib gedrückt hatte. Doch Quark übergab sich nicht mehr, sondern starrte neugierig auf etwas, das unter dem Flitzer lag.

Odo bückte sich, um es zu untersuchen. Es war ein Fuß, der noch in einem Stiefel steckte.

Die beiden benötigten fast eine Stunde, um die dazugehörige Leiche freizulegen. Sie mußten einzelne Teile der Hülle des Flitzers entfernen und das Raumschiff hochstemmen, um das behelfsmäßige Grab freizulegen. Der Körper war nur noch geschundenes Fleisch und nicht mehr zu identifizieren. Doch dann sagte Quark plötzlich leise: »Sie ist es.«

»Sie? Wer?«

»Major Kira.«

Odo untersuchte die Leiche erneut. »Woher wollen Sie das wissen? Das Gesicht ist ... na ja, Sie wissen schon.«

»Glauben Sie mir! Ich ... äh ... erkenne Sie. Vertrauen Sie mir – es ist eindeutig Kira Nerys.«

Odo blickte traurig auf die sterblichen Überreste der einzigen Person auf DS Nine, die ihn fast verstanden hatte. Sie war der andere Außenseiter gewesen. Dann sah er wieder zu Quark. Der Ferengi hatte seine Jacke ausgezogen und stand mit ernster Miene da.

»Darf ich?« fragte er.

Odo nickte, und Quark legte die Jacke sanft über die Leiche, bedeckte Kopf und Oberkörper. Kira hatte ein Bein verloren; wahrscheinlich war es abgerissen worden, als der Flitzer auf sie stürzte.

Seltsam, dachte Odo. *Ich habe das Gefühl, ich müßte etwas sagen.* Was sagten die Bajoraner doch gleich bei solchen Anlässen? »Gehen Sie mit den Propheten, Kira Nerys. Finden Sie einen Ort, an dem es keine Cardassianer gibt, und die Kinder draußen im Sonnenschein spielen können.«

Odo richtete sich auf und sah zu der offenstehenden Hangartür hinüber. Daneben lag ein kleines Bündel, das seine Aufmerksamkeit erregte.

Er ging hinüber und betrachtete es genauer. »Quark, kommen Sie her und sehen Sie sich das an.«

Besorgt darüber, was er finden würde, trippelte Quark auf Zehenspitzen zu dem knienden Odo hinüber. Vor den Füßen des Formwandlers lag die Leiche eines Kindes, das beim Absturz wahrscheinlich aus dem Flitzer geschleudert worden war. Sie lag ausgestreckt da und war mit einer Decke aus einem Verbandskasten bedeckt.

»Na und? Noch eine Leiche. Wahrscheinlich aus der *Orinoco,* wie die anderen im Flitzer.«

»Ja. Aber, Quark – *ich* habe sie nicht zugedeckt.« Odo sah den Ferengi durchdringend an. »Es war noch jemand hier ... *vor kurzem.*«

»Sie meinen ... jemand hat überlebt? Außer uns?«

Odo nickte. »Es gibt keine andere Erklärung. Die Bekkir würden einer anderen Spezies wohl kaum eine solche Empfindsamkeit entgegenbringen. Anscheinend lassen sie sie nicht einmal ihren eigenen Toten zuteil werden. Ihre Bestattungsmaßnahmen bestehen lediglich darin, ihre Toten zu braten, bis nichts mehr von ihnen übrig ist.«

Der Constable sah nachdenklich auf die zugedeckte Leiche hinab. »Nein, Odo, es gibt keine andere logische Schlußfolgerung. Wir sind auf DS Nine nicht allein.«

12

Quark und Odo folgten der Spur der ordentlich ›aufgebahrten‹ Leichen durch den Habitatring zum Tunnel eins und dann durch den Tunnel zurück zum zentralen Bereich.

Wer auch immer die Person sein mochte, sie war gründlich. Die Leichen waren, wann immer möglich, mit Tüchern bedeckt, zumindest aber ehrerbietig gebettet worden. Die Beine waren gerade ausgerichtet, die Hände auf der Brust gefaltet: ein menschlicher Brauch.

Nachdem sie an fast dreißig solcher makaberen Szenerien vorbeigekommen waren, befanden sie sich tief in den Eingeweiden des zentralen Bereichs. Die Beleuchtung war auch hier ausgefallen, und das einzige Licht wurde von ihren kleinen Taschenlampen erzeugt.

Die Leichenspur führte unerbittlich nach oben, und schließlich fanden Odo und Quark sich auf der oberen Promenadenebene wieder, jedoch auf der entgegengesetzten Seite von Quarks Spielkasino.

»Bis hierher sind wir nicht gekommen«, sagte der Ferengi.

»Ich erinnere mich«, sagte Odo. Er klang noch erschöpfter und müder als zuvor und stolperte beim Gehen. »Wir sind Jakes Spur zum Tunnel zwei und dann in den Habitatring gefolgt.«

Quark legte eine Hand auf den Arm des Constables und deutete auf die Wand. »Sieht so aus, als hätten wir sie wieder aufgenommen.«

Odo leuchtete mit der Taschenlampe auf die Stelle,

auf die der Ferengi zeigte. Dort befanden sich Buchstaben und Ziffern an der Wand, die nun vom unheimlichen blauen Licht der Taschenlampe erhellt wurden:

J.S. 47134,3 ➛

Der Pfeil zeigte die Promenade entlang.

»Jake Sisko«, sagte Quark.

»Ja, ja, das ist mir auch klar.«

»Die Sternzeit von gestern. Liegt die Krankenstation nicht in dieser Richtung?«

Odo nickte. »Das wäre logisch. Jake wollte zur Krankenstation, um herauszufinden, ob Dr. Bashir noch lebt oder, falls nicht, ob er sich Zugang zur medizinischen Ausrüstung verschaffen kann.«

Sie bahnten sich vorsichtig den Weg durch die Trümmer der Promenade, wichen Schutthalden und zerbrochenen Schaufenstern aus. Ihnen bot sich das Bild einer im Krieg zerstörten Stadt, mit allen unerwarteten Gefahren der Anlage Durut Kun, nachdem die Cardassianer sie torpediert hatten, oder von Dresden nach dem Bombenangriff.

Schließlich kletterten sie über den letzten Trümmerberg und erreichten endlich die Krankenstation mit dem angegliederten Büro von Lieutenant Dr. Julian Bashir.

Die Tür klemmte. Odo versuchte, sie zu öffnen, war aber zu schwach. Gemeinsam gelang es ihnen schließlich, sie soweit aufzuschieben, daß sie hindurchschlüpfen konnten.

»Wir können wohl davon ausgehen, daß Jake nicht in die Krankenstation eindringen konnte«, sagte Odo. »Wie hätte er die Tür öffnen sollen?«

In Bashirs Reich hatte es keine Bombenexplosionen oder andere größere Beschädigungen gegeben. Es bestand aus insgesamt vier Räumen, dem Wartezimmer, zwei Behandlungszimmern und dem OP.

Sie leuchteten mit den Taschenlampen durch die Krankenstation. Der Boden war mit Blut bedeckt, mit viel mehr Blut, als die relativ geringen Schäden erwarten ließen. »Hat er Patienten behandelt?« fragte Quark und trat aus einer Pfütze halbeingetrockneten Blutes. Seine Stiefel erzeugten schmatzende Geräusche.

»Zweifellos.«

»Das ... äh, *er*, meine ich ... war wohl ein Medic.«

Odo folgte Quarks Blick und erkannte den stämmigen, bärtigen Mann als Medo-Techniker. »Ja, Chief Broome. Er ist vor kurzem von der Starbase *Neil Armstrong* im Ordover-System hierher versetzt worden.«

»Noch einer ohne Einschußlöcher, ohne Blut.«

»Na ja, vielleicht stammt ein Teil des Blutes auf dem Boden von ihm.«

»Woher soll es denn kommen? Oder sehen Sie eine Verletzung? Odo, das ist unheimlich. Was wissen Sie über Geister und Götter?«

Odo gab ein angewidertes Geräusch von sich und wandte dem abergläubischen Ferengi den Rücken zu. Er leuchtete systematisch mit der Taschenlampe durch die Krankenstation. »Ah. Ich habe ihn gefunden.«

Dr. Bashir war mausetot. Er saß auf einem Stuhl; sein Kopf lag auf der Schreibtischplatte. Eine runde Einschußwunde zwischen den Augen zierte seine Stirn. Es war viel Blut ausgetreten, das nun Dr. Bashirs Gesicht verkrustete.

Hinter ihm flackerte auf einem Monitor ein persönliches medizinisches Logbuch. Eine Inputaufforderung blitzte regelmäßig auf: *Zeichne auf erwarte Befehle. Zeichne auf, erwarte Befehle.*

Das medizinische Logbuch verfügte über eine separate Energieversorgung, die nicht mit den Stationssystemen verbunden war. Odo hatte eine Idee und beugte sich über das Logbuch. »Aufzeichnung beenden«, sagte er.

Augenblicklich änderte sich die Schrift auf dem Monitor. *Aufzeichnung beendet. Abspielen? J/N.*

»Ja«, sagte Odo. Der Bildschirm erlosch für einen Augenblick, während der Computer den Anfang der Logbuch-Eintragung suchte. Dann begann er mit der Wiedergabe. Seltsam fasziniert betrachteten Quark und Odo das nervöse, angespannte Gesicht Dr. Bashirs, das auf dem Bildschirm erschien.

Es war 23.02. Elf Stunden waren seit dem Beginn des grausamen Angriffs vergangen. Elf Stunden der schrecklichsten Pflichterfüllung für Julian Bashir: Er mußte Verletzte versorgen, die bei Kampfeinsätzen verwundet worden waren, und entscheiden, wer sterben mußte und wer noch ein paar elende Stunden weiterleben durfte.

Anderthalb Minuten lang setzte Dr. Bashir den Logbucheintrag kurz und bündig fort und beschrieb in den wichtigsten Einzelheiten die Verletzungen, die die Bewohner der Station durch die Invasoren aus dem Gamma-Quadranten erlitten hatten. Es war der schrecklichste Eintrag, den er je verfaßt hatte – nicht, weil er befürchtete, ebenfalls getötet zu werden, wenngleich er wußte, daß diese Möglichkeit durchaus bestand, sondern weil er dem Angriff völlig hilflos ausgesetzt war.

So phänomenal seine medizinischen Fertigkeiten auch sein mochten, er konnte keine Toten ins Leben zurückholen oder Personen retten, die von mehreren Kugeln getroffen worden waren... nicht, wenn man ihm stündlich zwanzig bis dreißig neue Patienten brachte.

Um solche Verletzungen zu versorgen, war wesentlich mehr Zeit als zwei Minuten pro Patient erforderlich.

Die Tür zum medizinischen Labor glitt auf. Bashir sah geistesabwesend von dem Logbucheintrag hoch und fragte sich, wie viele Patienten nun schon wieder auf die Krankenstation gebracht wurden.

Zwei Soldaten standen in der Türöffnung. Sie waren mit Schutzanzügen bekleidet, und schwarze ›Blasen‹-helme bedeckten ihre Köpfe. »Kann ich Ihnen helfen?« fragte er verwirrt.

Eine tonlose mechanische Universal-Translator-Stimme antwortete: »Das ist das medizinische Labor.«

»Ja.«

»Sie sind der Medo-Offizier.«

»Ja.«

Die beiden Invasoren betraten das Labor. Als Julian ihre Gewehre sah, wußte er, um wen und was es sich handelte. Er vergaß, den Logbucheintrag zu beenden, stand auf und lehnte sich so weit zurück, wie er konnte, bis seine Schultern fast den Monitor und die Videokamera berührten.

»Was… was wollen Sie?«

»Wo ist der andere, der so ist wie wir.«

Bashir wollte schon sagen, daß er es nicht wußte, als ihm der Befehl des Commanders wieder einfiel: *Falls sie Sie verhören, bringen Sie sie zum Sprechen. Finden Sie heraus, warum sie die Station angreifen.* »Hat man ihn denn hierher gebracht?« fragte er statt dessen.

Der Fragesteller hielt inne und überlegte.

Odo winkte aufgeregt mit der Hand. »Gehen Sie zur Seite, Doktor!« knurrte er den Bildschirm an, auf dem nur Dr. Bashirs Rücken zu sehen war. Der Arzt war so weit zurückgewichen, daß er direkt vor der Videokamera stand, die alles aufnahm, was sich in dem Raum tat.

»Er kann Sie wohl kaum hören«, murmelte Quark, wandte den Blick vom Display ab und sah zur Wand. Wenn Odo den Bildschirm anbrüllte, schrie er zwei Tage in die Vergangenheit.

»Der andere war in Not und ist vielleicht verletzt worden. Ein verletzter Gefangener wäre hierhergebracht worden.«

Es dauerte eine Weile, bis Bashir begriffen hatte, daß die letzte Aussage in Wirklichkeit eine Frage war. »J-Ja«, antwortete er. »Wenn er verletzt war, hat man ihn bestimmt hierhergebracht. Hat er den Schutzanzug noch getragen?«

Erneut zögerte der Fragesteller. »Der Schutzanzug könnte bei seiner Gefangennahme entfernt worden sein. Der andere trug ein Gerät.«

»Ein Gerät? Wie sah es aus?«

Bashir streckte sich ein wenig und versuchte, sich eine andere vernünftige Frage einfallen zu lassen, eine Frage, mit der er einen Dialog in Gang bringen und vielleicht sein Leben retten konnte. Er trat ein Stück vom Schreibtisch zurück und rieb nachdenklich sein Kinn.

Der Invasor bog die Hand und holte irgendwo ein Gerät hervor; woher, bekam Bashir nicht genau mit. Er hielt es hoch, damit der Arzt es betrachten konnte.

Auf den ersten Blick erinnerte es an eine große, reich verzierte Gürtelschnalle.

In der Krankenstation wandte Quark den Blick geflissentlich von dem Monitor ab. Er fühlte, daß seine Ohren sich röteten. Das Gerät, das der Bekkir hochhielt, sah genauso aus wie das, das Quark aktiviert hatte.

»Ja, ja«, sagte Odo eher zu sich selbst als zu dem Ferengi. »Aber *was* ist das? Warum ist es so wichtig?«

Die Stimme des Bekkir war tonlos und scheppernd. Sie erinnerte noch stärker an die einer Maschine, als es bei der des Computers der Fall war, der ja auch relativ neutral sprach.

»Was bewirkt das Gerät?« fragte Bashir.

Statt zu antworten, kehrte der Invasor unversöhnlich zu seiner ersten Frage zurück. »Wo ist der andere, der so ist wie wir.«

Bashirs Gedanken rasten hektischer als irgendwann seit seiner Abschlußprüfung. *Erstelle eine Diagnose der Situation,* sagte er sich. *Setze deine Fähigkeiten ein. Behandle die Sache wie ein medizinisches Problem!*

Erster Schritt: Stelle die Symptome fest.

»Also nehmen Sie an... daß ›der andere‹ hier ist, weil Sie ein Signal bekommen haben, das er mit diesem Gerät gesendet hat, ja?« Das Schlimmste an Patienten war, daß sie stets der Ansicht waren, eine bessere Diagnose als der Arzt stellen zu können. Man mußte sich immer auf das genaue Symptom konzentrieren, das sie schilderten, und nicht auf *ihre Interpretation* des Symptoms.

»Ja«, sagte der Invasor.

»War es eine persönliche Nachricht oder ein automatisches Signal?«

Diesmal überlegte der Invasor lange. Bashir wurde klar, daß er nicht nur die Antwort formulierte; er mußte die Entscheidung treffen, ob der Arzt sie ›wissen mußte‹. Er wägte die Risiken und Vorteile ab.

Doch die Station war schon fast erobert. Julian hatte Siskos neueste Informationen so gut verfolgt, wie es ihm möglich gewesen war. Er wußte zwar nicht genau, wo die Invasoren sich befanden oder wie viele Verteidiger von DS Nine getötet worden waren, doch ihm war klar, daß die Schlacht verloren war. Sisko hoffte nur noch darauf, den Krieg zu gewinnen, indem er die Angreifer so lange aufhielt, bis ein Föderationsschiff eintraf.

Die Invasoren wußten, daß sie die Schlacht gewonnen hatten. Daher konnte der Fragesteller beruhigt gewisse Informationen weitergeben.

»Das Signal wird automatisch ausgestrahlt, nachdem es einmal aktiviert worden ist.«

»Dann wissen Sie nicht genau, ob der andere überhaupt hier war.« Bashirs Lippen waren so trocken, daß er kaum sprechen konnte. Er wollte sie aber nicht mit der Zunge benetzen; diese Geste wirkte auf die Invasoren womöglich beleidigend. »Vielleicht ist dieses Gerät irgendwie in den Besitz einer anderen Person gelangt. Angenommen, die Cardassianer haben es gestohlen, und jemand hat es ihnen abgekauft und hierher gebracht. Es könnte von jemandem aktiviert worden sein, der gar nicht... äh... mit Ihnen verwandt ist.«

»Ja«, pflichtete der Invasor ihm bei. Diese Möglichkeit schien ihn jedoch nicht zu beunruhigen. »Das wird bald bekannt sein.«

»Wieso? Was meinen Sie damit, es wird bald bekannt sein? Wie wollen Sie denn herausbekommen, wer das Gerät aktiviert hat?«

Diesmal keine Pause. Bashir hatte den Eindruck, in seiner Magenhöhle öffne sich ein Loch. Vielleicht verriet der Invasor es ihm, weil er nicht die Absicht hatte, den Arzt am Leben zu lassen – nicht, nachdem er von ihm alles erfahren hatte, was er wissen wollte.

»Wir werden hier warten, bis der andere wieder erscheint.«

»Wieder erscheint? Wie meinen Sie das?«

Quark sah Odo an. Der Constable schien völlig verwirrt zu sein. »Wiedergabe des Logbuchs anhalten«, sagte Quark. Er war nicht weniger ratlos. »Was hat der Bekkir damit gemeint? Wenn der andere wieder erscheint?«

Quark schritt in dem kleinen Raum auf und ab und zog an seinem Ohr. *Etwas... wo ist es? Tiefer... ja!*

»Odo«, sagte er, »etwas nagt schon seit Stunden an meinen Ohren, und gerade bin ich dahintergekommen. Was ist passiert, als ich... äh, ich meine, als... das Gerät aktiviert wurde?«

»Aus unserer Sicht? Ein zeitloses Intervall der Orientierungslosigkeit, gefolgt von einer Diskontinuität.«

»Als wir wieder normal wurden, waren drei Tage vergangen. Was ist also mit uns geschehen?«

»Ein statisches Zeitfeld. Wir waren drei Tage lang darin erstarrt, und in dem Feld verstrich keine Zeit.«

»Denken Sie doch mal nach, Odo. Wie hätte das von außen ausgesehen?«

Der Constable erhob sich, zerrte an seinem Kinn und brachte es außer Form. »Daran habe ich noch gar nicht gedacht. Ich nehme an, es muß ausgesehen haben wie eine völlig schwarze Kugel – es drangen keine Photonen hinaus.«

»Oder vielleicht ein perfekter Spiegel, wenn die umgebenden Photonenwellen von der undurchdringlichen Zeitbarriere reflektiert wurden. Wie dem auch sei, man hätte das Feld doch bemerkt, meinen Sie nicht auch?«

»Das sollte man annehmen.«

»Natürlich hätte man es sehen können! Und selbst, wenn *Ihr* Verschwinden unbemerkt geblieben wäre, hätte das des berühmtesten Ferengi auf DS Nine eine hektische Suche ausgelöst. Und mit dieser Suche hätte man in Quarks Spielkasino begonnen. Stellen Sie sich also mal vor, jemand ist verschwunden, und in seinem Büro findet man eine große, undurchdringliche, schwarze oder spiegelähnliche Kugel.«

»Ich würde davon ausgehen, daß es einen Zusammenhang gibt«, räumte Odo ein.

»Ha! Sie würden die Kugel mit jedem Sensor testen, der Ihnen zur Verfügung steht. O'Brien würde eine Möglichkeit finden, ihr Gewicht festzustellen, und Dax würde vermuten, daß es sich um ein statisches Zeitfeld handelt. Selbst wenn es ihnen nicht gelänge, das Feld auszuschalten, würden sie jede Menge Instrumente darum aufbauen. Mein Büro hätte ausgesehen wie die OPS! Aber haben Sie Instrumente darin gefunden?«

»Nun ...«

»Und was ist mit den Bekkir? *Die* wissen doch bestimmt, wie man das Feld anmessen und ausschalten kann, selbst wenn es uns nicht möglich gewesen wäre. Warum sind wir also nicht in unsere Zeit zurückgefallen und fanden uns von einer Kompanie stachliger Ungeheuer eingekreist?«

»Hm.«

»›Hm‹ ist eine Untertreibung. Das ist doch völlig unlogisch. Wir *können* uns nicht in einem statischen Zeitfeld befunden haben.«

Odo vollzog die logische Gedankenkette zweimal vom Anfang bis zum Ende durch. Er war überzeugt, daß es irgendwo einen Fehler geben mußte. Quark und logisches Denken? Das war absurd. Aber er fand keine Lücke.

»Aber das bedeutet«, sagte Odo, »daß wir nicht drei Tage lang in der Zeit erstarrt, sondern einfach drei Tage *vorwärts gesprungen* sind. Irgendein Quanten ...«

»Genau«, unterbrach Odo ihn. »Und genau das muß der Bekkir gemeint haben. Sie wollten warten, bis wir wieder erscheinen, drei Tage, nachdem das Notsignal aktiviert worden ist.«

Odo lächelte grimmig. »Bleibt nur noch ein verwirrendes kleines Rätsel. Warum sind sie jetzt nicht hier?«

Odo dachte nach. Er sah zu dem erstarrten Monitorbild des Bekkir, der noch immer Dr. Bashir verhörte. Selbst der Gestaltwandler verspürte ein seltsames Entsetzen, als er von dem Bashir auf dem Bildschirm, der sich durch schlagfertige Antworten retten wollte, zu dem toten Bashir auf dem Stuhl hinübersah.

»Sie aktivieren das Gerät und senden damit ein Notsignal an die Bekkir aus«, sagte er schließlich, »während Sie uns gleichzeitig drei Tage in die Zukunft schleudern.

Die Bekkir empfangen das Signal und nehmen an, einer der ihren sei gefangengenommen worden. Sie folgen dem Signal durch das Wurmloch nach DS Nine.

Sie erobern die Station, da sie annehmen, daß ihr Artgenosse nach drei Tagen wieder auftauchen wird. Warten Sie, da stimmt was nicht... Sie durchsuchen die Station systematisch, stellen Fragen, töten jeden, dem sie begegnen, und erkundigen sich nach dem anderen Bekkir... das ist es! Quark, begreifen Sie nicht, was mit diesem Gedankengebäude nicht stimmt?«

Der Ferengi nickte. Es war offensichtlich, sogar für ihn. »Wenn sie wissen, daß wir erst in drei Tagen wieder auftauchen werden, müßten sie nicht fragen, wo der andere ist, sondern nur, ob *er* das Notsignal gesendet hat.«

»Außer«, murmelte Odo, »die Bekkir kennen eine Möglichkeit, die Zeitversetzung rückgängig zu machen...«

Sie sahen sich an. Wilde Vermutungen schossen ihnen durch die Köpfe, und dann sprachen beide gleichzeitig.

»Zurück! Wir können zurück...«

»Es *muß* eine Möglichkeit geben, zur Ausgangszeit zurückzukehren...«

Sie verstummten und wandten sich atemlos wieder dem Monitor zu. »Wiedergabe fortsetzen«, sagte Odo.

»Wenn ein Tier zurückkehrt statt des anderen, der so ist wie wir, werden wir es vernichten und das Gerät wiedererlangen. Sie haben das Gerät gesehen.«

»Ja«, sagte Bashir leise. Er versuchte durchzuspielen, welche Auswirkungen die verschiedenen Szenarios auf den Invasor haben würden, doch Xenopsychologie war noch nie seine Stärke gewesen. *Ich glaube, ich weiß genau, wer das verdammte Gerät aktiviert hat,* dachte er.

»Das Gerät befand sich im Besitz von einem wie uns.«

Bashir zögerte. Ihm war klar, daß seine nächste Antwort auch die letzte sein konnte. *Wollen sie ein Ja oder ein Nein hören?*

Wenn er nein sagte, und der Bekkir ihm glaubte, gab es für sie keinen Grund mehr, weiterhin zu töten. Sie konnten einfach abwarten, bis Quark ›wieder erschien‹, was auch immer das zu bedeuten hatte, das Gerät an sich nehmen und abziehen.

Doch wenn man ihre offensichtliche Xenophobie berücksichtigte – »Wenn ein Tier zurückkehrt statt des anderen, der so ist wie wir«, hatte der Invasor gesagt –, entschlossen sie sich vielleicht, die anderen trotzdem zu töten, um weitere Probleme oder eine mögliche Vergeltung auszuschließen.

Es galt, noch etwas zu bedenken. Wenn er nein sagte, und sie glaubten ihm nicht, gingen sie davon aus, daß ein Invasor ›wieder erscheinen‹ würde. In diesem Fall würden sie die Station vielleicht befrieden, um den ›anderen‹ bei dessen Rückkehr zu schützen.

Und der Fragesteller würde vielleicht auch Bashir töten, der sich als unzuverlässige Quelle erwiesen hatte.

Doch wenn er ja sagte, blieben dieselben Möglichkeiten bestehen, je nachdem, ob sie ihm glaubten oder nicht. Andererseits bedeutete ein ›Befrieden‹ der Station nicht unbedingt, daß sie alle Besatzungsmitglieder töteten. Wenn sie davon ausgingen, daß DS Nine irgendwie einen der Invasoren gefangengenommen hatte, konzentrierten sie sich vielleicht so stark auf die Frage, *wie* der Besatzung der Station dies gelungen war, daß sie einen Kompromiß eingehen würden – einen Waffenstillstand.

Dann würden vielleicht die wenigen Personen auf der Station, die noch lebten, verschont bleiben.

Während Bashir diese Möglichkeiten überdachte, waren nur eine oder zwei Sekunden vergangen. Er entschied sich für eine Antwort. »Ja. Als ich das Gerät sah, war es im Besitz von einem, der so war wie Sie.«

Der Invasor mußte diese Behauptung erst verdauen. Offensichtlich überlegte er, ob Bashir die Wahrheit sagte oder log, wenn er den Mund aufmachte.

»Kein anderes Tier hat gesagt, daß es einen anderen wie uns gesehen hat.«

»Das haben sie auch nicht. Wir haben ihn versteckt gehalten.«

»Der andere ist jetzt hier.«

»Nein. Er verschwand einfach.« Sein Blick huschte auf den Chronometer in der Ecke des Monitors des medizinischen Logbuchs. Quark und Odo hatten ihm das Gerät um 11.00 Uhr am Vortag zum Scannen gebracht. Er rechnete zurück. »Vor etwa neununddreißig Stunden.«

»Der andere war hier, als er verschwand.«

»Nein. Er war an einem geheimen Ort verborgen.«

»Sie wissen, wo dieser geheime Ort ist.«

»Ja.«

»Andere wissen, wo der andere war, als er verschwand.«

Ja? Oder nein? Wenn jemand eine Waffe auf einen richtet und einem eine Frage stellt, sagt man ihm genau das, was er hören will.

»Äh, ja. Andere wissen es auch.«

»Der Commander Siss-Ko dieses Ortes weiß es.«

»Ja.«

In dem Augenblick, da das Wort über seine aufgeplatzten Lippen kam, wußte Bashir, daß er einen schrecklichen Fehler begangen hatte. Er hatte behauptet, daß auch andere wußten, wo ›der andere‹ sich zum Zeitpunkt seines Verschwindens befunden hatte.

Damit war er für die Invasoren entbehrlich geworden.

»Aber ich bin der einzige...« begann er, als der Inquisitor seine Handfeuerwaffe hob.

Odo und Quark beobachteten gebannt die Exekution, die vor zwei Tagen stattgefunden hatte. Der Ferengi wünschte verzweifelt, er könne den Kopf abwenden, müsse nicht sehen, wie die Waffe an Bashirs Stirn gehoben wurde, den Knall des Schusses nicht hören, nicht miterleben, wie der Arzt nach hinten stürzte und eine kleine Blutfontäne aus seinem Schädel sprudelte.

Zwischen Quark und Julian Bashir bestand nicht die geringste Zuneigung. Bashir war es gewesen, der ihm gedroht hatte, Dax und Kira von seinem völlig harmlosen, verspielten Holosex-Programm zu erzählen, in dem ihre Ebenbilder zum Einsatz kamen. Bashir war es gewesen, der mehr als einmal gedroht hatte, sein Spielkasino wegen ›Verstößen gegen die Gesundheitsverordnung‹ zu schließen, und zweifellos hatte er dabei mit Odo unter einer Decke gesteckt.

Dennoch entsetzte es den Ferengi, beobachten zu müssen, wie der junge Mann so brutal starb, so beiläufig erschossen wurde, wie ein Bauer einen Wühlfisch tötet, den er in seinem Getreide findet.

Aus irgendeinem Grund konnte er jedoch weder den Kopf abwenden noch die Augen schließen. Ein Teil von ihm, von dem er bislang nicht gewußt hatte, daß es ihn überhaupt gab, zwang ihn, die letzten Sekunden im Leben des Arztes zu beobachten.

Als es vorbei war, senkte der Bekkir seine Waffe, sagte etwas zu seinem Kameraden und verließ den Raum, ohne einen Blick zurückzuwerfen.

Quark starrte immer noch auf den Monitor. Das medizinische Logbuch zeichnete auch weiterhin auf. Zwei Tage lang würde das Bild sich nicht ändern, bis zu dem

Moment, da Quark und Odo die Krankenstation betraten und das Gerät ausschalteten.

»Wiedergabe beenden«, sagte ein geknickter Quark.

»Jemand sollte sich an ihn erinnern«, ließ sich Odo vernehmen.

»An Dr. Bashir?« fragte Quark. »Ich kann mich nicht entsinnen, daß Sie beide besonders gut miteinander ausgekommen sind.«

Odo bedachte den Ferengi mit einem vernichtenden Blick. Fast wäre Quark einen Schritt zurückgetreten. »Das spielt keine Rolle«, sagte der Constable. »*Niemand* sollte so sterben, wie ein Insekt zerquetscht werden. Ich will mich an ihn erinnern, *und* ich will eine Kopie dieses Logbuchs als Beweismittel.«

Quark starrte ihn an. »Sie wollen *Beweise?* Was ist denn mit der Station und allen, die darin niedergemetzelt wurden? Reicht Ihnen das nicht?«

»Quark, selbst wenn ich der *einzige* Überlebende des Überfalls wäre, wäre ich noch immer Chef der Sicherheitsabteilung. Es ist meine Aufgabe, alle wichtigen Beweise zu sammeln. Sie werden mir später dafür danken. Mit diesem Band wird es Starfleet oder Bajor nicht ganz so leichtfallen, Sie als den natürlichen Verdächtigen unter Anklage zu stellen.«

Odo zog einen Datenclip aus einem Stapel auf dem Schreibtisch und schob ihn in das Gerät. Bashirs medizinischer Computer benötigte ein paar Sekunden, um das Logbuch auf den Datenstreifen zu kopieren. Er arbeitete noch langsamer als der mittlerweile zerstörte Stationscomputer. Dann zog Odo den Clip wieder heraus und steckte ihn ein.

Plötzlich kräuselten sich die Ohren des Ferengi. Zuerst verstand er die Reaktion nicht, dachte, es handele sich um eine völlig rationale Furcht. Schließlich hatten sie es ja mit Invasoren zu tun, die noch nicht einmal Handel treiben wollten.

Dann begriff er ... *etwas war hinter ihm.*

Er wirbelte abrupt herum, wollte sich zu Boden werfen, damit derjenige, der ihn beobachtete, Odo und nicht ihn erschoß.

Statt dessen ging er nur in die Hocke, hielt plötzlich den nutzlosen Phaser in der Hand und richtete ihn auf…

Jake Sisko stand in der Türöffnung des medizinischen Labors und starrte sie an, als wären sie Geister. Molly O'Brien hielt seine Hand. Sie war so stumm und weiß wie der Tod.

13

»Sind Sie...« begann Jake. Er begann von vorn, wußte anscheinend nicht mehr, wer sie waren. »Sie wollen nicht wissen, wo der andere ist?«

»Jake«, sagte Odo, »erkennst du mich nicht? Bist du verletzt?«

Jake Sisko sah von Odo zu Quark und wieder zu dem Constable. »Odo?« fragte er.

Der Constable kniete nieder und machte sich trotz seiner schmerzenden Müdigkeit etwas kleiner. Er hatte irgendwo gelesen, daß menschliche Kinder vor großen Erwachsenen manchmal Angst hatten. »Jake, es war sehr klug von dir, so lange zu überleben. Ich bin stolz auf dich.«

»Nein«, sagte der Junge und schüttelte den Kopf. Molly hielt seine Beine fest und versteckte sich hinter ihm. Jake legte schützend die Hand auf ihren Kopf... wie ein Vater es getan hätte.

»Doch. Das hast du gut gemacht.« Odo hatte ebenfalls gelesen, daß Kinder, die eine Katastrophe überlebt hatten, bei der ihre Eltern umgekommen waren, oft schreckliche Schuldgefühle verspürten, auch wenn sie nichts mit dem Unglück zu tun gehabt hatten. »Ich kenne deinen Vater sehr gut, und er wäre...«

Odo verstummte. Jakes Augen hatten sich getrübt. Der Junge drehte sich um und wanderte den Korridor entlang. Molly zog er mit sich. Er schien völlig vergessen zu haben, daß es Odo und Quark überhaupt gab.

Odo wollte ihm folgen, doch eine überraschend starke Hand hielt ihn fest. »Vielleicht sollten Sie Commander Sisko vorerst nicht erwähnen«, flüsterte Quark ihm leise ins Ohr.

»Warum nicht? Er hat doch bestimmt schon begriffen…«

»Menschen sind nicht wie Ferengi. Es fällt ihnen manchmal schwer, die Wirklichkeit zu akzeptieren. N-Nog hat mir erzählt, Jake habe manchmal so getan, als würde seine Mutter noch leben und hätte sich gerade mit ihm unterhalten.«

Quark schien schwer betroffen zu sein, und Odo wollte ihn gerade fragen, wo das Problem lag, als er selbst darauf kam. Wäre Nog noch am Leben, hätte er Jake mittlerweile gefunden. Quark hatte endlich akzeptiert, daß sein Neffe tot war. Es war ein vernichtender Schlag für den Ferengi.

Doch der Ferengi wurde den gerade geäußerten Worten gerecht und hielt sich gut. Sein Gesicht war so bleich wie die Kruste einer Pastete; jedes Rosa war daraus gewichen. Odo vermutete, daß Quarks Blut in seinen Unterleib schoß. Er hatte einen leichten Schock erlitten. Aber er sagte nichts und hielt mit dem Constable Schritt, als sie Jake und Molly nacheilten.

Odo holte den Jungen auf halber Höhe des Ganges ein. Jake starrte ihn an, als sähe er ihn zum erstenmal.

Vielleicht stimmt das sogar, dachte Odo. *Vielleicht hat er die letzten Sekunden aus seinem Gedächtnis gestrichen, um nicht an seinen Vater denken zu müssen.* Das war ein schlechtes Zeichen. Wie konnte er den Jungen dazu bringen, ihnen zu erzählen, was passiert war, wo die Bekkir sich zur Zeit aufhielten, wenn Jake sich nicht mehr daran erinnerte?

»Odo!« rief der Junge plötzlich. »Und Quark. Wie haben Sie überlebt? Und wo waren Sie? Man hat überall nach Ihnen gesucht. Einige glaubten sogar, Sie wären… nein, schon gut.«

»Was?« fragte Odo. »Was haben einige Leute geglaubt?«

»Wo waren Sie?«

Odo schilderte Jake in wenigen Sätzen die Ereignisse des letzten subjektiven Tages. Er veränderte die Geschichte jedoch leicht und stellte es so dar, als habe das Gerät sich selbsttätig aktiviert, ohne daß irgend jemand etwas dazugetan hatte. Quark sagte nichts, doch in seinen Augen bemerkte Odo einen Ausdruck, der Dankbarkeit so nahe kam, wie ein Ferengi ihr je nahekommen konnte.

Das verärgerte den Constable. Er hatte die Geschichte aus einem ganz bestimmten Grund abgewandelt und nicht, damit Quarks Gesicht gewahrt blieb. Er benötigte das absolute Vertrauen des Jungen, und das würde er wohl kaum bekommen, wenn Jake der Ansicht war, entweder Odo oder Quark trügen die Verantwortung für den Angriff auf die Station und Siskos Tod.

»Ein Notsignal?«

»Anscheinend. Als die Bekkir es empfingen, zogen sie die Schlußfolgerung, wir hielten einen der ihren als Geisel fest, und verlangten seine Freilassung. Sie haben jeden getötet, der ihnen keine Auskunft über ihren Artgenossen geben konnte.

Und das führt mich zu einer interessanten Frage, Jake. Vielleicht kannst du mir dabei helfen.«

»Wobei?«

»Die Bekkir müssen doch gewußt haben, wie weit ihr Gerät in die Zukunft reicht. Warum haben sie nicht einfach weitere zwei Tage abgewartet, bis wir wieder auftauchten? Wohin sind sie gegangen, und warum?«

Quark bemerkte als erster, daß Jakes Blick sich wieder trübte. »Jake«, sagte er schnell, bevor der Junge sich ganz ausblenden konnte, »du hast uns noch gar nicht erzählt, wie es dir gelungen ist, Molly zu retten. Wir sind deiner Spur von Keikos Unterrichtszimmer aus gefolgt. Du hast versucht, auf die OPS zu kommen, und bist dann in den Tunnel zwei gegangen. Da haben wir deine Spur dann verloren. War Nog…« Quark schluckte. »War Nog bei dir? Was ist mit ihm passiert?«

Jake blinzelte und kehrte in die Wirklichkeit zurück. »Oh. Er… na ja, vielleicht fange ich besser mit der Schule an, vor zwei Tagen, gegen zwölf Uhr dreißig…«

Jake fummelte hektisch an der Versorgungsluke herum. Zugeschraubt! Die Bösen Männer verhörten Mrs. O'Brien.

Sie würden sie töten.

Er zerrte an der Luke, hoffte, sie von der Wand reißen zu können, als eine Hand ihn zurückzog.

Nog schnaubte böse und gab Jake einen Schraubenschlüssel, den er wahrscheinlich Mrs. O'Briens Mann gestohlen hatte.

Mit dessen Hilfe schraubte Jake das Gitter schnell ab und zog es dann leise von der Luke. Nog zwängte sich als erster hinein. Jake wollte ihm gerade folgen, als ihm einfiel, daß Mrs. O'Brien an diesem Tag ihre kleine Tochter zum Unterricht mitgebracht hatte.

Molly! Jake drehte sich auf den Knien um, legte sich dann flach auf den Boden und hielt nach zwei kleinen Füßen Ausschau. Er streckte den Arm aus, dankbar, daß er von seinem Dad den langen, schlacksigen Körperbau geerbt hatte, und kniff das kleine Mädchen, um es auf sich aufmerksam zu machen.

Molly bückte sich und sah Jake mit großen, ernsten Augen an. Er legte einen Finger auf die Lippen und winkte sie dann zu sich. Sie zögerte und sah zu ihrer Mami. Aber Mami sprach mit dem Bösen Mann, und Molly hatte Angst. Sie erinnerte sich an Jake. Sie kannte ihn. Er war kein Fremder.

Mami sagte immer, geh nicht mit Fremden mit, aber Jake war ein Freund. Sein Papa war Mamis Boß.

Mami hatte Angst – das spürte Molly genau –, und Mamis haben *niemals* Angst. Das erschreckte sie am meisten. Sie ließ sich auf Hände und Knie hinab und kroch unter das Pult, wie Jake es ihr gezeigt hatte. Sie war ganz leise. Sie wußte, daß etwas nicht in Ordnung war und sie ein braver kleiner Engel sein mußte.

Jake ließ sie in ein dunkles Loch kriechen, und sie bekam wieder Angst. Aber er kroch sofort hinter ihr hinein.

Dann hörte Molly die Schüsse. Sie schrie auf, ein hohes, durchdringendes Gejaule, und krabbelte die Höhle so schnell entlang, wie ihre mageren Beinchen es ermöglichten.

Jake schaute über seine Schulter zurück, als Molly in dem Schacht verschwand, und sah, wie der Soldat Mrs. O'Brien packte. Jake verharrte und hätte fast kehrtgemacht, um den Kerl anzuspringen. Doch dann dachte er an Dad, der immer sagte, man solle mit dem menschlichen und nicht dem Reptilien-Gehirn denken. Dad kam sich immer wie ein Idiot vor, wenn er zuließ, daß er in Wut geriet.

Plötzlich wurde Jake klar, daß der Invasor ihn sehen konnte. Die beiden starrten einander einen Herzschlag lang an. Der Soldat hob seine Waffe.

Mrs. O'Brien zog den Kopf ein, warf sich gegen den Invasor und riß ihn von den Beinen. Jake war beeindruckt; Mrs. O'Brien war nicht größer als er selbst.

Dann begriff er. Sie opferte sich, um Jake und Nog zu retten – und Molly.

Er wußte sofort, wo seine Pflicht lag. Er fuhr herum und warf sich in die Luke, folgte dem kleinen Mädchen. Molly wartete unsicher auf ihn und sah über die Schulter zurück. Er hatte den Eindruck, sie wollte zurück zu ihrer Mutter.

In diesem Augenblick hörten sie die Schüsse, und Molly kroch so schnell davon, daß Jake nur noch den

Staub sah, den sie aufwirbelte. Natürlich hatten sie und Nog einen unfairen Vorteil: die beiden waren kleiner, und ihre Beine stießen und schlugen nicht bei jeder ihrer Bewegungen gegen die Tunnelwände.

Plötzlich zerriß eine Explosion das Unterrichtszimmer hinter ihnen. Jake wurde von der Druckwelle vorwärts geworfen und brach über Molly zusammen.

»Runter! Runter!« schrie sie und wand sich unter ihm heraus. Sein Rücken tat weh, als hätte ein Maultier ihn getreten... eine unangenehme Erfahrung, wie er wußte, denn er war einmal auf einem Bauernhof gewesen.

Sie krochen eine Weile weiter, blieben dann erschöpft liegen und ruhten sich aus. Niemand sagte etwas. Jake warf einen Blick zurück und rechnete halbwegs damit, dicht hinter ihnen das Scharren der Mörder mit den grauen Stiefeln und schwarzen Helmen zu hören.

Sie setzten ihre Flucht fort, krochen eine Stunde lang weiter, bis Nog plötzlich anhielt und Molly gegen sein Hinterteil prallte. Jake, der gerade erneut über die Schulter zurückgesehen hatte, pflügte gegen die beiden und riß sie um.

Molly befreite sich als erste aus dem Knäuel. »Du ungeschickter *Doji!*«

»Datschi?« fragte er. Er hatte nicht genau verstanden, wie sie ihn genannt hatte. Es gelang ihm, sich von Nog zu lösen. »Warum hast du angehalten?« fragte er seinen Ferengi-Freund.

»Eine Abzweigung«, sagte Nog und verdrehte die Augen. »Wir müssen da lang.« Er deutete auf eine Leiter, die nach unten führte.

Jake schüttelte den Kopf. »Nein, wir müssen nach oben. Zur OPS hinauf.«

Nog war unerbittlich. »Wir müssen aus dem zentralen Bereich hinaus. Wir können hier zur fünfzehnten Etage hinabsteigen und in den Habitatring gehen.«

»Auf die OPS! Dad wird schon wissen, was zu tun ist.«

Nog setzte sich, legte die Hände auf die Knie und sah den Tunnel entlang, durch den sie gekrochen waren. »Wenn dein Vater überhaupt etwas tun kann, wird er es schon getan haben. Es fehlt ihm gerade noch, daß du auf der OPS herumhängst und ihn ablenkst.«

»Aber was für einen Sinn hätte es, zum Habitatring zu gehen? Glaubst du etwa, dorthin würden sie nicht kommen?«

»Doch, aber *später!* Sie werden ein paar Stunden brauchen, um den gesamten zentralen Bereich zu besetzen, und diese Stunden sind wir ihnen voraus. Gehen wir in den Habitatring, suchen ein schönes, tiefes Loch und verstecken uns, bis sie wieder abziehen.«

Jake verschränkte die Arme vor der Brust. Auch er konnte stur sein, notfalls sogar sturer als ein Ferengi. »Und woher weißt du, daß sie nicht schon im Habitatring sind?«

Nog schaute finster drein und nagte mit seinen scharfen, spitzen Zähnen an einem Fingernagel. »Na ja...«

»Auf jeden Fall müssen wir Mr. O'Brien sagen, was mit seiner Frau passiert ist.«

»*Du* kannst es ihm ja sagen, wenn du unbedingt willst. Ich würde lieber am Leben bleiben.«

»Hör mal, Nog, ich glaube, er wird es wissen wollen. Und... und dann können wir meinen Dad fragen, was wir tun sollen. Wenn er sagt, wir sollen in den Habitatring gehen... na ja, wir kämen doch viel schneller dorthin, wenn wir einen Transporter nehmen, oder?«

Nog schnalzte mit den Lippen. Er konnte es nicht ausstehen, in einem Streitgespräch zu unterliegen, und spreizte die Hände. »Euer Wunsch ist uns Befehl, großer erhabener Anführer.«

»He, wieso bist du so sarkastisch?« murmelte Jake beleidigt.

Er ging voraus in die andere Richtung, zu einer Leiter, die nach oben führte. Sie stiegen zwei Etagen hinauf, bis sie auf einen anderen Gang stießen, der ins Innere der Station führte, in den zentralen Bereich. Jake erinnerte sich daran, bei seinem letzten Besuch auf der OPS einen Schacht gesehen zu haben. Er erstreckte sich viele Etagen durch den zentralen Bereich und endete tief unten an einer geschlossenen Luke.

Wenn ich herausbekomme, wie die Luke von dieser Seite aussieht, haben wir es geschafft.

Gelegentlich legten sie eine Pause ein, setzten sich ruhig auf den Boden und lauschten. Noch immer hörten sie schwach und in der Ferne den Lärm des Kampfes. Das Geräusch wurde von den Metallwänden getragen, klang unheimlich und blechern, wie ein Holovideo, dessen Ton man heruntergedreht hatte.

Molly hatte kein Wort mehr gesagt, seit sie Jake einen Datschi oder so ähnlich genannt hatte. Sie war ganz blaß, als würde sie allmählich begreifen, daß ihre Mutter wahrscheinlich tot war. Wenn sie verharrten, um zu lauschen, hielt Jake ihre Hand. Das hätte sein Vater ebenfalls getan, wäre er bei ihnen.

Die Beleuchtung flackerte, setzte aus und kurz darauf wieder ein. Jake kroch weiter, spürte dringender denn je, daß sein Vater ihn brauchte, wenngleich er nicht wußte, wieso. Dann fiel die Beleuchtung auf einmal endgültig aus.

Jake wartete einen Augenblick lang, bis Molly und Nog zu ihm aufgeschlossen hatten. Dann kroch er weiter und ertastete sich den Weg vorsichtig auf dem Boden.

Er hätte sich fast den Kopf an einem großen Metallpfosten eingeschlagen, der von der Decke herabhing. In seinem Schädel brummte es fürchterlich; der Schmerz strahlte bis in seine Zähne aus. Jake setzte sich auf, rieb mit der einen Hand vorsichtig die empfindliche Stirn und betastete mit der anderen das Hindernis.

Es handelte sich um einen Zylinder von etwa einem Meter Durchmesser. Auf seiner Unterseite, etwa hüfthoch über dem Boden des Tunnels, befand sich ein kleines Rad. Mit solchen Rädern konnte man eine Luke manuell öffnen ...

Die Luke!

Jake räusperte sich. Dann sagte er laut: »Computer ... öffne die Luke.«

»Ihre Ermächtigung, bitte«, antwortete eine leise Stimme.

»Jake Sisko. Es handelt sich um einen Notfall! Wir müssen unbedingt auf die OPS!«

»Sie sind nicht befugt, diese Notleiter zu benutzen«, sagte der Computer.

»Äh ... Notfall-Priorität.«

»Sie sind nicht befugt, einen Notfall-Prioritätsbefehl zu erteilen.«

»Verbinde mich sofort mit Dad!«

»Spezifizieren Sie die Person, mit der ich Kontakt aufnehmen soll.«

Jake schlug mit der Faust auf den Zylinder und wurde mit schmerzenden Knöcheln belohnt. Er beruhigte sich und nahm seinen Vater zum Vorbild. »Du blöder Kasten, verbinde mich mit Commander Benjamin Sisko.«

»Die Kommunikationskanäle sind gesichert. Ihre Befugnis, bitte.«

»Computer, das ist ein *absoluter Notfall!*«

»Die Kommunikationskanäle sind gesichert. Ihre Befugnis, bitte.«

»Ich ordne die Aufhebung der Sicherung der Kom-Kanäle an!«

Der Computer antwortete, und ein entrüsteter Jake murmelte die Worte mit ihm. »Sie sind nicht befugt, eine Aufhebung der Sicherung der Kommunikationskanäle anzuordnen.«

Er verdrehte die Augen, obwohl es in der Dunkelheit niemand sehen konnte. »Na schön, Nog. Du hast gewonnen. Wir kommen nicht rein.«

»Das hab' ich mir von Anfang an gedacht.«

»Warum hast du es denn nicht *gesagt?*«

»Hah. Hättest du mir geglaubt? Mir, einem *Ferengi?*«

»Und was machen wir jetzt? Wie kommen wir zum Habitatring?«

Nog kicherte garstig. »Mir nach, großer, erhabener Gefolgsmann.« Er drängte sich an ihm vorbei und führte sie tiefer in den stockfinsteren Tunnel.

Nog lag in dem Schacht reglos auf dem Bauch und beobachtete mit seinen scharfen Ferengi-Augen den Gang hinter dem Lüftungsgitter. Jake wollte seinen Freund unbedingt fragen, was er sah, was dort draußen war. Aber sein kurzer, geflüsterter Satz brachte ihm nur einen wütenden Blick und den berühmten Finger auf die Lippen ein, mit dem er zum Schweigen gebracht werden sollte.

Kurz darauf kam eine Gruppe der Invasoren im Laufschritt den Korridor entlang. Jake erhaschte über Nogs Schultern hinweg einen kurzen Blick auf ihre glänzenden schwarzen Schutzanzüge, die grauen Handschuhe und Stiefel und die spiegelschwarzen Helme.

Er legte den Arm um Molly und vergewisserte sich, daß sie ruhig blieb.

Ein Invasor sah direkt zu dem Lüftungsschacht hinauf. Die Kinder erstarrten und wagten nicht mal zu atmen. Doch falls er etwas gesehen haben sollte, hatte es keine Folgen. Die Gruppe der Invasoren lief weiter, und niemand schlug Alarm.

Nach ein paar Minuten der Stille, während derer Jake wie ein ruheloser Welpe zappelte und der Ferengi so ruhig dalag wie ein schlafendes Krokodil, winkte Nog sie vorsichtig heran.

»Wie bekommen wir das Gitter ab?« fragte er Jake.

»Ist die Luft rein?«

Nog nickte, und seine großen, empfindlichen Ohren wackelten leicht, während er auf Geräusche achtete, die kein Mensch vernehmen konnte. »Niemand in der Nähe. Hast du eine Idee?«

Jake wand sich herum und trat dann mit beiden Füßen gegen das viereckige Gitter. Es brach mit einem schrecklichen Scheppern aus der Verankerung, fiel zu Boden und drehte sich lautstark wie eine große Goldmünze der Ferengi.

Nog rang erschrocken nach Atem. Jake sprang in den Korridor hinab. Sein Freund folgte ihm, dann griff Jake nach oben und half Molly O'Brien heraus.

»Menschen!« Nog spuckte das Wort wie einen Fluch aus.

»Kommen wir hierher zurück?«

»Natürlich nicht.«

Jake hob das Gitter auf und warf es in den Schacht zurück. »Dann verschwinden wir lieber schnell von hier.«

»Warum?« fragte der Ferengi. »Wenn alle Invasoren taub, blöd und blind sind, kann uns hier nichts passieren.«

Jake verdrehte die Augen, und Nog führte sie verstohlen den Gang entlang. In dem Lüftungsschacht hatte Nog sie zu einem schmalen ›Kamin‹ geführt, der über vier Etagen bis zur fünfzehnten abfiel, auf der sich die Verbindungstunnels vom zentralen Bereich zum Habitatring befanden. Er hatte Jake gezeigt, wie man den Rücken gegen die eine und die Füße gegen die andere Wand drücken mußte, um sich dann langsam hinabzulassen. Nog war als erster hinabgeklettert, gefolgt von Jake, auf dessen Schoß Molly saß.

Nun führte Nog sie durch den Gang zum Tunnel

zwei. Alle paar Schritte blieb er stehen, um zu lauschen.

Plötzlich zögerte Nog und starrte auf etwas, das auf dem Boden lag. Jake brauchte einen Augenblick, bis er begriff: es war eine Leiche.

»Onkel Jake«, sagte Molly, »hält der Mann da ein Nickerchen?«

»Psst«, sagte Jake, »weck ihn nicht auf. Gehen wir weiter.« Er nahm sie fest an der Hand und ging zum Tunnel weiter. Nog folgte ihnen, noch immer die Leiche betrachtend.

Jake weigerte sich, einen Blick zurückzuwerfen, und versuchte, alle Gedanken an seine Mutter zu verdrängen. Die Leiche lag in einer Blutpfütze, genau wie…

Noch eine. Jake zuckte zusammen und hielt den Blick auf mittlere Distanz gerichtet. Er sah die Leiche nur aus dem Augenwinkel, doch es gelang ihm, Molly um sie herumzuführen.

Schon bald lagen die Leichen so eng nebeneinander, daß er nach unten sehen *mußte,* um nicht auf eine zu treten oder über eine zu stolpern. Er kam sich vor wie ein antiker Football-Spieler, der beim Training von einem Reifen zum nächsten springt.

Die Beleuchtung auf der fünfzehnten Etage war notdürftig. Das Licht flackerte irgendwo zwischen trüb und gar nicht vorhanden. Wenn es einmal kurz zu gewohnter Helligkeit aufblitzte, sah Jake, daß Mollys Gesicht bleich war. Sie war zwar noch klein, höchstens zwei oder drei Jahre alt, aber offensichtlich hatte sie inzwischen herausgefunden, daß diese Leute nicht nur ›schliefen‹.

Jake hatte zwar schon Leichen gesehen, aber so ein Gemetzel noch nicht. Sie verstopften den Gang geradezu, und fast alle sahen in die Richtung, aus der die Kinder kamen.

Jake blieb stehen und drehte sich zu Nog um. »Das gefällt mir nicht«, flüsterte er. »Es sieht so aus, als wären sie bei dem Versuch gestorben, den Gang gegen Invasoren zu verteidigen, die in die gleiche Richtung gegangen sind, in die *wir* jetzt gehen. Was, wenn wir in sie hineinlaufen?«

Der Ferengi nickte. »Ich weiß. Ich kann sie hören. Sie sind vielleicht fünfzig Meter entfernt. Aber wir haben den Tunneleingang gleich erreicht.«

Jake folgte ihm. Er wußte nicht genau, wo er sich befand. Er war den Verbindungstunnel nie zu Fuß entlanggegangen, hatte stets irgendwo einen Turbolift genommen und gesagt: »Habitatring, Sektion neun.« Er hatte nie auf den Weg geachtet.

Nog blieb plötzlich neben einer geschlossenen Luke stehen, die so groß wie die Luftschleusen war, die zu den Dockingmasten führten, wenn auch nicht so schwer.

Die Luke war zugeworfen worden, und es lagen nur wenige Leichen in ihrer Nähe. Anscheinend hatten die Verteidiger sich hier so schnell zurückgezogen, daß sie gar nicht erst versucht hatten, den Verbindungstunnel zu öffnen.

Vor ihnen hörte Jake Schüsse und schwache Schreie. Nog untersuchte derweil schon die Luftschleuse.

»Gut«, sagte er, »sie ist noch verschlossen. Die Invasoren haben noch nicht herausgefunden, wie sie zum Habitatring kommen.«

»Weißt du«, sagte Jake, »sie scheinen überhaupt nicht viel über die Station zu wissen. Man sollte doch meinen, sie wären direkt auf die OPS gebeamt, hätten dort alle getötet und die Station übernommen.«

Nog zuckte mit den Achseln. »Sie halten nicht viel von uns. Vielleicht halten sie uns nicht für gefährlich genug, um eine Strategie gegen uns zu entwickeln.«

Wie der Zugang zur OPS öffnete die Luke sich nicht für die Kinder. Anscheinend beeindruckte es sie nicht, daß Jake der Sohn des Kommandanten der Station war.

»Keine Angst«, sagte Nog. Er grinste verschlagen –

ein Ferengi *kann* natürlich nicht anders grinsen – und zog einen kleinen Zylinder aus einem hellgrünen, durchsichtigen Plastikmaterial hervor. »Den habe ich Onkel Quark gemopst.«

»Was ist das?«

»Ein Dietrich, mit dem man Sicherheitssperren aufheben kann. Man öffnet damit Türen.«

Jake sah ihn wütend an. »Warum hast du mir den nicht gezeigt, als wir versucht haben, auf die OPS zu kommen?«

»Du …«

»Und wenn du jetzt sagst: ›Du hast mich nicht gefragt‹, knall ich dir eins auf deine Ohren!«

Nog sprang zurück. »Ich … äh … das heißt, er kommt nur mit einer Sicherheitssperre der Ebene eins klar. Eigentlich habe ich ihn Vater gestohlen, und Onkel Quark gibt ihm keine Schlüssel, die mit höheren Ebenen fertig werden. Um in die OPS zu kommen, brauchst du einen für die Ebene vier.«

»Wie funktioniert er?«

Nog grinste. »Ganz einfach … für einen Ferengi. Man steckt ihn nur hier rein.« Er schob den Zylinder in einen Schlitz an der Tür. Der Schlitz war viel größer als der Zylinder und offensichtlich für einen ganz anderen Gegenstand gedacht, und Nog schien nicht genau zu wissen, was er nun mit der grünen Röhre in dem Loch anstellen sollte. »Dann … äh … dann dreht man ihn, glaube ich … ja, *so* …«

Er drehte den Zylinder, bis er sich nicht mehr bewegen ließ. Nichts geschah.

Verwirrt betrachtete Nog die Tür und zerrte auf eine Weise an seinem Ohr, wie Jake es oft bei Quark gesehen hatte.

Jake verzog das Gesicht. Er rechnete zwar nicht mit Erfolg, sagte aber trotzdem mit gespielter Verzweiflung: »Luke öffnen.«

Zischend rollte die Tür in die Wand zurück.

»Ja, genauso«, sagte Nog. Er zog den Zylinder wieder heraus, und sie schlüpften schnell durch die Öffnung, bevor die Tür sich wieder schloß. Jake überprüfte sie; sie hatte sich automatisch verriegelt.

»Endlich in Sicherheit«, stöhnte er und wischte sich Schweiß von der Stirn. Vor ihnen erstreckte sich der lange, kühle Verbindungstunnel zum Habitatring. Hier lagen keine Leichen; sie hatten die Invasoren ausgesperrt.

Aufgeregt und nicht besonders sanft ergriff Quark Jakes Arm. »Nog – was ist aus Nog geworden?«

Jake wich zurück. Er wirkte gleichzeitig wütend und verängstigt. »Ich kann mich nicht genau erinnern«, sagte er verkrampft. Das war offensichtlich falsch; was auch immer mit dem jungen Ferengi passiert war, es war vor weniger als zwei Tagen geschehen.

Bevor die Situation eskalieren konnte, zog Constable Odo Quarks Hand zurück und trennte die beiden voneinander. Keiner von ihnen war, sowohl von der Größe als auch vom Gewicht her, Odo gewachsen, weshalb sie beide sogleich verstummten.

»Es tut mir leid«, murmelte der Ferengi schließlich. »Ich muß wissen, was mit meinem Neffen geschehen ist, und du brauchst ja ewig, bis du dazu kommst.«

»Tja, dann müssen Sie eben warten«, gab Jake zurück. »Ich muß mich um Molly kümmern. Das ist im Augenblick wichtiger.«

Das Mädchen stand mitten auf dem Gang, lutschte am Daumen und zitterte am ganzen Körper. »Schon gut, Molly«, sagte Jake besänftigend. »Onkel Quark ist nur aufgeregt, wie wir alle. Komm, zeig mir mal deine Hosen.«

Molly ging gehorsam zu Jake hinüber und blieb ruhig stehen, während er einen schnellen Blick in ihre Windel warf. »Du bist wirklich sehr brav, Molly«, sagte er. »Ich bin beeindruckt. Mach so weiter, und du kannst morgen wieder eine ganz normale Unterhose anziehen.«

Sie nahm seine Hand und schloß dann beide Hände um je einen Finger Jakes, als wolle sie sie nie mehr loslassen.

»Sie hatte ziemlich große Angst, nachdem ... nachdem *es* passiert ist«, erklärte er Quark und Odo. »Einen Tag lang oder so hatte sie vergessen, daß man aufs Töpfchen gehen muß. Ich habe in Mrs. O'Briens Quartier ein paar Windeln gefunden. Aber heute hat sie sich wirklich gut gemacht. Morgen kann sie wohl wieder eine normale Hose anziehen.«

»Das ist absolut faszinierend«, schnaubte Quark. Aber er sagte es so leise, daß Jake so tun konnte, als habe er es nicht gehört.

»Hoch«, verlangte Molly. Jake hob sie hoch und nahm sie in den Arm. Sie sah Quark ernst an. *»Gaijin«,* erklärte sie und nickte.

»Nein«, sagte Jake, »das ist Onkel Quark. Er ist auch Nogs Onkel.«

»Gaijin. Er ist ein alter Zwerg, wie Rumpelstilzchen.«

»Ach, erinnere mich nicht daran«, sagte Odo und dachte wütend an den Tag zurück, als ihnen auf der Station alle möglichen Wünsche gewährt worden waren.

Jake lächelte. »Machen Sie sich nichts daraus, Mr. Quark. Mich hat sie ›Datschi‹ genannt. Ich weiß noch immer nicht, was sie damit gemeint hat.«

»Doji«, verbesserte Molly.

»Was bedeutet *Doji,* Schatz?«

Sie kniff ihn feierlich in die Nase. »Du bist auf mich gefallen, Onkel Jake. Du bist ein ungeschickter Junge, ein *Doji.*« Das Mädchen umarmte Jake glücklich.

»Sagt das deine Mami immer zu dir?«

Als er Keiko O'Brien erwähnte, rümpfte Molly die Nase, schlang die Arme um seinen Hals und hielt sich an ihm fest.

»Wir müssen etwas zu essen für sie finden, Odo. Sie hat seit gestern abend nichts mehr bekommen. Die Replikatoren funktionieren nicht. Sie erzeugen lediglich unheimliche Metallskulpturen.«

»Skulpturen?« fragte Odo.

Als das Wort ›essen‹ fiel, merkte Quark plötzlich, wie ausgehungert er war. Subjektiv waren seit seinem Frühstück – das er vor vier Tagen eingenommen hatte – über vierundzwanzig Stunden vergangen.

»Ja, ein kleiner Imbiß wäre nicht schlecht«, sagte er.

Aber Odo hörte nicht zu. Er stand absolut bewegungslos da und hatte sogar vergessen, das Atmen zu simulieren. Quark musterte ihn. Etwas kam ihm komisch vor. Dann begriff er: Odo konzentrierte sich so stark, daß er seine Körperkontrolle vernachlässigte. Er begann stellenweise zu zerfließen, besonders am Kopf und an den Schultern.

»Odo, reißen Sie sich zusammen«, schnappte der Ferengi. »Das ist ja widerlich.«

»Was? Ach, ja. Mir ist da etwas in den Sinn gekommen. Jake«, sagte der Constable, »erinnerst du dich noch, wann genau Commander Sisko den Befehl zur Evakuierung gegeben hat?«

»Hm … ich war noch in der Schule, aber der Unterricht war fast schon zu Ende. Ich denke, es war gegen zwölf Uhr dreißig.«

»Quark und ich sind heute morgen gegen zehn Uhr dreißig im Büro wieder aufgetaucht. Wie lange ist das her, Quark?«

»Der Mensch hat recht. Warum suchen wir nicht zuerst etwas zu essen? Mit vollem Magen kann ich sowieso besser denken.«

»Das liegt daran, daß Ihr Kopf leer ist. Wäre es nicht wichtig, hätte ich Sie nicht gefragt, Quark! Wie lange ist das her?«

»Polizisten«, schnaubte der Ferengi. Er fischte eine reich verzierte Taschenuhr aus seiner Jacke und warf einen Blick darauf. »Es ist jetzt neun Uhr, und als wir wieder auftauchten, war es auf meiner Uhr zwölf Uhr dreißig. Ich habe sofort nachgesehen. Also vierundzwanzig und eine halbe Stunde.«

Odo verzog vor Konzentration das Gesicht. »Wir sind etwa drei Tage in die Zukunft verschlagen worden. Das wären vierundachtzig Stunden. Aber dem Chronometer in Ihrem Büro zufolge ging Ihre Uhr zwei Stunden vor. Also wurden wir über eine Zeitspanne von zweiundachtzig Stunden versetzt, vielleicht ein paar Minuten mehr oder weniger.«

»Und?«

»Die Invasoren haben die Station kurz vor zwölf Uhr dreißig am Tag nach unserem Verschwinden angegriffen – achtundzwanzig Stunden, also genau einen Tag, nach unserem Verschwinden. Wenn wir nun davon ausgehen, daß das Gerät der Bekkir uns tatsächlich wieder zurückversetzen kann, aber nur jeweils um zweiundachtzig Stunden, und wenn wir jetzt sofort zurückkehrten, würden wir … äh …« – er schloß die Augen und rechnete nach – »gegen neun Uhr dreißig am Morgen des Angriffs auf die Station zurückkehren.«

Quark runzelte die Stirn und versuchte zu ergründen, worauf Odo hinauswollte. Plötzlich wurde es ihm klar. »Odo – dann hätte der Angriff ja noch gar nicht begonnen!«

»Ganz genau. Wenn er … sagen wir … eine halbe Stunde begonnen hätte, bevor Commander Sisko den Befehl gab, den zentralen Bereich zu evakuieren, blieben uns noch drei Stunden, um ihn zu verhindern.«

»Das bedeutet«, sagte Quark, »uns bleiben drei Stunden, um herauszufinden, wie man bei diesem verdammten Ding den Rückwärtsgang einlegt. Odo, falls uns das gelingt … könnten wir die letzten drei Tage einfach auslöschen! Der Angriff bleibt aus, niemand kommt um!«

»Falls«, warnte Odo und zählte die Probleme an den Fingern ab. »*Falls* wir herausfinden, wie wir mit dem Gerät der Bekkir zurückkehren können. *Falls* uns dies innerhalb der nächsten drei Stunden gelingt. Und *falls* wir die Bekkir überreden können, uns nicht anzugreifen, *falls* uns tatsächlich die Rückkehr gelingen sollte.«

Quark und Odo sahen einander stumm an. Jeder wartete darauf, daß der andere einen Vorschlag machte.

14

»Nun, wenn Sie keine brillante Idee haben«, sagte Odo, »war dieses Gespräch nur eine philosophische Erörterung. Selbst wenn die Bekkir eine Möglichkeit hätten, durch die Zeit zurückzukehren, können *wir* dies noch lange nicht.«

Quark hatte das Signalgerät hervorgeholt und betrachtete es eindringlich. »Ich glaube, ich habe eine Idee«, sagte er leise.

»Was?« Odo riß ihm das Gerät aus den Händen und betrachtete es selbst. »Wie haben Sie das aus meiner Tasche bekommen?«

»Sparen Sie sich die Mühe, es so anzustarren«, sagte Quark. »Es bedarf schon der Intelligenz eines Ferengi, um ...«

»Da«, sagte der Constable und deutete auf einen flachen Spalt, der sich quer über eine Seite des Gerätes erstreckte. »Sieht so aus, als würde dort ein Stück fehlen. Ich gehe jede Wette ein... wenn wir dieses fehlende Teil finden, könnten wir zurückspringen. Was für eine Idee hatten Sie, Quark?«

»Vergessen Sie's«, sagte der Ferengi mißmutig.

»Wo ist dieses Teil also? Was war noch in dem cardassianischen Tresor, Quark?«

Der Ferengi schüttelte den Kopf. »Alle anderen Gegenstände waren ganz normale cardassianische Artefakte. Nichts, was dem auch nur entfernt ähnlich gesehen hätte.«

»Wollen Sie damit behaupten, daß Sie sich nach einem kurzen Blick genau an jeden einzelnen Gegenstand erinnern können, der sich in diesem Kasten befand?«

»Natürlich.«

»Wieso?«

»Ich habe ihn gekauft. Ich kann Ihnen aus dem Stegreif jeden einzelnen Gegenstand nennen, den ich besitze, ihn beschreiben und wertmäßig einordnen. Jeder Ferengi kann das.«

»Hm. Warum überrascht mich das nicht?«

»Ein cardassianischer Eiszapfen-Edelstein, einhundertzwölf Mille wert. Ein entladener Disruptor, dritte Dynastie, zwei Groschen wert. Ein ...«

»Schon gut, schon gut! Existiert das fehlende Teil also überhaupt noch?«

Quark schritt in der Krankenstation auf und ab und achtete dabei sorgsam darauf, nicht in die Ecke zu sehen, in der Dr. Bashirs Schreibtisch stand ... und Dr. Bashir unter einer Decke lag.

»Also gehen wir einmal davon aus, daß dieses Gerät einen durch die Zeit zurückschickt ... aber welche Verwendung hätten die Bekkir überhaupt dafür?«

Odo hörte nicht zu. Einen Augenblick lang hätte er fast die Gestalt verloren. Normalerweise mußte er alle sechzehn Stunden seinen flüssigen Aggregatzustand einnehmen. Mit enormer Willenskraft hielt er auch etwas länger durch.

Die längste Zeitspanne, die er bislang durchgehalten hatte, hatte achtundzwanzig Stunden gedauert ... und über fünfundzwanzig waren bis jetzt vergangen.

Am Ende seines bisherigen Rekords von achtundzwanzig Stunden hatte Odo sich in das geschürzte Kleid der Botschafterin Lwaxana Troi verflüssigt. Schon das war überaus erniedrigend gewesen. Aber *Quark?* Dieser jämmerliche, sich stets windende, grapschende, alles an sich krallende, gierige alte Ferengi?

Der Gedanke, daß Quark ihn so sehen würde, war

abscheulich. Aber es mochte durchaus dazu kommen, falls ihnen in den nächsten drei Stunden nicht die Rückkehr gelang.

Und wenn sie länger als drei Stunden benötigten, würde der Angriff schon begonnen haben, und viele, viele Leute wären schon tot.

Odo bot seine gesamte Willenskraft auf und gewann die Herrschaft über seine rebellierende Molekularstruktur zurück. Er war noch immer Constable Odo – jedenfalls noch eine Zeitlang.

»Es tut mir leid«, sagte er schwach. »Was haben Sie gesagt?«

Quark wiederholte die Frage, und Odo dachte über das Problem nach. »Es ist klar, warum sie vorwärtsspringen wollen. Wenn ein Bekkir sich in einer unhaltbaren Lage befindet, zum Beispiel getötet werden soll – oder, was noch schlimmer wäre, gefangengenommen –, aktiviert er das Feld und verschwindet. Wenn er drei Tage später wieder auftaucht, ist die Gefahr wahrscheinlich vorbei.«

»Warum sollte er dann wieder zurückspringen? Damit würde er sich der Gefahr doch nur wieder aussetzen?«

»Nicht unbedingt. Wenn der Bekkir das Gerät aktiviert, sich einen Tag lang versteckt und dann zurückspringt, ist er damit nur einen Tag in die Zukunft gesprungen. Wenn er das Gerät aktiviert und nur drei Stunden lang wartet, bevor er zurückspringt, ist er damit praktisch drei Stunden in die Zukunft gesprungen. Erkennen Sie die Möglichkeiten?«

»Ja …« sagte der Ferengi. »Ja, ich erkenne sie. Angenommen, man ist auf dem Weg zu einer Auktion, und ein übereifriger Constable hält einen auf. Wenn man drei Tage in die Zukunft springt und dort bleibt, verpaßt man die Auktion. Aber wenn man springt, eine Stunde lang dort bleibt und dann zurückspringt, wird der Constable glauben, man sei verschwunden, und wieder gehen, und man kann an der Auktion teilnehmen.«

»Ein ziemlich grobschlächtiger Versuch, witzig zu sein, Quark, aber das Prinzip haben Sie verstanden. Der springende Punkt ist jedoch, daß man es schrecklich eilig hat, wenn man in die Zukunft springt... aber nicht, wenn man zurückkehrt. Man springt ja von einem sicheren Ort aus, also kann man sich Zeit lassen.

Vielleicht«, fuhr Odo fort, »wollten die Konstrukteure ja gar nicht, daß man einfach so zurückspringen kann, nur für den Fall, daß das Gerät einem Kriminellen in die Hände fällt. Nicht wahr, Quark?«

»Ha, ha, ha. Eine echte Witzrakete.«

»Das Vorwärtsspringen stellt kein Problem dar. Man muß sich nur zweiundachtzig Stunden lang in einem wirklich cleveren Versteck verbergen.

Aber mit dem Rückwärtsspringen ist es etwas ganz anderes, Quark. Die Bekkir werden verhindern wollen, daß diese Technik in die falschen Hände fällt. Ich gehe jede Wette ein...«

»Daß das fehlende Teil sich irgendwo am Körper des Bekkir und nicht am Gerät selbst befindet!« vollendete Quark den Satz. »Wahrscheinlich ist es irgendwo am Schutzanzug der Bekkir befestigt. Selbst wenn man das Gerät stiehlt, wie die Cardassianer es getan haben, verfügt man damit noch nicht über die Rücksprungtechnik. Dazu braucht man einen Bekkir!«

»Genau das wollte ich gerade sagen, Quark. Wo finden wir also einen toten Bekkir mit einer funktionsfähigen Zeitumkehreinheit?«

Die beiden sahen einander und erinnerten sich fast gleichzeitig. »Im Habitatring!« sagte Quark.

»Am Tunnel drei, Luftschleuse neununddreißig!« stellte Odo klar.

»Ein toter Bekkir«, erklärte Quark dem Jungen. »Lieutenant Dax gelang es, einen zu töten... und im

Gegensatz zu denen, die Major Kira getötet hat, wurde dessen Selbstzerstörungsmechanismus nicht aktiviert.«

Jake nickte, sagte aber nichts.

Aber was *ist mit Nog passiert?* fragte sich Quark. *Wird Jake je imstande sein, es uns zu sagen? Wird er je imstande sein, sich dieser Erinnerung zu stellen?*

»Dann brechen wir besser sofort auf«, sagte Odo müde. »Es ist ein weiter Weg zum Habitatring.«

»Solltest du es vorziehen, hier zu warten, Mensch«, sagte Quark, »würden wir das natürlich verstehen.«

»Nein, Mr. Quark. Ich kenne einen schnelleren Weg dorthin, auf dem wir an keinem … keinem Schlafenden vorbeikommen.«

Sie machten sich daran, den Weg zurückzugehen, den sie gekommen waren. Jake marschierte voran. »Ich frage mich«, sagte Quark und versuchte, den Schmerz in seiner Brust im Zaum zu halten, »ob du mir wohl erzählen könntest, was mit meinem Neffen passiert ist.«

Jake seufzte und nahm seine Ersatztochter auf den anderen Arm. Sie bewegte sich kurz, schrie einmal auf und sank dann in ihren tiefen Schlaf zurück.

Seit dem Angriff waren einige Stunden vergangen, und die Kämpfe um die Station wurden immer heftiger.

Wie Jake es vorhergesagt hatte, hatten die Invasoren schließlich die Verbindungstunnels entdeckt, und die Schlacht verlagerte sich in den Habitatring. Jake, Nog und Molly blieben im ›Untergrund‹, in Nogs berüchtigten Lüftungs- und Reparaturschächten, Röhren und Tunnels.

»Woher kennst du all diese Gänge?« fragte Jake erstaunt, nachdem Nog sie auf einer halsbrecherischen Klettertour unter einem Metallgitter hindurchgeführt hatte, während über ihren Köpfen schwergepanzerte Invasoren marschierten. Nur die Dunkelheit des Habitatrings, dessen Stromleitungen zerstört worden waren, verhinderte, daß sie bemerkt wurden.

»Was glaubst du wohl, was ich an den Tagen mache, die ich nicht in der Schule verschwende?«

»Keine Ahnung. Ich dachte, du arbeitest in Quarks Spielkasino.«

Nog lachte und entblößte dabei seine spitzen Zähne. »Arbeiten? Ferengi arbeiten nicht! Wir treiben Handel! Machen Geschäfte, beschwatzen die Leute, verkaufen.«

»Dein Vater *arbeitet* für Quark. Oder etwa nicht?«

Nog sagte eine Zeitlang nichts, funkelte ihn nur böse an. »Erwähne Rom nicht«, erwiderte er schließlich. »Daß ich geboren wurde, war nur ein Unfall. *Ich* war der Unfall. Ich hätte Onkel Quarks Sohn sein sollen.« Er drehte sich zu Jake um. »Du weißt doch, wie die Ferengi Kinder machen, oder?«

»Nein«, sagte Jake fasziniert.

»Gut.«

»Du ...!« Wütend kroch Jake unter dem Metallgitter des Bodens weiter.

»Wo willst du hin?«

»Was zu essen besorgen«, schnauzte Jake. »Oder willst du in Zukunft nichts mehr essen?«

»Hm. Du hast wohl recht, Mensch.«

»So nennt Quark mich auch immer: Mensch.«

»Na ja, du bist doch einer, oder?«

»Ich habe nur festgestellt, wie sehr du deinem Onkel ähnelst.«

»Wirklich?« fragte Nog, und seine Haltung veränderte sich völlig. »Glaubst du wirklich, daß ich ihm ähnlich bin? Na ja, du bist sehr aufmerksam, zumindest für einen Menschen. Sehr klug! Ich habe das auch schon festgestellt ... Neulich hat Onkel Quark sogar gesagt ...«

Sie gelangten zu einer Bodenluke, die in einen Flitzer-Hangar führte. Jake betrachtete sehnsüchtig die *Rio Grande,* die zweifellos vollgetankt und startbereit war.

»Äh, Nog ... du kannst nicht zufällig einen Flitzer fliegen, oder?«

Der Ferengi schüttelte langsam den Kopf.

»Schade«, sagte Jake.

Nog seufzte. Sie gingen rückwärts zu der Tür, die zum Hauptkorridor führte, und ließen den Flitzer bis zum letzten Moment nicht aus den Augen.

»Schade«, flüsterte Jake erneut.

Nog griff hinter sich, drückte auf den Kontrollschalter und öffnete die Tür. Er trat auf den Gang hinaus und erstarrte.

Jake wollte gerade fragen, was passiert sei, als er den Ausdruck auf Nogs Gesicht sah. Die Frage war überflüssig geworden. Noch bevor er die sich nähernden schweren Schritte hörte, wußte er, welchen schrecklichen Fehler Nog gemacht hatte.

Einen Augenblick lang schien alles in der Schwebe zu hängen. Nog sah zu dem Hangar hinüber, zu der noch geöffneten Bodenluke. Aber sie befand sich auf der anderen Seite des Raums. Dann sah er Jake an.

In diesem Moment schaute Jake Sisko in die Seele seines Freundes. Nog wußte genau, daß sein Fehler ihn das Leben kosten würde.

Aber er mußte nicht auch noch die seiner Freunde kosten.

Ein Mensch hätte vielleicht gezögert, die wenigen Sekunden abgewartet, die der Invasor benötigte, um zur Tür zu gelangen, in den Raum zu schauen und festzustellen, wohin der kleine Ferengi sah. *Schließlich,* pflegten die Menschen ja zu sagen, *ist geteiltes Leid halbes Leid. Irgendwann wird man sie ja sowieso schnappen und töten. Warum sollte ich nicht an der Seite meiner Freunde sterben?*

Der Mensch hätte der Versuchung vielleicht widerstanden, aber der Schaden wäre schon angerichtet gewesen.

Nog war jedoch ein Ferengi, und wenn ein Ferengi

einen Handel abschloß, verschwendete er keine Zeit mit Überlegungen, was er herausschlagen wollte; *er wußte es bereits.*

Das war ihr ganzes Geheimnis am Verhandlungstisch, die Erklärung dafür, warum sie bei einem Geschäft meist so gut abschnitten. Während die andere Partei noch die Regeln des Spiels studierte, wußte der Ferengi bereits genau, was bei dem Handel für ihn herauskam.

Und so verschwendete Nog keinen Augenblick damit, seine Tat zu durchdenken. Sein letzter Blick drückte lediglich aus: *Leb wohl.*

Er wirbelte herum und schoß wie ein gejagtes Kaninchen davon.

Die schnelle Flucht des Ferengi zerriß den Bann, der Jake an Ort und Stelle hielt. Er wußte sofort, daß es für Nog keine Rettung mehr gab. Ihm blieb lediglich die Entscheidung, seinem Ferengi-Freund in den Tod zu folgen – und damit ein weiteres sinnloses Opfer zu werden – oder die Chance zu nutzen, die Nog ihm verschafft hatte.

Jake riß Molly an sich und drückte sich mit dem Rücken gegen die Wand neben der offenen Tür. Er versuchte gar nicht erst, zu der Bodenluke zu laufen, wußte, daß er es nicht rechtzeitig schaffen würde.

Er und Molly würden nur überleben, wenn Nog die Aufmerksamkeit des Invasors auf sich lenkte und verhinderte, daß der Fremde in den Hangar schaute. Wenn er auch nur kurz den Kopf hineinsteckte, würde er Jake und Molly sofort sehen.

Jake hielt den Atem an. Die polternden Stiefelschritte kamen näher, immer näher – und entfernten sich dann wieder. Der Invasor lief den Gang entlang und schaute nur kurz nach rechts, als er an der Tür vorbeikam.

Jake stieß keuchend den Atem aus und schnappte nach Luft. Er wäre fast ohnmächtig geworden. Dann klemmte er sich Molly unter den Arm, als wäre sie ein großer Baseball, und stürmte zur Luke.

Er war erst drei Schritte weit gekommen, als er mehrere Schüsse hörte, gefolgt von Nogs Stimme. Der Ferengi schrie um Gnade.

Aber die gab es auch für ihn nicht. Ein weiterer Schuß knallte, und Nogs Stimme verstummte.

Tränen flossen über Jakes Gesicht. Er weinte, wie er nicht mehr geweint hatte, seit seine Mutter bei dem Angriff der Borg umgekommen war. Aber er ließ nicht zu, daß die Trauer sein Tempo beeinflußte.

Ich muß an dich denken, Molly. Wir beide sind jetzt ganz auf uns allein gestellt.

Er kletterte die Luke hinab, setzte das verängstigte Mädchen auf den Boden, griff nach oben und schloß die Luke in dem Augenblick, in dem der Invasor zurückkam. Der Fremde betrat den Hangar, blieb direkt über ihnen stehen und sah sich um. Er wollte herausfinden, wohin Nog gesehen hatte, bevor er ...

Endlich ging er zur Tür zurück, blieb stehen und sah sich ein letztes Mal um. Jake war niedergekniet, hatte die Arme um Molly geschlungen und eine Hand auf ihren Mund gelegt, nur für alle Fälle ... Das Mädchen hatte noch nicht begriffen, was gerade geschehen war, wußte aber, daß sie in Gefahr waren, denn es verhielt sich absolut ruhig und gab keinen Laut von sich.

Der Invasor ging, und zischend schloß sich die Tür hinter ihm. Jake rümpfte die Nase, in die der verräterische Geruch eines sehr verängstigten Kleinkindes stieg.

Quark hockte auf dem Boden und betrachtete erneut den Ausdruck der rätselhaften Ruhe auf Lieutenant Dax' Gesicht. Und er dachte an Nog und daran, wie heldenhaft und völlig untypisch für einen Ferengi dieser vor zwei Tagen gestorben war.

»Ich habe es wohl schon gewußt«, sagte er. »Wäre

Nog noch am Leben gewesen, wäre er ins Kasino zurückgekommen. Er wäre dort gewesen, als wir auftauchten, Odo.«

»Ich weiß«, sagte der Constable unbehaglich.

»Sie haben es von Anfang an gewußt, oder?«

»Ich habe es vermutet. Es kam mir ... unpraktisch vor, es Ihnen zu sagen.«

»Sie wollten, daß ich die Hoffnung bewahre. Wäre mir klar gewesen, daß der Junge tot ist, hätte ich mich zu ihm gesellen wollen. Das haben Sie zumindest befürchtet.«

»Nein. Das nicht. Ich wollte nur, daß Sie einen klaren Kopf behalten.«

Quark musterte den Constable aus zusammengekniffenen Augen. »Sie waren mir gegenüber tatsächlich rücksichtsvoll, Odo. Gestehen Sie es ein.«

»Es waren nur praktische Erwägungen, sonst nichts.«

Quark schloß die Augen. »Nog war wie ein ... ach, zur sechsten Hölle damit. Sie wissen ja, was die Leute normalerweise sagen, wenn sie einen Verwandten verlieren. Sie haben es bestimmt schon von vielen anderen gehört. Da müssen Sie es nicht auch noch von Quark hören.«

»Danke. Das wäre wirklich ... beunruhigend.«

»Und ich danke dir, Mensch, daß du mir erzählt hast, wie mein Neffe gestorben ist.«

»Ich hätte an seiner Statt sterben sollen.«

»Nog hätte sich nicht so gut um Molly kümmern können, wie du es getan hast. Er ist ein guter Junge – *war* ein guter Junge, aber ein Ferengi. Er ist nicht gerade erfahren darin, sich um menschliche Kleinkinder zu kümmern.«

»Nun ja«, sagte Odo, »hier ist sie also.« Er stieß die Leiche des Bekkir mit dem Fuß an. Zwei Meter von ihm entfernt lag in einer flachen Vertiefung im Boden ein kleiner Aschehaufen. Odo nickte zufrieden. Es handelte sich um die Überreste des Zündmechanismus, der von derselben Explosion abgerissen worden war, die den Schutzanzug des Bekkir zerschmettert und das Geschöpf getötet hatte.

Quark betrachtete den Gestaltwandler. Odos Haut kräuselte sich vor Anspannung. *Er hätte schon längst in seinen flüssigen Zustand zurückkehren müssen. Wie lange wird er noch durchhalten?*

Der Gedanke war schrecklich: Sie standen kurz vor dem Ziel, und Odo verwandelte sich in eine Pfütze und überließ es allein Quark, rechtzeitig die Lösung zu finden.

Der Constable beugte sich über die Leiche des Bekkir und untersuchte dessen Gürtel. »Nichts… Quark, zeigen Sie mir noch mal das Signalgerät.«

Quark fischte es aus seiner Tasche und gab es Odo. Dann suchten sie den Schutzanzug des Bekkir ein zweites Mal nach dem fehlenden Teil ab.

»Augenblick«, flüsterte Quark. Er betrachtete eindringlich das Armbandgerät des Bekkir. Die meisten Teile waren von der Wucht der Explosion abgesprengt worden, die den Invasor getötet hatte, aber drei Metallstücke waren noch daran befestigt, und eins davon…

»Ha! Das ist es.« Triumphierend löste Quark ein kleines, silbernes gezacktes Teil von dem Armband und hob es hoch. »Es paßt, ich weiß es genau!«

Odo streckte die Hand nach dem Teil aus, doch Quark zog den Arm schnell zurück. »Es ist mein Gerät, und ich habe das Segment gefunden. *Ich* werde es hineinschieben!«

Hätten Blicke töten können, wäre es jetzt um den Ferengi geschehen gewesen, trotzdem gab Odo ihm das Signalgerät zurück. Quark hielt es behutsam fest, als befürchtete er, es könne in seinen Händen explodieren. Er drehte das Segment vorsichtig, bis er es in die richtige Stellung gebracht hatte, drückte es dann hinein, biß die spitzen Zähne zusammen und wandte das Gesicht ab.

Nichts geschah.

Quark wartete und wartete und atmete schließlich scharf aus. Er keuchte, hatte gar nicht mitbekommen, daß er den Atem angehalten hatte.

»Tja, es ist drin«, sagte Odo. »Was nun?«

Quark zog an seinem Ohr. »Wahrscheinlich muß es aktiviert werden, wie beim Vorwärtssprung.«

Odo nickte. »Das wäre logisch. Na schön, wo ist das Einbruchwerkzeug, mit dem Sie es aktiviert haben?«

»Es ist *kein* Einbruchwerkzeug! Es ist nur ein … nur ein Hilfsmittel, mit dem ich …« Er zögerte. Wie konnte er dem Constable von seiner ersten Anstellung erzählen, ohne daß dieser ihn völlig mißverstand? Ein Ferengi hätte es sofort verstanden.

»Nachdem ich von der Universität abgegangen war, habe ich für meinen Vater gearbeitet. Wann immer er an einer Blinden Auktion teilnahm … dabei kennt man den Inhalt des Gegenstands nicht, der versteigert wird …«

»Darauf bin ich auch schon gekommen, Quark.«

»Nun ja, bei einer Blinden Auktion war es meine Aufgabe … äh …, einen Blick in den Behälter zu werfen und den Wert des betreffenden Gegenstands zu schätzen. Schon damals war ich ein begehrter, vertrauenswürdiger … Gutachter.«

Odo schnaubte. »Ja, schon damals waren Sie ein Einbrecher und Betrüger.«

»Sie verstehen die Lebensweise der Ferengi nun mal nicht«, klagte Quark.

»Aber genug dieser vergnügten Unterhaltung. Wo ist das Ding, mit dem Sie das Gerät der Bekkir aktiviert haben?«

Quark schloß die Augen und versuchte sich zu erinnern, was er damit gemacht hatte. Plötzlich schlug er sich geräuschvoll gegen die Stirn. »Ich weiß genau, wo es ist.«

»Wo?«

»Es liegt in meinem Büro auf dem Boden. Im ... äh ... Kasino. Auf der Promenade.«

Odo seufzte verärgert. »Tja, dann mal los, wie ich in letzter Zeit wohl öfter zu sagen pflege. Wir haben schon eine halbe unserer kostbaren drei Stunden verbraucht.«

Ergeben trottete Quark zurück zu dem Rohr, durch das eine Stromleitung parallel zum Tunnel drei durch den Verbindungsgang verlief. Jake hatte sie durch dieses Rohr hierhergeführt. Der Junge hatte fast recht behalten: sie waren unterwegs auf lediglich zwei Leichen gestoßen, die beide keine äußeren Verletzungen aufwiesen und an dem ›epileptischen Anfall‹ gestorben zu sein schienen.

»Dort entlang können wir nicht«, sagte Odo. »Wir kommen nicht durch die Promenade. Haben Sie es schon vergessen? Der Weg ist versperrt. Wir müssen wieder durch den Tunnel zwei, und das bedeutet, wir müssen erneut über das Schlachtfeld.«

Jake schluckte. Entweder war er dort schon gewesen, oder er konnte sich lebhaft vorstellen, was der Constable mit ›Schlachtfeld‹ meinte.

Odo sah zu dem Jungen hinab. »Schaffst du es?«

Jake nickte tapfer.

Molly rührte sich, richtete sich in seinen Armen auf und blinzelte verwirrt. »Essen wir jetzt, Papi?«

»Psst«, machte Jake und stellte sie sanft auf den Boden. »Wir müssen jetzt ein Stück gehen, und dann nehme ich dich wieder auf den Arm und trage dich. Aber du mußt mir versprechen, daß du dann die Augen schließt und nicht blinzelst. Abgemacht?«

Sie nickte. »Aye, Sir.«

»Dann also los.« Sie setzten sich in Bewegung, als

Jake plötzlich rief: »Augenblick mal! *Quark* hat das Gerät aktiviert?«

Sein ungläubiger Tonfall ließ den Ferengi zusammenzucken. »Das ist eine lange Geschichte«, sagte er.

»Gut«, entgegnete Jake kalt. »Wir haben auch einen langen Weg vor uns.«

15

Odo und Quark standen einige Meter von Jake und Molly entfernt, die sich begeistert über den Inhalt einer Schachtel mit schokoladenüberzogenem, aber keineswegs mehr frischem Puffreis hermachten, die sie im Quartier der O'Briens gefunden hatten. Molly nannte den Leckerbissen *Mochi.*

Quarks Magen knurrte stetig und bedrohlich, als er die gierigen Kinder beobachtete. Doch als er beiläufig vorgeschlagen hatte, das *Mochi* nicht in zwei, sondern in drei Portionen aufzuteilen, hatte Odo ihm einen so bösartigen Blick zugeworfen.

»Wir haben nicht mehr viel Zeit«, sagte Quark wütend. »Dieser kleine Abstecher zum Habitatring hat uns bereits eine halbe Stunde gekostet, und wir brauchen mindestens eine Stunde, um durch den Tunnel zwei zurückzukehren.«

»Die verbleibenden anderthalb Stunden müßten ausreichen, um den Angriff abzuwenden.«

»Falls sie uns glauben.«

»Vielleicht würden sie Ihnen nicht glauben, Quark. Commander Sisko weiß jedoch, daß zumindest ich mich keinen Phantasievorstellungen oder Anfällen von Größenwahn hingebe. Er und Major Kira werden mir glauben, wenngleich sie Sie natürlich fortschicken würden.«

»Nun ja... mir bereitet noch etwas Sorgen. Was wäre, wenn...«

»Wenn was? Heraus damit, Quark. Wir haben keine Zeit für geheimnisvolle Andeutungen.«

»Ich spekuliere nicht gern über die Zukunft, aber ein Ferengi zieht stets alle möglichen Ergebnisse in Betracht.«

»Und?«

»Na schön. Angenommen, das ist das fehlende Teil, und angenommen, es gelingt mir, das Gerät zu aktivieren.«

»Wie es Ihnen auch schon bei dem Signalgeber selbst gelungen ist, womit Sie diese Katastrophe erst ausgelöst haben.«

»Ja, ja.« Quark tat das leidige Thema mit einer ärgerlichen Handbewegung ab. »Aber erinnern Sie sich daran, wie der Bekkir gestorben ist?«

»Anscheinend durch die Explosion einer Phasergranate, die hinter ihm gezündet wurde. Wäre sie auf seiner Vorderseite explodiert, hätte sie ihn wahrscheinlich betäubt, aber er hätte überlebt.«

»Genau. Dax hat ihn in die Luft gesprengt. Aber was, wenn die Explosion, die stark genug war, um einen Bekkir trotz seines Schutzanzugs zu töten und gleichzeitig den Zünder abzureißen, der seine Leiche verbrannt hätte, ebenfalls stark genug war, um das Schlüsselsegment an seinem Handgelenk zu beschädigen?«

Odo runzelte die Stirn und knetete sein Kinn, als bestünde es aus Kitt – eine Angewohnheit, die Quark aus irgendeinem Grund besonders widerwärtig war. Unbehaglich wandte er den Blick ab.

»Ja, ich verstehe, worauf Sie hinauswollen. Einmal ganz davon abgesehen, daß unsere Annahmen alles andere als bewiesen sind … wenn das Gerät beschädigt wurde, wird es nicht funktionieren.«

»Oder noch schlimmer … es schleudert uns in die Zukunft statt in die Vergangenheit. Oder gar hundert Jahre in die Vergangenheit.«

»Das bezweifle ich. Je komplizierter ein Gerät ist, desto größer ist die Wahrscheinlichkeit, daß es nach einer Beschädigung einfach nicht mehr funktioniert. Es ist wohl so ähnlich wie bei einem biologischen System. Die große Mehrheit der Mutationen ist nicht lebensfähig. Wenngleich dies in Ihrem Fall nicht zuzutreffen scheint, Quark.«

»Ha, ha.«

»Sehen Sie eine Möglichkeit, dieses Risiko zu vermeiden?« fragte Odo.

»Nein«, sagte Quark wütend, »und deshalb komme ich mir kaum noch wie ein Ferengi vor. Man erwartet *stets* von uns, die risikolose Lösung zu finden. Habe ich Ihnen schon mal gesagt, warum die Ferengi die erfolgreichste ...«

»Öfter, als mir lieb ist, Quark.«

»Ich will ja nur auf folgendes hinaus. Falls dieses Schlüsselsegment nicht funktionieren sollte ... woher bekommen wir dann ein anderes? Eins, das nicht von einer Phasergranate zerstört oder von dem Selbstzerstörungsmechanismus zu Schlacke verbrannt worden ist?«

Odo dehnte das Kinn bis zur Brust. Unwillkürlich mußte Quark an einen Jungen denken, der seinen Kaugummi aus dem Mund zog. Allmählich wurde ihm wirklich schlecht. »Dann ist Jake womöglich unsere einzige Hoffnung«, sagte der Constable. »Vielleicht kann er sich endlich überwinden, uns zu erzählen, was aus den anderen Bekkir geworden ist ... und aus Commander Sisko.«

Jake stand auf und wischte Mollys Mund ab. »Danke, Odo. Ich fühle mich jetzt schon viel besser. Bist du satt, Molly?«

Molly nickte. Sie kaute noch auf ihrem *Mochi* herum.

»Na schön, dann können wir uns ja auf den Weg machen. Wenn die Tunnels alle gleich sind, müßten wir ein Energieversorgungsrohr finden, das wir benutzen können.«

Quark stellte überrascht fest, wie genau er sich an

ihren ersten Marsch in den Habitatring erinnerte. Er wußte, wo er festen Halt fand und wo nicht. Jake wandte den Blick nicht von Odos Rücken, während der Constable so erschöpft voranstolperte, daß er bei jedem Schritt erzitterte. Der Junge trug Molly, und wie sie es versprochen hatte, drückte sie das Gesicht gegen die Schulter des Jungen. Sie war nicht dumm und wußte genau, was sie sehen würde, wenn sie heimlich guckte.

Nun, da er darauf achtete, fiel Quark auf, wie viele Leichen selbst hier auf dem Schlachtfeld keine äußerlichen Verletzungen aufwiesen. Viele von ihnen lagen über, aber keine einzige unter solchen, die von Kugeln getroffen worden.

Der Ferengi schloß zu Odo auf. »Ich glaube, die unversehrten Personen sind nach den anderen gestorben«, sagte er.

»Ja, ich habe es auch schon bemerkt. Und praktisch keine von ihnen war bewaffnet. Wahrscheinlich handelt es sich bei ihnen um die überlebenden Zivilisten, die aus ihren Verstecken kamen, nachdem das Schlachtgeschehen sich an andere Orte verlagert hatte. Etwas muß sie ganz plötzlich und auf sehr schmerzhafte Art und Weise getötet haben.«

»Ohne eine einzige Verletzung zu hinterlassen – abgesehen von denen, die zusammengebrochen sind und sich beim Sturz den Kopf eingeschlagen haben.«

Odo zog seinen Mini-Tricorder hervor und untersuchte eine der Leichen. »Keine Kratz- oder Schnittwunden, keine Verletzung des Zellgewebes oder der Knochen... aber massive Nervenschäden. Ich weiß nicht, was ihren Tod verursacht hat. Es sieht fast so aus, als wären sie von einer elektrischen Entladung getötet worden, aber ich kann keine Verbrennungen feststellen.«

Quark nickte zu dem Jungen hinüber. »Ich wette, er könnte es uns sagen«, flüsterte er.

Sie gingen noch ein paar Meter weiter, dann blieb

Odo plötzlich stehen. »Jake«, sagte er so entwaffnend wie möglich, »hast du eine Ahnung, wo die Bekkir sind? Sind sie abgezogen?«

Dem Jungen schien die Frage nicht zu behagen. »Sie sind alle weg«, sagte er.

»Das ist etwas verschwommen, meinst du nicht auch? Haben sie die Station verlassen?«

»Nein, das nicht gerade.«

»Sind sie tot? Nun ja, wahrscheinlich. Sie sind ja nicht mehr hier, oder?«

Während Quark dem Gespräch lauschte, kam ihm ein entsetzlicher Gedanke. »Odo«, sagte er, »Sie nehmen doch nicht etwa an, daß sie ihre ... ihre Zeitgeräte benutzt haben, oder?«

»Hm. Das wäre eine Möglichkeit. Es würde ihr Verschwinden erklären.«

»Ich bin mir ziemlich sicher, daß die meisten von ihnen tot sind«, sagte Jake ausweichend.

Odo zögerte lange, bevor er die nächste Frage stellte. Doch Jake schien sich etwas erholt zu haben und machte einen gefaßteren Eindruck.

»Jake«, sagte der Constable, »was ist mit deinem Vater passiert?«

Der Junge antwortete nicht, drückte lediglich Molly fester an sich, als könne auch sie leise und plötzlich verschwinden.

Odo versuchte es auf andere Weise. »Hast du auf dieser Station außer uns noch andere Überlebende gesehen?« Natürlich kannte er die Antwort auf diese Frage bereits.

»Nein«, sagte Jake nachdrücklich.

»Dann muß dein Vater ...«

»Er ist nicht tot!« rief der Junge und beruhigte dann Molly, die bei dem lauten Geräusch sofort zu weinen begonnen hatte.

Odo gab die Befragung auf. Sie führte sowieso nicht weiter. *Später, später,* sagte er sich.

Es herrschte fast vollkommene Dunkelheit. Odos und Quarks Taschenlampen konnten sie kaum durchdringen. In diesem Teil des Habitatrings war die Stromversorgung völlig ausgefallen. Vielleicht würde ihnen die flackernde Notbeleuchtung das Vorwärtskommen zum zentralen Bereich etwas erleichtern, sobald sie den Sicherungskasten 97 passiert hatten.

Gespenstische Schatten tanzten um den Rand des suchenden Lichtstrahls von Quarks Taschenlampe. Er schwenkte sie nach links und wieder zurück, um einen begehbaren Weg zu finden. *Ganz ruhig,* dachte der Ferengi und erinnerte sich an das alte Sprichwort ›Tote treiben keinen Handel‹.

Schließlich erreichten sie den großen Trümmerberg, der sie auf dem Hinweg fast zur Umkehr gezwungen hatte. Der aufgrund seiner Erschöpfung in einer zweibeinigen Gestalt gefangene Odo schaffte es kaum hinüber. Doch dann erreichten sie die Mündung des Tunnels zwei.

Trübe Helligkeit schlängelte sich um die zerstörte Luftschleuse; ein wesentlich trüberes Licht, als Quark es in Erinnerung hatte. Dann fingen seine empfindlichen Ohren ein Geräusch auf, das ihn innehalten und nach Odos gummiähnlichem Arm greifen ließ: das Zischen entweichender Luft.

»Odo«, sagte er, »der Atmosphäreschild ist zusammengebrochen. Die Station stirbt den Tod der tausend Stiche. Die Luft sickert hinaus wie durch ein Sieb.«

Der Constable sagte nichts. Er wußte genau, was dies bedeutete. Wenn es ihnen nicht gelang, in der Zeit zurückzuspringen, würden sie alle ersticken, noch bevor die Föderation ein Schiff hierherschicken konnte, das der unerklärlichen Funkstille auf den Grund gehen sollte. Auch die Bajoraner würden wohl kaum rechtzeitig ein Schiff entsenden; sie tolerierten die Präsenz der Föderation auf der Station sowieso nur widerwillig.

Der Tunnel selbst war, im Vergleich zum Hauptschlachtfeld an der Luftschleuse, einigermaßen passierbar. Sie eilten zum zentralen Bereich, fanden eine Notleiter und kletterten zur elften Etage hinauf. Jake und Quark trugen abwechselnd Molly, die zu klein war, um die Leiter zu benutzen. Odo war zu schwach, um ihnen dabei zu helfen. Er würde seine Gestalt noch maximal eine Stunde lang aufrechterhalten können.

Das Licht auf der Promenade flackerte nicht mehr so häufig auf wie bei ihrer ersten Erkundung, und wenn, dann nicht mehr so hell. Die Notstrombatterien waren fast erschöpft. Quark schüttelte verärgert den Kopf. Wären die Schilde nicht so lange aktiviert geblieben, stünde ihnen jetzt viel mehr Energie für die Lebenserhaltungssysteme und die Notbeleuchtung zur Verfügung. Aber als er die Schilde ausgeschaltet hatte, waren die Reserven schon fast verbraucht.

Sie kehrten auf dem Weg zurück, den er und Odo in den ersten Minuten, als ihnen das Ausmaß der Zerstörungen klargeworden war, eingeschlagen hatten. Sie durchquerten die Hauptetage der Promenade und erreichten schließlich ihr Ziel, den Ausgangspunkt, von dem sie vor so vielen Stunden aufgebrochen waren: Quarks Spielkasino.

Ohne die Lichter, die Gäste, die Rufe des Dabo-Croupiers und das betrunkene Gegröle wirkte das Etablissement klein und schmutzig. Quark empfand Abscheu und Entrüstung: so eine heruntergekommene, alte Bar, eine Geldgrube, in der er die besten Drinks seines Lebens gekippt hatte.

Das ist also alles? Darum habe ich mich die ganzen Jahre lang gekümmert? Um eine armselige Kneipe am Rand des Universums?

Sie gingen hinein und die Treppe hinauf. Im Büro fand der Ferengi alles genauso vor, wie sie es hinterlassen hatten: den Schreibtisch, den Safe, den Tresor, die klingonische Uhr.

Auf dem Boden lagen der Ohrstecher und der Spanner noch genau dort, wo er sie fallengelassen hatte, nachdem er das Gerät aktiviert hatte. Er bückte sich und hob sie auf. Dann holte er die Gürtelschnalle aus seiner Jackentasche und legte sie vorsichtig auf den Tisch.

Quark schaltete den Ohrstecher ein und sondierte vorsichtig das Artefakt.

Nach einem Augenblick schaute er auf. Er hatte den Mund grimmig verzogen, und seine Ohren waren gerötet. »Nichts«, sagte er mit erstickter Stimme. »Kein Feld, kein Widerstand. Das Ding ist tot, Odo.«

Der Constable kniete nieder und sah Jake Sisko in die Augen. »Mein Junge«, sagte er, »ich weiß, es ist sehr schmerzlich für dich. Du hast deine Mutter bei einem Angriff der Borg verloren, und nun mußt du der Tatsache ins Auge sehen, was mit deinem Vater geschehen ist.

Aber wir *müssen wissen,* was passiert ist. Wenn Commander Sisko die Bekkir getötet hat, müssen wir ihre Leichen finden... vorausgesetzt, sie sind nicht von ihren Selbstzerstörungsmechanismen verbrannt worden. Sonst sind wir nicht in der Lage, durch die Zeit zurückzukehren und den Angriff abzuwenden. Jake, falls es überhaupt noch eine Chance gibt, in die Vergangenheit zurückzukehren und zu verhindern, daß die Station vernichtet wird, müssen wir sie ergreifen. Wir müssen wissen, was geschehen ist.«

Einen langen Augenblick sah Jake zu Boden. Nur seine Lider bewegten sich, blinzelten hektisch. Er schien sich in einer Trance verloren zu haben.

Schließlich rührte er sich wieder und sah auf. »Ich weiß nicht, ob ich mich an alles erinnern kann. Es ist so verwirrend.«

»Du mußt es versuchen, Mensch.« Quark hielt noch

immer das Signalgerät der Bekkir als auch den Ohrstecher in den Händen.

Jake schaute ins Leere. Er sah weder Quark und Odo an, noch blickte er in die Zeit des Angriffs zurück. Er war *irgendwo dazwischen* in der Vorhölle seiner Erinnerungen gefangen.

»Molly und ich haben uns in den Luft- und Versorgungsschächten versteckt. Wir blieben nirgendwo länger als dreißig, vierzig Minuten. Hielten uns ständig in Bewegung, damit sie uns nicht mit ihren Instrumenten orten konnten.

Die Bekkir-Patrouillen waren *überall.* Großer Gott, Odo, sie hatten uns. Sie hatten DS Nine vollständig unter Kontrolle.«

Jake schlug die Hände vors Gesicht. Einen Augenblick lang dachte Odo, der Junge würde weinen. Dann wurde ihm klar, daß Jake lediglich versuchte, sich wieder in Erinnerung zu rufen, wie es war, damals, vor zwei Tagen und tausend Jahren.

»Ich habe an Sie gedacht. An Sie beide. Denn als Sie kurz vor dem Angriff verschwanden, haben einige Leute gedacht, Sie hätten etwas damit zu tun – Sie hätten alles geplant.«

»Was?« explodierte Odo. Er hatte immer gewußt, daß die Bewohner von DS Nine ihn für einen Außenseiter hielten, ihm mißtrauten und ihn sogar fürchteten. Aber tatsächlich zu glauben, er würde einen so brutalen Angriff auf seine einzige Heimat planen …

»Warum?« fragte er. »Was für ein Motiv hätte ich haben sollen? Das verstößt gegen mein gesamtes Gerechtigkeitsempfinden.«

»Ich weiß, Odo. Aber wenn alle um einen herum sterben, muß man einen Grund dafür finden. Irgendein Grund ist besser als gar keiner. Der Angriff war wie der Hammer Gottes. Alle starben, die Guten wie die Bösen. Sie … *wir* brauchten etwas oder jemand, dem wir die Schuld geben konnten. Jemand, auf den wir mit dem Finger zeigen konnten.«

»Wer?« fragte der Constable. »Wer hat mit dem Finger auf mich gezeigt?«

Jake schüttelte den Kopf.

»Wer hat mich beschuldigt? Ich bestehe darauf, daß du es mir sagst!«

»Nein, Sir.«

»Warum nicht? Wer auch immer es war, welcher Freund oder Feind auch immer sich gegen mich gestellt hat, er ist jetzt tot.«

»*Hier und jetzt* tot, Odo«, unterbrach Quark ihn. »Aber nicht dort, wohin wir zurückkehren.«

»Quark hat recht. Wie könnten Sie ihnen je wieder in die Augen sehen, wenn Sie wüßten, was sie in einem Universum getan haben, das es überhaupt nicht gegeben hat?«

»Aber sie haben mein Vertrauen mißbraucht!«

»Nein«, sagte Jake. »Wenn Ihr Plan funktioniert, würden sie ihr Vertrauen *vielleicht* noch mißbrauchen. Sie hätten es ja noch nicht getan.«

Odo schaute sich in dem teilweise zerstörten Kasino um, sah, was es einmal gewesen war und vielleicht wieder sein würde. »Du hast recht«, gestand er ein, auch wenn es ihm schwerfiel. »Bitte erzähl weiter. Ich werde dich nicht mehr unterbrechen.«

»Als Molly und ich uns im Wrack des anderen Flitzers versteckten, der *Orinoco*«, fuhr Jake fort, »hörte ich die erste stationsweite Durchsage meines Vaters seit dem Evakuierungsbefehl …«

Sechzehn Stunden nach dem Augenblick, in dem sein Herrschaftsbereich zu sterben begonnen hatte, sah Commander Benjamin Sisko mit ohnmächtigem Entsetzen zu, wie der Pilot oder die Pilotin der *Orinoco* die Kontrolle verlor und sich dann an dem einzigen vertrauten Anblick orientierte, den er ausmachen konnte: an dem Startfeld, das er gerade verlassen hatte.

»*Orinoco,* drehen Sie ab!« schrie Sisko in den Kom-Kanal. Noch einmal: »*Orinoco,* Sie sind auf Kollisionskurs mit der Station! Drehen Sie nach steuerbord ab! Schalten Sie Ihr Steuerbord-Triebwerk aus!«

Der Pilot hörte ihn entweder nicht oder ignorierte den Befehl. Er hielt mit vollem Schub direkt auf das Startfeld zu.

Die Orinoco knallte mit einer Geschwindigkeit von mehreren hundert Metern pro Sekunde auf das Startfeld und durchschlug dessen äußerst hartes Material, eine Legierung aus Metall und Monomolekularfasern von zwei Metern Dicke. Die Überreste des Schiffes kamen endlich im Hangar zum Stehen, der Ebene unter dem Startfeld.

Es konnte keine Überlebenden geben. Dennoch verbrachte Sisko viele lange Minuten ergebnislos damit, Kontakt mit Major Kira, dem Piloten oder irgendeiner anderen Person an der Absturzstelle aufzunehmen. Doch er hörte nichts, nicht einmal ein Rauschen. Vielleicht blockierten die Invasoren jetzt auch die Kom-Kanäle.

Eine Gänsehaut kroch sein Rückgrat hinauf. Benjamin Sisko hatte das entschiedene Gefühl, daß die Invasoren endlich herausgefunden hatten, wo die OPS sich befand, und schon in diesem Augenblick zu ihm unterwegs waren.

Er zog kurz in Betracht, an der Kommandokonsole zu bleiben und mit der Station unterzugehen. Dann erinnerte er sich wieder an seine vordringliche Pflicht: Kein Invasor durfte DS Nine lebend verlassen.

Er hörte ein seltsames Knallen und schaute sich um, bis er schließlich begriff, daß es aus seinem Lautsprecher und nicht aus der OPS kam.

Sein Magen zog sich zusammen. Dax hatte die Kom-

Verbindung mit Dr. Bashir auf diesen Lautsprecher gelegt.

»Computer«, sagte Sisko, »die letzten fünf Minuten der Aufzeichnung Kom-Kanal Bashir erneut abspielen.« Nach langem Zögern – Sisko war schon halbwegs überzeugt, daß das System mittlerweile vollständig ausgefallen war – spielte der Computer die letzten Augenblicke im Leben Julian Bashirs ab.

Als es vorüber war, stützte der Commander das Gesicht auf die Hände. *Hätte ich doch nur mitgehört, als es passierte,* dachte er. Nicht, daß er etwas hätte tun können – die Krankenstation befand sich elf Etagen tiefer, und Sisko hätte die OPS sowieso nicht verlassen können, nicht einmal um zu versuchen, den Arzt zu retten.

Aber es wäre ehrerbietiger gewesen, Dr. Bashirs heldenmütiges Verhalten unmittelbar mitzuerleben, statt sich kurz darauf eine Aufzeichnung anzuhören. Die Tatsache, daß sein Heldenmut lediglich aufgezeichnet worden war, setzte seinen Tod irgendwie herab.

»Mir ist nichts mehr geblieben«, sagte Commander Sisko, und Tränen flossen über seine Wangen.

Dann rieb er seine Augen trocken und spürte, wie die Galle sich wie Gift in seinem Leib zusammenballte.

Er lief zur Notstiege und spähte hinab. Er glaubte, sich bewegende Gestalten in der Dunkelheit auszumachen, aber vielleicht spielte ihm auch nur die Einbildung einen Streich. Er drückte ein Ohr gegen die kalten Metallsprossen der Leiter und vernahm ein leises Klicken und Stoßen. Aber stammte es von den Invasoren, die hinaufkletterten, um die OPS zu erobern, oder von den sporadischen Kämpfen, zu denen der Widerstand von DS Nine abgeflacht war?

Es spielt keine Rolle, dachte er. *Mir bleibt keine Zeit mehr. Ich muß sofort handeln.*

Sisko drehte sich langsam um die eigene Achse und hielt nach einer anderen Fluchtmöglichkeit außer der

Notstiege Ausschau, auf der es ein paar Etagen unter ihm vielleicht schon von Invasoren wimmelte.

Er sah nichts, was ihm nicht schon bekannt war. Es gab nur drei Möglichkeiten, die OPS zu verlassen: mit dem Transporter, dem Turbolift oder über die Notleiter.

Die erste Möglichkeit kam wegen des Dämpfungsfelds der Invasoren nicht in Betracht; die zweite nicht, weil die unmittelbare Gefahr bestand, daß sich bewaffnete Invasoren auf der Leiter befanden; und die dritte nicht, weil die Energieversorgung immer wieder ausfiel, Sicherungskästen zerstört und die Turbolifte selbst ebenfalls beschädigt worden waren.

Doch plötzlich bildete sich in seinem Hinterkopf ein Gedanke. Sicher, die Turbolifte waren nicht mehr einsatzfähig, aber die *Schächte* mochten noch zu benutzen sein. Doch wie sollte er in sie hineinkommen?

Er warf sich den Beutel mit O'Briens letzten Phaserbomben über die Schulter, lief zu den geschlossenen Türen des Turbolifts und versuchte mit äußerster Kraft, sie aufzustemmen. Aber sie gaben nicht nach. Schließlich waren sie ja von Cardassianern gebaut worden. *Ist ja prima,* dachte er. *Jetzt muß ich nur noch ein paar cardassianische Ingenieure überlisten.*

Er brauchte einen Hebel. Sisko sah sich um. Schweiß perlte auf seiner Stirn. Zum Glück war die Beleuchtung der OPS noch nicht ausgefallen, sonst hätte er vielleicht das lange, schmale Verkleidungsblech im Systemkern unter dem Hauptbildschirm übersehen. O'Brien hatte es wohl schon vor beträchtlicher Zeit aufgegeben, es jedesmal auf die dafür vorgesehene Öffnung zu schrauben, nur um es kurz darauf wieder entfernen zu müssen.

Sisko ging in die Hocke und sprang praktisch eine ganze Etage zum Systemkern hinab. In einem Wettlauf mit der Zeit ergriff er das Verkleidungsblech, klemmte es sich unter den Arm und stürmte wieder die Treppe zur OPS hinauf. Er war völlig außer Atem, als er das Blech in den Schlitz zwischen den Türen des Turbolifts schob und als Hebel einsetzte.

Die Türen gaben etwas nach. Sisko drückte noch stärker und zwang die Türen noch ein paar Zentimeter weiter auf.

Er schlang die Arme um das Blech, stützte die Füße an der Seite des Turbolifts ab und brachte den besten Stoß seines Lebens zustande … einen *seitlichen* Stoß aus der Hocke.

Das Blech verbog sich, aber erst, nachdem es die Türen fünfundzwanzig oder dreißig Zentimeter weit aufgezwungen hatte – kaum weit genug, um sich hindurchzuwinden. Sisko begriff zu spät, daß er etwas benötigte, das er zwischen die Türen schieben konnte, damit er eine von ihnen loslassen und sich durch die Öffnung zwängen konnte.

Er legte einen Ellbogen um die linke Tür, setzte einen Fuß auf die rechte und schob erneut. Die Türhälften wichen noch ein Stück zurück. Der Beutel mit den Phasergranaten blieb an der Tür hängen. Würde er reißen? In diesem Fall stand Sisko unbewaffnet da.

Indem er sich wie eine Raupe in die Öffnung wand, gelang es ihm, den Rücken gegen die linke Tür zu drücken, ohne den Stoffbeutel zu zerreißen. Dann sah er in den Schacht.

Es war tief, mindestens fünfzehn Etagen, einen Sturz würde er nicht überleben. Auf der anderen Seite des Schachtes befanden sich Leitersprossen, auf denen er hinabklettern konnte. *Falls* er sie erreichen konnte …

Er tastete mit der linken Hand nach irgendeinem Halt und fand den Rand des Türrahmens, der gerade breit genug war, daß er sich ein paar Sekunden daran festhalten konnte. Sisko atmete tief ein, legte die Finger um den Rahmen und zog sich dann ganz in den Schacht.

Die Türen knallten mit einem hallenden Scheppern

wieder zu und hätten dabei fast die Tasche mit den Phasergranaten zerquetscht. Das verbogene Blech, das er als Hebel benutzt hatte, wirbelte wie der Rotor eines Hubschraubers den Schacht hinab. Sisko spitzte die Ohren und hörte, wie es nach einer Weile unten aufschlug.

Es geht wirklich *tief hinab,* dachte er. Sein Magen zog sich zusammen, und seine Finger glitten allmählich vom Türrahmen ab.

Der Commander biß die Zähne zusammen und sah zu der Stelle hinüber, an der sich die Sprossen befinden mußten, obwohl es im Schacht natürlich stockfinster war und er sie nicht ausmachen konnte.

Er ließ den Rahmen los und schwankte bedrohlich auf den drei Zentimetern ›Boden‹ unmittelbar hinter den Türen. Dann sprang er mit einer Anmut und Sicherheit, die er seit Jahren nicht mehr verspürt hatte, und tastete mit den Händen wild nach den Sprossen, die sich irgendwo dort befinden mußten.

Er prallte hart gegen die gegenüberliegende Wand und bekam tatsächlich mit beiden Händen eine Sprosse zu fassen. Seine Füße rutschten an der Wand entlang.

Er baumelte in absoluter Dunkelheit über einem tiefen Abgrund. Seine verschwitzten Handflächen glitten langsam von den ölverschmierten Sprossen ab. Verzweifelt trat er um sich und suchte nach einem Halt für seine Füße.

Endlich fand ein Fuß eine Leitersprosse, und er atmete tief aus. Dann fand auch der zweite Fuß Tritt, und nun konnte er sich problemlos an der Leiter festhalten. *Eine perfekte Landung,* dachte er und preßte die Lippen aufeinander.

Der Beutel mit den Granaten war während seines Sprungs wild hin und her geschwungen. Wie durch ein Wunder war nur eine Bombe herausgefallen und schepperte nun den Schacht hinab.

Sisko hörte Geräusche hinter den Türen des Turbolifts, auf der OPS selbst. Er verhielt sich absolut ruhig, versuchte, sich nicht zu bewegen.

Die Invasoren hatten die OPS entdeckt. Lediglich die schweren Türen des Turbolifts trennten Sisko noch von dem Feind. Und die Fremden mochten sich jeden Augenblick entschließen, den Zugang aufzustemmen und in den Lift zu schauen.

16

Reglos auf einer Leiter zu stehen, ohne sich zu bewegen oder ein Geräusch von sich zu geben, war das Zweitschwerste, was Benjamin Sisko je in seinem Leben getan hatte.

Jeder animalische Instinkt in seinem Körper befahl ihm, sich zu *bewegen*, hinauf- oder hinabzuklettern, irgend etwas zu tun, um aus der direkten Schußlinie zu gelangen, bevor sich die Invasoren entschließen sollten, ein paar Salven durch die Türen des Turbolifts zu feuern. Aber sein Verstand wußte, wenn er sich bewegte, würden sie ihn hören.

Eine Horde Invasoren betrat die OPS. Sisko lauschte, während sie herumgingen, suchten, die Zentrale auseinandernahmen. Alle paar Sekunden hörte er kurze Salven, mit denen sie Geräte, Instrumente, Konsolen zerstörten.

Plötzlich vernahm er tief unter sich die Explosion der Phasergranate, die er hatte fallen lassen. Anscheinend hatte der Aufprall den Zünder aktiviert.

Die Invasoren verstummten. Die Granate war viele Etagen tiefer explodiert, doch für die Invasoren hatte es sich anhören müssen, als wäre das Geräusch direkt aus dem Turboliftschacht vor ihnen gekommen.

Sie schlugen gegen die schweren Metalltüren.

Klettere! Sofort! Beweg dich!

Sisko rührte sich nicht, während sein Herz mit 180 Schlägen pro Minute zu hämmern schien.

Das Geklopfe hörte auf, doch kurz darauf setzte ein noch beunruhigenderes Geräusch ein: Klauenfinger versuchten, sich zwischen die Türen des Turbolifts zu zwängen.

Hektisch, aber so leise wie möglich, griff Sisko nach dem Beutel mit den Phasergranaten, doch sein überanstrengter Arm berührte zwar den Beutel, konnte den Arm jedoch nicht weit genug beugen, um in die Öffnung zu greifen.

Er zog in Betracht, den Beutel von der Schulter gleiten zu lassen, doch das hätte wahrscheinlich dazu geführt, daß der ganze Sack heruntergefallen und sein Inhalt ein Dutzend oder noch mehr Etagen unter ihm wirkungslos explodiert wäre.

So konnte er nur hilflos abwarten; seine Arme wurden immer schwerer und die Finger immer gefühlloser, während der Invasor versuchte, die Tür mit brachialer Gewalt zu öffnen.

Schließlich gab er es auf, anscheinend überzeugt davon, daß es einem der viel schwächeren Menschen auch nicht gelungen wäre.

Die Invasoren stöberten noch eine Weile herum, öffneten die Gitter von Lüftungsschächten und spähten hinein, um sich zu überzeugen, daß niemand sich darin versteckte, und gingen dann wieder, wie sie gekommen waren, einer nach dem anderen über die Notleiter.

Jetzt kann ich mich bewegen, dachte Sisko müde – und stellte fest, daß dem nicht so war. Arme und Beine gehorchten den Befehlen seines Gehirns nicht mehr.

Während Sisko darauf wartete, daß die Türen aufglitten und die Kugeln flogen, hatte er die Muskeln so stark angespannt, daß sie völlig verkrampft waren. Er knirschte mit den Zähnen, um den Schmerz zu unterdrücken, zwang die steife Armmuskulatur, sich zu lockern und den Oberkörper so weit hinabzulassen, daß er die Beine beugen konnte.

Nachdem er sich mehrmals auf diese Weise bewegt hatte, löste sich die Verkrampfung soweit, daß er wieder klettern konnte; doch seine Hände blieben gefühllos. Er mußte genau hinsehen, wenn er eine Hand um eine Sprosse legte, denn fühlen konnte er das Metall nicht, und ein Ausrutscher wäre tödlich gewesen.

Der schwache Schein, der auf jeder Etage durch die Türschlitze fiel, war die einzige Lichtquelle im Schacht. So kletterte er eine Etage nach der anderen hinab, und der Beutel mit den hochexplosiven, behelfsmäßigen Phasergranaten schwang hin und her, prallte immer wieder gegen sein Hinterteil. *Jetzt weiß ich, was damit gemeint ist, jemandem Feuer unter dem Hintern zu machen.* Der Gedanke amüsierte ihn während des gesamten Abstiegs bis er die Brüstung erreichte.

Die ›Brüstung‹ war in Wirklichkeit ein schmaler Vorsprung. Dort änderte der Turboschacht die Richtung. Nun fiel er nicht mehr vertikal ab, sondern erstreckte sich in die Horizontale. Sisko zog den Kopf ein und duckte sich. Eine schmale Lücke in der Spurführung ermöglichte es ihm, den Vorsprung zu betreten.

Sisko hatte versucht, die Türschlitze zu zählen, an denen er vorbeigeklettert war. Er vermutete, daß er sich auf der achten Etage befand.

Unter ihm vollzog der Schacht die grazile, majestätische Biegung in die Horizontale. Dazu benötigte er mindestens eine volle Etagenhöhe. *Er führt auf die Promenade,* dachte er. *Wenn ich ihm folge, umkreise ich die Promenade spiralförmig von der neunten bis zur elften Etage und dann, noch immer wie eine DNS-Spirale, bis zur fünfzehnten hinab.*

Dort befanden sich mehrere Abzweigungen, denen der Lift folgen konnte, je nachdem, ob der untere oder der mittlere zentrale Bereich oder der Habitatring sein Ziel war.

Sisko stand auf dem schmalen Sims neben dem Schacht, massierte Arme und Beine und bewegte die Hände, bis das Gefühl in sie zurückkehrte. Nachdem er sich ein paar Minuten lang ausgeruht hatte, duckte er sich wieder und trat in das Kabelnetzwerk des Liftschachts zurück. Er berührte es; das Netz war noch kalt und damit imstande, die supraleitfähige Ladung aufzunehmen, die die magnetbetriebene Fahrstuhlkabine bewegte.

»Das Ding ist noch funktionsbereit«, sagte er laut und war glücklich, eine menschliche Stimme zu hören, auch wenn es nur die eigene war. Funktionsbereit bedeutete, daß ein Turbolift den Schacht hinauf- oder hinabrasen konnte, während er sich darin befand. Das schmuddelige Ende der halbwegs brillanten Starfleet-Karriere eines gewissen Benjamin Sisko.

»Vom ungezogenen Jungen über den Stationskommandanten zur Turbolift-Verzierung. Das gefällt mir.« Er lächelte, etwas zu grimmig, und schickte sich an, die lange Biegung zur neunten Etage und dem horizontalen Teil des Schachtes hinabzugehen.

Commander Sisko umkreiste die obere Promenade langsam auf eine Art und Weise, wie er es noch nie zuvor getan hatte, und folgte dem Schacht, der sich spiralförmig durch die Station wand und dabei bis zur zehnten Etage führte. Er hörte keine Kampfgeräusche. Entweder lebte auf der Promenade niemand mehr, oder die Überlebenden hatten sich versteckt, statt den sinnlosen Kampf fortzusetzen.

Das wäre logisch, dachte er und achtete diesmal darauf, seine Gedanken nicht laut zu äußern. *Mittlerweile muß allen Überlebenden klargeworden sein, das wir nichts mehr tun können, was wir nicht schon versucht haben.*

Bis auf eine Möglichkeit, Siskos letzte Pflicht. Doch nur der Kommandant der Station konnte diese Entscheidung fällen.

Tut mir leid, Leute. Ich konnte euch nicht schützen. Er schlug die Arme vor die Brust, um sich im suprakalten, supraleitfähigen Turbolift-Netzwerk warm zu halten. Er konnte das entsetzliche, die Eingeweide zusammenziehende Gefühl nicht abschütteln, ein Kommando verloren zu haben, obwohl sie alles getan hatten, was in ihren Möglichkeiten stand. DS Nine hatte die Schlacht bereits in dem Augenblick verloren, da die Invasoren aus dem Wurmloch gekommen waren.

Es war wie auf der *Saratoga.*

Sisko war Zweiter Offizier der *Saratoga* gewesen, als die Borg angegriffen und das Schiff zerstört hatten. Siskos Frau Jennifer war dabei umgekommen.

Und nun würde Sisko sowohl sich als auch seinen Sohn Jake töten, vorausgesetzt, Jake war überhaupt noch am Leben.

Er kann nicht mehr am Leben sein. Niemand hat überlebt. Ich befinde mich auf einer toten, zerstörten Station, dic leblos und verteidigungslos durchs All treibt. Er verdrängte die Gedanken an seinen Sohn sofort. Sie würden es ihm nur erschweren, vielleicht sogar unmöglich machen, die letzte Aufgabe durchzuführen.

Die Pflicht erlegt einem schwere Bürden auf. Gott verlangte von Abraham, Isaak zu opfern. Nun verlangt die Pflicht von mir, Jake für die verdammte Vereinigte Föderation der Planeten zu opfern.

Commander Sisko biß die Zähne zusammen, um nicht hysterisch aufzulachen, und konzentrierte sich wieder auf den langen, gewundenen Marsch hinab zur elften Etage.

Seine einsamen Schritte hallten von den Metallwänden wider, die das Netzwerk umgaben. Jedesmal, wenn er den Stiefel auf den einen halben Meter breiten, erhöhten Fußweg setzte, den Ingenieure der Föderation nachträglich in den Schacht eingebaut hatten, nachdem die Cardassianer die Station verlassen hatten, stellte er sich vor, das Geräusch sei das Grabgeläut für einen Invasor.

Sie dürfen die Station nicht einfach so einnehmen, sagte er sich immer wieder. Sie mußten einen verheerenden Preis dafür zahlen. Alles andere könnte eine großangelegte Invasion des Föderationsraums nach sich ziehen, einer Invasion, der Starfleet vielleicht nichts entgegenzusetzen hatte.

»Er ging... nach unten«, sagte Jake und schaukelte Molly sanft auf dem Schoß, während er das letzte Gefecht seines Vaters schilderte, das vor zwei Tagen stattgefunden hatte.

»Nach unten?« fragte Odo. »In den unteren zentralen Bereich?«

Jake nickte, wollte aber nichts mehr sagen.

Odo legte die Hände auf die Schultern des Jungen und half ihm beim Aufstehen. Er bemerkte, wie fest Jake das Mädchen an sich drückte. Molly war für ihn offensichtlich so wichtig geworden, wie er es für sie war. Sie war jetzt seine ›Tochter‹, aber auch ein Talisman gegen böse Erinnerungen. Wann immer Jake sich zu erinnern drohte, konnte er etwas suchen, das Molly dringend brauchte.

Ich werde hier Zeuge eines rohen Überlebensinstinktes der Evolution, dachte der Gestaltwandler ehrfürchtig. *Ein junger Knabe, kaum mehr als ein Kind, wird zum Vater, weil ein kleines Mädchen ihn braucht. Das Leben nimmt das Leben in Obhut.*

Nicht zum erstenmal verspürte Odo einen schrecklichen, schmerzlichen Verlust. Er wußte nicht einmal, welcher Spezies er entstammte, geschweige denn, ob die Mitglieder seines Volkes ebenfalls für Kinder, die zu Waisen geworden waren, als Väter einspringen würden.

Wir sind gerecht. Das liegt in unserer Natur. Aber sind wir auch barmherzig? Sind wir liebevoll, oder barsch und autoritär? Würden wir ein hilfloses Kleinkind zum Tode verurteilen, weil es ›nicht unser Problem‹ ist?

Er erinnerte sich wieder an eine beunruhigende Textstelle des menschlichen Barden Shakespeare, die ihm durch den Kopf ging, seit O'Briens Frau Keiko sich einmal für ihren Schüler Jake stark gemacht und dem Constable das Zitat an den Kopf geworfen hatte:

Nimmt die Gerechtigkeit ihren Lauf,
wird keiner von uns
Rettung finden.
Wir beten um Barmherzigkeit,
Und dieses Gebet lehrt uns alle,
Barmherzigkeit zu erweisen.

Wie würde ich persönlich handeln? Odo erschauderte, und die Gemütsbewegung führte dazu, daß seine chaotische, rebellierende Form, wie Gelatine zu schwabbeln begann. Er konnte nicht einmal die letzte Frage beantworten.

Sie schlichen sich leise, um die Toten nicht durch Geräusche der Lebenden zu entehren, aus Quarks Spielkasino. Odo führte sie zu einer Zugangsrampe, mußte jedoch feststellen, daß ein Stahlträger über ihr zusammengebrochen war und sie blockierte.

Der Balken war viel zu schwer, als daß Quark ihn hätte hochstemmen können. Odo wäre in ausgeruhtem Zustand vielleicht dazu imstande gewesen, doch aufgrund der Belastung, seit nun fast siebenundzwanzig Stunden seine Form aufrechterhalten zu müssen, war er so schwach wie ein betazoidischer Brickel.

»Was nun?« fragte der Ferengi. Quark hatte in seinem Büro ein anderes Jackett angelegt, in dem er noch stutzerhafter als üblich aussah und angesichts der ernsten Situation völlig unpassend gekleidet wirkte.

»Es gibt noch andere Rampen«, sagte Odo. Da seine Stimmbänder sich veränderten und neu formten, sprach er seltsam trällernd. »Aber sie befinden sich in Bereichen der Promenade, die ebenfalls blockiert sind.« Er dachte kurz nach. »Ich glaube, ich weiß, wie wir weiterkommen.«

Er drehte sich um und suchte im bläulich flackernden Licht nach einer Turbolifttür. Angesichts der Zerstörungen wußte er nicht genau, wo sie sich befanden. Alles sah so anders aus. Schließlich machte er eine Tür ausfindig und führte die Gruppe zu ihr.

»He«, warf Quark besorgt ein, »wir wollen doch nicht den Turboliftschacht hinabsteigen – oder doch?«

Odo versuchte, die Augen zu verdrehen, verlor jedoch die Kontrolle, und einer der Augäpfel rotierte um einhundertachtzig Grad in Richtung des eigenen Sehnervs. »Der Turbolift führt horizontal um die Promenade«, erklärte er und wandte sich ab, um das Auge wieder auszurichten. »Hätten Sie sich bemüht, etwas mehr über die Station herauszufinden, die seit Jahren Ihre Heimat ist, würden Sie das wissen.«

Quark funkelte ihn böse an. »Ich wühle jedenfalls nicht in den Fäulnisbehältern oder Müllentsorgungsanlagen herum.«

»Wirklich? Wie schade. Sie sind nämlich faszinierend. Und vergessen Sie nicht, Tag für Tag hängt Ihr Leben von ihnen ab.«

Odo öffnete die Schaltfläche neben dem Turbolift und legte den Sicherheitsbolzen über dem Schaltkreis um. Er gab schnell ein Kodewort ein; die Türen glitten langsam auf und enthüllten den Schacht.

Die Vierergruppe trat in einen Maschendrahtkäfig und fand einen schmalen Steg, der sanft abfiel und der Krümmung der Promenade folgte. Sie wandten sich nach links und tauchten wie auf einer riesigen Wendeltreppe unter die Promenade zum unteren zentralen Bereich hinab.

Sie kamen in der Dunkelheit bloß langsam voran. Das Licht ihrer Taschenlampen reichte nur wenige Meter in die Finsternis hinein. Der Laufsteg verlief fast einen halben Meter über dem Netz, und jeder falsche Schritt konnte zu einem gebrochenen Bein führen. Quark ging zögernd voran und starrte mit großen Augen, die mehr Licht als die eines Menschen oder auch die Odos aufnahmen, in die Dunkelheit. Jake hielt sich mit der einen Hand an Odos Gürtel fest und hatte die andere um die Mollys geschlossen. Odo folgte dem Mädchen und erzitterte bei jedem Schritt.

Der Constable fühlte, daß er kurz vor der Verflüssigung stand. *Ich muß durchhalten,* beschwor er sich. *Wenn wir überleben und ein funktionierendes Schlüsselsegment finden wollen, können wir auf keinen von uns verzichten.*

Quark hustete laut und rang nach Atem. Er zitterte vor Kälte. »Die Luft wird dünner«, sagte er. »Lecks in der Hülle.«

»Wieviel Zeit bleibt uns noch?« fragte Jake, der ebenfalls atemlos klang. Molly keuchte lediglich.

»Der Rest unseres Lebens«, sagte der Ferengi.

Sie kamen an einer Turbolift-Tür in der dreizehnten Etage vorbei. Blaue Blitze fielen durch den Spalt und erhellten schwach das Schachtinnere. Quark blieb stehen und betrachtete erstaunt ein paar Zeichen in Hüfthöhe an der Wand. Dort schien sich jemand einige Minuten lang niedergelassen und sie mit einem Taschenmesser eingeritzt zu haben.

B.S. 47235,5 ➛

Jake riß die Augen auf. »Das … das war mein …«

»Benjamin Sisko?« vermutete Quark.

Jake nickte sprachlos.

»Der Pfeil zeigt den Steg entlang«, sagte der Ferengi. »Wir folgen wahrscheinlich dem Weg, den der Commander eingeschlagen hat.«

Endlich überwand der Junge seine Verblüffung. »Wir beide haben uns immer einen Spaß daraus gemacht«, sagte er. »Wir haben mal ein uraltes Video gesehen, das man von einem Film aus dem neunzehnten oder zwanzigsten Jahrhundert gezogen hatte, *Reise zum Mittelpunkt der Erde.* Ein dummes Science-fiction-Video, aber es hat mir gefallen.«

»Und?« fragte Odo. Ihm war nicht ganz klar, worauf der Junge hinauswollte.

»Ein isländischer Gelehrter, Arne Saknussen, ist tief unter die Erdoberfläche gegangen und hat seinen Weg markiert, indem er mit Kerzenruß A.S. geschrieben und einen Pfeil gemalt hat.

Dad und ich haben ständig Witze darüber gerissen und gemeint, die Station sei so verwirrend, daß wir stets Kerzen bei uns tragen sollten, um wieder nach Hause zu finden.«

»Also *ist* Commander Sisko abwärts gegangen«, grübelte der Constable. »Aber wohin? Wie weit hinunter ist er gegangen, und warum?«

Jake atmete tief ein, dann begann er leise zu erzählen.

Sisko lief schwer atmend den Turboschacht entlang. Er schätzte, daß er bislang etwa sieben Kilometer zurückgelegt hatte. Die Spiralen wurden immer enger, während der Schacht von der unteren Promenade bis zur achtundzwanzigsten Etage hinabführte.

Zuerst war er geklettert, dann den schwierigen Steg entlanggelaufen. Insgesamt hatte er etwa zwei Kilometer pro Stunde zurückgelegt. Nun war es vier Uhr. Vor vier Stunden war die *Orinoco* auf das eigene Startfeld abgestürzt, vor zwanzig Stunden hatten die Invasoren mit dem Angriff auf die Station begonnen …

Er fiel auf die Knie und rang nach Atem. *Du bist auch schon mal fitter gewesen,* tadelte er sich. Leider hatte der kommandierende Offizier des entlegensten Vorpostens der Föderation kaum Freizeit für die Körperertüchtigung. Die wenige, die ihm blieb, widmete er Jake.

Als sein Atem wieder langsamer ging, setzte er sich auf den Laufsteg und versuchte, einen Ausweg aus seinem Dilemma zu finden. *Angenommen, Jake lebt noch. Wie soll ich ihn davor warnen, was ich tun werde, ohne die Invasoren ebenfalls zu alarmieren?* Während er dort saß, kratzte er ein weiteres Signum in das Metallgitter, nur für den Fall, daß Jake später nach seinem Vater suchen sollte.

Plötzlich nagte die Schuld an Siskos Verstand. Er versuchte, sie zu unterdrücken, doch sie war beharrlich. Welches Recht hatte er, alle anderen Personen auf DS Nine zu töten, wenn er nicht bereit war, auch seinen Sohn zu opfern?

Ich habe bereits bewiesen, daß ich mich nicht vor meiner Pflicht drücke, sagte er sich. *Ich werde ebenfalls sterben.*

Na und? Auch andere würden ihr Leben opfern, um ihre Kinder zu retten. Warum sollte ausgerechnet Jake der glückliche sein?

Aber Jake kann die Föderation warnen! Er kann berichten, was geschehen ist.

Das könnte jeder andere Überlebende auch. Warum darf dein Sohn leben, wenn die anderen sterben müssen?

Könnte. Nein, ich weiß, *daß Jake Starfleet warnen wird, wenn er überlebt. Darüber muß ich mir keine Sorgen machen.*

Mit dieser Begründung machst du dir doch nur selbst was vor! Es ist völlig ungerecht, Jake zu retten, wenn alle anderen sterben müssen.

Dann begriff Sisko, wie absurd diese Argumentation war. Das Opfer hatte nichts mit Jake zu tun – die Station mußte sterben, damit die Föderation und Bajor leben konnten. Warum sollte Jake also einen sinnlosen Tod sterben, wenn er, Sisko, diese Entscheidung bereits getroffen hatte?

Er hätte sie alle gerettet, wäre es ihm möglich gewesen, jedes einzelne Besatzungsmitglied, jeden einzelnen Zivilisten auf Deep Space Nine. Aber er konnte es nicht. *Vielleicht* war er jedoch imstande, seinen Sohn zu retten.

Ob er sich nun etwas vormachte oder nicht, es war die einzige vernünftige Entscheidung, so hart sie auch sein mochte. Aber da er nun mal der Mensch war, der er war, schob er das ethische Dilemma jetzt, da er es für sich gelöst hatte, beiseite und dachte nicht mehr darüber nach.

Das wirkliche Problem bestand darin, daß Jake nur überleben konnte, wenn er vor dem elektromagnetischen Puls abgeschirmt war. Er mußte sich also an einem von fünf Orten befinden, wenn Sisko den Impuls auslöste: auf der OPS, in der Hauptachse von DS Nine oder in einem der drei Geschütztürme, in denen sich die Phaserbatterien der Station befanden. Ließ man den Invasoren jedoch genug Zeit zu Vorbereitungen, waren sie wahrscheinlich imstande, einen EMP-Energieschirm aufzubauen.

Also mußte Sisko seinen Sohn – falls Jake noch lebte und bei Bewußtsein war – dazu bringen, sich in einen abgeschirmten Bereich zu begeben, *ohne* die Invasoren irgendwie auf seinen Plan aufmerksam zu machen.

Wie Sisko nach einem kurzen Dauerlauf feststellte, führte der Turboschacht lediglich bis zur achtundzwanzigsten Etage hinab, wand sich zu einem Viertel um die schmale Etage und endete dann abrupt an einem Schutzpolster, das den Lift im Notfall auffangen sollte.

»Die nächsten sieben Etagen legen wir dann eben auf die harte Tour zurück«, sagte er laut.

Sisko trottete zur Tür der achtundzwanzigsten Etage zurück und öffnete die innere Kontrollfläche. Er wollte schon seinen Sicherheitsprioritätskode eingeben, als er plötzlich innehielt.

Falls es den Invasoren gelungen war, den Stationscomputer anzuzapfen, würden sie, sobald er seinen Kode eintippte, sofort wissen, daß Commander Sisko auf der achtundzwanzigsten Etage an Turbolift-Tür C eine Sicherheitssperre ausschalten wollte. Dann wären sie in zehn Minuten hier ... in einer Minute, wenn sie klug waren und den Turbolift nahmen.

»Nein, ich muß die Tür kurzschließen«, sagte er zu sich selbst. Sollte der Computer diesen Vorgang melden, würde dieser wohl als einer der zahlreichen Ausfälle eingestuft und nicht weiter beachtet werden.

Er versuchte, das Schaltkreisdiagramm auf der Innenseite der Kontrollfläche zu erkennen, aber es war zu dunkel. *Hier muß doch irgendwo eine Taschenlampe bereitliegen*, dachte er. *Die Wartungsabteilung wird doch bestimmt bedacht haben, daß man plötzlich eine brauchen könnte ... zum Beispiel, wenn ein Techniker die seine zwischen die Gitterstäbe fallen läßt.*

Sisko sah sich um und bemerkte schließlich ein schwach aufblitzendes rotes Licht. Er tastete danach und stellte fest, daß es sich tatsächlich um eine wiederaufladbare Taschenlampe handelte.

Er benötigte beide Hände, um die Schaltkreise kurzzuschließen, klemmte die Taschenlampe also zwischen Wange und Schulter und richtete sie auf das Diagramm, indem er den Oberkörper verdrehte, bis er aussah wie Quasimodo, der Glöckner von Notre Dame.

Er folgte mit dem Finger vorsichtig einer Glasfaser, riß sie los und hielt sie an eine andere. Ein Funke flog ihm ins Gesicht. Als er die Augen wieder öffnete, hatte die Tür sich geöffnet.

Er zögerte und überlegte, ob er die Tür offenstehen lassen sollte, um sich notfalls schnell zurückziehen zu können. Dann zuckte er mit den Achseln. Er würde nicht mehr hierher zurückkehren. Sisko trennte die Glasfasern wieder voneinander und schlüpfte schnell durch die Tür, bevor sie sich wieder schließen konnte.

Er stand in einer kalten, antiseptischen Frachtkammer, in der die Energie der Fusionsreaktoren schon spürbar vibrierte, die sich lediglich sieben Etagen tiefer befanden. Commander Sisko erschauderte und kreuzte die Arme vor der Brust. Trotz ihrer Nähe zu den Generatoren wurden die Frachtkammern nur minimal erwärmt. Die Innentemperatur war gerade so hoch, daß die Vorräte und anderen Güter nicht einfrieren oder in der extremen Kälte des sonnenlosen Weltraums zerspringen konnten, nachdem sie sich nun so weit entfernt von Bajor befanden.

Der kreisförmige Raum umgab die große, schwerkrafterzeugende Radnabe. Zu Lagerzwecken stand nur eine kleine, ringförmige Fläche zur Verfügung. In die Wand der Zentralnabe, die aus dem glcichen Material bestand wie die Hülle, waren zahlreiche Instrumente und Kontrollflächen eingelassen. Ein Thermometer direkt gegenüber der Turbolifttür zeigte –36° C an.

»Mann, ich wünschte, das hätte ich nicht gesehen«, sagte der Commander. Jetzt fror er doppelt so stark wie zuvor.

Heftig zitternd – seine Körperwärme entwich schnell – umkreiste Sisko die Nabe auf der Suche nach Kommunikationsanlagen. Schließlich fand er sie: eine festverdrahtete Kommunikationsleitung, die direkt auf die OPS führte.

Die Invasoren hatten zwar die reguläre Kommunikation unterbrochen, aber über diese Leitung kam er vielleicht noch zum Computer durch.

»Computer«, sagte er. Er hatte die Zähne zusammengebissen, um zu verhindern, daß sie vor Kälte klapperten. »Sisko, Sicherheitspriorität Zwei-zwanzig-zwei-Q. Sendeort geheimhalten und unter meine Priorität stellen.«

Er wartete; die Stille dehnte sich schier endlos aus. Schließlich hatte der schwer beschädigte Computer seinen Befehl verarbeitet.

»Prio ... tät ... zeptiert.«

»Öffne stationsweit alle festverdrahteten Kom-Kanäle.« Die festverdrahteten Kanäle, Glasfaserleitungen zwischen der OPS und allen Lautsprechern auf der

Station, waren von den Cardassianern für den Fall eingebaut worden, daß die normalen Kom-Kanäle von einem Feind abgehört wurden. Um Glasfaserkanäle abzuhören, mußte man Sensoren mit mindestens einem halben Meter der Kabel verbinden.

Die festverdrahteten bzw. ›harten‹ Kanäle konnte man auch kaum durchtrennen. Die Invasoren hätten praktisch jedes einzelne Kabel durchschneiden müssen, da sie parallel und nicht seriell verliefen.

»K…n…l…ffnet«, sagte der Computer. *Kanal geöffnet.*

Wie kann ich Jake warnen? Aber das war im Augenblick noch nicht wichtig. Es gab noch viel zu sagen, bevor er an seinen Sohn denken mußte.

Sisko holte tief Luft und überlegte, wie er seine Nachricht formulieren wollte. Schließlich begann er zu sprechen.

»Achtung, Invasoren«, sagte er ruhig und emotionslos. Seine Worte plärrten aus den Lautsprechern in der Frachtkammer, hallten unmittelbar darauf den Turboliftschacht entlang und verursachten ein leichtes Feedback. Der beschädigte Computer konnte das Störgeräusch nicht kompensieren.

»Achtung, eingefallene Streitkräfte. Hier spricht Commander Benjamin Sisko, kommandierender Offizier der Raumstation Deep Space Nine, die sich im Besitz der Bajoraner und der Vereinigten Föderation der Planeten befindet.«

Er hielt inne. Er konnte nur hoffen, nun ihre Aufmerksamkeit zu haben. »Hiermit erkläre ich formell die Kapitulation dieser Station. Ich befehle allen bajoranischen Milizen, ihre Waffen niederzulegen. Das ist ein direkter Befehl. Weitere Verteidigungsmaßnahmen gelten nach dem Bündnisbeschluß von Balor Zwei als Straftat.«

Er wartete lächelnd und ließ die Worte nachwirken. *Das Spiel kann beginnen …*

»Um die Sicherheit aller Besatzungsmitglieder und Zivilisten von Deep Space Nine und die Einstellung der Kampfhandlungen seitens der Invasoren zu gewährleisten, werde ich meinen Gefangenen weiterhin als Geisel halten. Dieser Gefangene wurde vor sechsundfünfzig Stunden in Gewahrsam genommen.

Wir halten den Gefangenen an einem geheimen Ort fest, den wir erst bekanntgeben werden, wenn das gesamte Personal die Station verlassen hat. Ich bin nun bereit, über das sichere Geleit für die Bajoraner und Mitglieder der Föderation und die Bedingungen der Kapitulation zu verhandeln. Ich erwarte Ihr Eintreffen in dreißig Minuten im Reaktorraum in der fünfunddreißigsten Etage, der untersten der Station. Da die Turbolifte nicht mehr funktionstüchtig sind, schlage ich vor, daß Sie sich augenblicklich in Bewegung setzen.

Sollten Sie nach dreißig Minuten noch nicht dort eingetroffen sein, werde ich den Gefangenen hinrichten.«

Sisko fuhr sich mit der Lippe über die Zunge. Nun kam die Warnung, und er konnte nur beten, daß Jake sie verstehen würde. Da die Stationsuhren vom Computer gesteuert und ebenfalls ausgefallen waren, warf er einen Blick auf das Chronometer an seinem Handgelenk: 04.26. Falls Jake noch lebte, hatte er bis 04.56 Zeit, sich in Sicherheit zu bringen. Sisko beschloß, falls irgend möglich bis 05.00 zu warten.

Seit dem Aufkommen des bajoranischen Fundamentalismus und dem Bombenattentat auf die Schule, zu dem es während des Machtkampfs zwischen der orthodoxen Vedek Winn und dem progressiven Vedek Bareil gekommen war, waren auf der Station mehrere bajoranische ›Sonntagsschulen‹ gegründet worden.

Sisko war zu der Auffassung gelangt, daß es viele verhärtete Herzen versöhnen würde, wenn er seinen eigenen Sohn in die bajoranische ›Sonntagsschule‹ schickte. Zudem konnte eine Prise geistlicher Werte

Jake wohl alles andere als schaden. Daher hatte er darauf bestanden, daß sein Sohn am Religionsunterricht teilnahm.

»Im Namen des großen Gottes Susurrora bete ich dafür«, fuhr Sisko nun klar und deutlich fort, »daß uns alle eine große Erleuchtung überkommt und uns ermöglicht, diese Angelegenheit ohne weiteres Blutvergießen beizulegen.«

Bitte, Jake, betete er nun, *sag mir, daß du aufmerksam am Unterricht teilgenommen hast …*

Denn wenn er aufgepaßt hatte, würde er die seltsame Anspielung an eine bajoranische Gottheit verstehen: ›Susurrora‹ war der bajoranische Sonnengott.

17

Jake sprach langsam, als hätte er Schwierigkeiten, sich nach zwei Tagen an den genauen zeitlichen Ablauf zu erinnern.

»Molly und ich hörten die Kapitulation, als wir uns in einem Abstellraum über einem Quartier auf der sechzehnten Etage versteckten, in Sektion dreiundzwanzig des Habitatrings, über Mrs. O'Briens Quartier. Ich war so erstaunt, daß ich den letzten Teil seiner Nachricht fast nicht mitbekommen hätte. Als ich sie dann endlich verarbeitet hatte, dachte ich zuerst, daß Dad … na ja, Sie wissen schon … einen Nervenzusammenbruch erlitten hatte.«

»Ich habe gar nicht gewußt, daß Commander Sisko religiös war.«

»Das ist er auch nicht. Mir war klar, daß Dad nicht plötzlich zu den *Sonnenverehrern* übergetreten sein konnte. Diese Glaubensrichtung ist sogar auf Bajor so altmodisch, daß sie ihre Anhänger nur unter radikalen Studenten und Unruhestiftern findet. Das hat zumindest Lehrerin Janra gesagt, und sie wird eines Tages eine Vedek sein.

Schließlich kam ich darauf, daß es sich irgendwie um eine verschlüsselte Nachricht handeln mußte. Aber ich saß da und dachte, verdammte Schei … verdammter Scheibenkleister, was meint er nur damit?

Es war richtig unheimlich. In der Dunkelheit zu hocken und zu wissen, daß Dad mir etwas Wichtiges hatte sagen wollen, aber nicht, was …«

»Nun«, sagte Odo unnötig barsch, »was *hat* er denn

nun gemeint? Es tut mit leid, wenn ich ungeduldig bin, aber wir haben nur noch wenig Zeit. Ist dein Vater wirklich in die fünfunddreißigste Etage hinabgegangen, oder ist er dort geblieben, wo er war?«

»Er … er … er ist runtergegangen. Ganz nach unten, in den tiefsten Abgrund der Station.«

Odo nickte. »Komm, wir haben uns lange genug ausgeruht. Du kannst weitererzählen, während wir gehen, Jake, aber wir *müssen die Leichen dieser Invasoren finden.*«

Sie rappelten sich schwerfällig auf. Quark, Jake und sogar Molly fühlten sich schlecht und schwindlig. Die Luft wurde immer dünner – »Höhenkrankheit«, erklärte Quark dazu. Ihr Schvermögen wurde immer schlechter, und die Farben verblaßten. Obwohl es im Turboschacht noch immer abwärts ging, mußten sie alle paar Schritte stehenbleiben und verschnaufen.

»Ich habe also überlegt, was der Sonnengott so alles macht«, sagte Jake und hielt beim Sprechen immer wieder inne, um durchzuatmen. »Er läßt die Sonne aufgehen, über den Himmel ziehen und dann wieder untergehen. Er zieht mit einem goldenen Schwert an einer Kette in die Schlacht. Er beherrscht den Himmel. Aber das alles ergab keinen Sinn für mich. Doch schließlich dachte ich an die Sonne selbst … und da fielen mit plötzlich die Fusionsgeneratoren ein.«

Molly hockte im Schneidersitz in dem engen Raum und war in der Finsternis nur noch als dunklerer Umriß auszumachen. Trübes Licht fiel durch ein winziges Fenster, das einen Blick auf die Jäger bot, eine der drei oder vier bajoranischen Konstellationen, die Jake geläufig waren.

Jake sah auf die Uhr. 04.29. Sein Vater hatte die rätselhafte Erklärung vor drei Minuten abgegeben. Damit blieben ihnen noch siebenundzwanzig Minuten, um herauszufinden, was er meinte.

»Sonne«, sagte Jake laut. Seine Schultern schmerzten, weil er sich in dem winzigen Dachboden über dem Quartier nur auf Händen und Knien bewegen konnte. »Wärme, Licht, UV-Strahlung, kosmische Strahlung – was will er uns sagen?«

Plötzlich verriet seine Nase ihm, daß Molly sich vor Angst in die Hosen gemacht hatte.

Er hätte sie fast angeschrien, doch dann wurde ihm klar, daß sie ein sehr kleines Mädchen war, das gerade miterlebt hatte, wie seine Mutter getötet worden war. Ihr Vater war wahrscheinlich auch schon nicht mehr am Leben. Also kroch er zu ihr hinüber und setzte sich neben sie. Er sah, daß sie auch am Daumen lutschte, was er seit einem Jahr nicht mehr bei ihr beobachtet hatte.

»Molly«, fragte er, »bewahrt deine Mami noch deine alten Windeln auf, du weißt schon, von damals, als du noch klein warst?«

Sie nickte elendig.

»Hör mal, Schatz, ich weiß, du bist jetzt schon ein großes Mädchen, aber würdest du wieder Windeln anziehen und... äh... eine Weile so tun, als wärest du wieder klein? Ja?«

»Ja«, sagte sie mit sehr heller Stimme.

Sie krochen leise zu der Falltür, die ins Quartier der O'Briens führte. Jake öffnete sie, beugte sich hinab, lauschte und ließ dann Molly hinab. Dabei rekapitulierte er weiterhin alles, was er über die bajoranische Sonne wußte.

Etwas dunkler als Sol; wärmer; man kann die Aurora fast von jedem Punkt der nördlichen Hemisphäre aus sehen. Und Sonnen im allgemeinen: *Groß und heiß; Oberflächentemperatur bei etwa 3500 Grad; im Kern mehrere Millionen Grad Celsius; ständig gewaltige Kernfusionen unter explosiver Energiefreisetzung...*

Während er noch an der Falltür baumelte, schnappte er plötzlich nach Luft. Die Lösung war ihm so plötzlich gekommen, daß er vergaß, sich fallenzulassen, bis seine Hände zu schmerzen begannen. »Kernfusion... Er wird irgend etwas mit den Fusionsreaktoren anstellen, Molly!«

Jake sah auf seine Uhr. Auf dem Leuchtdisplay stand: 04.35. Noch einundzwanzig Minuten, bis sein Vater durchführen würde, was auch immer er vorhatte.

Er befahl Molly, ihre schmutzigen Hosen auszuziehen, und suchte das Schlafzimmer der O'Briens nach Windeln ab. Dabei kam er sich wie ein Einbrecher vor. Er fand mehrere Schachteln mit windelförmigen Plastikdingern und lief mit einer davon ins Wohnzimmer zurück. Die nur noch im Hemd dastehende Molly bestätigte ihm, daß es sich in der Tat um ihre alten Windeln handelte.

In der Schachtel lagen ebenfalls mehrere weiche Tücher, die mit etwas getränkt waren, das wie ein Desinfektionsmittel roch. Er hielt den Atem an, unterdrückte den Würgereflex und begann, das Mädchen zu säubern. Er versuchte, den Blick abzuwenden, weil er nicht unbedingt die Ausscheidungsprodukte eines Kleinkinds in Augenschein nehmen wollte, aber das war unmöglich. Er mußte schließlich wissen, *wo* er wischen sollte.

Nach einem Augenblick – er überlegte noch, wie er die Windel auseinanderfalten sollte – merkte er, daß die Übelkeit gewichen war. Es war gar nicht so schlimm, wie er befürchtet hatte.

»Mein Dad – Commander Sisko, der Boß deiner Eltern, du weißt schon – wird etwas unternehmen, um die bösen Leute zu töten.«

Molly sah ihn mit Augen an, die so groß wie Untertassen waren. »Kann er nicht einfach mit ihnen sprechen? Mami sagt, sprechen ist besser als krämpfen.«

»Kämpfen«, verbesserte Jake lächelnd.

Er zog Molly die Windel über und sagte ihr, sie solle sich ein Paar frische Hosen von einem Stapel holen, den ihre Mutter vorbereitet hatte. »Molly, du kannst nur mit Leuten sprechen, die auch bereit sind, mit *dir* zu sprechen. Wenn ein größeres Kind dich schlägt, sagst du doch zuerst einmal ›au‹ und sprichst nicht mit ihm, oder?« Sie verstand und nickte. »Zuerst mußt du verhindern, daß das andere Kind dich noch einmal schlägt. *Dann* kannst du mit ihm darüber sprechen, warum es dich geschlagen hat und wie du verhindern kannst, daß es dich noch mal schlägt.

Aber diesmal scheint die einzige Möglichkeit, die Invasoren dazu zu bringen, mit dem Schlagen aufzuhören, die zu sein, sie zu töten. Es ist traurig, aber sie haben bereits die meisten von uns getötet, Molly. Die einzige andere Möglichkeit wäre, einfach aufzugeben, aber dann würden sie danach Bajor und die Erde und alle anderen Planeten erobern.«

Sie antwortete nicht, sondern präsentierte Jake ihre neuen Hosen. Er sah auf seine Uhr. Ihnen blieben noch dreizehn Minuten.

»Aber ich weiß nicht, was er vorhat. Es hat mit den Fusionsreaktoren zu tun.« *Wird er sie in die Luft jagen, damit die ganze Station explodiert?*

Nein, das wäre unlogisch... Warum sollte er sich dann die Mühe machen, Jake zu warnen? Er würde sowieso sterben. Warum also das Risiko eingehen, daß die Invasoren dahinterkamen, die Station verließen oder sich irgendwie abschirmten?

Wir können es überleben, wenn wir nur klug genug sind – deshalb hat Dad mich gewarnt!

Jake schritt auf und ab. Er war wütend auf sich, weil er nicht klar denken konnte, und sah immer wieder auf seine Uhr. Zwölf Minuten, elfeinhalb, nur noch elf Minuten!

»He, das ist doch dumm«, sagte er laut. *Ich habe solche Angst, daß ich nicht mehr denken kann. Was hat Dad immer gesagt? »Die Angst vor dem Tod ist der Anfang der Sklaverei.«*

Jake atmete tief und rhythmisch durch. Das tat sein Vater auch immer, wenn er die Beherrschung zu verlieren, vom Zorn übermannt zu werden drohte. *Vielleicht klappt es ja auch, wenn man Angst hat,* dachte Jake.

Es half tatsächlich. Gedanken stiegen in ihm empor, Überlegungen darüber, was man mit einem Reaktor anstellen konnte, ohne ihn gleich in die Luft zu jagen und die ganze Station zu zerstören.

»Eine nukleare Partikelstrahlung wird es nicht sein«, sagte er. »Es sind nicht genug Partikel im Generator, um großen Schaden anzurichten, und das wirkt außerdem nicht sofort. Licht? Nein, das bringt gar nichts. Hitze würde nur den unteren zentralen Bereich beschädigen, und der würde wahrscheinlich einfach schmelzen und vom Rest der Station abfallen. Wärme breitet sich nicht durchs All aus, also würde sie den Habitatring nicht beeinträchtigen, und ich *weiß,* daß die Invasoren auch dort sind.«

Auf einmal war Jake klar, was sein Vater vorhatte. Er schlug sich so heftig auf die Stirn, daß er taumelte. »Ein Puls! Ein starker elektromagnetischer Puls läßt alle elektronischen Geräte durchschmoren, die nicht besonders abgeschirmt sind! Und wenn er stark genug ist, macht er das vielleicht auch mit einem Lebewesen.«

Toll. Jetzt weißt du, wie du sterben wirst. Was kannst du in neun Minuten unternehmen, um dich abzuschirmen, Junge?

»Abschirmen«, sagte er und lief wieder hin und her. Molly beobachtete ihn, sagte aber keinen Ton. »Ich kann keinen Schild erzeugen. Ich weiß nicht, wie das geht oder womit man einen elektromagnetischen Puls blockieren kann, und er hat uns sowieso nur eine halbe Stunde Zeit gelassen. Aber es muß Orte auf der Station geben, die bereits abgeschirmt *sind.*«

Jake kam plötzlich ein seltsamer Gedanke. Er ging in

die Hocke und sah dem Mädchen in die Augen – Molly O'Brien, Tochter des Leiters der technischen Abteilung, Miles O'Brien.

»Molly«, sagte Jake, »hat dein Vati je über Schilde gesprochen?«

Sie nickte.

»Hat er je gesagt, welche Teile der Station speziell abgeschirmt sind?«

Molly drehte den Kopf, betrachtete ihn mit Augen, die so groß wie Mühlsteine waren und schwieg.

Die Frage war zu kompliziert, dachte er. »Hat dein Daddy je mit dir über Notfälle gesprochen?« Davon konnte er ausgehen. Jake hatte sich zwar nicht oft mit Chief O'Brien unterhalten, doch der war jedesmal ganz versessen darauf gewesen, von Prozeduren und Rißzeichnungen zu sprechen.

Molly nickte erneut.

Vom Erfolg beflügelt, stellte Jake die wichtigste Frage überhaupt. »Hat Daddy dir einmal gesagt, *wohin du gehen sollst,* wenn die Station angegriffen wird und er nicht bei dir ist?«

»Er hat es Mami gesagt«, erwiderte sie.

»Warst du dabei?«

Molly nickte.

»Erinnerst du dich, was er gesagt hat?« Molly nickte.

»Was hat er denn gesagt?«

Molly dachte angestrengt nach und rieb sich das Kinn, eine unheimlich erwachsen wirkende Geste, die sie ihrem Vater abgeschaut haben mußte. »Er hat gesagt, geh in einen Gewürzwurm.«

»Einen ... Gewürzwurm?«

Sie nickte ernst.

»Weißt du, wo der Gewürzwurm ist?«

Sie dachte kurz nach und schüttelte dann den Kopf.

Toll. Und was nun?

»Gewürz ...«, sagte er und dehnte das Wort. »Mürz. Stütz. Schütz. Schützwurm. Wurm, Form, Turm,

Schützturm ... Geschützturm ... die *Geschütztürme!*« Jake ergriff Mollys Hände. »Molly, hat er das gesagt? Die Geschütztürme?«

Sie nickte. »Gewürzwurm«, bestätigte sie.

»Komm schon, Molly, jetzt müssen wir uns beeilen!« Jake nahm sie unter den Arm und lief aus dem Quartier der O'Briens. Er spurtete den Gang entlang und versuchte sich zu erinnern, wo genau die Geschütztürme eigentlich lagen.

Als sie frisch auf DS Nine eingetroffen waren, hatte Commander Sisko darauf bestanden, daß sein Sohn einen Aufriß der Station studierte und sich einprägte. Damals hatte Jake gemurrt; er wußte bereits, wo sich die Promenade und die OPS befanden. »Reicht das nicht?« hatte er gefragt.

Nun war er froh, daß sein Vater darauf bestanden hatte. Jake blieb mit hämmerndem Herzen stehen und schloß die Augen. Er rief sich den Aufriß des Habitatrings in Erinnerung, vierzehnte Etage.

Die Geschütztürme befanden sich am oberen und unteren Ende des Rings, über der dreizehnten und unter der siebzehnten Etage.

»Nach oben«, entschied er sich und warf einen letzten Blick auf seine Uhr: noch sechs Minuten bis zum Jüngsten Tag.

Noch immer mit Molly unter dem Arm, lief er schnell zu der Notleiter am Rand der Sektion zweiundzwanzig und betete, daß er unterwegs keinem Invasor begegnete.

Er schaffte es bis zur Tür am Leiterschacht, doch sie öffnete sich nicht, als er sich ihr näherte. Jake konnte nicht mehr rechtzeitig anhalten und prallte mit der Nase dagegen.

Er fing an zu fluchen, nahm Worte in den Mund, die er von Nog aufgeschnappt hatte, doch dann fiel ihm Molly ein, und er verstummte auf der Stelle.

»Es muß doch einen manuellen Schalter für Notfälle

geben«, murmelte er und suchte neben dem Türrahmen fieberhaft nach einer Bedienungsanleitung.

Plötzlich streckte sich Molly und drückte mit dem kleinen Finger auf einen großen roten Knopf. Die Tür glitt langsam auf.

Jake starrte sie kurz an, ergriff dann ihre Hand und lief weiter. *Natürlich. Sie begleitet O'Brien manchmal, wenn er etwas repariert.*

»Kannst du eine Leiter hinaufsteigen?« fragte er das Mädchen. Sie nickte, aber Jake war nicht so überzeugt. »Du als erste, Molly. Ich bin dicht hinter dir.«

Er hob sie zur Leiter hinauf. Als sie Fuß gefaßt hatte, folgte er ihr. Molly schien begriffen zu haben, worum es ging, kam jedoch nur voran, indem sie mit der einen Hand zur nächsten Sprosse hinaufgriff und dann mit der anderen Hand dieselbe Sprosse umschloß.

Jake spürte, daß sein Magen sich zu einem winzigen Ball zusammenzog. Bei diesem Tempo würden sie es niemals rechtzeitig bis zum Geschützturm schaffen.

Keinen Augenblick lang zog er in Betracht, sie zurückzulassen und sich in Sicherheit zu bringen. Jake war der Sohn seines Vaters, und sich selbst auf Kosten von Mollys Leben zu retten, war einfach nicht in seinem genetischen Entwurf verzeichnet.

Er überlegte allerdings, ob er sie mit einem Arm festhalten und mit dem anderen klettern sollte. Doch die Sprossen lagen zu weit auseinander. Anscheinend waren sie für cardassianische Arme und Beine geschaffen worden, und er brauchte beide Hände zum Klettern.

»Mach schon, Molly«, ermutigte er sie, während sie mühsam eine Sprosse hinaufstieg, eine zweite, eine dritte ...

Er schaute zweimal auf die Uhr, sah, wie die Zeit versickerte wie Luft aus einer aufgerissenen Schiffshülle. Dann wurde ihm klar, daß er sich damit nur unnötig belastete. Entweder sie schafften es, oder sie schafften es nicht. Indem er auf die Uhr sah, würde er daran nichts ändern.

Schließlich ließ Molly sich auf den Boden der dreizehnten Etage sinken. Jake stürmte die letzten Sprossen hinauf, packte das Mädchen mit beiden Armen und rannte den Korridor entlang.

Er kam schlitternd zum Stehen, als er einen schmalen Gang passierte, der vom Hauptkorridor abzweigte. Er rief sich den Aufriß ins Gedächtnis zurück … Hier war es. Hier mußte es sein. Es befanden sich keine weiteren Abzweigungen in der Nähe.

Molly mit sich zerrend, hastete er den nicht gekennzeichneten schmalen Korridor entlang, bog um eine Ecke und gelangte an eine weitere Tür, die viel dicker und schwerer war als jede andere, die er auf DS Nine bislang gesehen hatte.

Die Tür war verschlossen. Es gab auch keinen roten Knopf, auf den Molly drücken konnte.

Hilflos sah Jake auf seine Uhr. Dreißig Sekunden.

Neunundzwanzig …

Achtundzwanzig …

Commander Sisko umrundete die Zentralnabe der Frachtkammer und fand die offene Luke des Notstiegs, der in den unteren zentralen Bereich führte. Er warf sich die Tasche mit den Phasergranaten über die Schulter und befestigte sie, damit sie nicht gegen seine Beine stieß. Dann machte er sich an den langen Abstieg in die Fusionsreaktorkammer.

Die Luft war seltsam ruhig und kalt, wenn man bedachte, daß er sich in die heißeste Hölle begab, die intelligente Wesen sich bislang ersonnen hatten: die ›dornige‹ Kernreaktion, bei der winzige Mengen Antimaterie in den Sternkernschmelzofen der Wasserstoffusion geschleudert wurden, wobei Temperaturen von über 3 Millionen Grad Celsius entstanden. Die einfache Materie-Antimaterie-Reaktion, die Raumschiffe antrieb, erzeugte zwar viel mehr Energie, doch ihre Energie konnte auch effizienter in Bewegung umgewandelt werden, wodurch weniger Wärme verschwendet wurde.

Aber eins hatten diese beiden Reaktortypen gemein: unter gewissen Umständen konnten sie eine solitäre Schockwelle, ein Soliton, erzeugen, auch elektromagnetischer Puls genannt.

Eine EMP-Schockwelle dehnte sich lichtschnell aus, ein unglaublicher Blitz, der jedes elektronische oder elektrochemische System durchdrang ... auch den Körper eines Lebewesens, wenn der Puls stark genug war.

Nur eine sehr schwere Abschirmung konnte einen EMP von der Größenordnung aufhalten, die Sisko vorschwebte. Der Rest der Station und fast jedes duotronische und biologische System darin würden einfach *unterbrochen* werden ... was bei jedem Wesen mit einem elektrokolloidalen Gehirn den vollständigen neurologischen Zusammenbruch bedeutete – den Tod.

Die Schutzanzüge mochten die Invasoren teilweise vor der vollen Auswirkung abschirmen, je nachdem, wie weit sie von der Quelle des EMP entfernt waren. Je näher er sie also zum Reaktor locken konnte, desto besser waren seine Chancen.

Sisko legte Hände und Füße um die Holme der Notleiter und rutschte hinab. Es war ihm egal, daß er sich dabei die Handflächen aufriß. Das würde in ein paar Minuten sowieso keine Rolle mehr spielen.

Etage für Etage legte er auf diese Weise zurück. Er wußte, daß die Invasoren nicht vor ihm beim Fusionsreaktor sein konnten: Es gab keinen anderen Weg als den, den er gerade nahm.

Normalerweise wagte sich niemand in die Reaktorkammer, die tiefste Grube von Deep Space Nine. Es war zu gefährlich. Wenn die Schilde, die die Reaktion umschlossen, auch nur im geringsten durchlässig waren, wurde jeder, der sich bis auf ein paar Meter genähert hatte, mit elektromagnetischer Strahlung bombardiert, die auf lange Sicht unheilbare Gehirnschäden hervorrief.

Eine andere Möglichkeit war noch schlimmer. Wenn hochenergetische Elektronen auf die Metallhüllen trafen, die die Reaktoren umgaben, erzeugten sie Röntgenstrahlen, die Strahlenkrankheit verursachten.

Wenn man an den Reaktoren Reparaturen vornehmen mußte, schaltete man sie im Normalfall zuvor ab. Ein Raumschiff oder eine Station der Föderation verfügte über zahlreiche narrensichere Schutzvorkehrungen, die bereits beim Bau der Anlage angebracht worden waren und verhinderten, daß eine törichte oder unwissende Person Manipulationen am Reaktor vornehmen konnte, solange dieser noch ›heiß‹ war.

Deep Space Nine war jedoch von Cardassianern konstruiert und erbaut worden. Benjamin Sisko ging jede Wette ein, daß die cardassianischen Ingenieure dabei ihre übliche Verachtung für Sicherheitsvorkehrungen an den Tag gelegt hatten.

Er sank tiefer, immer tiefer in den schwarzen, gefrorenen Abgrund des unbeheizten unteren Zentralbereichs. Er ließ eine Etage nach der anderen hinter sich, insgesamt sechs, bis er schließlich auf der vierunddreißigsten stand.

Der Boden vibrierte mit einem beständigen, die Knochen erschütternden Zittern, in dem Sisko einen konsistenten Puls erkannte. Die beiden in Betrieb befindlichen Reaktoren liefen leicht asynchron, und ihre Schwingungen schaukelten sich gegenseitig hoch, wie es auch bei einer leicht verstimmten Gitarre passieren konnte.

Er bückte sich und legte eine aufgerissene Handfläche auf den Boden. Er war warm. Die Abschirmung funktionierte nicht sehr gut.

Kann ich es von hier oben aus machen?

Nein. Sisko trat gegen die Bodenplatten. Sie waren

zu dick, schirmten die Reaktoren zu gut ab. Er mußte tatsächlich in den Reaktorschacht hinabsteigen.

Er lächelte grimmig. *Wenigstens habe ich einen Vorteil, den man dem alten Schadrach, Meschach und Abednego verweigert hat,* dachte er. *Den Reaktor-Energieschirm.*

In den Boden war eine riesige Falltür eingelassen, die bestimmt den halben Durchmesser eines Flitzers hatte. Sie wurde von fünf Schrauben gehalten, jede so groß wie ein Bullauge.

Sisko ergriff die erste mit beiden Händen und drehte sie ein halbes Dutzend Mal herum, bevor er ein erleichterndes Klicken hörte. Schnell wiederholte er die Prozedur bei den vier anderen Schrauben.

Er ließ sich erschöpft auf dem Boden nieder. Hoch über sich hörte er schwache Geräusche. Die Invasoren hatten das Ende des Liftschachts erreicht und stiegen zu ihrer Verabredung mit dem Schicksal die sechs Leitern hinab.

»Also weiter«, sagte er. Er bückte sich, ergriff die mittlere Schraube mit beiden Händen, spreizte die Beine und versuchte, die Tür anzuheben.

Nichts. Schwitzend versuchte er es erneut. Falls er nicht imstande war, die Falltür zu öffnen, war sein gesamter Plan hinfällig.

Als es ihm schließlich gelang, die Tür um ein paar Zentimeter zu heben, spürte er ein Zerren in seinem Leib, das ihn zwang, sie wieder loszulassen.

»Verdammt!« Er trat wütend mit dem Fuß nach der Luke und ging dann einen Schritt zurück. Er kam sich töricht vor. Die Tür war nicht mehr verschlossen, lediglich sehr schwer… für cardassianische und nicht für menschliche Muskeln geschaffen.

Schnell, schnell, schnell! Laß dir etwas einfallen, du Idiot! Der Commander hörte, wie sich die Invasoren rasch näherten.

Er wünschte, er hätte die Durchsage erst vornehmen können, nachdem er sich bereits im Reaktorschacht befunden hatte; doch leider erstreckte die Hartverdrahtung sich nur bis auf die achtundzwanzigste Etage.

Sisko fühlte das Gewicht des Beutels mit den Phasergranaten und drückte ihn an sich. »Danke«, flüsterte er.

Er holte eine Granate heraus und legte sie neben die mittlere Schraube. Er bückte sich, spannte jeden Muskel im Rücken und den Beinen an und zog die massive Tür ein Stückchen hoch – gerade so viel, daß er die Phasergranate mit dem Knie zwischen Luke und Boden schieben konnte. Als er die Tür wieder hinabließ, wurde die Granate eingeklemmt.

Sisko ließ sich schwer auf die Knie fallen und verlor vor Anstrengung fast das Bewußtsein. Er hatte noch nie zuvor ein Gewicht gehoben, das dem der Tür auch nur ansatzweise nahekam. Sie mußte mindestens vierhundert Pfund wiegen! Jedes Gelenk in seinem Körper strahlte schier unerträgliche Schmerzen aus.

Noch immer auf dem Boden kniend, programmierte er die Granate auf drei Sekunden und aktivierte dann den Zünder.

Er war kaum hinter die Zentralnabe zurückgekrochen, als er auch schon die laute Explosion und danach ein dumpfes Scheppern vernahm. Als er den Kopf wieder um die Biegung steckte, hatte die Granate die Falltür aufgesprengt.

Die Invasoren hielten inne, als sie die Detonation hörten. Doch schon nach einem kurzen Augenblick gewahrte Sisko wieder ihr Poltern und Klirren... keine zwei Etagen über ihm.

Bevor er es sich anders überlegen konnte, ließ Ben Sisko sich in den letzten Dachsbau hinab und kam steifbeinig auf dem Boden zu stehen. Die fünfunddreißigste Etage, der Reaktorschacht... der tiefste Punkt von DS Nine.

Vor ihm befanden sich die Reaktoren drei, vier, fünf und sechs, von denen keiner in Betrieb war. O'Brien zufolge wiesen sie noch immer so viele Lecks und andere kleine Schäden auf, daß vielleicht die ganze Station schmelzen würde, wenn man sie einschaltete. Er drehte sich langsam zu den Reaktoren eins und zwei um.

Er musterte die beiden riesigen, massigen Gebilde von vorn bis hinten – winzige, zerbrechliche Eierschalen, die die Gewalt explodierender Sterne in sich bargen.

18

»Achtundzwanzigste Etage«, keuchte Quark. Er sah bereits doppelt. »Endstation. Alles aussteigen.«

Der Gestaltwandler torkelte wie betrunken zur Tür des Turbolifts. Sie öffnete sich genausowenig wie vor zwei Tagen bei Commander Sisko. Odo wurde von der dünneren Luft nicht beeinträchtigt; der Druck war mittlerweile auf ein Drittel des normalen Werts gesunken. Doch er war so erschöpft, daß er ebenfalls unter der Höhenkrankheit zu leiden schien. Seine Gedanken schweiften ab, er konnte sich einfach nicht mehr konzentrieren.

Er hantierte einige Sekunden an der Kontrollfläche, bis ihm in den Sinn kam, daß er vielleicht besser sehen konnte, wenn er mit der Taschenlampe in den geöffneten Kasten leuchtete, statt sie auf seine Füße zu richten.

In dem Behälter fiel ihm ein einzelnes Glasfaserkabel auf, dessen Ende mit keinem anderen verbunden war. Er blinzelte und konzentrierte sich darauf, die ›Odo-Gesichtszüge‹ wiederherzustellen.

»Quark«, bellte er, »Sie waren doch mal ein kleiner Gauner. Wie schließe ich dieses Ding kurz, um die Tür zu öffnen?«

»Ich bin *kein* Gauner«, murrte der Ferengi. »Wir haben… sehr strikte… Verhaltensregeln. Ich habe nur…«

»Ja, ich weiß. Sie haben nur vor Blinden Auktionen Informationen für Ihren Vater gesammelt. Na schön, dann spucken Sie mal ein paar dieser Informationen aus. *Was muß ich mit diesem verdammten Kabel anstellen?*«

Quark widerstand der offensichtlichen Versuchung und inspizierte den Schaltkasten. Er war identisch mit denen, die man auch in den leichter zugänglichen Teilen der Station fand.

»Ach. Kein Problem. Hier.« Er steckte den Draht in eine Mehrzweckbuchse im Türöffnungsschaltkreis und umging damit sämtliche Sicherheitsmaßnahmen. Die Tür öffnete sich augenblicklich und blieb offen.

Jake verharrte im Liftschacht. Anscheinend hatte er Angst davor, die Frachtkammer zu betreten.

»Was ist los, Jake?« fragte Odo.

»Ich ... ich kann nicht da hinein.«

»Du änderst nichts damit, indem du hier wartest.«

»Wenn ich dort hineingehe, ist alles wirklich passiert. Dann ist er wirklich ... Sie wissen schon. Einfach so.«

»Jake, was auch immer geschehen ist, es ist bereits geschehen. Commander Sisko kann an Bord der Station nicht überlebt haben.«

»Vielleicht hat er die Station verlassen!«

Odo seufzte, eine einstudierte Reaktion. »Jake, du jagst Schnellkäfern hinterher. Entweder lebt dein Vater noch, oder er ist tot, und nichts von dem, was du tust, wird daran etwas ändern.«

»Aber es ist erst dann *Wirklichkeit,* wenn ich es tatsächlich sehe. Bis dahin kann *einfach alles* passiert sein. Vielleicht lebt er noch. Jetzt wäre es noch möglich, aber nicht mehr, nachdem ich seine L-L-Leiche gesehen habe.«

Quark meldete sich zu Wort. Die dünne Luft schien auf ihn stärkere Auswirkungen zu haben als auf die anderen, sogar auf Molly. »Wenn dein ... Vater hier wäre ... würde er ... hier warten oder ... oder nachsehen?«

Jake antwortete nicht, ging aber langsam in die

Frachtkammer. Er fing sofort an zu schwitzen und stellte überrascht fest, daß es hier im Gegensatz zu den letzten drei Etagen ziemlich warm war.

Quark erholte sich in der entschieden Ferengifreundlicheren Wärme etwas. »Auf geht's, ho ho, immer hinab, treppab, treppab, nur noch treppab«, dichtete er zur Melodie eines Raumfahrer-Shantys. Er schwankte zur Leiter; ihm war schwindlig, aber er wußte weder, woran dies lag, noch, was sie hier unten wollten.

Quark führte sie Etage um Etage die Leiter hinab. Die Luft wurde schließlich so warm, daß es sogar ihm etwas ausmachte. Molly fiel es furchtbar schwer, sich gleichzeitig auf die dünne Atmosphäre und die erhöhte Temperatur einzustellen, die nun weit über fünfzig Grad betrug. Jake ertrank fast in seinem eigenen Schweiß, doch nun, da er sich entschlossen hatte, die Sache durchzustehen, protestierte er nicht mehr.

Quark sah zu Odo hinauf und mußte unbeherrscht loskichern. Der Constable schmolz in der trockenen Wüstenhitze wie eine brennende Kerze. Teile seines Kopfs tropften auf seinen Körper hinab und wurden vom Torso wieder absorbiert.

Als sie die zweiunddreißigste Etage erreicht hatten, war die Leiter so heiß, daß nur noch Odo sie mit bloßen Händen berühren konnte.

Quark zog seine Jacke aus und betrachtete sie liebevoll. Dann riß er sie in Streifen, die er um Mollys, Jakes und seine Hände wickelte. Auf diese Weise geschützt, stiegen sie eine weitere Leiter zur dreiunddreißigsten Etage hinab.

Doch dort war endgültig Endstation. Die Hitze, die aus dem Schacht emporstieg, hätte jedem von ihnen, der sich tiefer hinabwagte, Verbrennungen dritten Grades zugefügt, von Odo natürlich abgesehen. Wäre die Atmosphäre so dicht und sauerstoffhaltig gewesen, wie es eigentlich der Fall hätte sein sollen, wäre jeder brennbare Gegenstand schon längst in Flammen aufgegangen.

Jake dachte an die Stadt Dresden auf der alten Erde, die im Zweiten oder Dritten Weltkrieg von Feuerbomben vernichtet worden war. Die Bewohner waren zu Beginn des Angriffs in Bunker geflohen, darin jedoch wie in Öfen gebacken worden, während die Stadt über ihnen völlig abbrannte. Als die feindlichen Soldaten die Schutzräume schließlich öffneten, hatten sich die überhitzten Leichen durch den plötzlich eintretenden Sauerstoff sofort entzündet.

Er hatte in Mrs. O'Briens Unterricht Bilder davon gesehen, im Fach Geschichte der Erde, und er würde sie nie vergessen können.

»Wir können nicht noch tiefer hinabsteigen«, sagte er. Molly konnte es ganz bestimmt nicht.

Quark war zur Außenwand des Raums gegangen und sah teilnahmslos durch die Bullaugen, die in sie eingelassen waren.

Die Station drehte sich in Hinsicht auf die umgebenden Sterne langsam, nicht so schnell, daß die Rotation das Andocken erschwerte, aber immerhin schnell genug, um allen Bewohnern einmal am Tag einen Blick auf das Wurmloch zu bieten, der Attraktion, die die meisten Gäste und Kunden hierherlockte.

Das Wurmloch kam langsam in Sicht, ein dunkler Fleck, der eigentlich nur dann wirklich sichtbar wurde, wenn ein Schiff hindurchkam.

Einunddreißig Stunden, nachdem der Angriff begonnen hatte, würde er nun enden.

Commander Sisko preßte sich mit dem Rücken fest gegen Reaktor zwei und beobachtete, wie die Invasoren die Leiter hinabstiegen. Es waren mehr, als er erwartet hatte; er hatte nicht damit gerechnet, daß dermaßen viele in die Station eingedrungen waren. Ein Trupp nach dem anderen kam hinunter, bis sich schließlich über fünfzig Invasoren im Reaktorschacht befanden.

Sie bauten sich auf der gegenüberliegenden Seite des Raums, zwischen den anderen, kalten Reaktoren, auf und beobachteten Sisko durch ihre glänzenden schwarzen Helme. Die aufblitzenden roten und gelben Lichtsignale, die einem ausgebildeten Beobachter alles über den Reaktorstatus verrieten, wurden von den Schutzanzügen und Helmen der Invasoren reflektiert und verwandelten sich in Tausende von roten und gelben Augen, die Sisko musterten.

Er erwiderte die Blicke, war ruhiger, als es seit Jennifers Tod je der Fall gewesen war. Ben Sisko war heiter und gelassen. Sein alter Freund Curzon Dax hatte einmal vorhergesagt, nur auf dem Sterbebett würde man sich so fühlen.

Wie mit einer einzigen Bewegung hoben die Invasoren ihre Gewehre und richteten sie auf Siskos Brustkorb. Einer trat vor und stellte seine mittlerweile ermüdende, tonlose Frage: »Wo ist der, der so ist wie wir.«

»Ich halte ihn gefangen«, sagte Sisko. »Er ist an einem sicheren Ort. Sie werden ihn nicht finden.«

Der Inquisitor dachte über die Antwort nach. »Welche Beweise haben Sie, daß Sie einen von uns gefangenhalten.«

»Keine. Glauben Sie es mir, oder lassen Sie es.« Sisko sprach scharf, mit uneingeschränkter Autorität. In seiner Ruhe fand er sowohl Frieden als auch Freude am Leben. Er wußte, wie andere Krieger empfunden hatten, wahre Krieger, als sie zum Angriff aufriefen. Ein Krieger zeichnete sich durch seine Bereitschaft aus, seiner Überzeugung gemäß zu leben oder zu sterben. Auch die Entscheidung für den Tod konnte in Wirklichkeit eine für das Leben sein.

Wenn man nicht mehr aufrecht *leben* konnte, war es besser, aufrecht zu sterben, als auf dem Bauch zu kriechen. Er lächelte. Er wußte, er hatte gewonnen. Zumindest für den Augenblick.

Zukünftige Schlachten mit den Invasoren waren das Erbe der nächsten Generation. Es *tut mir leid, Jake. Ich wünschte, ich hätte dir statt dessen ein friedlicheres Leben bieten können.*

Der Inquisitor zögerte, wußte nicht, wie er nun vorgehen sollte. Schließlich akzeptierte er die Zuverlässigkeit von Siskos Behauptung. Zumindest für den Augenblick.

»Was verlangen Sie für die Freilassung des Gefangenen.«

Ein weiterer Trupp der Invasoren kam die Leiter herab. Sisko sah bewußt nicht hinüber, sondern hielt den Blick auf den Inquisitor gerichtet, der das Wort führte. Doch innerlich brüllte er einen alten Schlachtruf von seiner High School: *Sisko, Sisko, das ist unser Mann! Wenn er sie nicht ködern kann, wer dann?*

»Zuerst einmal«, sagte er, »wie nennt man Sie? Wer sind Sie?«

»Diejenigen, die früher hier waren, nannten uns Bekkir.«

Bekkir – ein cardassianischer Dachs. Ein Spitzname, keine richtige Bezeichnung.

»Wie nennen *Sie* sich?«

»Was verlangen Sie für die Freilassung des Gefangenen.«

Wie viele kann ich noch hierherlocken? »Wie viele von Ihnen befinden sich auf meiner Station?«

»Was verlangen Sie für die Freilassung des Gefangenen.«

»Ich muß wissen, wie viele von Ihnen auf der Station sind.«

Der Inquisitor stand absolut regungslos da. Weder atmete noch zuckte er. Er *kommuniziert, er spricht mit den anderen Bekkir und berät sich, wieviel er mir mitteilen darf.*

Natürlich weiß er, daß ich sowieso sterben werde.

Sisko sah zur Instrumententafel hoch, suchte unter den Dutzenden von Displays – Temperatur, Druck, Dichte des Energieschilds – nach einem ganz bestimmten Gerät. Schließlich fand sein schweifender Blick das Chronometer.

Seit seiner Durchsage waren zweiundzwanzig Minuten verstrichen.

Ich habe Jake dreißig Minuten versprochen ... aber ich kann Siskos letztes Gefecht nicht noch acht Minuten lang hinauszögern.

Der Fragesteller hatte eine Entscheidung getroffen. »Wir sind achtundsechzig. Sagen Sie, was der Gefangene vor vierundvierzig Stunden getan hat.«

Toll. Eine Prüfung. »Vor vierundvierzig Stunden«, sagte der Commander. »Lassen Sie mich nachdenken.« Er zog sich ein wenig tiefer in die Lücke zwischen den beiden in Betrieb befindlichen Fusionsreaktoren zurück, wobei er die Hände weiterhin auf dem Rücken hielt. Seine Gedanken rasten. *Vor vierundvierzig Stunden ... um zwölf Uhr dreißig vor zwei Tagen.*

Quark und Odo hatten ein seltsames Artefakt aus dem Gamma-Quadranten gefunden – ein Signalgerät der Bekkir. Offensichtlich hatten sie es aktiviert, zweifellos vor vierundvierzig Stunden.

Das hatte die Bekkir hierhergelockt. Aber gleichzeitig waren die beiden spurlos verschwunden.

Was hatte der Bekkir zuvor gesagt, als er Dr. Bashir verhörte? ›Der andere‹ sei verschwunden, würde aber bald wieder auftauchen. Andererseits hatten sie sofort, nachdem sie nach DS Nine gebeamt waren, mit der Suche nach ihm begonnen. Also würde ›der andere‹ nach einer bestimmten Zeitspanne auf jeden Fall zurückkehren, konnte unter Umständen aber auch schon vorher wieder auftauchen.

»Vor vierundvierzig Stunden?« fragte Sisko. »Ich

glaube, zu dieser Zeit ist der Gefangene vorübergehend verschwunden.«

»Der Gefangene ist entkommen.«

»Einfach aus seiner Zelle verschwunden. So was hab' ich noch nie erlebt. Im einen Augenblick war er noch da, im nächsten war er weg.«

»Wo ist diese Zelle.«

Sisko erinnerte sich plötzlich an Bashirs Verhör. »An einem geheimen Ort«, sagte er.

»Haben Sie den Gefangenen seitdem gesehen.«

»Allerdings. Er tauchte etwa zwanzig Stunden nach seinem Verschwinden wieder auf... ebenfalls an diesem geheimen Ort.«

Der Inquisitor und einige andere Bekkir erstarrten und kommunizierten so aufgeregt, wie Bekkir sich vertraulich besprechen konnten. »In welchem Zustand war der Gefangene nach seiner Rückkehr«, fragte der Inquisitor.

»Schwer verletzt«, sagte Sisko. »Er war in einem schrecklichen Zustand, hat aber noch gelebt.«

Er sah zum Chronometer. Noch zwei Minuten.

Die Bekkir führten eine weitere Konferenz durch. »Sie werden uns zu diesem geheimen Ort führen«, sagte der Inquisitor.

»Den Teufel werde ich tun«, sagte Sisko. Er verspürte noch immer eine unnatürliche, heitere Ruhe. »Sie haben meine Forderungen noch nicht erfüllt.« Er zählte die Blasenköpfe schnell ab. Es waren etwa fünfzig Bekkir in der Reaktorkammer. Angenommen, der Inquisitor hatte über die Größe der Streitmacht auf der Station die Wahrheit gesagt... dann waren noch etwa fünfzehn bis zwanzig von Ihnen auf DS Nine unterwegs.

Das behagte ihm nicht, aber er konnte nichts daran ändern.

»Was verlangen Sie für die Freilassung des Gefangenen.«

Die Gewehre waren noch immer auf seine Brust gerichtet, doch bislang hatte noch niemand geschossen. Ben Sisko hatte es geschafft … falls er die Bekkir noch anderthalb Minuten lang hinhalten konnte.

Er strengte seinen Grips an. Was konnte er verlangen? Dann kam ihm ein böser Gedanke. »Reparationen«, sagte er.

»Was für Reparationen.«

»Ich verlange, daß wir den Wert jeder Person bestimmen, die Sie getötet haben, und dieses Blutgeld in Form von in Gold gepreßtem Latinum an Bajor und die Vereinigte Föderation der Planeten entrichten.«

»Tiere haben keinen Wert«, sagte der Inquisitor entschieden.

»*Meine* doch.«

»Sie werden uns zu dem geheimen Ort führen, oder Sie werden sterben.«

»Wieviel Zeit habe ich, um eine Entscheidung zu treffen?« fragte Sisko.

»Wir gestehen Ihnen dreißig Sekunden zu.«

Dreißig Sekunden lang betrachtete Commander Benjamin Sisko stirnrunzelnd die Bodenplatten. Alle paar Sekunden sah er zu dem Chronometer.

Die Frist verstrich, und es fehlten noch immer fünfundvierzig Sekunden an der Sicherheitsspanne, die er Jake gewährt hatte.

Vorausgesetzt, Jake ist dahintergekommen. Verdammt, vorausgesetzt, Jake ist überhaupt noch am Leben!

Das Drama währte nun schon lange genug. Der Commander war des Schauspielerns überdrüssig. Er spitzte die Lippen. »Na schön, ich werde Sie dorthin führen. Aber zuerst möchte ich Ihnen noch eine letzte Frage stellen.« Er fuhr mit der Zungenspitze über seine Lippen. »Angenommen, Sie hätten sich in eine Königin verliebt, und der König hätte es herausgefunden. Und angenommen, er hätte sie in eine Arena geworfen, in der sich zwei Türen befinden, und Ihnen gesagt, daß sich hinter einer der Türen eine wunderschöne Dame befindet, die schönste Kurtisane des gesamten Königreichs ... aber hinter der *anderen* Tür ein hungriger, geifernder Tiger. Und Sie wissen nicht, hinter welcher Tür sich welches Schicksal verbirgt.

Nun schauen Sie zu der Königin hinauf, und sie bedeutet Ihnen verstohlen, die linke Tür zu öffnen.

Meine Frage lautet: Hat sie auf die Tür mit der Kurtisane gezeigt und Sie damit in die Arme einer anderen Frau gegeben? Oder hat sie auf die Tür gezeigt, hinter der sich der Tiger befindet, weil sie Sie lieber tot sieht als mit einer anderen Frau zusammen?

Anders ausgedrückt ... Wenn Sie die Tür öffnen, auf die sie gezeigt hat, befindet sich dann die Lady oder der Tiger dahinter?«

Der Inquisitor stand absolut still da, wie auch alle anderen Bekkir im Raum. Obwohl kein einziges äußerliches Zeichen darauf hinwies, nahm Sisko den Zorn und die Verachtung war, die von den großen, schweren Invasoren aus dem Gamma-Quadranten ausging.

»Tiere haben keinen Wert«, wiederholte der Inquisitor, und dann schien er plötzlich zu begreifen, daß er *überlistet* worden war.

Sisko lächelte und sah zum Chronometer. *Es ist soweit, mein Sohn. Hoffentlich bist du so klug, wie ich es immer angenommen habe.*

Einen Augenblick, bevor die Bekkir das Feuer eröffnen konnten, nahm Commander Benjamin Sisko ruhig den Daumen von dem Knopf auf der Phasergranate in seiner Hand. Der Knopf sprang hoch und schloß den Schaltkreis.

Es war eine Totmannschaltung. Hätte der Bekkir ihn vorher erschossen, wäre die Granate trotzdem gezündet worden.

Die Granate explodierte und ließ auch die Phasergranaten in dem Beutel hochgehen, den Sisko zwischen seinen Rücken und den Fusionsreaktor geklemmt hatte.

Die folgende Explosion war so heftig, daß sie kurz das Kraftfeld unterbrach, das die beiden Reaktoren umgab.

Dieser kurze Augenblick genügte. Der plötzliche Puls der elektromagnetischen Strahlung, der eine winzige Nanosekunde lang eingedämmt wurde, dehnte sich von seiner Quelle durch die gesamte Station und das Schiff der Bekkir aus.

Jede nicht abgeschirmte Person auf Deep Space Nine starb in dem Augenblick, indem der Puls ihren Körper durchdrang, unter Krämpfen wie bei einem epileptischen Anfall.

Alle Überlebenden, welche die Bekkir bei ihrer ersten Durchsuchung der Station übersehen hatten, brachen über den Leichen der Milizionäre zusammen, die vergeblich versucht hatten, sie zu verteidigen. Hätte ein Arzt sie später untersucht, wäre er zum Schluß gekommen, daß alle an einem starken elektrischen Schock gestorben waren... wenngleich sie keine Brandwunden aufwiesen.

Das Nervensystem eines jeden nicht abgeschirmten empfindungsfähigen Wesens auf der Station wurde augenblicklich ›entmagnetisiert‹ und der Ablauf der biologischen Funktionen beendet.

Die achtundvierzig Bekkir, die sich mit Sisko in der Reaktorkammer befanden, wurden von einem so konzentrierten Puls getroffen, daß sie trotz ihrer Schutzanzüge starben.

Einige von ihnen wurden eine Nanosekunde später von der Sprengkraft eines Dutzends Phasergranaten zerfetzt. Die Druckwelle war nur ein paar tausend Meter pro Sekunde schnell – viel langsamer als der lichtschnelle EMP. Doch diejenigen, die davon verschont blieben, verbrannten nicht, denn derselbe Puls, der die Bekkir tötete, hatte auch die Zündmechanismen in ihren Schutzanzügen zerstört.

Achtzehn der zwanzig Bekkir, die sich nicht in der Reaktorkammer befanden, überlebten dank ihrer Schutzanzüge zwar die EMP-Welle, wurden jedoch von dem elektromagnetischen Schlag schwer verletzt und brachen, dem Tode nah, zusammen. Trotzdem waren sie noch immer so geistesgegenwärtig, auf die großen ›Gürtelschnallen‹ an ihren Brustkörben zu drücken. Die beiden anderen zerfielen zu einer roten Schlacke, die fast so ›heiß‹ wie der Reaktor selbst war.

Achtzehn waren verschwunden, die anderen waren tot.

Das Schiff der Bekkir wurde von der Pulswelle schwer beschädigt. Alle elektronischen Bestandteile wurden vernichtet, alle Besatzungsmitglieder, die keine Kampfanzüge angelegt hatten, starben auf der Stelle – darunter auch der Kommandant. Zwei überlebenden Mannschaftsmitgliedern gelang es, das Schiff von der Station wegzusteuern und allein mit visueller Navigation in das Wurmloch zu fliegen.

Das Gerät, das die Subraum-Kommunikation blokkierte, war gut abgeschirmt, und das Feld blieb bestehen. Deep Space Nine trieb allein durchs All, ein Mausoleum, ein spöttisches Monument für Siskos letztes Gefecht.

Jake und Molly kauerten sich an der Tür zum Geschützturm zusammen und warteten ab, ohne zu wissen, daß sie mittlerweile die beiden einzigen Lebewesen an Bord waren. Jake hatte den Kopf des Mädchens gegen seine Brust gedrückt und die Arme um ihre Ohren geschlungen. Er hielt die Augen fest geschlossen und biß die Zähne in Erwartung der Schockwelle zusammen.

Sie warteten und warteten. Nichts. Nach einer weiteren Minute ertrug Jake die Anspannung nicht mehr und öffnete die Augen.

Der kurze Gang war nun völlig dunkel. Selbst die Lampen an der Kontrollfläche der Tür waren erloschen. Alle Geräusche waren verstummt; Jake stand in absoluter Stille da.

Für einen Moment befürchtete er, taub geworden zu sein, und schlug mit der Faust gegen die Tür. Deutlich vernahm er einen dumpfen Hall… und dann ein Stechen in seiner Hand. Er brüllte vor Schmerz auf.

»Darf ich jetzt hinschauen?« sagte Molly, obwohl sie die Augen schon geöffnet hatte.

»Ja«, sagte Jake. Warum auch nicht. Anscheinend war es lediglich zu einem Stromausfall gekommen. Sein Vater hatte versagt.

Augenblick – hat er das wirklich? Woher will ich das denn wissen?

Jake schluckte den Kloß im Hals herunter. Ihm wurde klar, daß er es nur herausfinden konnte, indem er durch die Station schlich und nachsah, ob die Invasoren tot waren oder nicht.

Stunde um Stunde wanderte er so umher und kam sich vor wie Moses in der Wildnis. Fast ein ganzer Tag verging, und Molly weinte ständig vor Hunger. Sie schliefen zweimal.

Seit vierundzwanzig Stunden hatte Jake kein lebendes Wesen mehr gesehen – ob nun Bajoraner, Angehöriger der Föderation oder Invasor.

Er probierte die Replikatoren aus, aber kein einziger funktionierte mehr. Eine Weile stellten sie noch die bizarren, stets unterschiedlichen ›Skulpturen‹ her, dann gelang ihnen nicht einmal mehr das. Die Replikatoren waren schlicht und einfach tot.

In einigen Quartieren im Habitatring befanden sich Nahrungsmittel – von Besatzungsmitgliedern, Arbeitern oder anderen Zivilisten, die einfach gern kochten. Hier gab es mehr von dieser Sorte, als es auf der *Sara-*

toga der Fall gewesen war. Die Replikatoren auf DS Nine hatten noch nie gut funktioniert, und die Zivilisten wollten nicht auf sie angewiesen sein.

Jake wußte, daß es irgendwo auf der Station riesige Lager mit Vorräten für einen Notfall geben mußte, hatte aber keine Ahnung, wo. Erfolglos sah er in allen Sektionen nach, die ihm aussichtsreich vorkamen.

Am ersten Tag nach dem Untergang der Station hämmerte Jakes Herz jedesmal, wenn er um eine Ecke bog. Dies lag nur zum Teil an der Befürchtung, einem Invasor zu begegnen. Jedes neue Bild der Vernichtung, das sich ihm bot, war schrecklicher als das vorhergehende; jedesmal, wenn er Tote sah, hatte er das Gefühl, man steche ihm ein Messer in den Leib. Die wenigen Lebensmittel, die er fand, gab er Molly. Er konnte nichts essen.

Nachdem sie schließlich erneut geschlafen hatten, war er so hungrig, daß er doch etwas aß und die Nahrung bei sich behalten konnte.

Um nicht den Verstand zu verlieren, bettete Jake die Leichen schließlich so, wie er es in verschiedenen Holos gesehen hatte, und bedeckte ihre Gesichter, wann immer es ihm möglich war. Er wandte sich jedesmal ab, wenn er die Leiche einer Person sah, die er gekannt hatte.

Schon bald wurde Jake klar, daß sein Vater doch nicht versagt hatte. Was auch immer er vorgehabt hatte, es hatte funktioniert. Es gab auf DS Nine keine Invasoren mehr – aber auch keine anderen Überlebenden, außer Molly und ihm natürlich.

Dennoch verspürte er den Drang, auch weiterhin in Bewegung zu bleiben, nie lange an einem Ort zu verharren. Als auf der Erde Verbrecher noch alltäglich gewesen waren – hatte er irgendwo gelesen –, waren die oft von einem Ort zum anderen gezogen, getrieben von dem animalischen Instinkt, daß sie ihr Glück über Gebühr strapazierten, wenn sie zu lange an einer Stelle verweilten. Sie wußten, sie wurden gejagt, auch wenn kein Verfolger in Sicht war.

Genauso kam Jake sich nun vor. Er und Molly blieben eine oder zwei Stunden lang in einem Quartier, auf der OPS, auf der Promenade, bis er sich einbildete, die schweren Schritte der Mörder zu hören; dann nahm er Molly an die Hand und zog weiter.

Während dieser Zeit des Umherstreifens hielt er sich nur vom unteren Zentralbereich fern. Irgendwie brachte er es nicht über sich, dieses Inferno zu erkunden, befürchtete, sich dort dem Unaussprechlichen, dem Unvorstellbaren stellen zu müssen.

Einen Ort hingegen konnte er nicht erkunden: die Krankenstation. Anscheinend hatte eine Explosion die Tür beschädigt, und es gelang ihm nicht, sie zu öffnen. Dies erfüllte ihn mit Besorgnis, denn es war ihm ja nicht gelungen, in den abgeschirmten Geschützturm hineinzukommen. Dies bedeutete vielleicht, daß Molly und er eine tödliche Strahlungsdosis aufgenommen hatten.

Ohne medizinische Untersuchung oder Behandlung starben sie vielleicht schon einen der schrecklichsten Tode, die er sich vorstellen konnte. Die Haare würden ihnen ausfallen, sie würden immer schwächer und benommener werden. Er glaubte sogar, bereits die ersten Symptome festzustellen – aber das konnte natürlich auch reine Hysterie sein.

Er umkreiste Dr. Bashirs Station, kehrte alle paar Stunden dorthin zurück, als könne er eines Tages einfach ›Sesam, öffne dich!‹ sagen, und die Tür würde aufgleiten.

Und was würde er dann tun? Es *muß eine Möglichkeit geben, die Geräte in Betrieb zu nehmen,* dachte er. *Und falls es eine gibt, werde ich sie finden. Das verspreche ich dir, Molly.*

Nach zwei Tagen bedeckte Jake die Leichen, die er fand, nicht mehr. Es waren einfach zu viele. Seine Füße führten ihn auf Wanderungen, die sein Verstand kaum noch bewußt registrierte. Gelegentlich stand er in seinem Zimmer, unterhielt sich laut mit seinem Vater, den er nie wiedersehen würde. Oder er saß in Odos Sicherheitsbüro, starrte leere Displays an und fragte sich, was mit dem alten Constable geschehen war.

Dann, früh am Morgen des dritten Tages nach dem Angriff, kehrte Jake zur Promenade zurück und stellte fest, daß ein Flaschengeist ihm seinen Wunsch gewährt und die Tür zur Krankenstation geöffnet hatte.

Er schaute hinein. Dort standen Odo und Quark, Nogs Onkel, und betrachteten eine scheußliche Logbuchaufzeichnung, auf der Dr. Bashir von den unbarmherzigen Invasoren getötet wurde.

Er starrte die beiden an, wollte verzweifelt etwas rufen – doch ein plötzliches Entsetzen schnürte seine Kehle zu und verhinderte, daß der überschwengliche Schrei über seine Lippen kam.

Aus irgendeinem Grund hatte er auf einmal entsetzliche Angst davor, daß seine eigene Existenz hier enden würde.

19

Als Jake seinen Bericht beendet hatte, suchte Odo mit dem Tricorder langsam und gründlich den Schmelzofen ab, in dem sie sich nun befanden.

»Keine Angst, Jake«, sagte der Constable. »Es besteht keine Gefahr einer Strahlenverseuchung. Commander Sisko hat mit seiner Tat elektromagnetische, aber keine atomare Strahlung freigesetzt. Und hätte sie dich wirklich getroffen, wärest du auf der Stelle gestorben.«

»Aber es ist so warm!« jammerte Molly, die auf den Fußballen hockte. Sie hatte versucht, sich zu setzen, doch der Boden war so heiß, daß sie sich den Po verbrannt hätte. Aus irgendeinem Grund hatten die dummen Erwachsenen die Heizung zu hoch aufgedreht.

»Das ist reine thermale Wärme«, erklärte Odo, »keine radioaktive. Was auch immer der Commander getan hat, er muß kurzfristig den Energieschild des Fusionsreaktors außer Betrieb gesetzt haben. Dadurch ist eine elektromagnetische Pulswelle entstanden, die in einem gewissen Umkreis jedes normale biologische Leben, das nicht gegen den EMP abgeschirmt war, getötet haben muß.

Unmittelbar darauf müssen die Reaktoren dann abgeschaltet worden sein.«

»Warum?« fragte Jake.

»So ungern Chief O'Brien es auch eingesteht – Verzeihung, eingestand –, die cardassianische Technik ist nicht primitiv. Sie haben natürlich narrensichere

Schutzmaßnahmen eingebaut, um zu verhindern, daß die Station einer Kernschmelze zum Opfer fällt. Wenn der Energieschild ausfällt, setzt der Laser aus. Kein Laser, keine laserinduzierte Fusion.«

»Und warum ist es dann so warm?«

Odo wand sich. Das war der komplizierte Teil. »Jake, bist du sicher, daß du das wirklich hören willst?«

»Nein, aber sagen Sie es mir trotzdem.«

»Einen einzigen Augenblick lang fanden in der Kammer direkt unter uns zwei freiliegende, *nicht abgeschirmte* Fusionsreaktionen statt. Beide Kernverschmelzungen erfolgten auf Magnetplattformen, auf denen jeweils ein winziger Brocken Kohlenstoff von den Lasern auf mehrere Millionen Grad erhitzt worden war. Es befanden sich auch winzige Vorkommen von superheißem Silicium und Natrium darin, doch wenn ich es richtig verstanden habe, wurden diese nur auf mehrere zehntausend Grad erhitzt. Wir können sie also vernachlässigen.«

Erschrocken trat Jake einen Schritt zurück. In seinem Kopf entstand eine Vorstellung, noch bevor Odo den Vorgang in allen Einzelheiten beschrieben hatte.

»Einen Augenblick lang, Jake, unmittelbar vor ihrer Verschmelzung«, fuhr der Constable schließlich fort, »waren die beiden Kohlenstoffbröckchen der Luft ausgesetzt.

Sie haben die Luft erhitzt. Nicht auf Kerntemperatur, sonst wäre die gesamte Station verdampft, doch auf eine viel höhere, als Menschen oder Ferengi aushalten können.

Die Metallwände reflektieren und bewahren die Hitze, was dazu führt, daß der Reaktorschacht unter uns meinem Tricorder zufolge noch immer eine Wärme von achttausend Grad ausstrahlt.«

»Nein!« rief Jake und schlug die Hände vors Gesicht. »Hören Sie auf!«

Odo wünschte, er könnte es, aber er war zu dem

Schluß gekommen, daß der Junge sich der Wahrheit stellen mußte. »Falls von Commander Sisko etwas übriggeblieben sein sollte, bevor der Energieschirm zusammenbrach, ist jetzt bestimmt nichts mehr von ihm übrig, Jake. Sein Körper ist zu den Molekülen zerschmolzen, aus denen er bestand, und die sind augenblicklich zu superheißen Gasen – Kohlenstoff, Wasserstoff, Sauerstoff – und vielleicht zu einigen schwereren Verbrennungsrückständen verdampft.«

Er hielt inne. Das war die schlechte Nachricht gewesen, und jetzt kam die gute. »Ich bin allerdings der Ansicht, daß zu unserem Glück mehr als achttausend Grad nötig sind, um die Schutzanzüge der Bekkir zu schmelzen. Falls der EMP also ihre Zündmechanismen unwirksam gemacht hat, könnte es uns noch gelingen, einen intakten Zeitschlüssel zu bergen.«

Eine volle Minute lang biß Jake die Zähne zusammen und ballte die Hände zu Fäusten, als wolle er sich auf den Constable stürzen. Odo kräuselte sich. In seinem derzeitigen Zustand war er zu schwach, um den Jungen abzuwehren.

Dann entspannte sich der Junge plötzlich. Seine Muskeln wurden schlaffer, sein Blick weicher. Er verlor den gehetzten Ausdruck, der in seinem Gesicht stand, seit sie ihn vor zwei Stunden gefunden hatten.

»Ich verstehe noch immer nicht, *wie* wir überlebt haben«, sagte er und legte den Arm um Molly.

»Ich weiß es auch nicht«, sagte Odo.

»Ich aber«, warf Quark ein, der jetzt nur noch pfeifend atmete. »Du ... du bist ... zum oberen Geschützturm ... gegangen?«

Jake nickte. »Aber wir kamen nicht rein.«

Quark sah Jake an. »Du hast das Glück ... eines Ferengi«, sagte er. »Wärt ihr zum ... unteren gegangen, wärt ihr ... jetzt tot.«

»Aber wir waren nicht abgeschirmt! Wieso hat der Puls nicht auch uns erwischt?«

Der Ferengi schüttelte den Kopf. »Ihr *wart* ... abgeschirmt.«

»Wodurch?«

»Durch den *unteren* Geschützturm. Er befand ... sich zwischen euch und ... und dem Reaktor. Ihr habt ... in seinem Schatten gehockt.«

Einen langen Augenblick sah Jake aus dem Fenster. Dann lächelte er. »Das Glück der Ferengi«, sagte er und hustete.

»Warum seid ihr nicht einfach in die OPS gegangen?« fragte Odo. Mittlerweile war er zu müde, um seinem Gesicht noch irgendeinen Ausdruck zu verleihen. »Die OPS ist der am besten abgeschirmte Ort auf DS Nine. Quark, Sie haben doch gesehen, daß auf der OPS einige Systeme noch funktionierten.«

Jake zuckte mit den Achseln. »Ich ... na ja, *ich* habe das nicht gewußt. Molly hat gesagt, wir sollten zu einem Geschützturm gehen. Und wie hätte ich denn überhaupt zur OPS kommen sollen?«

»Gut, daß er es nicht getan hat«, fügte Quark hinzu, der wieder etwas zu Atem gekommen war, indem er still sitzen geblieben war. »Erinnern Sie sich an die ... Schußlöcher, Odo? Hätte unterwegs ... Bekkir treffen können.«

Jake lächelte. Endlich hatte er den Tod seines Vaters akzeptiert und sogar noch eine gewisse Bedeutung in ihm gefunden. Die anderen Führungsoffiziere waren tapfer gestorben, aber der kommandierende Offizier von Deep Space Nine war den heroischsten Tod gestorben.

Odo dachte darüber nach. *Also entsprang der Tragödie letztlich doch Triumph. Nein, das ist nicht fair, jeder* hatte auf seine Weise triumphiert.

Lieutenant Dax hatte herausgefunden, daß die Bekkir nicht unverwundbar waren. Sie hatte bewiesen, daß man sie töten konnte, indem sie einen von ihnen vernichtet hatte. Und ihre Tat hatte Quark und Odo ermöglicht, endlich zu begreifen, was geschehen war, wer die Station angegriffen hatte und wie man den Angriff vielleicht noch abwenden konnte.

Major Kira wiederum hatte ihre Pflicht als Kriegerin erfüllt, mehr Bekkir als sonst jemand getötet und die Rettungsmission zum Flitzer geführt. Es war ihre ganz besondere Tragödie, das dieser Triumph von der Unfähigkeit der Pilotin, das Schiff sicher von der Station zu entfernen, zunichte gemacht worden war.

Bashir hatte den Bekkir hingehalten, während sein medizinisches Logbuch das Verhör aufzeichnete. Diese Aufzeichnung hatte es Odo und Quark ermöglicht, einen Zeitplan zu erstellen und daraus zu folgern, daß es vielleicht noch möglich war, zurückzukehren und zu verhindern, daß es überhaupt zu dem Angriff kam.

Keiko hatte einen Bekkir angesprungen und damit Jake, Nog und Molly gerettet. Dann hatte ihr Mann, Chief O'Brien, die Granaten geworfen, die den Kindern zur Flucht verholfen hatten.

Nog hatte sich geopfert, um Jake und Molly zu retten – und Jakes Wissen über das Vorgehen seines Vaters hatte Odo und Quark schließlich in die dunkelsten Tiefen von DS Nine geführt, in das Inferno, in dem sie vielleicht das Werkzeug fanden, mit dem sie alles in Ordnung bringen konnten.

Und dann hatte Commander Benjamin Sisko alle anderen Bekkir zur Strecke gebracht, die ansonsten Odo und Quark bei deren Rückkehr einfach getötet hätten – und die vielleicht die Schlüssel zurückgelassen hatten, mit denen die beiden in ihre eigene Zeit zurückkehren konnten.

Jeder einzelne Tod trug maßgeblich zu der einzigen Chance bei, die sie noch hatten, um den ganzen Schrecken, die Qualen, das Sterben und die Vernichtung zu verhindern ... um die Tragödie abzuwenden.

Jeder einzelne tapfere Tod war in Wirklichkeit ein kleiner Triumph; und gemeinsam fügten die Triumphe sich zu einer Möglichkeit zusammen, zu einer Chance von fünfzig zu fünfzig.

Das war alles, worauf sie hoffen konnten. Sie hatten eine Chance bekommen, das Geschehene ungeschehen zu machen.

Odo erhob sich zitternd. Er würde nicht zulassen, daß dieser magische Augenblick von seiner Schwäche zerstört wurde. Obwohl er seine Gestalt kaum noch stabil halten konnte, wußte er, was er zu tun hatte.

»Ich steige hinab«, erklärte er kurz und bündig.

Quark wandte sich vom Fenster ab. Ein seltsamer Ausdruck lag auf seinem Gesicht. Man hätte ihn fast für *Besorgnis* halten können. »Odo, das ist doch verrückt. Nicht einmal Sie könnten in einen Schmelzofen steigen, in dem achttausend Grad herrschen, und lebend wieder herauskommen!«

»Bin ich verrückt? Ich weiß nicht, ob ich das bin.« Odo lächelte. »Ich weiß nicht einmal, *was* ich bin. Oder haben Sie das etwa vergessen? Vielleicht kann ich einer Hitze widerstehen, die der Oberflächentemperatur einer großen Sonne entspricht. Ich weiß es nicht.

Aber ich weiß, daß ich wohl der einzige hier bin, der es *vielleicht* überstehen könnte. Könnten Sie es? Oder Jake?«

»Die Schlüssel sind wahrscheinlich schon längst geschmolzen«, sagte Quark. Seine Stimme klang weich und bittend. Er *wollte* unbedingt, daß Odo ihm widersprach. »Und wenn sie nicht geschmolzen sind, hat die EMP-Welle sie vernichtet!«

»Das wissen wir nicht. Wir wissen nicht, wie widerstandsfähig die Schutzanzüge der Bekkir sind, oder wie sie ihre Notsignalgeber abgeschirmt haben.« Odo zwang sich, aufrecht zu stehen, und verschränkte die Arme vor der Brust. »Quark, ich bin dazu entschlossen. Ich steige hinab. Bereiten Sie sich darauf vor, mir hinabzuhelfen, auch wenn Sie sich dabei verbrennen.«

Der Ferengi murmelte etwas vor sich hin, das sich

verdächtig nach »Sie sind nicht entschlossen, Sie sind *verrückt!*« anhörte, trat aber zu der letzten Leiter, die zur vierunddreißigsten Etage hinabführte, wo die noch immer geöffnete Falltür zur Reaktorkammer sie erwartete. Er wandte das Gesicht von der schrecklichen Hitze ab.

Odo trat energisch vor. Seine unbezähmbare Willenskraft strafte die Erschöpfung Lügen, die er in Wirklichkeit verspürte. Mit oder ohne Hitze, in ein paar Minuten würde er in seinen flüssigen Zustand fallen. Er holte alle Gegenstände aus seinen Taschen hervor und gab sie Quark, der die Taschenlampe und den Datenclip in einen Stiefel steckte und den Rest auf den Boden legte. Dann erlaubte Odo sich einen letzten Formwandel. Er eliminierte alle hervorstehenden Ecken und Kanten sowie seine Kleidung – alles, was für die letzte Aufgabe überflüssig war. Dann trat er zu der Leiter, watete durch den Energiesumpf und stieg entschlossen in die Hölle hinab.

Der ›normale‹ Teil des elektromagnetischen Spektrums, das sichtbare Licht, war nutzlos. Das Natrium-Silizium-Bad war so hell, daß alle anderen Reflektionen in der Kammer sich im Vergleich dazu am unteren Ende der Skala befanden. Infrarot war aus demselben Grund offensichtlich nutzlos, und Odo hatte nicht die geringste Ahnung, wie er seine Augen so umwandeln konnte, daß sie ultraviolettes Licht wahrnahmen, falls dies überhaupt nützlich gewesen wäre.

Daher zog er die Augen in den Kopf zurück und den Kopf dann in den Torso. Arme und Beine bildeten nun die einzigen Auswüchse.

Er erreichte das untere Ende der Leiter und trat auf den Boden. Er vermutete, daß er sich in Wirklichkeit auf der Innenseite der Hülle von DS Nine befand, denn der eigentliche ›Boden‹ war wohl schon vor geraumer Zeit geschmolzen.

Bei jedem Schritt stellte sich ein seltsames Gefühl ein. Er kam sich leichter, nicht mehr so massiv vor. Ihm wurde übel, als er begriff, daß ein Teil seiner Substanz verkochte, an der ultraheißen Hülle haften blieb und dann von seinen Füßen abgerissen wurde. Er hinterließ buchstäblich ›Fußabdrücke‹.

Odo stellte sich vor, wie die Reaktorkammer vor dem Ausfall des Energieschilds ausgesehen hatte. Die beiden in Betrieb befindlichen Reaktoren waren zu seiner Linken, die desaktivierten zu seiner Rechten. Falls Sisko zwischen den beiden eingeschalteten Reaktoren gestanden und den Schild manipuliert hatte, hatten die Bekkir sich wahrscheinlich auf der gegenüberliegenden Seite der Kammer befunden, als der Schild durchlässig geworden war.

Er taumelte nach rechts, verlängerte die Hände und ließ sie mit suchenden Bewegungen über den Boden gleiten.

Odo fühlte, wie seine Moleküle sich lösten.

Es war dasselbe Gefühl wie bei der Verflüssigung vor der Ruheperiode, aber hundertmal stärker. Die ungeheure Hitze bewirkte eine chemische Veränderung seiner Lebenssubstanz, ließ sie den Zusammenhalt verlieren. Wäre er ausgeruht gewesen, hätte er dieser Einwirkung vielleicht eine halbe Stunde lang widerstehen können, doch in seinem jetzigen Zustand würde er sich in höchstens drei Minuten verflüssigen – wenn nicht sogar *entkörperlichen.*

Das war natürlich gleichbedeutend mit seinem Tod, denn weder Quark noch Jake Sisko konnten in die Reaktorkammer hinabsteigen, um den geschmolzenen Gestaltwandler wieder einzusammeln.

Odo unterdrückte die aufsteigende Panik und Hoffnungslosigkeit, die von dem durch die Hitze verursachten chemischen Ungleichgewicht noch verstärkt wurde. Er setzte seine methodische Suche fort und schwenkte seine langen, flachen, flossenförmigen

Hände nach links und rechts, während er wie ein vorzeitlicher Schamane im Kreis ging.

Plötzlich streifte seine rechte Flosse einen Gegenstand auf dem Boden.

Er hielt seine unnatürliche Aufregung im Zaum, ging in die Hocke und glitt mit der Hand über den Gegenstand. Er fühlte sich an wie ein Bekkir-Helm, der zu einer flachen Scheibe von der Dicke einiger aufeinandergestapelter Pfannkuchen zerschmolzen war.

Odo ging vor wie ein Archäologe, der ein gerade entdecktes Fossil ausgrub. Mit quälend langsamen Bewegungen tastete er sich die geschwungene und verbogene Halskrause hinab zur Schulter-, Brust- und Rückenplatte. Er fand die beiden zusammengefügten Oberarmplatten und folgte ihnen hinab zu den Ellbogengelenken und den Unterarmschienen.

Hier fand er schließlich, was er suchte. Der Bekkir lag auf der Brust, und die linke Unterarmschiene enthielt den Schlüssel.

Während Odo zitterte, ständig ausglitt und noch immer Körpermasse an den gierigen Boden verlor, fuhr er aus seiner Hand drei Tentakel aus und stemmte den Schlüssel vom Arm des Bekkir.

Er brauchte ihn gar nicht zu sehen, spürte sofort den eigentümlichen Riß in dem Metall. Der Schlüssel war nutzlos. Er war geschmolzen und würde nicht mal in das Schloß passen.

Er versuchte aufzustehen, sank aber in sich zusammen. Es war sinnlos. Er konnte nicht weitermachen.

Nein! tobte er. *Die Gerechtigkeit* verlangt, *daß ich weitermache. Ich werde nicht zulassen, daß meine Freunde vergeblich gestorben sind!*

Er zwang sich, langsam zu schlurfen, ein viergliedriger Schritt, dann noch einer, dann ein dritter. Seine Hand stieß gegen mehrere Teile eines Bekkir-Schutzanzugs und verstreute sie über den Boden.

Hektisch tastete er nach den Armschienen. Er hatte

den Schutzanzug mit beträchtlicher Wucht angestoßen, und die Armteile konnten nun überall liegen. Odo schlug mit der Hand mehrmals auf den Boden und spürte, wie die klebrige, saugende Hülle ganze Schichten seines Fleisches abriß. Schließlich berührte er, durch reinen Zufall, eine Unterarmschiene.

Er glitt mit der Hand an dem Stück hinab und stellte fest, daß es sich um eine linke Schiene handelte; da war der Spalt, der Schlüssel.

Er versuchte, die nervenlosen Tentakel darunter zu schieben und den Schlüssel abzustemmen, doch sie gehorchten seinen Befehlen nicht. Ungläubig versuchte Odo es erneut, doch am Ergebnis änderte sich nichts.

Das ist verrückt, dachte er. Er beruhigte sich und versuchte es ein drittes Mal. Diesmal bekam er die Tentakel fast unter die Schiene, doch dann erschlafften sie und wurden leblos.

Odo setzte sich auf. Ihm wurde klar, daß er die Kontrolle über neunzig Prozent seiner Substanz verloren hatte. Es war nicht mehr *sein* Körper; falls noch irgendein Geist seine Materie beherrschte, befand er sich nicht mehr konzentriert in einem bestimmten Teil dieses Körpers.

Dann bewegte sich die Hand, anscheinend aus eigenem Antrieb. Ein Augapfel bildete sich auf der Handfläche. Die Pupille war ein vertikaler Schlitz von der Größe eines Ferengi-Haars.

Der Rest seines Körpers schirmte den Metallteich, die Lichtquelle, vom Auge ab. Das genügte. Der Pupillenschlitz sah den schwachen Umriß des Schlüssels in dem Spalt.

Ein einfaches Schnappschloß bedeckte den Schlüssel; deshalb hatte er ihn nicht von dem Schutzanzug lösen können. Anscheinend war das Schnappschloß von der Armschiene der ersten Leiche und auch des Bekkirs, den Lieutenant Dax getötet hatte, weggesprengt worden. Diese dritte Leiche war besser erhalten – ein gutes Zeichen.

Die Tentakel bewegten sich wieder aus eigenem Antrieb und öffneten das Schnappschloß. Dann zwängten sie sich unter den Schlüssel und lösten ihn vom Schutzanzug.

Die empfindungsfähige Hand umschloß den Schlüssel, und Odo kam torkelnd auf die Füße. Er hatte die Orientierung verloren und konnte nur hoffen, daß er in die Richtung zurückkehrte, aus der er gekommen war. Das Auge auf seiner Handfläche wurde von dem Licht geblendet, als er den Körper plötzlich abwand, trocknete aus und fiel zu Boden.

Inferno …

Odos baumelnde, affenähnliche Arme schlugen gegen die weißglühende Leiter und schlangen sich um sie. Er konnte sich nicht mehr erinnern, wer er war, *wo* er war oder warum es so heiß war. Er wußte nur, er mußte *sofort* aus dieser Hölle heraus, oder er war dazu verdammt, die Ewigkeit hier zu verbringen.

Die Leiter führte zum Paradies – oder zumindest zu einem anständigen Gasthaus auf halber Höhe.

Das blinde, watschelnde Tier, das einmal Constable Odo gewesen war, erklomm taub und wahrnehmungslos eine Sprosse nach der anderen. Es war sich seiner nicht bewußter als ein echter cardassianischer *Bekkir.* Sein Fleisch schlug Blasen, hatte sich bereits zu drei Vierteln verflüssigt und drohte, jeden Augenblick zu Gas zu verkochen.

Er griff nach einer Sprosse, fand aber nur Luft. Das weißglühende *Ding* plumpste nach vorn und ergoß sich wie Abwasser auf den oberen Boden.

Purgatorium …

Es rutschte wie ein Bauchfüßer zur zweiten Leiter. Sein Zeitgefühl existierte nicht mehr. Ein Tag hätte vergangen sein können, ein Jahr, die Lebensspanne eines

Universums. Das Ding floß wie zäher Sirup immer höher, um eine horizontale Ecke und fand sich im …

Paradies.

Es rollte weiter, wurde zu Gallerte, dann zu einer dünnen, blasenschlagenden Flüssigkeit.

Am Rand der Leiter tauchte eine Pfütze auf. Am Rand der Pfütze lag ein oblatendünner Bekkir-Schlüssel, der genau in das Schloß des Geräts zu passen schien, das Quark fest in seiner Hand hielt.

Quark lief zu dem Schlüssel und hätte ihn mit seiner gierigen Hand fast ergriffen. Dann fiel ihm gerade noch rechtzeitig ein, daß das Ding bestimmt heiß genug war, um ein Loch in seine Hand zu brennen.

Er zog die Taschenuhr hervor. 11.30, noch eine knappe halbe Stunde, bis sie zurückspringen mußten, um den Angriff zu verhindern. Oder sogar noch weniger, wenn er bereits *vor* zwölf Uhr Stationszeit begonnen hatte.

»Jake«, sagte Quark zitternd, »besorge mir etwas, womit ich diesen Schlüssel aufheben kann … schnell!« Er warf einen Blick auf Odos Pfütze, die sich nun dünn auf dem Boden ausbreitete und eine beträchtliche Fläche bedeckte. Wie weit dehnte sich das Feld des Gerätes aus? Würde es den gesamten Odo umschließen, oder würden Teile von ihm zurückbleiben?

Der Gedanke an einen winzigen, elfenhaften Odo, der durch DS Nine trippelte und mit piepsiger Stimme Anweisungen erteilte, ließ ihn laut gackern.

Ich werde hysterisch, begriff er. »Jake!« rief er, gerade als die Kinder die Leiter erreichten. »Bring auch einen Mop oder so was mit! Wir müssen Odo aufwischen.«

Zuerst versuchte Jake, Molly allein hinaufklettern zu lassen. Aber ihm wurde sofort klar, daß sie viel zu langsam war, und wenn er sich von ihr aufhalten ließ, wäre ihre letzte Chance vertan.

»Du solltest lieber hier warten«, schlug er vor, doch

sie schaute verängstigt zu ihm hoch und umklammerte sein Bein, als wolle sie verhindern, daß er in den sicheren Tod sprang. Er dachte kurz nach, und ihm fiel eine mögliche Lösung ein.

»Molly«, fragte er, »kannst du dich auf meinem Rücken festhalten?«

Sie überlegte, dann nickte sie ernst. »Na klar. Vati hat mich immer *Aufmamasan* genommen. Huckepack.«

Jake bückte sich, und Molly stieg an Bord. Er kletterte die Leiter hinauf, und sie trieb ihn an, indem sie ihm »Huckepack! Huckepack!« ins Ohr rief.

Eine Etage höher befand sich eine Frachtkammer. Jake durchsuchte alle Lagerfächer, fand aber nichts, was für die eine oder die andere Aufgabe geeignet wäre. Er stieg eine weitere Etage hinauf.

Auf der einunddreißigsten Etage befand sich ein Aufenthaltsraum für Besatzungsmitglieder mit mehreren Replikatoren an der einen und Bullaugen in der anderen Wand.

Ansonsten war der Raum mit Tischen, Stühlen und Sofas eingerichtet. In der Hoffnung, er könne die nötigen Werkzeuge *herstellen,* versuchte Jake es mit den Replikatoren, doch sie funktionierten nicht.

Die beiden stiegen zur nächsten Etage hinauf und landeten einen Volltreffer: Sie stießen auf eine Ausrüstungskammer, in der unter anderem Werkzeuge für den Umgang mit extrem heißen Nebenprodukten der Fusionsreaktoren gelagert waren, darunter auch Zangen in unterschiedlichsten Größen. An einem Haken hing sogar ein Staubsauger für die Beseitigung von Natriumabfällen. Er bestand aus einer seltenen Legierung, die laut Aufschrift den Temperaturen gegenüber hitzebeständig war, die im Natrium-Silicium-Bad herrschten – ›mehrere zehntausend Grad‹, wie Odo sich ausgedrückt hatte.

Jake schnappte sich den Staubsauger und zwei Zangen und trug sie zum Notstieg. Im letzten Augenblick fiel ihm wieder ein, daß sie auch einen Eimer brauchten. Er griff sich einen aufs Geratewohl, warf ihn mit dem Rest der Ausrüstung hinab und stieg hinterher. Er wiederholte diese Prozedur noch zweimal und schleppte schließlich alles in den Raum, in dem Quark wartete.

Der Ferengi befühlte die Werkzeuge wie ein Kobold, hob den Staubsauger auf und betrachtete ihn. »Wir sammeln lieber zuerst Odo ein«, sagte er zögernd.

Quark saugte den Constable sorgfältig auf und leerte mehrmals, wenn das Fassungsvermögen des Geräts erschöpft war, dessen Inhalt in den Kübel aus.

Nachdem er schließlich auch den letzten Tropfen von Odo aufgesaugt hatte, kippte er den Inhalt vorsichtig in den Eimer, wobei er darauf achtete, daß kein Tropfen danebenging. Falls er etwas von der Masse übersah, würde vielleicht ein zweiter Miniatur-Odo daraus entstehen ... Dann legte er den Staubsauger zu Boden und streckte die Hand aus. »Zange«, sagte er zu Jake.

Der Junge schwieg und drückte die Zangen an seinen Leib.

»Was soll das denn, Mensch? Schnell, schnell!«

»Quark?« fragte der Junge. »Sie ... sie werden die letzten drei Tage einfach ungeschehen machen?«

»Das hatten wir eigentlich vor«, sagte Quark gereizt. »Die Station wird gerettet, niemand wird verletzt.«

»Aber ... was ist mit mir?«

»Was soll denn mit dir sein?«

»Würde das nicht bedeuten, daß es mich niemals gegeben hat?«

Quark sah ihn verblüfft an. »Wovon redest du da? Natürlich wird es dich geben.«

Jake schüttelte traurig den Kopf. »Nein. Es wird einen *Jake Sisko* geben; *irgendeinen* Jake Sisko. Aber nicht *diesen* Jake Sisko, der diesen Angriff überlebt und sich um Molly gekümmert hat. Er ... ich ... wäre dann verschwunden.

Das ist schlimmer als der Tod, Quark. Wenn Sie in der Zeit zurückreisen und den Angriff verhindern, wird er ... werde ich aus diesem Universum verschwinden. Es wird mich niemals gegeben haben.«

Quark musterte ihn noch immer und knirschte mit den scharfen Zähnen. Er überlegte kurz, ob er dem Jungen die Zange einfach entreißen sollte, aber erstens war Jake größer als er, und zweitens hatte er gar nicht mal unrecht.

»Das ist gar nicht sicher«, sagte Quark schnell. »Vielleicht gibt es dich noch immer, nachdem ich hier verschwunden bin. Wenn ja, würde ich vorschlagen, daß du dich versteckt hältst ... irgendwann wird die Föderation hier eintreffen, hoffentlich vor den Bekkir, die herausfinden wollen, was aus ihrer Expedition geworden ist.

Aber du hast recht, Mensch. Es ist wahrscheinlicher, daß es dich einfach niemals gegeben haben wird. Diese gesamte Zeitlinie wird niemals existiert haben, denn wir werden den Angriff vermeiden – hoffe ich jedenfalls.«

Jake senkte den Blick. Langsam reichte er Quark eine Zange.

»Ich *hoffe,* daß es so kommen wird«, sagte der Junge leise. »Ich *will nicht* in dieser Linie leben. Ich will nicht, daß Molly und ich Waisen sind. Selbst wenn wir irgendwie gerettet werden sollten, will ich mich nicht den Rest meines Lebens daran erinnern, was ich in den letzten beiden Tagen gesehen habe.«

Quark nahm die Zange entgegen, wie er das Schwert eines besiegten Generals an sich genommen hätte.

Er holte die Gürtelschnalle aus der Tasche und legte sie behutsam auf den Boden, so weit wie möglich von dem Höllenloch entfernt. Dann kehrte er dorthin zurück.

Er wandte das Gesicht ab und schützte seine Augen vor der schlimmsten Hitze, sah nur hin, wenn es unbedingt nötig war, und hob den winzigen Schlüssel mit der langstieligen Zange hoch.

Aus Angst, ihn unabsichtlich fallen zu lassen – vielleicht sogar zurück in das Loch – bewegte Quark sich wie in Zeitlupe. Einen quälend langsamen Schritt nach dem anderen trug er den Schlüssel zur Gürtelschnalle. Als er sie erreichte, hatte er sich das Gesicht und die Arme verbrannt; sie leuchteten in einem hellen Rot.

Er legte die Zange mit der kostbaren Fracht auf den Boden und seine Taschenuhr daneben, damit er jederzeit einen Blick auf sie werfen konnte. Dann kniete er nieder und studierte die Gürtelschnalle aufmerksam. Aber die Zange war für grobe Arbeiten über eine gewisse Entfernung hinweg und nicht für feinmechanische Knobeleien gedacht. Er konnte sie nicht gleichzeitig handhaben und sehen, *wie* er sie handhaben mußte.

»Jake, du mußt mir helfen … du nimmst die Zange, und ich sage dir, was du tun sollst.«

Der Junge senkte den Blick. »Na schön.«

Quark sagte nichts, hatte aber einen Kloß im Hals. Jake wußte, daß er Quark wahrscheinlich half, seine gesamte Existenz auszulöschen – zumindest die Existenz dieses Jake. Falls Quark Erfolg hatte, hatte es diesen Jake vielleicht niemals gegeben.

Aber der Junge kam in der Tat auf seinen Vater heraus. Benjamin Sisko hatte sich geopfert, um die Föderation zu schützen. Letztlich blieb Jake nichts anderes übrig, als seine Existenz zu opfern, um die Station zu retten … und seinen Vater.

Er nahm die Zange. Quark gab ihm kurze, bündige Anweisungen, und Jake drehte den Schlüssel, bis er sich genau über dem Schlitz in der Gürtelschnalle befand, und schob ihn dann hinein.

Quark ließ die Schultern hängen. Er war auf einmal

so erschöpft, daß er fast ohnmächtig zu werden drohte. Die Atmosphäre war dünner denn je, und Ferengi waren einen höheren atmosphärischen Druck gewöhnt als Menschen.

Er atmete so tief wie möglich ein. Ihm war schwindlig und sehr schlecht. Dann richtete er sich auf. *Ich habe eine Pflicht,* dachte er, *und weder die Götter des Profits noch der Teufel der Philantropie können mich davon abhalten, sie zu erfüllen!*

Er ging zu Odos Kübel zurück. Der Raum drehte sich um ihn. Er legte die Hand um den Griff und spürte, wie ein heißer Schmerz durch die Handfläche fuhr.

Quark schrie auf und hätte den Eimer fast fallen lassen. *Es tut weh!* Er erkannte, welchen Fehler er begangen hatte. Der Eimer bestand aus gewöhnlichem Stahl und nicht, wie der Staubsauger, aus einer speziellen Legierung für ultraheiße Abfälle.

In der Eile hatte Jake sich einen ungeeigneten Kübel gegriffen.

Quark lief zu der Gürtelschnalle zurück. Seine Hand schien in Flammen zu stehen. Er biß die scharfen, spitzen Zähne zusammen, um nicht vor Schmerz zu schreien, setzte den Kübel vorsichtig auf dem Boden ab und betrachtete seine Hand. Ein häßliches, dunkles Band geschwärzten Fleisches zog sich über die Handfläche. Der gesamte Arm pochte bei jedem Herzschlag vor entsetzlichem Schmerz.

»Ausgezeichnet!« rief er. »Das ist die Hand, mit der ich den Ohrstecher bedienen muß!«

Wütend auf das Universum, das Schicksal und die Bekkir zog Quark den Ohrstecher mit der unverletzten Hand aus der Tasche. Er beherrschte sich und sprach ganz ruhig mit Jake. »Menschen, ihr geht jetzt lieber. Ich weiß nicht, wie weit das Feld dieses Geräts sich ausdehnt. Steigt ein paar Etagen hinauf und gebt mir dann Bescheid.«

Jake rührte sich nicht. Er stand da, hielt Molly fest und versuchte, etwas zu sagen.

»Sie können wirklich stolz auf ihren Neffen sein«, brachte er endlich über die Lippen. Es schien aber nicht das zu sein, was er ursprünglich hatte sagen wollen.

»Machen Sie weiter«, fügte Jake entschlossen hinzu. »Legen Sie den Schalter um. Wenn wir uns das nächste Mal sehen, werfen Sie mich und Nog hoffentlich wieder aus Ihrem Spielkasino.«

Quark lächelte. Er sah dabei aus wie ein Dämon aus Jakes Alpträumen. »Leb wohl, Junge. Du erinnerst mich sehr an deinen Vater.«

»Meinen Sie das ehrlich?«

Molly kletterte für einen weiteren *Aufmamasan-Ritt* auf Jakes Rücken. Gemeinsam stiegen sie die Leiter und dann noch eine hinauf und liefen in den Aufenthaltsraum für Besatzungsmitglieder. Dann rief er zu Quark hinab, daß sie nun außer Reichweite seien.

Die beiden Kinder standen an den Aussichtsluken und beobachteten, wie das nahezu unsichtbare Wurmloch langsam aus ihrem Blickfeld glitt.

20

Quark beugte sich über die Gürtelschnalle, sondierte sie vorsichtig und unbeholfen mit dem Ohrstecher. Es war, als habe seine linke Hand fünf Daumen; er hatte nie geübt, das Werkzeug mit der anderen Hand zu bedienen.

Er schalt sich einen kurzsichtigen Narren und warf dann einen besorgten Blick auf den Kübel: dieser wurde eindeutig weicher, schmolz. Odo war nicht mehr annähernd so heiß wie in dem Augenblick seiner Rückkehr, hatte sich beträchtlich abgekühlt, als er sich in einer dünnen Schicht auf dem Boden ausgebreitet hatte. Aber er war noch immer so heiß, daß er in wenigen Minuten Stahl zum Schmelzen brachte.

Die Rückkehrkombination war viel schwieriger als die erste. Um die Gürtelschnalle zu aktivieren, hatte er praktisch nur einen Schalter betätigen müssen. Doch der *Bekkir-Schlüssel* war unglaublich kompliziert.

Selbst mit der rechten Hand wäre es ihm schwergefallen, die Kombination zu knacken, aber mit der linken war es praktisch unmöglich, und schrecklich frustrierend obendrein.

Er hätte *fast* eine Frequenz geknackt, verlor sie im letzten Augenblick aber wieder. Es gelang ihm kaum, die Kombinationen festzuhalten, nachdem er sie entschlüsselt hatte. Er drehte den Spanner nach rechts und links. Als ob das etwas nutzte… Aber Quark arbeitete nach Gefühl, und es *fühlte* sich richtig an, den Spanner zu drehen.

Natürlich, dachte er. *Von einer Gefahr will man* schnell *wegkommen, ohne großartig überlegen zu müssen. Die Bekkir können den Signal-Springer wahrscheinlich mit einer einzigen Bewegung aktivieren.*

Aber sie wollten nicht, daß außer ihnen noch jemand die Rückkehrfunktion nutzen konnte. Daher die lange, komplizierte Kombination.

Quark hatte keine Ahnung, wie lange er es schon versuchte; die Zeit war mit dem Atmosphäredruck aus der Station gesickert. Er vergaß die Uhr, die deutlich sichtbar vor ihm lag. Der Ferengi konnte sich kaum konzentrieren und hing einem Dutzend irrelevanter Wunschvorstellungen nach.

Dann fühlte er Widerstand. Eine Frequenz – er wußte nicht, wie viele Zuhaltungen er schon überwunden hatte – klemmte, ließ sich nicht bewegen.

Die Frage lautet also, dachte er schwindlig, *ist es eine Sicherheitssperre, die das Gerät zerstören wird, oder wurde der Widerstand absichtlich eingebaut, damit ich weiß, daß es sich um die letzte Zuhaltung handelt und ich den Schlüssel nun aktivieren werde?*

Während er angestrengt überlegte, fiel ihm die Taschenuhr wieder ein, und er warf einen Blick darauf: 11.52.

Zuerst waren die Ziffern völlig bedeutungslos. Dann wurde ihm ihre schreckliche Bedeutung klar. Wenn Quark und Odo zurücksprangen, würde die Uhr des Ferengi sich wieder mit dem Stationschronometer gleichschalten … was bedeutete, daß ihm noch *acht Minuten* blieben, um zurückzukehren, sich auf die OPS zu begeben und den Angriff aufzuhalten.

»Ach, zu den sechs Höllen damit«, sagte Quark. »Wenn ich es *nicht* tue, bin ich sowieso tot.« Er drehte den klemmenden Energiewirbel, bis das Feld zusammenbrach.

Deep Space Nine schlingerte unter Quarks Füßen und warf ihn zu Boden. Sein Magen fühlte sich an, als hätte sich jemand einen grausamen Scherz daraus gemacht, ihn einfach umzustülpen.

Er öffnete die Augen und stellte fest, daß er zwar noch immer auf der dreiunddreißigsten Etage, aber auf einem kalten Boden lag. Er kroch zur Leiter und sah hinab: Die Falltür zur Reaktorkammer war fest verschlossen.

Die Luft war dick und kalt, unangenehm kalt, aber von der Temperatur, die normalerweise auf DS Nine herrschte.

Quark stand auf, atmete tief durch und überflutete sein Gehirn und den Körper mit dem dringend benötigten Sauerstoff. Dann sah er auf die Uhr: 11.54. Anscheinend erfolgte der Vorwärts- und Rückwärtssprung nicht mal subjektiv zeitlos. Er hatte zwei weitere kostbare Minuten in Anspruch genommen.

Er steckte die Uhr in eine Hemdtasche, zog sie sofort wieder heraus und zwängte sie in eine Hosentasche. Er zog das Hemd aus, rollte es zusammen, schob es unter dem Eimergriff hindurch und verknotete die beiden Enden.

Irgendwann würde die Hitze des Griffs sich durch das Hemd brennen, doch Quark hatte bereits einen Plan.

Er ergriff Ohrstecher und Spanner und schob sie in einen Stiefel. Es hatte keinen Zweck, sich Ärger mit Sisko einzuhandeln. Dann hob er das Bekkir-Gerät auf, wobei er sorgsam darauf achtete, nicht den noch immer weißglühenden Schlüssel im Schloß zu berühren, ergriff mit derselben Hand die improvisierte Eimerschlinge und kletterte die Leiter hinauf.

Es war nicht einfach; er konnte sich nur mit einer Hand festhalten, während in der anderen der Eimer baumelte. Doch es gelang dem Ferengi, weil es ihm gelingen *mußte;* sonst würden weder er noch sonst jemand auf der Station überleben.

Er fand die Ausrüstungskammer, die Jake erwähnt

hatte. Ja, da hing der Staubsauger, und daneben stand ein seltsamer, doppelwandiger Eimer, der ihn an eine Thermoskanne erinnerte.

Sein Hemd qualmte bereits. Quark versuchte gar nicht erst, den grellorangefarbenen, noch immer überaus heißen Odo unbeholfen vom einen Eimer in den anderen zu gießen, sondern stellte einfach den schmelzenden Stahlkübel in den hitzebeständigen hinein.

Keinen Augenblick zu früh, denn Odo hatte bereits ein Loch in den ersten Eimer geschmolzen. Ein paar Tropfen trafen auf den Rand des unteren Gefäßes und spritzten zu Boden, doch Quark gelang es, den Großteil der Körpermasse zu retten.

Er stieg wieder hinauf, insgesamt sechs Etagen, bis er die achtundzwanzigste erreichte, in der der Turbolift-Schacht begann oder endete, je nachdem, wie man es sah. Er lief zu den Türen, hämmerte auf die Schaltfläche und tanzte dann in ohnmächtiger Wut herum, schüttelte die Fäuste, während er auf den Lift wartete. Zweifellos brachte er gerade betrunkene Minenarbeiter zu einem illegalen Rendezvous. Damit wollten sie doch nur vermeiden, für die Benutzung der Holo-Kammern bezahlen zu müssen!

Endlich hielt die Kabine knarrend vor ihm an. Er sprang hinein, rief: *»OPS!«* Der Lift setzte sich in Bewegung.

Quark sah auf die Uhr: 12.06. Er betete darum, nicht zu spät zu kommen.

Die Fahrt mit dem Lift war ihm noch nie so lange vorgekommen. Natürlich hatte er ihn auch noch nie an der Endstation betreten, um dann bis ganz nach oben zu fahren. Er zählte die Etagen, die an ihm vorbeizukriechen schienen.

Plötzlich hielt der Lift an, aber *nicht* in der OPS. Die schroffe Stimme des Stations-Computers erklärte: »Der Zugang zum Kontrollraum wird verweigert.«

»Nein, du dumme Maschine!« Quark schlug mit den Fäusten auf die Türen des Turbolifts ein. »Du verstehst das nicht! Es handelt sich um einen Notfall!«

»Beschreiben Sie die Natur des Notfalls«, sagte die Stimme.

Reiß dich zusammen. Es ist wie eine geschäftliche Vereinbarung, die zu scheitern droht. Du mußt die Ohren steifhalten. »Hier spricht Quark. Ich muß *sofort* mit Commander Sisko sprechen. Sag ihm, es geht um Leben und Tod für die Station. Ich habe wichtige Informationen über die Bek... über das Schiff, das gerade durch das Wurmloch gekommen ist.«

Stille. Quark schritt im Turbolift auf und ab und rang die Hände. Odo schlug in seinem Spezialbehälter noch immer Blasen und strahlte eine solche Temperatur aus, daß es in der Fahrstuhlkabine allmählich unangenehm warm wurde.

Plötzlich wurde Quark klar, daß er kein Hemd trug. Er keuchte erschrocken auf – *die gesamte OPS-Besatzung würde ihn so sehen!*

Ihm wurde wieder schlecht, diesmal vor Scham. Männliche Ferengi begaben sich *niemals* unbekleidet in die Öffentlichkeit.

Er kräuselte die Lippen zu einem höhnischen Grinsen. »Ich werde dieses Unglück ertragen«, schwor er sich. »Diese Schande ist nur ein weiterer Punkt auf der langen Liste der Erniedrigungen, die man ertragen muß, wenn man sich mit der Föderation abgibt.«

»Was für Erniedrigungen?« fragte Siskos Stimme direkt in seinem Ohr. »Wovon sprechen Sie, Quark? Und was hat das mit den Besuchern aus dem Gamma-Quadranten zu tun?«

Kiras Stimme mischte sich in das Gespräch ein. »Quark, Sie Wurm, wir haben hier einen Notfall! Lassen Sie uns mit Ihren lächerlichen Problemen in Ruhe!«

»Ihr Notfall *ist* mein lächerliches Problem«, fauchte Quark. Ich weiß, wer diese... diese Wesen sind, ich weiß, was sie wollen, und ich weiß, wie wir sie loswerden können.«

Erneut Stille. Kira schlug Sisko wahrscheinlich gerade vor, den Ferengi zu ignorieren. *Wenn sich jetzt Kiras Stimme meldet, sind wir alle tot,* dachte Quark. *Wenn sich Sisko meldet, überstehen wir es vielleicht.*

»Na schön, Sie elender Ferengi«, sagte Major Kira mit angespannter Stimme, »kommen Sie rauf und packen Sie aus.«

Der Turbolift setzte sich wieder in Bewegung, ließ zwei weitere Etagen hinter sich und hielt an. Die Türen glitten auf. Quark hatte es auf die OPS geschafft.

Als er die Kommandozentrale betrat, war er sich genau bewußt, was für einen lächerlichen Anblick er bot: ohne Hemd, schmutzig, verschwitzt und den Eimer mit dem kochenden Constable in der Hand.

Die gesamte Besatzung der OPS starrte ihn an, und Quark gaffte einfach zurück. Als er sie zum letztenmal gesehen hatte, waren sie alle tot gewesen, voller Einschußlöcher oder in kleine Teile zerfetzt.

»Sie leben!« rief er.

Kiras Mund klappte auf. »Nein, Quark«, berichtigte sie ihn, »wir alle sind vor einiger Zeit gestorben. Aber wir werden bestimmt bald auferstehen.«

»Sie müssen mich mit den ... den Fremden aus dem Gamma-Quadranten sprechen lassen«, verlangte Quark.

»Und warum muß ich das?« fragte Sisko.

»Weil ... weil ich gerade aus der Zukunft zurückgekehrt bin, und wenn Sie mich nicht mit ihnen sprechen lassen, werden sie die Station angreifen und alle töten, außer mir und ... Odo ...« Quark wurde plötzlich klar, daß ein halbnackter Ferengi, der einen Eimer mit einer kochenden Flüssigkeit schwang und etwas von Zeitreisen stammelte, wohl kaum der glaubwürdigste Zeuge war.

Kira wandte sich an Sisko. »Er ist betrunken«, sagte

sie. »Er hat irrtümlich dasselbe Ferengi-Gift geschluckt, das er mir gestern vorgesetzt hat. Ich bitte darum, den Ferengi von der OPS entfernen zu dürfen.«

»Soll ich Ihnen eine Handvoll heißen Odo ins Gesicht schütten?« drohte Quark. Kira sah den Ferengi verwirrt an.

Sisko nickte. »Entfernen Sie den Ferengi!«

»Warten Sie!« kreischte Quark. »Sie werden Bekkir genannt – fragen Sie sie! Fragen Sie sie, ob die Cardassianer sie Bekkir nennen!«

Quark ging zu der betörend schönen Lieutenant Dax. Als er sie das letztemal gesehen hatte, hatte sie zwei Einschußlöcher im Gesicht und ein ruhiges, geheimnisvolles Lächeln auf den Lippen gehabt. Sie hatte einen Bekkir getötet.

Er tippte ihr auf die Schulter.

»Autsch«, sagte sie und starrte die hemdlose Erscheinung mit dem Eimer voll kochender Soße in der Hand an.

In diesem Moment ergriffen eiserne Finger Quarks Ohr, was einen heftigen Schauder in ihm hervorrief. Kira zerrte den Ferengi zum Turbolift, ohne sich darüber klar zu sein, daß sie unabsichtlich erotische Gefühle in ihm auslöste.

»Aaaahhhhh«, stöhnte Quark und hätte Odo fast über den Boden ergossen.

Kira fiel plötzlich wieder ein, daß die Ohren der Ferengi erogene Zonen waren. Sie ließ ihn los und mußte würgen, als sie begriff, was sie getan hatte. »Quark, Sie elender kleiner ... kleiner ... *Altruist*, verschwinden Sie aus der OPS!«

Die barsche, mechanische Stimme aus dem Interkom ließ Quark zusammenfahren. Er erkannte sie sofort. »Ihre Minute ist abgelaufen. Sie werden Ihren Gefangenen ausliefern oder vernichtet werden.«

»Wir versuchen noch immer, Informationen über den Gefangenen zu bekommen«, versuchte Sisko Zeit zu schinden. Er bedeutete, die Verbindung kurz zu unterbrechen. »Quark, ich wollte ihnen gerade sagen, daß wir keinen Gefangenen aus dem Gamma-Quadranten haben, als Sie mich unterbrachen. Was wissen Sie darüber?«

»Fragen Sie sie einfach, ob sie Bekkir genannt werden!« beharrte der Ferengi und ignorierte Kiras schreckliche Beleidigung.

Sisko schürzte die Lippen und nickte schließlich; Dax öffnete den Kanal wieder. »Nennen die Cardassianer Sie Bekkir?«

»Diejenigen, die früher hier waren, nannten uns Bekkir. Bereiten Sie sich darauf vor, geentert zu werden.«

»Bitte warten Sie einen Augenblick«, sagte Sisko ruhig. »Wir sind wahrscheinlich imstande, Ihren Gefangenen zu lokalisieren.« Er zog einen Finger über seine Kehle, und Dax unterbrach die Verbindung.

»Unternehmen sie etwas?« fragte der Commander.

Kira blinzelte und eilte dann zu ihrer Konsole zurück. »Nein, Sir. Sie scheinen darauf zu warten, daß wir endlich damit aufhören, Zeit zu schinden.«

Sisko näherte sich drohend dem hemdlosen Ferengi. »Na schön, Quark, Sie haben drei Sekunden, um mir zu erklären, was Sie halbnackt hier zu suchen haben und *woher* Sie wissen, wer diese Bekkir sind.

»Ich...« begann Quark, begriff dann jedoch, wie lächerlich es klingen würde. »Ich...« Er sah elend von Sisko zu Kira und Dax und wieder zu Sisko. *Wenn doch nur Odo wach wäre oder ich irgendeinen Beweis hätte oder...*

Plötzlich erhellte sich sein Gesicht wie das eines Lonaten. »Ja!« rief er. »Ich *habe* etwas!« Er stellte den Constable vorsichtig auf den Boden und versuchte, beide Hände gleichzeitig in seinen Stiefel zu zwängen, was natürlich nicht funktionierte.

Er setzte sich auf den Hintern und zerrte heftig an dem Stiefel.

»Dieser Sohn eines *Sthondat* zieht sich aus!« brüllte Kira und durchstöberte das Durcheinander auf ihrer Konsole. »Der Phaser! Wohin hab ich den verdammten Phaser gelegt?«

In diesem Moment schrie Quark triumphierend auf und präsentierte ihnen den Datenclip mit Dr. Bashirs medizinischem Logbuch. Dann hüpfte er auf einem Bein zur nächsten Konsole und schob den Clip in den Input-Schlitz. »Hier, ich zeige es Ihnen! Sehen Sie selbst!«

Mit einer dramatischen Geste drückte er auf den Wiedergabeknopf. Das Logbuch wurde abgespielt.

Sisko, Kira und Dax beobachteten es einen Augenblick lang fasziniert. Quark drückte auf den Schnellvorlauf und ließ das Band bis zur Todesszene vorspulen. Als die Schüsse erklangen, fuhren alle drei Zuschauer zufriedenstellend zusammen.

Plötzlich schüttelte Kira wütend den Kopf. »Ich fasse es nicht! Wir sehen uns ein geschmackloses Holo-Video an, das Quark zusammengepfuscht hat, während wir einen echten Notfall haben.«

Im Funkkanal summte es. »Die Zeit, die wir den Tieren zugestanden haben, ist abgelaufen«, erklärte die Stimme des Bekkir. »Bereiten Sie sich darauf vor, geentert zu werden.«

»Schilde hoch«, sagte Kira sofort.

Quark sah Sisko flehend an. »Bitte«, sagte er. »Ich weiß, wer sie sind und was sie wollen. Lassen Sie mich mit ihnen sprechen. Die Schilde werden nichts nützen.«

»Sie haben ein Feld um die Station gelegt«, erklärte O'Brien. »Es unterbricht die Subraum-Kommunikation.«

»Können Sie es durchbrechen, Chief?« fragte Dax.

Sisko atmete tief ein. Sein Zorn brodelte dicht unter der Oberfläche, doch endlich stimmte er zu. »Lassen Sie den Ferengi mit den Besuchern sprechen... aber wenn er irgendeine krumme Tour versucht, unterbrechen Sie ihn sofort.«

Dax berührte eine Kontrollfläche und deutete mit einer abfälligen Bewegung auf den Ferengi.

»Warten Sie!« rief Quark. »Ich weiß, weshalb Sie hier sind. Sie haben ein Signal empfangen, nicht wahr? Einen Notruf?«

»Wir haben ein Signal von einem gefangenen Bekkir empfangen.«

»Nein«, sagte der Ferengi. »Sie haben ein Signal *von mir* empfangen.«

Es folgte eine lange, bedeutungsschwangere Pause. Niemand sagte etwas. Alle betrachteten erstaunt Quark.

Der Inquisitor meldete sich wieder. »Wie haben Sie ein Signalgerät der Bekkir erlangt.«

»Ich habe es gekauft«, sagte Quark. »Es lag seit mindestens hundert Jahren in einem cardassianischen Tresor. Überprüfen Sie Ihre Unterlagen! Können Sie nicht feststellen, wie alt das Gerät ist, von dem Sie das Signal empfangen haben? Überprüfen Sie es, und Sie werden feststellen, daß ich die Wahrheit sage!«

Diesmal kam die Antwort sofort. »Das Signal kam auf einer veralteten Frequenz. Sie behaupten, Sie haben es aktiviert. Wie haben Sie es aktiviert.«

»Ich habe ein Funksignal ausgestrahlt… auf einer Frequenz von… o nein, wie war die Frequenz gleich noch?«

»Wir entern Sie in…«

»Neunhundertvierzehn Hertz!« kreischte der Ferengi hektisch. »Ich habe das verdammte Ding hier! Wollen Sie es sehen?«

»Beginnen Sie mit der visuellen Übermittlung«, sagte der Bekkir. Sisko nickte Dax zu, und sie legte wieder einen Finger auf ein Kontrollfeld.

Augenblicklich erschien das Bild eines Bekkir, einer düsteren Gestalt, die einen schwarzen Blasenhelm und einen schwarzgrauen Schutzanzug trug. Sie sah genauso aus wie die Gestalt auf dem Datenclip, den Quark abgespielt hatte.

Quark hielt die Gürtelschnalle hoch, damit der Bekkir sie sehen konnte. »Ich habe das Gerät gekauft. Ich habe es… äh…« – er sah auf seine Taschenuhr und rechnete schnell zurück –»… vor siebenundzwanzig Stunden und zweiundvierzig Minuten aktiviert. Stimmt das mit Ihren Aufzeichnungen überein?«

Der Bekkir erstarrte. Nach einem Augenblick bewegte er sich wieder. »Wir werden Ihre Angaben überprüfen. Sie werden das Gerät übergeben oder vernichtet werden.«

»Gern«, sagte Quark erschaudernd. Er huschte vor und legte es auf die Transporterfläche.

»Chief O'Brien«, sagte Sisko. »Würden Sie das übernehmen?«

Der Chief zuckte mit den Achseln. »Ich würde mir das Ding zwar vorher gern mal ansehen, aber wenn Sie darauf bestehen, Sir …« Er senkte die Schilde und gab den Befehl in die technische Konsole ein. Das Gerät verblaßte, löste sich auf und wurde auf dem Schiff der Bekkir wieder zusammengesetzt.

Mehrere Minuten verstrichen. Die ganze Zeit über bewegte der Inquisitor sich nicht. Quark fragte sich schon, ob der Bekkir auf geheimnisvolle Art und Weise gestorben sei, als er sich endlich wieder rührte, den Arm bewegte und die Verbindung beendete.

»Er hat den Kanal geschlossen«, sagte Dax.

»Das sehe ich selbst, alter Knabe.«

Ohne eine weitere Nachricht wendete das in sich verschlungene Schiff um einhundertundachtzig Grad, zündete die Triebwerke und verschwand wieder im Wurmloch.

Quark ließ sich in einen leeren Sessel fallen. Ein schrecklicher Druck explodierte in seinem Kopf. Die Anspannung von achtundzwanzig Stunden der Qualen, Schuld und des Entsetzens löste sich in einem einzigen Augenblick. Dann war das Gefühl verschwunden, und nur eine köstliche Mattigkeit blieb zurück.

Vielleicht war es an der Zeit ... seine Holo-Kammern aufzusuchen.

Siskos strenge Stimme riß ihn in die Wirklichkeit zurück. »Ich verlange eine Erklärung, Quark. Was hatte die Drohung der Bekkir zu bedeuten? Und wieso sind Sie auf die Schnapsidee gekommen, ein Signal durch das Wurmloch zu schicken?«

Der Ferengi seufzte. Er würde den Bußgeldbescheid auf keinen Fall allein bezahlen. »Ich werde Ihnen erst antworten«, sagte er, »wenn ich mich mit meinem Rechtsbeistand beraten habe.«

»Und wer ist Ihr Rechtsbeistand?« fragte der Commander.

Quark hob den Eimer hoch und grinste garstig. »Constable Odo. Er ist zur Zeit der heißeste Typ auf der Station.«

Er grinste immer noch, denn ihm war gerade die Offenbarung gekommen. Odo war noch immer so heiß, daß er mindestens zwei oder drei Tage lang abkühlen mußte, bevor er sich wieder zusammensetzen konnte.

Zwei oder drei Tage, ohne daß Odo sich ständig in meine Angelegenheiten mischt! Wäre Quark nicht so erschöpft gewesen, wäre er aufgesprungen und hätte sich die Ohren gerieben. *In drei Tagen kann mir die ganze Station gehören!*

Er blinzelte und kam abrupt wieder zur Vernunft. Die zweitschönste Frau auf DS Nine, Major Kira Nerys, sah nachdenklich zu ihm hinab, die Arme vor der Brust verschränkt, ganz so, wie Odo es immer tat.

»Wissen Sie eigentlich«, fragte sie, »daß Sie nackt wie ein gerupfter Torura-Vogel aussehen?«

Quark sprang auf und erbleichte zu einem blassen, milchigen Weiß. Er schlang die Arme um die Brust und lief zum Turbolift. In der Kabine wurde ihm zu seinem

Entsetzen klar, daß er nur zu Quarks Spielkasino und seiner Garderobe gelangen konnte, indem er halbnackt mitten über die Promenade lief.

»Dafür werdet ihr bezahlen«, murmelte er finster. »Ihr alle werdet mir dafür bezahlen! *Jetzt erwarten mich drei Tage im Ferengi-Himmel!*«

Zu Quarks Leidwesen benötigte Odo nicht drei, sondern vier Tage, um vollständig abzukühlen, und Major Kira schien es sich in dieser Zeit zur Aufgabe gemacht zu haben, den Ferengi praktisch minütlich heimzusuchen.

Quark war derart entsetzt, als sie ihn auf Schritt und Tritt verfolgte, sich in seine Geschäfte einmischte, ihn schikanierte und ihm das Leben dermaßen zur Hölle machte, daß er sich nach der guten, alten Zeit zurücksehnte, als er sich nur mit dem hochnäsigen Constable Odo hatte auseinandersetzen müssen.

»Wenigstens hat Odo mich ein normales Leben führen lassen!« beschwerte er sich schließlich, als er im Kasino mit einem bornischen Händler sprach.

»Ach, Sie auch hier, Quark?« sagte Kira, die ganz in der Nähe saß. »Wie seltsam. Ich habe Sie gar nicht bemerkt. Ich bin rein zufällig hier und entspanne mich in Quarks Bar. Tara, tara, tara.«

»Was soll das? Werden Sie auf der OPS nicht gebraucht? Oder haben Sie etwa Urlaub genommen?«

»Eine wichtige Stationsangelegenheit«, sagte sie mit einem schwachen Lächeln auf den Lippen.

Quark widmete sich wieder dem bornischen Händler, der ihm eine Ladung klingonischer Pflanzen verkaufen wollte, *Turach-tai,* die bei schamanischen Ritualen verwendet wurden – behauptete der Born jedenfalls. Zehn Barren in Gold gepreßtes Latinum, und er machte das Geschäft seines Lebens.

Kira beugte sich näher zu ihnen, und sowohl Quark als auch der Händler musterten sie argwöhnisch.

»Ach, kümmern Sie sich gar nicht um mich«, sagte sie gutgelaunt. »Machen Sie ruhig weiter.«

Der Born schien sich plötzlich unbehaglich zu fühlen. Er glitt vom Hocker und watschelte mit den Worten »Hab nichts gemacht, gar nichts«, aus der Bar.

Quark schlug die Hände vors Gesicht. Als er nach einer beträchtlichen Weile wieder aufschaute, saß Kira noch immer vor ihm und lächelte schal.

In diesem Moment betrat Odo das Spielkasino, und der Ferengi mußte sich zügeln, um nicht loszurennen und den Constable zu umarmen. Kira hatte ihn kaum erblickt, als sie ihm auch schon eine Begrüßung zurief, Quark zum Abschied fröhlich zuwinkte und auf die OPS zurückkehrte.

Der Constable ging direkt auf Quark zu. »In Ihr Büro«, befahl er. Sofort.

Dort angekommen, wollte Odo unverzüglich wissen, was sich ereignet hatte, nachdem er die Leiter in die brennende Reaktorkammer hinabgestiegen war. »Von diesem Zeitpunkt an läßt mich nämlich mein Gedächtnis im Stich.«

Quark versuchte, den Gestaltwandler abzuwimmeln, doch Odo zwang ihn, das gesamte Geschehen in allen scheußlichen Einzelheiten zu erzählen. Als Quark geendet hatte, sah der Constable zu der klingonischen Uhr. »Was für ein seltsames Ende.«

»Seltsam?«

»Entschieden. Quark rettet schließlich Deep Space Nine … gewissermaßen.«

»Gewissermaßen! Odo, Sie wissen genau, daß ich die ganze verdammte Station gerettet habe! Jeder einzelne Mensch, Ferengi und Bajoraner an Bord verdankt mir sein Leben, *mir!* Und ich habe nicht die geringste Dankbarkeit dafür erhalten.«

»Haben Sie etwa jemandem davon *erzählt?*«

»Nein, natürlich nicht«, sagte Quark. »Ich wollte damit warten, bis wir beide unsere Geschichten abgesprochen haben. Schließlich läßt sich damit jede Menge Geld machen. Allein für die Holovision-Rechte bekämen wir ...«

»Gut«, unterbrach Odo ihn, »denn ich habe mich entschlossen, niemandem die Einzelheiten zu verraten. Dies würde alle zu sehr aus der Fassung bringen. Ich weiß, welche Angst die Wesen, die ihre Form nicht wandeln können, ihrer Sterblichkeit entgegenbringen. Wenn die Kommando-Offiziere wüßten, daß ich sie tot gesehen habe, würde dadurch unsere Befähigung beeinträchtigt werden, miteinander zu kommunizieren.«

Quark starrte ihn entgeistert an. »Es ... niemandem sagen? Aber, Odo ... Sie verstehen nicht – *ich habe die ganze Station gerettet!* Ich bin ein Held! Und ich bin ein Ferengi. Sie bitten mich, darauf zu verzichten, einen völlig legitimen Gewinn daraus zu ziehen? Sie kurzsichtiger Altruist«, fluchte er, »das ist eine Latinum-Mine!«

Odo richtete sich zu voller Größe auf und sah mit verärgertem Blick auf Quark herab. »Sie haben die Station vor der Katastrophe bewahrt, die Sie selbst verursacht haben. Und wenn Sie *wirklich* die Dankbarkeit verlangen, die Sie verdienen, sperre ich Sie gern ein paar Wochen lang in eine meiner Zellen.«

»Aber ich kann doch nicht einfach dasitzen und behaupten, ich sei achtundzwanzig Stunden lang benommen herumgetorkelt. Ich habe schließlich einen Ruf zu wahren.«

Odo lächelte fast wie ein Ferengi. »Nur zu.«

»Was?«

»Erzählen Sie ruhig, was Sie wollen. Aber wenn man mich um die Bestätigung Ihrer Geschichte bittet, werde ich sagen, daß ich dabei war ... und daß Sie die ganze Zeit über aufgrund des Genusses von *Turach-tai-Tee* von Sinnen gewesen wären.«

»*Turach-tai-Tee* ...« Der Ferengi starrte den Constable fassungslos an und sprang dann auf. »Sie haben es schon wieder getan, Sie unmoralischer Spitzel!« Quark ging gebückt wie ein alter Mann in dem Raum auf und ab und suchte nach dem versteckten Kommunikator. »Wo ist er? Als was haben Sie sich diesmal verkleidet? Sie dringen in meine Privatsphäre ein! Das ist illegal! Ich werde allen sagen, daß Sie ohne Durchsuchungsbefehl in mein Kasino eingebrochen sind ... Augenblick! Ja, genau, in der Bar! Ich war unten in der Bar, und ein Kunde hat seine Geldbörse auf der Theke liegenlassen – Odo, diesmal sind Sie *zu weit gegangen!*«

Constable Odo lehnte sich gelassen in Quarks Stuhl zurück und faltete wie ein selbstgefälliger Vedek die Hände vor der Brust. »Quark, haben Sie noch nicht mitbekommen«, sagte er, »daß nichts von dem, was Sie tun, meiner Aufmerksamkeit entgeht?«

Für den Bruchteil einer Sekunde verwandelte sich sein Gesicht in das des bornischen Captains Biete-viel Djonreel. Doch es ging so schnell, daß Quark nicht wußte, ob er es wirklich gesehen hatte.

Dann erhob sich der Constable, ging die Treppe zur Hauptetage hinunter und verließ Quarks Spielkasino.

Die Promenade war an diesem Tag außergewöhnlich gut besucht.

STAR TREK™

in der Reihe
HEYNE SCIENCE FICTION & FANTASY

STAR TREK: CLASSIC SERIE

Vonda N. McIntyre, Star Trek II: Der Zorn des Khan · 06/3971
Vonda N. McIntyre, Der Entropie-Effekt · 06/3988
Robert E. Vardeman, Das Klingonen-Gambit · 06/4035
Lee Correy, Hort des Lebens · 06/4083
Vonda N. McIntyre, Star Trek III: Auf der Suche nach Mr. Spock · 06/4181
S. M. Murdock, Das Netz der Romulaner · 06/4209
Sonni Cooper, Schwarzes Feuer · 06/4270
Robert E. Vardeman, Meuterei auf der Enterprise · 06/4285
Howard Weinstein, Die Macht der Krone · 06/4342
Sondra Marshak & Myrna Culbreath, Das Prometheus-Projekt · 06/4379
Sondra Marshak & Myrna Culbreath, Tödliches Dreieck · 06/4411
A. C. Crispin, Sohn der Vergangenheit · 06/4431
Diane Duane, Der verwundete Himmel · 06/4458
David Dvorkin, Die Trellisane-Konfrontation · 06/4474
Vonda N. McIntyre, Star Trek IV: Zurück in die Gegenwart · 06/4486
Greg Bear, Corona · 06/4499
John M. Ford, Der letzte Schachzug · 06/4528
Diane Duane, Der Feind – mein Verbündeter · 06/4535
Melinda Snodgrass, Die Tränen der Sänger · 06/4551
Jean Lorrah, Mord an der Vulkan Akademie · 06/4568
Janet Kagan, Uhuras Lied · 06/4605
Laurence Yep, Herr der Schatten · 06/4627
Barbara Hambly, Ishmael · 06/4662
J. M. Dillard, Star Trek V: Am Rande des Universums · 06/4682
Della van Hise, Zeit zu töten · 06/4698
Margaret Wander Bonanno, Geiseln für den Frieden · 06/4724
Majliss Larson, Das Faustpfand der Klingonen · 06/4741
J. M. Dillard, Bewußtseinsschatten · 06/4762
Brad Ferguson, Krise auf Centaurus · 06/4776
Diane Carey, Das Schlachtschiff · 06/4804
J. M. Dillard, Dämonen · 06/4819
Diane Duane, Spocks Welt · 06/4830
Diane Carey, Der Verräter · 06/4848

STAR TREK™

Gene DeWeese, Zwischen den Fronten · 06/4862
J. M. Dillard, Die verlorenen Jahre · 06/4869
Howard Weinstein, Akkalla · 06/4879
Carmen Carter, McCoys Träume · 06/4898
Diane Duane & Peter Norwood, Die Romulaner · 06/4907
John M. Ford, Was kostet dieser Planet? · 06/4922
J. M. Dillard, Blutdurst · 06/4929
Gene Roddenberry, Star Trek (I): Der Film · 06/4942
J. M. Dillard, Star Trek VI: Das unentdeckte Land · 06/4943
David Dvorkin, Die Zeitfalle · 06/4996
Barbara Paul, Das Drei-Minuten-Universum · 06/5005
Judith & Garfield Reeves-Stevens, Das Zentralgehirn · 06/5015
Gene DeWeese, Nexus · 06/5019
D. C. Fontana, Vulkans Ruhm · 06/5043
Judith & Garfield Reeves-Stevens, Die erste Direktive · 06/5051
Michael Jan Friedman, Das Doppelgänger-Komplott · 06/5067
Judy Klass, Der Boacozwischenfall · 06/5086
Julia Ecklar, Kobayashi Maru · 06/5103
Peter Norwood, Angriff auf Dekkanar · 06/5147
Carolyn Clowes, Das Pandora-Prinzip · 06/5167
Diana Duane, Die Befehle des Doktors · 06/5247
V. E. Mitchell, Der unsichtbare Gegner · 06/5248
Dana Kramer-Rolls, Der Prüfstein ihrer Vergangenheit · 06/5273
Michael Jan Friedman, Schatten auf der Sonne · 06/5179
Barbara Hambly, Der Kampf ums nackte Überleben · 06/5334
Brad Ferguson, Eine Flagge voller Sterne · 06/5349
Gene DeWeese, Die Kolonie der Abtrünnigen · 06/5375
Michael Jan Friedman, Späte Rache · 06/5412
Peter David, Der Riß im Kontinuum · 06/5464
Michael Jan Friedman, Gesichter aus Feuer · 06/5465
Peter David/Michael Jan Friedman/Robert Greenberger, Die Enterbten · 06/5466
L. A. Graf, Die Eisfalle · 06/5467
John Vornholt, Zuflucht · 06/5468
L. A. Graf, Der Saboteur · 06/5469
Melissa Crandall, Die Geisterstation · 06/5470
Mel Gilden, Die Raumschiff-Falle · 06/5471
V. E. Mitchell, Tore auf einer toten Welt · 06/5472
Victor Milan, Aus Okeanos Tiefen · 06/5473
Diane Carey, Das große Raumschiff-Rennen · 06/5474
Diane Carey, Kirks Bestimmung · 06/5476

STAR TREK™

STAR TREK: THE NEXT GENERATION

David Gerrold, Mission Farpoint · 06/4589
Gene DeWeese, Die Friedenswächter · 06/4646
Carmen Carter, Die Kinder von Hamlin · 06/4685
Jean Lorrah, Überlebende · 06/4705
Peter David, Planet der Waffen · 06/4733
Diane Carey, Gespensterschiff · 06/4757
Howard Weinstein, Macht Hunger · 06/4771
John Vornholt, Masken · 06/4787
David & Daniel Dvorkin, Die Ehre des Captain · 06/4793
Michael Jan Friedman, Ein Ruf in die Dunkelheit · 06/4814
Peter David, Eine Hölle namens Paradies · 06/4837
Jean Lorrah, Metamorphose · 06/4856
Keith Sharee, Gullivers Flüchtlinge · 06/4889
Carmen Carter u. a., Planet des Untergangs · 06/4899
A. C. Crispin, Die Augen der Betrachter · 06/4914
Howard Weinstein, Im Exil · 06/4937
Michael Jan Friedman, Das verschwundene Juwel · 06/4958
John Vornholt, Kontamination · 06/4986
Mel Gilden, Baldwins Entdeckungen · 06/5024
Peter David, Vendetta · 06/5057
Peter David, Eine Lektion in Liebe · 06/5077
Howard Weinstein, Die Macht der Former · 06/5096
Michael Jan Friedman, Wieder vereint · 06/5142
T. L. Mancour, Spartacus · 06/5158
Bill McCay/Eloise Flood, Ketten der Gewalt · 06/5242
V. E. Mitchell, Die Jarada · 06/5279
John Vornholt, Kriegstrommeln · 06/5312
Laurell K. Hamilton, Nacht über Oriana · 06/5342
David Bischoff, Die Epidemie · 06/5356
Diane Carey, Abstieg · 06/5416
Michael Jan Friedman, Relikte · 06/5419
Michael Jan Friedman, Die Verurteilung · 06/5444
Simon Hawke, Die Beute der Romulaner · 06/5413
Rebecca Neason, Der Kronprinz · 06/5414
John Peel, Drachenjäger · 06/5415
Diane Duane, Dunkler Spiegel · 06/5417
Susan Wright, Der Mörder des Sli · 06/5438
W. R. Thomson, Planet der Schuldner · 06/5439
Michael Jan Friedman & Kevin Ryan, Requiem · 06/5442
Dafydd ab Hugh, Gleichgewicht der Kräfte · 06/5443

STAR TREK™

Christie Golden, Die ermordete Sonne · 06/5406
Mark A. Garland & Charles G. McGraw, Geisterhafte Visionen · 06/5407
S. N. Lewitt, Cybersong · 06/5408

DAS STAR TREK-UNIVERSUM, 2 Bde.,
überarbeitete und aktualisierte Neuausgabe!
von *Ralph Sander* · 06/5150

DAS STAR TREK-UNIVERSUM, Ergänzungsband
von *Ralph Sander* · 06/5151

William Shatner/Chris Kreski, Star Trek Erinnerungen · 06/5188
William Shatner/Chris Kreski, Star Trek Erinnerungen: Die Filme · 06/5450

Phil Farrand, Cap'n Beckmessers Führer durch STAR TREK – DIE NÄCHSTE GENERATION · 06/5199
Phil Farrand, Cap'n Beckmessers Führer durch STAR TREK – DIE CLASSIC SERIE · 06/5451

Ralph Sander, Star Trek Timer 1997 · 06/1997
Ralph Sander, Star Trek Timer 1998 · 06/1998
Nichelle Nichols, Nicht nur Uhura · 06/5547
Leonard Nimoy, Ich bin Spock · 06/5548
Lawrence M. Krauss, Die Physik von Star Trek · 06/5549
J. M. Dillard, Star Trek: Wo bisher noch niemand gewesen ist · 06/6500
Judith & Garfield Reeves-Stevens, Star Trek – Deep Space Nine: Die Realisierung einer Idee · 06/5550
Judith & Garfield Reeves-Steven, Star Trek Design · 06/5545
Aris Kazidian & Bruce Jacoby, Das Star Trek Kochbuch · 06/5546

Diese Liste ist eine Bibliographie erschienener Titel
KEIN VERZEICHNIS LIEFERBARER BÜCHER!

STAR TREK™

STAR TREK: DIE ANFÄNGE
Vonda N. McIntyre, Die erste Mission · 06/4619
Margaret Wander Bonanno, Fremde vom Himmel · 06/4669
Diane Carey, Die letzte Grenze · 06/4714

STAR TREK: DEEP SPACE NINE
J. M. Dillard, Botschafter · 06/5115
Peter David, Die Belagerung · 06/5129
K. W. Jeter, Die Station der Cardassianer · 06/5130
Sandy Schofield, Das große Spiel · 06/5187
Lois Tilton, Verrat · 06/5323
Diane Carey, Die Suche · 06/5432
Esther Friesner, Kriegskind · 06/5430
Melissa Scott, Der Pirat · 06/5434
Nathan Archer, Walhalla · 06/5512
Greg Cox/John Gregory Betancourt, Der Teufel im Himmel · 06/5513
Robert Sheckley, Das Spiel der Laertaner · 06/5514

STAR TREK: STARFLEET KADETTEN
John Vornholt, Generationen · 06/6501
Peter David, Worfs erstes Abenteuer · 06/6502
Peter David, Mission auf Dantar · 06/6503
Peter David, Überleben · 06/6504
Brad Strickland, Das Sternengespenst · 06/6505
Brad Strickland, In den Wüsten von Bajor · 06/6506
John Peel, Freiheitskämpfer · 06/6507
Mel Gilden & Ted Pedersen, Das Schoßtierchen · 06/6508
John Vornholt, Erobert die Flagge! · 06/6509
V. E. Mitchell, Die Atlantis Station · 06/6510
Michael Jan Friedman, Die verschwundene Besatzung · 06/6511
Michael Jan Friedman, Das Echsenvolk · 06/6512
Diane G. Gallagher, Arcade · 06/6513
John Peel, Ein Trip durch das Wurmloch · 06/6514
Brad & Barbara Strickland, Kadett Jean-Luc Picard · 06/6515

STAR TREK: VOYAGER
L. A. Graf, Der Beschützer · 06/5401
Peter David, Die Flucht · 06/5402
Nathan Archer, Ragnarök · 06/5403
Susan Wright, Verletzungen · 06/5404
John Betancourt, Der Arbuk-Zwischenfall · 06/5405